魯迅作品精選 6

經典新版

中國小說史略

魯迅——著

出版小引

還原歷史的眞貌——讓魯迅作品自己說話

陳曉林

中國自有新文學以來，魯迅當然是引起最多爭議和震撼的作家。但無論是擁護魯迅的人士，或是反對魯迅的人士，至少有一項顯而易見的事實，是受到雙方公認的：魯迅是現代中國最偉大的作家。

時至今日，以魯迅作品爲研究題材的論文與專書，早已俯拾皆是，汗牛充棟。全世界以詮釋魯迅的某一作品而獲得博士學位者，也早已不下百餘位之多。而中國大陸靠「核對」或「注解」魯迅作品爲生的學界人物，數目上更超過台灣以「研究」孫中山思想爲生的人物數倍以上。但遺憾的是，台灣的讀者卻始終無緣全面性地、無偏見地看到魯迅作品的眞貌。

事實上，魯迅自始至終是一個文學家、思想家、雜文家，而不是一個翻雲覆雨的政治人物。中國大陸將魯迅捧抬爲「時代的舵手」、「青年的導師」，固然是以政治手段扭曲了魯迅作品的真正精神；台灣多年以來視魯迅爲「洪水猛獸」、「離經叛道」，不讓魯迅作品堂堂正正出現在讀者眼前，也是割裂歷史真相的笨拙行徑。試想，談現代中國文學，談三十年代作品，而竟獨漏了魯迅這個人和他的著作，豈止是造成半世紀來文學史「斷層」的主因？在明眼人看來，這根本是一個對文學毫無常識的、天大的笑話！

正因爲海峽兩岸基於各自的政治目的，對魯迅作品作了各種各樣的扭曲或割裂；而研究魯迅作品的文人學者又常基於個人一己的好惡，而誇張或抹煞魯迅作品的某些特色，以致魯迅竟成爲近代中國文壇最離奇的「謎」，及最難解的「結」。

其實，若是擱置激情或偏見，平心細看魯迅的作品，任何人都不難發現：一、魯迅是一個真誠的人道主義者，他的作品永遠在關懷和呵護受侮辱、受傷害的苦難大眾。二、魯迅是一個文學才華遠遠超邁同時代水平的作家，就純文學領域而言，他的《吶喊》、《徬徨》、《野草》、《朝花夕拾》，迄今仍是現代中國最夠深度、結構也最爲嚴謹的小說與散文；而他所首創的「魯迅體雜文」，冷風熱血，犀利真摯，抒情析理，兼而有之，亦迄今仍無人可以企及。三、魯迅是最勇於面對時代黑暗與人性黑暗的作家，他對中國民族性的透視，以及對專制勢力的抨擊，沉痛真切，一針見血。四、魯迅是涉及論戰與爭議最多的作家，他與胡適、徐志摩、梁實秋、陳西瀅等人的筆戰，迄今仍是現代文學史上一樁樁引人深思的公案。五、魯迅是永不迴避的歷史見證者，他目擊身歷了清末亂局、辛亥革命、軍閥混戰、黃埔北伐，以及國共分裂、清黨悲劇、日本侵華等一連串中國近代史上掀天揭地的鉅變，秉筆直書，言其所信，孤懷獨往，昂然屹立，他自言「橫眉冷對千夫指，俯首甘爲孺子牛」，可見他的堅毅與孤獨。

現在，到了還原歷史真貌的時候了。隨著海峽兩岸文化交流的展開，再沒有理由讓魯迅作品長期被掩埋在謊言或禁忌之中了。對魯迅這位現代中國最重要的作家而言，還原歷史真貌最簡單、也最有效的方法，就是讓他的作品自己說話。

不要以任何官方的說詞、拼湊的理論，或學者的「研究」來混淆了原本文氣磅礴、光焰萬丈的魯迅作品；而讓魯迅作品如實呈現在每一個人面前，是魯迅的權利，也是每位讀者的權利。

恩怨俱了，塵埃落定。畢竟，只有真正卓越的文學作品是指向永恆的。

題記

回憶講小說史時，距今已垂十載，即印此梗概，亦已在七年之前矣。爾後研治之風，頗益盛大，顯幽燭隱，時亦有聞。如鹽谷節山①教授之發現元刊全相平話殘本及「三言」，並加考索，在小說史上，實爲大事；即中國嘗有論者②，謂當有以朝代爲分之小說史，亦殆非膚泛之論也。此種要略，早成陳言，惟緣別無新書，遂使尚有讀者，復將重印，義當更張，而流徙以來，斯業久廢，昔之所作，已如雲煙，故僅能於第四十五及二十一篇，稍施改訂，餘則以別無新意，大率仍爲舊文。大器晚成，瓦釜以久，雖延年命，亦悲荒涼，校訖黯然，誠望傑構於來哲也。

一九三〇年十一月二十五日之夜，魯迅記

注釋

①鹽谷節山（1878-1962）　鹽谷溫，字節山，日本漢學家。著有《中國文學概論講話》等。他在所著《關於明的小說「三言」》一文中，介紹了新發現的元刊全相平話五種及「三言」（載一九二四年日本漢學雜誌《斯文》第八編第六號）。「平話五種」及「三言」，分別參看本書第十四篇和第二十一篇。

②論者　指鄭振鐸。本篇手稿原作：「鄭振鐸教授之謂當有以朝代爲分之小說史，亦殆非膚泛論也。」

序言

中國之小說自來無史；有之，則先見於外國人所作之中國文學史①中，而後中國人所作者中亦有之，然其量皆不及全書之什一，故於小說仍不詳。

此稿雖專史，亦粗略也。然而有作者，三年前，偶當講述此史，自慮不善言談，聽者或多不憭，則疏其大要，寫印以賦同人；又慮抄者之勞也，乃復縮爲文言，省其舉例以成要略，至今用之。然而終付排印者，寫印已屢，任其事者實早勞矣，惟排字反較省，因以印也。

自編輯寫印以來，四五友人或假以書籍，或助爲校勘，雅意勤勤，三年如一，嗚呼，於此謝之！

一九二三年十月七日夜，魯迅記於北京

注釋

①外國人所作之中國文學史　最早有英國翟理斯（H.Giles）《中國文學史》（一九〇一年倫敦出版）、德國葛魯貝（W Grube）《中國文學史》（一九〇二年萊比錫出版）等。中國人所作者，有林傳甲《中國文學史》（一九〇四年出版）、謝无量《中國大文學史》（一九一八年出版）等。林著排斥小說，謝著全書六十三章，僅有四個章節論及小說。

《中國小說史略》目次

出版小引 還原歷史的真貌——讓魯迅作品自己說話 陳曉林 3
題記 魯迅 7
序言 魯迅 9
第一篇 史家對於小說之著錄及論述 13
第二篇 神話與傳說 29
第三篇 《漢書》《藝文志》所載小說 41
第四篇 今所見漢人小說 47
第五篇 六朝之鬼神志怪書（上） 59
第六篇 六朝之鬼神志怪書（下） 71
第七篇 《世說新語》與其前後 77
第八篇 唐之傳奇文（上） 89
第九篇 唐之傳奇文（下） 101
第十篇 唐之傳奇集及雜俎 113

第十一篇　宋之志怪及傳奇文　121
第十二篇　宋之話本　133
第十三篇　宋元之擬話本　143
第十四篇　元明傳來之講史（上）　151
第十五篇　元明傳來之講史（下）　165
第十六篇　明之神魔小說（上）　181
第十七篇　明之神魔小說（中）　189
第十八篇　明之神魔小說（下）　199
第十九篇　明之人情小說（上）　209
第二十篇　明之人情小說（下）　219
第二十一篇　明之擬宋市人小說及後來選本　227
第二十二篇　清之擬晉唐小說及其支流　239
第二十三篇　清之諷刺小說　253
第二十四篇　清之人情小說　261
第二十五篇　清之以小說見才學者　277
第二十六篇　清之狹邪小說　291

第二十七篇　清之俠義小說及公案　305
第二十八篇　清末之譴責小說　319
後記　335

附錄

一、中國小說的歷史的變遷　魯迅　339
從神話到神仙傳　339
六朝時之志怪與志人　344
唐之傳奇文　349
宋人之「說話」及其影響　354
明小說之兩大主潮　360
清小說之四派及其末流　365
二、《中國小說史略》的誕生　李歐梵　373
魯迅年表　379

第一篇　史家對於小說之著錄及論述

小說之名，昔者見於莊周之云「飾小說以干縣令」①（《莊子》《外物》），然案其實際，乃謂瑣屑之言，非道術所在，與後來所謂小說者固不同。桓譚言「小說家合殘叢小語，近取譬喻，以作短書，治身理家，有可觀之辭。」②（李善注《文選》三十一引《新論》）始若與後之小說近似，然《莊子》云堯問孔子，《淮南子》云共工爭帝地維絕，當時亦多以為「短書不可用」③，則此小說者，仍謂寓言異記，不本經傳，背於儒術者矣。後世眾說，彌復紛紜，今不具論，而徵之史：緣自來論斷藝文，本亦史官之職也。

秦既燔滅文章以愚黔首④，漢興，則大收篇籍，置寫官，成哀二帝，復先後使劉向及其子歆校書秘府，歆乃總群書而奏其《七略》⑤。《七略》今亡，班固作《漢書》⑥，刪其要為《藝文志》，其三曰《諸子略》，所錄凡十家，而謂「可觀者九家」⑦，小說則不與，然尚存於末，得十五家。班固於志自有注，其有某曰云云者，唐顏師古⑧注也。

《伊尹說》⑨二十七篇。（其語淺薄，似依託也。）

《鬻子說》⑩十九篇。（後世所加。）

《周考》⑪七十六篇。（考周事也。）

《青史子》⑫五十七篇。（古史官記事也。）

《師曠》⑬六篇。（見《春秋》，其言淺薄，本與此同，似因託之。）

《務成子》⑭十一篇。（稱堯問，非古語。）

《宋子》⑮十八篇。（孫卿道宋子，其言黃老意。）

《天乙》⑯三篇。（天乙謂湯，其言殷時者，皆依託也。）

《黃帝說》四十篇。（迂誕依託。）

《封禪方說》十八篇。（武帝時。）

《待詔臣饒心術》二十五篇。（武帝時。師古曰，劉向《別錄》云：「饒，齊人也，不知其姓，武帝時待詔，作書，名曰《心術》。」）

《待詔臣安成未央術》一篇。（應劭曰，道家也，好養生事，為未央之術。）

《臣壽周紀》七篇。（項國圉人，宣帝時。）

《虞初周說》九百四十三篇。（河南人，武帝時以方士侍郎，號黃車使者。應劭曰：其說以《周書》為本。師古曰，《史記》云：「虞初，洛陽人。」即張衡《西京賦》「小說九百，本自虞初」者也。）

《百家》百三十九卷。

古小說十五家，千三百八十篇。⑰

小說家者流，蓋出於稗官，街談巷語，道聽途說者之所造也。孔子曰，「雖小道，必有可觀者焉，致遠恐泥。」⑱是以君子弗為也，然亦弗滅也，閭里小知者之所及，亦使綴而不忘，如或一言可採，此亦當蕘狂夫之議也。

右所錄十五家，梁時已僅存《青史子》一卷，至隋亦佚；惟據班固注，則諸書大抵或託古人，或記古事，託人者似子而淺薄，記事者近史而悠謬者也。

唐貞觀中，長孫無忌⑲等修《隋書》，《經籍志》撰自魏徵⑳，祖述晉荀勗《中經簿》㉑而稍改變，爲經史子集四部，小說故隸於子。其所著錄，《燕丹子》㉒而外無晉以前書，別益以記談笑應對，敘藝術器物遊樂者，而所論列則仍襲《漢書》《藝文志》（後略稱《漢志》）：

小說者，街談巷語之說也，《傳》載輿人之頌，《詩》美詢於芻蕘，古者聖人在上，史為書，瞽為詩，工誦箴諫，大夫規誨，士傳言而庶人謗；孟春，徇木鐸以求歌謠，巡省，觀人詩以知風俗，過則正之，失則改之，道聽途說，靡不畢紀，周官誦訓掌道方志以詔觀事，道方慝以詔避忌，而職方氏掌道四方之政事與其上下之志，誦四方之傳道而觀其衣物是也。㉓孔子曰，「雖小道，必有可觀者焉，致遠恐泥。」

石晉時，劉昫等因韋述舊史作《唐書》《經籍志》（後略稱《唐志》）則以毋煚等所修之《古今書錄》爲本㉔，而意主簡略，刪其小序發明㉕，史官之論述由是不可見。所錄小說，與《隋書》《經籍志》（後略稱《隋志》）亦無甚異，惟刪其三書，而增張華《博物志》㉖十卷，此在《隋志》，本屬雜家，至是乃入小說。

宋皇祐中，曾公亮㉗等被命刪定舊史，撰志者歐陽修㉘，其《藝文志》（後略稱《新唐志》）小說類中，則大增晉至隋時著作，自張華《列異傳》戴祚《甄異傳》至吳筠《續齊諧記》等志神怪者十五家一百十五卷㉙，王延秀《感應傳》至侯君素《旌異記》等明因果者九家七十卷㉚，諸書前志本有，皆在史部雜傳類，與耆舊高隱孝子良吏列女等傳同列，至是始退爲小說，而史部遂無鬼神傳；又增益唐人著作，如李恕《誡子拾遺》㉛等之垂教誡，劉孝孫《事始》㉜等之數典故，李涪《刊誤》㉝等之糾訛謬，陸羽《茶經》㉞等之敘服用，併入此類，例乃愈棼，元修《宋史》，亦無變革，僅增蕪雜而已。

明胡應麟㉟（《少室山房筆叢》二十八）以小說繁夥，派別滋多，於是綜核大凡，分爲六類：

一曰志怪：《搜神》，《述異》，《宣室》，《酉陽》之類㊱是也；

一曰傳奇：《飛燕》，《太真》，《崔鶯》，《霍玉》之類㊲是也；

一曰雜錄：《世說》，《語林》，《瑣言》，《因話》之類㊳是也；

一曰叢談：《容齋》，《夢溪》，《東谷》，《道山》之類㊴是也；

一曰辯訂：《鼠璞》，《雞肋》，《資暇》，《辯疑》之類㊵是也；

一曰箴規：《家訓》，《世範》，《勸善》，《省心》之類㊶是也；

志。

清乾隆中，敕撰《四庫全書總目提要》㊷，以紀昀總其事，於小說別爲三派，而所論列則襲舊志。

……跡其流別，凡有三派：其一敘述雜事，其一記錄異聞，其一綴緝瑣語也。唐宋而後，作者彌繁，中間誣謾失真，妖妄熒聽者，固為不少，然寓勸誡，廣見聞，資考證者，亦錯出其中。班固稱「小說家者流蓋出於稗官」，如淳㊸注謂「王者欲知閭巷風俗，故立稗官，使稱說之」然則博採旁搜，是亦古制，固不必以冗雜廢矣。今甄錄其近雅馴者，以廣見聞，惟猥鄙荒誕，徒亂耳目者，則黜不載焉。

《西京雜記》㊹六卷。《世說新語》三卷。……

右小說家類雜事之屬……

《山海經》㊺十八卷。《穆天子傳》六卷。《神異經》一卷。……

《搜神記》二十卷。……《續齊諧記》一卷。……

右小說家類異聞之屬……

《博物志》十卷。《述異記》二卷。《酉陽雜俎》二十卷，《續集》十卷。……

右小說家類瑣語之屬……

右三派者，校以胡應麟之所分，實止兩類，前一即雜錄，後二即志怪，第析敘事有條貫者爲異聞，鈔錄細碎者爲瑣語而已。傳奇不著錄；叢談辯訂箴規三類則多改隸於雜家，小說範圍，至是乃稍整潔矣。然《山海經》《穆天子傳》又自是始退爲小說，案語云，「《穆天子傳》舊皆入起居注類，……實則恍忽無徵，又非《逸周書》㊻之比，……以爲信史而錄之，則史體雜，史例破矣。今退置於小說家，義求其當，無庸以變古爲嫌也。」於是小說之志怪類中又雜入本非依託之史，而史部遂不容多含傳說之書。

至於宋之平話，元明之演義，自來盛行民間，其書故當甚夥，而史志皆不錄。惟明王圻作《續文獻通考》㊼，高儒作《百川書志》㊽，皆收《三國志演義》及《水滸傳》，清初錢曾作《也是園書目》㊾，亦有通俗小說《三國志》等三種，宋人詞話《燈花婆婆》等十六種。然《三國》《水滸》，嘉靖中有都察院刻本㊿，世人視若官書，故得見收，後之書目，尋即不載，錢曾則專事收藏，偏重版本，緣爲舊刊，始以入錄，非於藝文有真知，遂離叛於曩例也。史家成見，自漢迄今蓋略同：目錄亦史之支流，固難有超其分際者矣。

注釋

①「飾小說以干縣令」　語見《莊子·雜篇·外物》。縣令，魯迅《中國小說的歷史的變遷》中說：「『縣』是高，言高名；『令』是美，言美譽。」

②桓譚（前？–56）　字君山，東漢沛國相（今安徽淮北市）人，官至議郎給事中。所撰《新論》，

《隋書・經籍志》著錄十七卷，已散佚，今存清人輯本。此處所引「小說家合殘叢小語」等語，見《文選》卷三十一江淹詩《李都尉》李善注，「殘叢」作「叢殘」，「譬喻」作「譬論」。

③「**短書不可用**」　《太平御覽》卷六〇二引桓譚《新論》：「余爲《新論》，術辨古今，亦欲興治也，何異《春秋》褒貶耶？今有疑者，所謂蚌異蛤、二五非十也。譚見劉向《新序》、陸賈《新語》，乃爲《新論》。莊周寓言，乃云『堯問孔子』，《淮南子》云：『共工爭帝，地維絕』，亦皆爲妄作，故世人多云：『短書不可用』。然論天間莫明於聖明，莊周等雖虛誕，故當採其善，何云盡棄耶？《按莊子》，戰國莊周撰。《漢書・藝文志》著錄五十二篇，今存三十三篇。「堯問孔子」，不見今本《莊子》。《淮南子》，西漢淮南王劉安及其門客編撰。《漢書・藝文志》著錄內篇二十一篇，外篇三十三篇，今存內篇。該書《天文訓》說：「昔者共工與顓頊爭爲帝，怒而觸不周之山，天柱折，地維絕。天傾西北，故日月星辰移焉；地不滿東南，故水潦塵埃歸焉。」

④**燔滅文章以愚黔首**　語見《漢書・藝文志》總序。黔首，唐顏師古注：「秦謂人爲黔首，言其頭黑也。」

⑤**劉向**（約前77–前6）　本名更生，字子政，西漢沛（今江蘇沛縣）人，官諫大夫、中壘校尉等。曾於天祿閣領校群書，撰成《別錄》。原有《劉向集》六卷，已散佚，明人輯有《劉中壘集》。劉歆（?–23），字子駿，官騎都尉、奉車光祿大夫。受詔與父向領校秘書，撰成《七略》。原有《劉歆集》，已散佚，明人輯有《劉子駿集》。《七略》，我國最早的一部目錄書，《隋書・經籍志》著錄七卷，已散佚，今存清人輯本一卷。

⑥班固（32-92）　字孟堅，東漢安陵（今陝西咸陽）人，官蘭台令史。曾校書秘府，繼其父班彪編撰《漢書》共一百卷。其中《藝文志》載：劉歆曾「總群書而奏其《七略》，故有《輯略》，有《六藝略》，有《諸子略》，有《詩賦略》，有《兵書略》，有《術數略》，有《方技略》。今刪其要，以備篇籍」。

⑦「可觀者九家」　《漢書·藝文志·諸子略》記述十家，指儒家、道家、陰陽家、法家、名家、墨家、縱橫家、雜家、農家及小說家，並評論云：「諸子十家，其可觀者九家而已。」

⑧顏師古（581-645）　名籀，唐萬年（今陝西西安）人，曾任中書侍郎、秘書少監。精於訓詁，以注《漢書》著稱。

⑨《伊尹說》　已散佚。《漢書·藝文志》道家類著錄《伊尹》五十一篇，亦已散佚。《玉函山房輯佚書》輯有《伊尹書》一卷，《全上古三代秦漢三國六朝文》輯有伊尹遺文十一則。伊尹，名摯，商初大臣。

⑩《鬻子說》　已散佚。又道家類著錄《鬻子》二十二篇，亦已散佚。《全上古三代秦漢三國六朝文》輯有一卷。鬻子，名熊，《史記·楚世家》稱他是周文王時人，周成王封其後裔熊繹於楚蠻，是爲楚國之始。

⑪《周考》　已散佚。

⑫《青史子》　周青史子撰，已散佚。《隋書·經籍志》《燕丹子》題下附注：「梁有《青史子》一卷，……亡。」魯迅《古小說鉤沈》有輯本。青史子，青史係複姓，古代史官。

⑬《師曠》　已散佚。又兵陰陽家類著錄《師曠》八篇，亦已散佚。師曠，字子野，春秋晉國人，平公臣子，精通音樂。其言論見於《春秋左氏傳》、《逸周書》等。

⑭《務成子》　已散佚。又五行家類著錄《務成子災異應》十四卷，房中家類著錄《務成子陰道》三十六卷，均散佚。務成係複姓，名昭，一說名跗。東漢王符《潛夫論・贊學》有「堯師務成」的記載。

⑮《宋子》　已散佚。《玉函山房輯佚書》輯有一卷。宋子，名鈃，戰國時宋國人。參看本書第三篇。

⑯《天乙》　已散佚。《史記・殷本紀》：「主癸卒，子天乙立，是爲成湯。」下文《黃帝說》、《封禪方說》、《待詔臣饒心術》、《待詔臣安成未央術》、《臣壽周紀》、《虞初周說》、《百家》，亦均散佚。《百家》，劉向編撰。

⑰《漢書・藝文志》　所錄小說總數，應爲「千三百九十篇」。

⑱「雖小道，必有可觀者焉」等句，見《論語・子張》：「子夏曰：『雖小道，必有可觀者焉，致遠恐泥，是以君子不爲也』。」

⑲長孫無忌（?-659）　字輔機，唐洛陽（今屬河南）人，官至太尉，封越國公。永徽三年（652）奉命監修《隋書》十志。

⑳魏徵（580-643）　字玄成，唐館陶（今屬河北）人，官至侍中，封鄭國公。曾校定秘府圖書，貞觀三年（629）主持梁、陳、北齊、北周、隋五朝史的編撰工作。按魏徵只參與編撰《隋書》紀傳部

分，《經籍志》長孫無忌等人編撰。

㉑荀勗（?-1289）　字公曾，晉潁陰（今河南許昌）人。由魏入晉，領秘書監，官至尚書令。他曾據魏鄭默《中經》撰成《中經簿》，係繼《七略》之後最詳盡的目錄學著作，現已散佚。據《隋書·經籍志》，《中經簿》分四部：甲部收六藝及小學等書，乙部收古諸子家、近世子家、兵書、兵家、術數，丙部收史記、舊事、皇覽簿、雜事，丁部收詩賦、圖贊、汲冢書。《隋書·經籍志》即據此將群書分爲經、史、子、集四部；但以甲爲經、乙爲史、丙爲子、丁爲集，與荀勗所定以乙爲子、丙爲史有所不同。

㉒《燕丹子》　作者未詳，或言漢人所撰。《隋書·經籍志》著錄一卷。內容敘寫戰國時燕太子丹命荊軻往刺秦王的故事。

㉓此處「職方氏」應作「訓方氏」。據《周禮·夏官》：「訓方氏掌道四方之政事，與其上下之志。誦四方之傳道，正歲則布而訓四方，而觀新物」；「職方氏掌天下之圖，以掌天下之地」。

㉔劉昫（887-946）　字耀遠，後晉歸義（今河北雄縣）人，官至太保，曾監修《舊唐書》。韋述（?-757），唐萬年（今陝西西安）人，官至工部侍郎。玄宗時曾主修國史。毋煚，唐洛陽（今屬河南）人，曾任右率府胄曹參軍。參與整理、校訂內府圖書，與韋述等人重修成《群書四部錄》二百卷，後又獨自節取該書編成《古今書錄》四十卷。

㉕《漢書·藝文志》　除總序外，每部類均有扼要評述，通稱小序。據《舊唐書·經籍志序》：「煚等撰集，依班固《藝文志》體例，諸書隨部皆有小序，發明其指。」其後《舊唐書》撰者據《古今

書錄》編撰《經籍志》時，爲簡略起見，將小序全部刪去。

㉖**張華**　字茂先，晉方城（**今河北固安**）人。所撰《博物志》，《新唐書・藝文志》著錄十卷。下文《列異傳》，一說魏曹丕撰，已散佚，魯迅《古小說鉤沈》有輯本。參看本書第五篇。

㉗**曾公亮**（999-1078）　字明仲，北宋晉江（**今屬福建**）人。曾任史館修撰，官至同中書門下平章事、集賢殿大學士。他主持《新唐書》編撰工作，書成，由其具名奏進。

㉘**歐陽修**（1007-1072）　字永叔，號六一居士，北宋吉水（**今屬江西**）人，官至樞密副使、參知政事。與宋祁合修《新唐書》，所撰有《新五代史》、《歐陽文忠集》。

㉙**戴祚**　字延之，晉江東人，曾隨劉裕西征姚秦，後任西戎主簿。所撰《甄異傳》，《隋書・經籍志》著錄三卷，已散佚，魯迅《古小說鉤沈》有輯本。吳筠，字叔庠，梁故鄣（**今浙江安吉**）人。據《梁書・文學傳》、《隋書・經籍志》、兩《唐志》，吳筠均作「吳均」。參看本書第五篇。此處所說「志神怪者十五家一百十五卷」，指張華《列異傳》一卷，戴祚《甄異傳》三卷，袁王壽《古異傳》三卷，祖沖之《述異記》十卷，劉質《近異錄》二卷，干寶《搜神記》三十卷，劉之遴《神錄》五卷，梁元帝《妍神記》十卷，祖臺之《志怪》四卷，孔氏《志怪》四卷，荀氏《靈鬼志》三卷，謝氏《鬼神列傳》二卷，劉義慶《幽明錄》三十卷，東陽無疑《齊諧記》七卷，吳均《續齊諧記》一卷。

㉚**王延秀**　南朝宋太原（**今屬山西**）人。曾任尚書郎。所撰《感應傳》，《新唐書・藝文志》著錄八卷，已散佚；《太平廣記》存佚文二則。侯君素，侯白字君素，隋魏郡（**郡治今河南臨漳**）人。參

看本書第七篇。所撰《旌異記》，《新唐書・藝文志》著錄十五卷，已散佚；魯迅《古小說鉤沈》有輯本。此處所說「明因果者九家七十卷」，指王延秀《感應傳》八卷，陸果《繫應驗記》一卷，王琰《冥祥記》十卷，《新唐書・藝文志》著錄一卷，《隋書・經籍志》和《舊唐書・經籍志》均著錄十卷。（**按九家七十卷，則以十卷為是**），王曼潁《續冥祥記》十一卷，劉泳《因果記》十卷，顏之推《冤魂志》三卷，又《集靈記》十卷，無名氏《徵應集》二卷，侯君素《旌異記》十五卷。

㉛**李恕**　據《新唐書・宰相世系表》，唐代名李恕者有三人，一爲隴西郡李晟之子，曾任光祿卿，餘二人皆越郡人。《誡子拾遺》，《新唐書・藝文志》著錄四卷，撰者李恕爲何人，待考。

㉜**劉孝孫**　隋末唐初荊州（**治所今湖北江陵**）人。曾任太子洗馬。所撰《事始》，《新唐書・藝文志》著錄三卷，係劉孝孫、房德懋合撰。據晁公武《郡齋讀書志》載，《事始》全書分二十六門，內容係考述事物起源。

㉝**李涪**　唐末人。曾任國子祭酒。所撰《刊誤》，《新唐書・藝文志》著錄二卷。書中考究典故，引古制以正唐制之誤，下卷兼及雜事。

㉞**陸羽**（733-804）　字鴻漸，唐竟陵（**今湖北天門**）人。所撰《茶經》，《新唐書・藝文志》著錄三卷，係我國有關茶學的第一部專門著作。

㉟**胡應麟**（1551-1602）　字元瑞，號少室山人，明蘭溪（**今屬浙江**）人。所撰《少室山房筆叢》，《明史・藝文志》著錄三十二卷，又續集十六卷。內容主要爲關於經史百家的考據，其中對於小說戲

曲的評述尤爲人所重視。

㊱《搜神》　即晉干寶《搜神記》；《述異》，即晉祖沖之《述異記》，參看本書第五篇。《宣室》，即唐張讀《宣室志》；《酉陽》，即唐段成式《酉陽雜俎》，參看本書第十篇。

㊲《飛燕》　即宋秦醇《趙飛燕外傳》：《太真》，即宋樂史《楊太真外傳》，參看本書第十一篇。《崔鶯》，即唐元稹《鶯鶯傳》；《霍玉》，即唐蔣防《霍小玉傳》，參看本書第九篇。

㊳《世說》　即南朝宋劉義慶《世說新語》；《語林》，即晉裴啓《語林》，參看本書第七篇。《瑣言》，即《北夢瑣言》，宋孫光憲撰，《宋史．藝文志》著錄十二卷，記唐、五代士大夫遺文瑣語。《因話》，即《因話錄》，唐趙璘撰，《新唐書．藝文志》著錄六卷，記唐人遺聞佚事等。

㊴《容齋》　即《容齋隨筆》，宋洪邁撰，《宋史．藝文志》著錄五集七十四卷。內容爲經史百家以及醫卜星算的辯訂考據。《夢溪》，即《夢溪筆談》，宋沈括撰，二十六卷，又《補筆談》三卷，《續筆談》一卷。內容涉及史地、科技、藝文等。《東谷》，即《東谷所見》，宋李之彥撰，《宋史．藝文志補》著錄一卷，係論說性短文。《道山》，即《道山清話》，撰者未詳。《四庫全書總目提要》著錄一卷，記宋代雜事。

㊵《鼠璞》　宋戴植撰，《宋史．藝文志補》著錄一卷，書中多考證經史疑義及名物典故的異同。《雞肋》，即《雞肋編》，宋莊季裕撰，三卷，內容係考證古義，記敘軼事遺聞。《資暇》，即《資暇集》，唐李匡文撰，《新唐書．藝文志》著錄三卷，內容係考訂古物，記述史事。《辯疑》，即《辨疑志》，唐陸長源撰，《新唐書．藝文志》著錄三卷。據《說邪》所收佚文，內容

係辨明釋道二教神怪靈驗說的虛妄。據《新唐書·藝文志》、宋陳振孫《直齋書錄解題》，「辯」均作「辨」。

㊶《家訓》　即《顏氏家訓》，北齊顏之推撰，《舊唐書·經籍志》著錄七卷，內容以講述立身治家之道爲主，兼及考訂典故，評論文藝。《世範》，即《袁氏世範》，宋袁採撰，《宋史·藝文志》著錄三卷。《勸善》，《宋史·藝文志》著錄王敏中《勸善錄》六卷，《郡齋讀書志》著錄周明寂《勸善錄》六卷，明沈節甫輯《由醇錄》中有秦觀《勸善錄》一卷。此處指何書待考。《省心》，即《省心雜言》，宋李邦獻撰，《宋史·藝文志》著錄一卷。以上三書均係講述立身處世之道。

㊷《四庫全書總目提要》　清乾隆三十七年（1772）至乾隆四十六年（1781），永瑢、紀昀奉命纂修《四庫全書》，曾將抄錄入庫和抄存卷目的圖書，全部撰寫提要，共二百卷。收正式入庫書三四七〇種，存目書六八一九種。紀昀，字曉嵐。參看本書第二十二篇。

㊸如淳　三國魏馮翊（治所今陝西大荔）人，官陳郡丞。曾爲《漢書》作注。引文見《漢書·藝文志》注。

㊹《西京雜記》　《舊唐書·經籍志》、《新唐書·藝文志》題葛洪撰，參看本書第四篇。

㊺《山海經》　作者不詳，參看本書第二篇。《穆天子傳》，晉代從戰國魏襄王墓中發現先秦古書的一種，參看本書第二篇。《神異經》，舊傳漢東方朔撰，已散佚，今存輯本一卷，參看本書第四篇。

㊻《逸周書》　即《周書》，連序七十一篇。

㊼王圻　字元翰，明上海人。曾任陝西布政使參議。所撰《續文獻通考》，共二五四卷，分類記載南

宋嘉定至明萬曆初之間典章制度的沿革情況。關於《水滸傳》的記載，見該書卷一七七《經籍考》傳記類。

㊽**高儒**　明涿州（治所今河北涿縣）人。武弁出身，喜藏書。所撰《百川書志》，二十卷，係其藏書目錄。該書史部野史類著錄有《三國志通俗演義》、《忠義水滸傳》。

㊾**錢曾**（1629-1701）　字遵王，清常熟（今屬江蘇）人。他藏書甚多，所撰《也是園書目》，十卷，分經、史、子、集、三藏、道藏、戲曲小說七類。該書戲曲小說類通俗小說部分，著錄《古今演義三國志》、《舊本羅貫中水滸傳》、《黎園廣記》三種；宋人詞話部分著錄《燈花婆婆》、《種瓜張老》、《紫羅蓋頭》、《女報冤》、《風吹轎兒》、《錯斬崔寧》、《小（山）亭兒》、《西湖三塔》、《馮玉梅團圓》、《簡帖和尚》、《李煥生五陣雨》、《小金錢》、（宣和遺事》、《煙粉小說》、《奇聞類記》及《湖海奇聞》十六種。

㊿**都察院刻本**　據明周弘祖《古今書刻》上編，都察院項下列有《三國志演義》和《水滸傳》。

第二篇　神話與傳說

志怪之作，莊子謂有齊諧，列子稱夷堅①，然皆寓言，不足徵信。《漢志》乃云出於稗官，然稗官者，職惟採集而非創作，「街談巷語」自生於民間，固非一誰某之所獨造也，探其本根，則亦猶他民族然，在於神話與傳說。

昔者初民，見天地萬物，變異不常，其諸現象，又出於人力所能以上，則自造衆說以解釋之：凡所解釋，今謂之神話。神話大抵以一「神格」爲中樞，又推演爲敘說，而於所敘說之神，之事，又從而信仰敬畏之，於是歌頌其威靈，致美於壇廟，久而愈進，文物遂繁。故神話不特爲宗教之萌芽，美術所由起，且實爲文章之淵源。惟神話雖生文章，而詩人則爲神話之仇敵，蓋當歌頌記錄之際，每不免有所粉飾，失其本來，是以神話雖託詩歌以光大，以存留，然亦因之而改易，而銷歇也。如天地開闢之說，在中國所留遺者，已設想較高，而初民之本色不可見，即其例矣。

> 天地混沌如雞子，盤古生其中，一萬八千歲。天地開闢，陽清為天，陰濁為地，盤古在其中，一日九變，神於天，聖於地。天日高一丈，地日厚一丈，盤古日長一丈，如此萬八千歲，天數極高，地數極深，盤古極長。後乃有三皇。（《藝文類聚》一引徐整《三五曆記》）

天地，亦物也。物有不足，故昔者女媧氏煉五色石以補其闕，斷鰲之足以立四極。

其後共工氏與顓頊爭為帝，怒而觸不周之山，折天柱，絕地維，故天傾西北，日月星辰就焉，地不滿東南，故百川水潦歸焉。（《列子》《湯問》）

迨神話演進，則爲中樞者漸近於人性，凡所敘述，今謂之傳說。傳說之所道，或爲神性之人，或爲古英雄，其奇才異能神勇爲凡人所不及，而由於天授，或有天相者，簡狄吞燕卵而生商②，劉媼得交龍而孕季③，皆其例也。此外尚甚眾。

堯之時，十日並出，焦禾稼，殺草木，而民無所食。猰貐鑿齒九嬰大風封豨脩蛇，皆為民害。堯乃使羿……上射十日而下殺猰貐。……萬民皆喜，置堯以為天子。（《淮南子》《本經訓》）

羿請不死之藥於西王母，姮娥竊以奔月。（《淮南子》《覽冥訓》）。高誘注曰，姮娥羿妻。羿請不死之藥於西王母，未及服之。姮娥盜食之，得仙，奔入月中為月精。）

昔堯殛鯀於羽山，其神化為黃熊以入於羽淵。（《春秋》《左氏傳》）

瞽瞍使舜上涂廩，從下縱火焚廩，舜乃以兩笠自扞而下去，得不死。瞽瞍又使舜穿井，舜穿井為匿空，旁出。（《史記》《舜本紀》）④

中國之神話與傳說，今尚無集錄爲專書者，僅散見於古籍，而《山海經》中特多。《山海經》

今所傳本十八卷，記海內外山川神祇異物及祭祀所宜，以為禹益作者固非，而謂因《楚辭》而造者亦未是⑤；所載祠神之物多用糈（精米），與巫術合，蓋古之巫書也，然秦漢人亦有增益。其最為世間所知，常引為故實者，有崑崙山與西王母。

崑崙之丘，是實惟帝之下都，神陸吾司之，其神狀虎身而九尾，人面而虎爪。是神也，司天之九部及帝之囿時。（《西山經》）

玉山，是西王母所居也。西王母其狀如人，豹尾虎齒而善嘯，蓬髮戴勝，是司天之厲及五殘。（同上）

崑崙之墟方八百里，高萬仞；上有木禾，長五尋，大五圍；面有九井，以玉為檻，面有九門，門有開明獸守之。百神之所在。在八隅之岩，赤水之際，非仁羿莫能上。（《海內西經》）

西王母梯几而戴勝杖（案此字當衍），其南有三青鳥，為西王母取食，在崑崙墟北。（《海內北經》）

大荒之中有山，名曰豐沮玉門，日月所入。有靈山，巫咸巫即巫盼巫彭巫姑巫真巫禮巫抵巫謝巫羅十巫從此升降，百藥爰在。（《大荒西經》）

西海之南，流沙之濱，赤水之後，黑水之前，有大山，名曰崑崙之丘。有神人面虎身有尾皆白處之。其下有弱水之淵環之。其外有炎火之山，投物輒然。有人戴勝，虎齒豹

尾，穴處，名曰西王母。此山萬物盡有。（同上）

晉咸寧五年，汲縣民不準盜魏襄王塚⑥，得竹書《穆天子傳》五篇，又雜書十九篇。《穆天子傳》今存，凡六卷；前五卷記周穆王駕八駿西征之事，後一卷記盛姬卒於途次以至反葬，蓋即雜書之一篇。傳亦言見西王母，而不敘諸異相，其狀已頗近於人王。

吉日甲子，天子賓於西王母，乃執白圭玄璧以見西王母。好獻錦組百純，□組三百純，西王母再拜受之。□乙丑。天子觴西王母於瑤池之上。西王母為天子謠，曰，「白雲在天，山𨺗⑦自出，道里悠遠，山川間之，將子無死，尚能復來。」天子答之曰，「予歸東土，和治諸夏，萬民平均，吾顧見汝，比及三年，將復而野。」天子遂驅升於弇山，乃紀丌跡於弇山之石，而樹之槐，眉曰西王母之山。（卷三）

有虎在乎葭中。天子將至。七萃之士高奔戎請生捕虎，必全之，乃生捕虎而獻之。天子命之為柙而畜之東虞，是為虎牢。天子賜奔戎畋馬十駟，歸之太牢，奔戎再拜䭫首。（卷五）

漢應劭⑧說，《周書》爲虞初小說所本，而今本《逸周書》中惟《克殷》《世俘》《王會》《太子晉》⑨四篇，記述頗多誇飾，類於傳說，餘文不然。至汲冢所出周時竹書中，本有《瑣語》

十一篇，爲諸國卜夢妖怪相書，今佚，《太平御覽》⑩間引其文；又汲縣有晉立《呂望表》⑪，亦引《周志》，皆記夢驗，甚似小說，或虞初所本者爲此等，然別無顯證，亦難以定之。

齊景公伐宋，至曲陵，夢見有短丈夫賓於前。晏子曰，「君所夢何如哉？」公曰，「其賓者甚短，大上小下，其言甚怒，好俯。」晏子曰，「如是，則伊尹也。伊尹甚大而短，大上小下，赤色而髯，其言好俯而下聲。」公曰，「是矣。」晏子曰，「是怒君師，不如違之。」遂不果伐宋。（《太平御覽》三百七十八）

文王夢天帝服玄禳以立於令狐之津。帝曰，「昌，賜汝望。」文王再拜稽首，太公於後亦再拜稽首。文王夢之之夜，太公夢之亦然。其後文王見太公而訓之曰，「而名為望乎？」答曰，「唯，為望。」文王曰，「吾如有所見於汝。」太公言其年月與其日，且盡道其言，「臣以此得見也。」文王曰「有之，有之。」遂與之歸，以為卿士。（晉立《太公呂望表》石刻，以東魏立《呂望表》補闕字。）

他如漢前之《燕丹子》，漢揚雄⑫之《蜀王本紀》，越曄之《吳越春秋》⑬，袁康，吳平之《越絕書》⑭等，雖本史實，並含異聞。若求之詩歌，則屈原所賦，尤在《天問》⑮中，多見神話與傳說，如「夜光何德，死則又育？厥利惟何，而顧菟在腹？」「鮌何所營？禹何所成？康回馮怒，地何故以東南傾？」「崑崙縣圃，其凥安在？增城九重，其高幾里？」「鯪魚何所？鬿堆焉處？羿焉弛日?烏焉解羽?」是也。王逸⑯曰，「屈原放逐，彷徨山澤，見楚有先王之廟及公卿祠堂，圖畫天地山川神靈重琦瑋譎佹及古賢聖怪物行事，……因書其壁，何而問之。」（本書注）是知此種故事，當時不特流傳人口，且用爲廟堂文飾矣。其流風至漢不絕，今在墟墓間猶見有石刻神祇怪物聖哲士女之圖。晉既得汲冢書，郭璞⑰爲《穆天子傳》作注，又注《山海經》，作圖贊，其後江灌⑱亦有圖贊，蓋神異之說，晉以後尚爲人士所深愛。然自古以來，終不聞有薈萃融鑄爲巨制，如希臘史詩⑲者，第用爲詩文藻飾，而於小說中常見其跡象而已。

中國神話之所以僅存零星者，說者⑳謂有二故：一者華土之民，先居黃河流域，頗乏天惠，其生也勤，故重實際而黜玄想，不更能集古傳以成大文。二者孔子出，以修身齊家治國平天下等實用爲教，不欲言鬼神，太古荒唐之說，俱爲儒者所不道，故其後不特無所光大，而又有散亡。

然詳案之，其故殆尤在神鬼之不別。天神地祇人鬼，古者雖若有辨，而人鬼亦得爲神祇。人神淆雜，則原始信仰無由蛻盡；原始信仰存則類於傳說之言日出而不已，而舊有者於是僵死，新出者亦更無光焰也。如下例，前二爲隨時可生新神，後三爲舊神有轉換而無演進。

蔣子文，廣陵人也，嗜酒好色，佻撻無度；常自謂骨青，死當為神。漢末為秣陵尉，逐賊至鍾山下，賊擊傷額，因解綬縛之，有頃遂死。及吳先主之初，其故吏見文於道，……謂曰，「我當為此土地神，以福爾下民，爾可宣告百姓，為我立廟，不爾，將有大咎。」是歲夏大疫，百姓輒相恐動，頗有竊祠之者矣。（《太平廣記》二九三引《搜神

記》）

世有紫姑神，古來相傳云是人家妾，為大婦所嫉，每以穢事相次役，正月十五日感激而死。故世人以其日作其形，夜於廁間或豬欄邊迎之。……投者覺重（案投當作捉，持也），便是神來，奠設酒果，亦覺貌輝輝有色，即跳躞不住；能占眾事，卜未來蠶桑，又善射鉤；好則大儛，惡便仰眠。（《異苑》五）

滄海之中，有度朔之山，上有大桃木，……其枝間東北曰鬼門，萬鬼所出入也。上有二神人，一曰神荼，一曰鬱壘，主閱領萬鬼，害惡之鬼，執以葦索而以食虎。於是黃帝乃作禮，以時驅之，立大桃人，門戶畫神荼鬱壘與虎，懸葦索，以禦凶魅。（《論衡》二十二引《山海經》，案今本中無之。）

東南有桃都山，……下有二神，左名隆，右名窌，並執葦索，伺不祥之鬼，得而煞之。今人正朝作兩桃人立門旁，……蓋遺象也。（《太平御覽》二九及九一八引《玄中記》以《玉燭寶典》注補）

門神，乃是唐朝秦叔寶敬德二將軍也。按傳，唐太宗不豫，寢門外拋磚弄瓦，鬼魅呼號。……太宗懼之，以告群臣。秦叔寶出班奏曰，「臣平生殺人如剖瓜，積屍如聚蟻，何懼魍魎乎？願同胡德戎裝立門外以伺。」太宗可其奏，夜果無警，太宗嘉之，命畫工圖二人之形像，……懸於宮掖之左右門，邪祟以息。後世沿襲，遂永為門神。（《三教搜神大全》七）

注釋

①**齊諧**　《莊子·逍遙遊》載：「齊諧者，志怪者也。」後人有以齊諧爲志怪小說集書名的，如劉宋東陽無疑《齊諧記》、梁吳均《續齊諧記》。夷堅，《列子·湯問》載：溟海有鯤、鵬，「禹行而見之，伯益知而名之，夷堅聞而志之。」後人有以夷堅爲志怪小說集書名的，如宋洪邁《夷堅志》、金元好問《續夷堅志》。

②**簡狄吞燕卵而生商**　見《史記·殷本紀》：「殷契，母曰簡狄，有娀氏之女，爲帝嚳次妃。三人行浴，見玄鳥墮其卵，簡狄取而吞之，因孕生契。」商，即契，商朝的始祖。

③**劉媪得交龍而孕季**　見《史記·高祖本紀》：「劉媪嘗息大澤之陂，夢與神遇。是時雷電晦冥，太公往視，則見蛟龍於其上。已而有身，遂產高祖。」蛟龍，《漢書·高帝紀》作「交龍」。季，漢高祖。劉邦，字季。

④關於瞽瞍欲害舜事，《史記·五帝本紀》原作：「瞽瞍尚復欲殺之，使舜上涂廩，瞽瞍從下縱火焚廩。舜乃以兩笠自扞而下，去，得不死。後瞽瞍又使舜穿井，舜穿井爲匿空旁出。舜既入深，瞽瞍與象共下土實井，舜從匿空出，去。」

⑤關於《山海經》作者，稱它爲禹，益所作，見漢劉歆《上山海經表》：「禹別九州，任土作貢，而益等類物善惡，著《山海經》」；漢王充《論衡·別通篇》：「禹、益並治洪水，……以所聞見作

《山海經》。」《山海經》因《楚辭》而造，見宋朱熹《楚辭辨證》（下）：「大抵古今說《天問》者，皆本此二書（按指《山海經》和《淮南子》），今以文意考之，疑此二書，本皆緣解此《問》而作。」

⑥**不準盜發魏襄王冢**　《晉書・武帝紀》載：咸寧五年（279）冬十月，「汲郡人不準掘魏襄王冢，得竹簡小篆古書十餘萬言。」不準，人名。魏襄王冢，一說安釐王冢。據《晉書・束晳傳》載：從汲冢中得竹書數十車，「其《紀年》十三篇，記夏以來至周幽王為犬戎所滅，以事接之，三家分，仍述魏事至安釐王之二十年。……《瑣語》十一篇，諸國卜夢妖怪相書也。……《穆天子傳》五篇，言周穆王遊行四海，見帝台、天王母。……又雜書十九篇：《周食田法》、《周書》、《周穆王美人盛姬死事》。」

⑦陎　陵的異體字。下文的「丌」、「𩠐」分別為「其」、「稽」的異體字。

⑧**應劭**　字仲遠，東漢汝南南頓（**今河南項城**）人。曾任泰山太守。撰有《風俗通義》、《漢書集解音義》等。

⑨**《克殷》**　《逸周書》第三十六，記周武王在牧野戰勝殷紂事。《世俘》，見《逸周書》第四十，記周武王滅殷後，繼續追擊殷諸侯國及以俘虜祭祀事。《王會》，見《逸周書》第五十九，記周成王大會諸侯，各國進獻奇珍異物事。《太子晉》，見《逸周書》第六十四，記周靈王太子晉與晉大夫師曠對話時能言善辯事。

⑩**《太平御覽》**　類書，北宋李昉等人奉旨編輯，太平興國八年（983）書成。共一千卷，分五十五

門，引書多至一六九〇種。該書引有《瑣語》十七則。

⑪**晉立《呂望表》**　石刻碑文，一名《太公碑》。宋趙明誠《金石錄》載：「晉太康十年三月，汲縣令盧無忌立。」表內引有《周志》「文王夢天帝」一段文字。《周志》，《左傳》文公二年：「志者記也，謂之《周志》，明是周世之書，不知其書何所名也。」下文「東魏立《呂望表》，據清華沅《中州金石記》載，晉立太公碑損裂後，於東魏武定八年（548）四月再立。由穆子容書寫。

⑫**楊雄（前53-18）**　亦作揚雄，字子雲，西漢蜀郡成都（今屬四川）人，成帝時爲給事黃門郎。其著作有明人所輯《揚子雲集》，六卷。所撰《蜀王本紀》，一卷，記蜀國開國至秦時諸蜀王的異事。

⑬**越曄**　字長君，東漢山陰（今浙江紹興）人。所撰《吳越春秋》，《隋書·經籍志》著錄十二卷，內容記述吳國自太伯至夫差，越國自無餘至勾踐的歷史故事，其中有不少民間傳說。

⑭**袁康**　東漢會稽（今浙江紹興）人。吳平，字君高，東漢會稽人。《越絕書》，內容記述吳越的歷史地理及夫差、伍子胥、文種、范蠡等人的活動。《舊唐書·經籍志》著錄十六卷，題子貢撰。按該書記事下及秦漢，撰者不可能是子貢。《四庫全書總目提要》推斷爲「會稽袁康所作，同郡吳平所定。」

⑮**《天問》**　《楚辭》篇名，屈原撰。全詩由一百七十多個問題組成，對某些古代史事、神話傳說和自然現象提出疑問。魯迅《摩羅詩力說》稱此詩「懷疑自遂古之初直至百物之瑣末，放言無憚，爲前人所不敢言。」

⑯**王逸**　字叔師，東漢南郡宜城（今屬湖北）人。安帝元初中爲校書郎，順帝時進侍中。所撰《楚辭

章句》，係《楚辭》最早注本。下文「本書注」，指王逸《楚辭章句》中，《天問》章句序，這裡有刪節。

⑰**郭璞**（276-324）　字景純，晉河東聞喜（今屬山西）人。曾任著作佐郎、王敦記室參軍。圖贊，《隋書・經籍志》著錄郭璞《山海經圖贊》二卷，是以《山海經》內容爲題材的圖畫的贊詩。

⑱**江灌**　字道群，晉陳留（今屬河南開封縣）人，官至吳郡太守。據《舊唐書・經籍志》、《新唐書・藝文志》，江灌所撰係《爾雅圖贊》。

⑲**希臘史詩**　指長詩《伊利亞特》、《奧德賽》，相傳爲公元前九世紀盲詩人荷馬所作，經過長期的口頭傳誦，公元前六世紀整理成書。作品串聯許多神話和歷史傳說，爲後世的文學藝術創作提供了豐富的素材。

⑳**說者**　指日本鹽谷溫。他解釋中國古代神話很少的兩個原因，見他所著《中國文學概論講話》第六章（孫俍工譯）。

第三篇　《漢書》《藝文志》所載小說

《漢志》之敘小說家，以爲「出於稗官」，如淳曰，「細米爲稗。街談巷說，甚細碎之言也。王者欲知里巷風俗，故立稗官，使稱說之。」（本注）其所錄小說，今皆不存，故莫得而深考，然審察名目，乃殊不似有採自民間，如《詩》之《國風》①者。其中依託古人者七，曰：《伊尹說》，《鬻子說》，《師曠》，《務成子》，《宋子》，《天乙》，《黃帝》。記古事者二，曰：《周考》，《青史子》，皆不言何時作。明著漢代者四家：曰《封禪方說》，《待詔臣饒心術》，《臣壽周紀》，《虞初周說》。《待詔臣安成未央術》與《百家》，雖亦不云何時作，而依其次第，自亦漢人。

《漢志》道家有《伊尹說》②五十一篇，今佚；在小說家之二十七篇亦不可考，《史記》《司馬相如傳》注引《伊尹書》曰，「箕山之東，青鳥之所，有盧橘夏熟。」當是遺文之僅存者。《呂氏春秋》《本味篇》③述伊尹以至味說湯，亦云「青鳥之所有甘櫨」，說極詳盡，然文豐贍而意淺薄，蓋亦本《伊尹書》。伊尹以割烹要湯④，孟子嘗所詳辯，則此殆戰國之士之所爲矣。

《漢志》道家有《鬻子》二十二篇，今僅存一卷，或以其語淺薄，疑非道家言。然唐宋人所引逸文，又有與今本《鬻子》頗不類者，則殆真非道家言也。

> 武王率兵車以伐紂。紂虎旅百萬，陣於商郊，起自黃鳥，至於赤斧，走如疾風，聲如

振霆。三軍之士，靡不失色。武王乃命太公把白旄以麾之，紂軍反走。（《文選李善注》及《太平御覽》三百一）

青史子爲古之史官，然不知在何時。其書隋世已佚，劉知幾《史通》⑤云「《青史》由綴於街談」者，蓋據《漢志》言之，非逮唐而復出也。遺文今存三事，皆言禮，亦不知當時何以入小說。

古者胎教，王后腹之七月而就宴室，太史持銅而御戶左，太宰持斗而御戶右，太卜持蓍龜而御堂下，諸官皆以其職御於門內。比及三月者，王后所求聲音非禮樂，則太史緼瑟而稱不習，所求滋味者非正味，則太宰倚斗而不敢煎調，而言曰，「不敢以待王太子。」太子生而泣，太史吹銅曰，「聲中某律。」太宰曰，「滋味上某。」太卜曰，「命云某。」然後為王太子懸弧之禮義。……（《大戴禮記》《保傅篇》，《賈誼新書》《胎教十事》）

古者年八歲而出就外舍，學小藝焉，履小節焉；束髮而就大學，學大藝焉，履大節焉。居則習禮文，行則鳴珮玉，升車則聞和鸞之聲，是以非僻之心無自入也。……古之為路車也，蓋圓以象天，二十八橑以象列星，軫方以象地，三十幅以象月。故仰則觀天文，俯則察地理，前視則睹和鸞之聲，側聽則觀四時之運：此巾車教之道也。（《大戴禮記》《保傅篇》）

雞者，東方之畜也。歲終更始，辨秩東作，萬物觸戶而出，故以雞祀祭也。（《風俗通義》八）

《漢志》兵陰陽家⑥有《師曠》八篇，是雜占之書；在小說家者不可考，惟據本志注，知其多本《春秋》而已。《逸周書》《太子晉》篇記師曠見太子，聆聲而知其不壽，太子亦自知「後三年當賓於帝所」，其說頗似小說家。

虞初事詳本志注，又嘗與丁夫人⑦等以方祠詛匈奴大宛，見《郊祀志》，所著《周說》幾及千篇，而今皆不傳。晉唐人引《周書》者，有三事如《山海經》及《穆天子傳》，與《逸周書》不類，朱右曾⑧（《逸周書集訓校釋》十一）疑是《虞初說》。

蚧山，神蓐收居之。是山也，西望日之所入，其氣圓，神經光之所司也。（《太平御覽》三）

天狗所止地盡傾，餘光燭天為流星，長十數丈，其疾如風，其聲如雷，其光如電。（《山海經》注十六）

穆王田，有黑鳥若鳩，翩飛而跱於衡，御者斃之以策，馬佚，不克止之，蹶於乘，傷帝左股。（《文選李善注》十四）

《百家》者，劉向《說苑》⑨敘錄云，「《說苑雜事》，……其事類眾多，……除去與《新序》重複者，其餘者淺薄不中義理，別集以爲《百家》。」《說苑》今存，所記皆古人行事之跡，足爲法戒者，執是以推《百家》，則殆爲故事之無當於治道者矣。

其餘諸家，皆不可考。今審其書名，依人則伊尹鬻熊師曠黃帝，說事則封禪養生，蓋多屬方士假託。惟青史子非是。又務成子名昭，見《荀子》，《屍子》嘗記其「避逆從順」之教⑩；宋子名鈃，見《莊子》，《孟子》作宋牼，《韓非子》作宋榮子，《荀子》引子宋子曰，「明見侮之不辱，使人不鬥」⑪，則「黃老意」，然俱非方士之說也。

注釋

①**國風** 《詩經》組成部分，大多是周初至春秋中期民歌。《漢書·藝文志》載：「古有采詩之官，王者所以觀風俗、知得失，自考正也。」

②**《伊尹說》** 《漢書·藝文志》道家類作《伊尹》。

③**《呂氏春秋》** 戰國末秦相呂不韋集門客共同編撰，《漢書·藝文志》著錄二十六卷，共一六〇篇。《本味篇》，見《呂氏春秋·孝行覽》，記伊尹歷舉各地山珍海味，謂僅天子之國始能享受，勸說湯改革政治，以取天下。

④**割烹要湯** 《孟子·萬章》：「萬章問曰：『人有言，伊尹以割烹要湯，有諸？』孟子曰：『否，

不然！伊尹耕於有莘之野，而樂堯舜之道焉。……吾聞其以堯舜之道要湯，未聞以割烹也』。」

⑤**劉知幾**（661–721）　字子玄，唐彭城（今江蘇徐州）人。曾任著作郎、左史等官，多次參加官修史書。所撰《史通》，係我國第一部史籍評著。二十卷，分內外篇，內篇論史家體例，外篇論史籍源流得失。又，「《青史》由綴於街談」，見劉勰《文心雕龍・諸子篇》，「由」原作「曲」。

⑥**兵陰陽家**　即兵書中的陰陽家。《漢書・藝文志》：「陰陽者，順時而發，推刑德，隨鬥擊，因五勝，假鬼神而爲助者也。」唐顏師古注：「五勝，五行相勝也。」

⑦**丁夫人**　《漢書・郊祀志》載：武帝太初元年（104），西伐大宛，「丁夫人與雒陽虞初等以方祀詛匈奴、大宛焉。」唐書昭注：「丁，姓；夫人，名也。」

⑧**朱右曾**　字尊魯，清嘉定（今屬上海）人。曾官貴州遵義知府。撰有《逸周書集訓校釋》、《左氏傳解誼》等。

⑨**《說苑》**　西漢劉向撰，《隋書・經籍志》著錄二十卷。分類纂述春秋戰國至秦漢間歷史故事，雜以議論。《說苑雜事》，即《說苑》。《新序》，劉向撰，《隋書・經籍志》著錄三十卷，內容體例與《說苑》相似。

⑩**務成子**　見《荀子・大略篇》：「不學不成。堯學於君疇，舜學於務成昭，禹學於西王國。」《尸子》卷下引務成子教舜曰，「避天下之逆，從天下之順，天下不足取也。」《尸子》，戰國魯國尸佼撰，《漢書・藝文志》著錄二十篇，已散佚。今本《尸子》疑爲魏晉時人依託補撰。

⑪**「明見侮之不辱，使人不鬥」**　語見《荀子・正論》。

第四篇　今所見漢人小說

現存之所謂漢人小說，蓋無一真出於漢人，晉以來，文人方士，皆有僞作，至宋明尚不絕。文人好逞狡獪，或欲誇示異書，方士則意在自神其教，故往往託古籍以衒人；晉以後人之託漢，亦猶漢人之依託黃帝伊尹矣。此群書中，有稱東方朔班固①撰者各一，郭憲劉歆②撰者各一，大抵言荒外之事則云東方朔郭憲，關涉漢事則云劉歆班固，而大旨不離乎言神仙。

稱東方朔撰者有《神異經》一卷，仿《山海經》，然略於山川道里而詳於異物，間有嘲諷之辭。《山海經》稍顯於漢而盛行於晉，則此書當爲晉以後人作；其文頗有重複者，蓋又嘗散佚，後人鈔唐宋類書所引逸文復作之也。有注，題張華作，亦僞。

南方有𤯌𤯷之林，其高百丈，圍三尺八寸，促節，多汁，甜如蜜。咋嚙其汁，令人潤澤，可以節蚘蟲。人腹中蚘蟲，其狀如蚓，此消穀蟲也，多則傷人，少則穀不消。是甘蔗能減多益少，凡蔗亦然。（《南荒經》）

西南荒中出訛獸，其狀若菟，人面能言，常欺人，言東而西，言惡而善。其肉美，食之，言不真矣。（原注，言食其肉，則其人言不誠。）一名誕。（《西南荒經》）

崑崙之山有銅柱焉，其高入天，所謂「天柱」也，圍三千里，周圓如削。下有回屋，方百丈，仙人九府治之。上有大鳥，名曰希有，南向，張左翼覆東王公，右翼覆西王母；

背上小處無羽，一萬九千里，西王母歲登翼上，會東王公也。（《中荒經》）

《十洲記》③一卷，亦題東方朔撰，記漢武帝聞祖洲瀛洲玄洲炎洲長洲元洲流洲生洲鳳麟洲聚窟洲等十洲於西王母，乃延朔問其所有之物名，亦頗仿《山海經》。

玄洲在北海之中，戌亥之地，方七千二百里，去南岸三十六萬里。上有大玄都，仙伯真公所治。多丘山。又有風山，聲響如雷電，對天西北門。上多太玄仙官宮室，宮室各異。饒金芝玉草。乃是三天君下治之處，甚肅肅也。

征和三年，武帝幸安定。西胡月支獻香四兩，大如雀卵，黑如桑椹。帝以香非中國所有，以付外庫。……到後元元年，長安城內病者數百，亡者大半。帝試取月支神香燒之於城內，其死未三月者皆活，芳氣經三月不歇，於是信知其神物也，乃更秘錄餘香，後一旦又失之。……明年，帝崩於五柞宮，已亡月支國人鳥山震檀卻死等香也。向使厚待使者，帝崩之時，何緣不得靈香之用耶？自合殞命矣！

東方朔雖以滑稽名，然誕謾不至此。《漢書》《朔傳》贊云，「朔之詼諧逢占射覆，其事浮淺，行於眾庶，兒童牧豎，莫不眩耀，而後之好事者因取奇言怪語附著之朔。」則知漢世於朔，已多附會之談。二書雖僞作，而《隋志》已著錄，又以辭意新異，齊梁文人亦往往引爲故實。《神異經》固亦神仙家言，然文思較深茂，蓋文人之爲。《十洲記》特淺薄，觀其記月支國反生香，及篇首云，「方朔云：臣，學仙者也，非得道之人，以國家之盛美，將招名儒墨於文教之內，抑絕俗之道於虛詭之跡，臣故韜隱逸而赴王庭，藏養生而侍朱闕。」則但爲方士竊慮失志，藉以震眩流俗，且自解嘲之作而已。

稱班固作者，一曰《漢武帝故事》④，今存一卷，記武帝生於猗蘭殿至崩葬茂陵雜事，且下及成帝時。其中雖多神仙怪異之言，而頗不信方士，文亦簡雅，當是文人所爲。《隋志》著錄二卷，不題撰人，宋晁公武《郡齋讀書志》始云「世言班固作」，又云，「唐張柬之書《洞冥記》後云，《漢武故事》，王儉造也。」⑤然後人遂徑屬之班氏。

> 帝以乙酉年七月七日生於猗蘭殿，年四歲，立為膠東王。數歲，長公主抱置膝上，問曰，「兒欲得婦不？」膠東王曰，「欲得婦。」長主指左右長御百餘人，皆云不用。末指其女問曰，「阿嬌好不？」於是乃笑對曰，「好。若得阿嬌，當作金屋貯之也。」長主大悅，乃苦要上，遂成婚焉。
>
> 上嘗輦至郎署，見一老翁，鬚鬢皓白，衣服不整。上問曰，「公何時為郎？何其老也？」對曰，「臣姓顏名駟，江都人也，以文帝時為郎。」上問曰，「何其老而不遇也？」駟曰，「文帝好文而臣好武，景帝好老而臣尚少，陛下好少而臣已老：是以三世不遇。」上感其言，擢拜會稽都尉。

七月七日，上於承華殿齋，日正中，忽見有青鳥從西方來。上問東方朔，朔對曰，「西王母暮必降尊像上。」⑥……是夜漏七刻，空中無雲，隱如雷聲，竟天紫氣。有頃，王母至，乘紫車，玉女夾馭；戴七勝；青氣如雲；有二青鳥，夾侍母旁。下車，上迎拜，延母坐，請不死之藥。母曰，「……帝滯情不遣，欲心尚多，不死之藥，未可致也。」因出桃七枚，母自啖二枚，與帝五枚。帝留核著前。王母問曰，「用此何為？」上曰，「此桃美，欲種之。」母笑曰，「此桃三千年一著子，非下土所植也。」留至五更，談語世事而不肯言鬼神，肅然便去。東方朔於朱鳥牖中窺母。母曰，「此兒好作罪過，疏妄無賴，久被斥逐，不得還天，然原心無惡，尋當得還，帝善遇之！」母既去，上惆悵良久。

其一曰《漢武帝內傳》⑦，亦一卷，亦記孝武初生至崩葬事，而於王母降特詳。其文雖繁麗而浮淺，且竊取釋家言，又多用《十洲記》及《漢武故事》中語，可知較二書爲後出矣。宋時尙不題撰人，至明乃併《漢武故事》皆稱班固作，蓋以固名重，因連類依託之。

到夜二更之後，忽見西南如白雲起，郁然直來，徑趨宮庭，須臾轉近。聞雲中簫鼓之聲，人馬之響。半食頃，王母至也。縣投殿前，有似鳥集，或駕龍虎，或乘白麟，或乘白鶴，或乘軒車，或乘天馬，群仙數千，光耀庭宇。既至，從官不復知所在，唯見王母乘紫雲之輦，駕九色斑龍。別有五十天仙，……咸住殿下。王母唯扶二侍女上殿。侍女年可十六七，服青綾之褂，容眸流盼，神姿清發，真美人也！王母上殿，東向坐，著黃金褡襹，文采鮮明，光儀淑穆，帶靈飛大綬，腰佩分景之劍，頭上太華髻，戴太真晨嬰之冠，履玄璚鳳文之舄，視之年可三十許，修短得中，天姿掩藹，容顏絕世，真靈人也！

帝跪謝。……上元夫人使帝還坐。王母謂夫人曰，「卿之為戒，言甚急切，更使未解之人，畏於意志。」夫人曰，「若其志道，將以身投餓虎，忘軀破滅，蹈火履水，固於一志，必無憂也。……急言之發，欲成其志耳，阿母既有念，必當賜以屍解之方耳。」王母曰，「此子勤心已久，而不遇良師，遂欲毀其正志，當疑天下必無仙人，是故我發閬宮，暫舍塵濁，既欲堅其仙志，又欲令向化不惑也。今日相見，令人念之。至於屍解下方，吾甚不惜。後三年，吾必欲賜以成丹半劑，石象散一。具與之，則徹不得復停。當今匈奴未彌，邊陲有事，何必令其倉卒舍天下之尊，而便入林岫？但當問篤志何如。如其回改，吾方數來。」王母因拊帝背曰，「汝用上元夫人至言，必得長生，可不勖勉耶？」帝跪曰，「徹書之金簡，以身佩之焉。」

又有《漢武洞冥記》四卷，題後漢郭憲撰。全書六十則，皆言神仙道術及遠方怪異之事；其所以名《洞冥記》者，序云，「漢武帝明俊特異之主，東方朔因滑稽以匡諫，洞心於道教，使冥跡之奧，昭然顯著。今籍舊史之所不載者，聊以聞見，撰《洞冥記》四卷，成一家之書，」則所憑藉亦在東方朔。郭憲字子橫，汝南宋人，光武時徵拜博士，剛直敢言，有「關東觥觥郭子橫」⑧之目，徒以漢酒救火一事，遽爲方士攀引，范曄作《後漢書》⑨，遂亦不察而置之《方術列傳》中。然《洞冥記》稱憲作，實始於劉昫《唐書》，《隋志》但云郭氏，無名。六朝人虛造神仙家言，每好稱郭氏，殆以影射郭璞，故有《郭氏玄中記》，有《郭氏洞冥記》。《玄中記》⑩今不傳，觀其遺文，亦與《神異經》相類；《洞冥記》今全，文如下：

黃安，代郡人也，為代郡卒，……常服朱砂，舉體皆赤，冬不著裘，坐一神龜，廣二尺。人問「子坐此龜幾年矣？」對曰，「昔伏羲始造網罟，獲此龜以授吾；吾坐龜背已平矣。此蟲畏日月之光，二千歲即一出頭，吾坐此龜，已見五出頭矣。」……（卷二）

天漢二年，帝升蒼龍閣，思仙術，召諸方士言遠國遐方之事。唯東方朔下席操筆跪而進。帝曰，「大夫為朕言乎？」朔曰，「臣遊北極，至種火之山，日月所不照，有青龍銜燭火以照山之四極。亦有園圃池苑，皆植異木異草；有明莖草，夜如金燈，折枝為炬，照見鬼物之形。仙人甯封常服此草，於夜暝時，轉見腹光通外。亦名洞冥草。」帝令剉此草為泥，以塗匀明之館，夜坐此館，不加燈燭；亦名照魅草；以藉足，履水不沉。（卷三）

至於雜載人間瑣事者，有《西京雜記》⑪，本二卷，今六卷者宋人所分也。末有葛洪跋，言「其家有劉歆《漢書》一百卷，考校班固所作，殆是全取劉氏，小有異同，固所不取，不過二萬許言。今鈔出爲二卷，以補《漢書》之闕。」然《隋志》不著撰人，《唐志》則云葛洪撰，可知當時皆不信爲真出於歆。段成式⑫（《酉陽雜俎》《語資篇》）云，「庾信作詩，用《西京雜記》事，旋自追改曰，『此吳均語，恐不足用。』」後人因以爲均作。然所謂吳均語者，恐指文句而言，非謂《西京雜記》也。梁武帝敕殷芸撰《小說》⑬，皆鈔撮故書，已引《西京雜記》甚多，則梁初已流行世間，固以葛洪所造爲近是。或又以文中稱劉向爲家君，因疑非葛洪作，然既託名於歆，則摹擬歆語，固亦理勢所必至矣。書之所記，正如黃省曾⑭序言，「大約有四：則猥瑣可略，閑漫無歸，與夫杳昧而難憑，觸忌而須諱者。」然此乃判以史裁，若論文學，則此在古小說中，固亦意緒秀異，文筆可觀者也。

司馬相如初與卓文君還成都，居貧憂懣，以所著鷫鸘裘就市人陽昌貰酒，與文君為歡。既而文君抱頸而泣曰，「我生平富足，今乃以衣裘貰酒！」遂相與謀，於成都賣酒。相如親著犢鼻褌滌器，以恥王孫。王孫果以為病，乃厚給文君，文君遂為富人。文君姣好，眉色如望遠山，臉際常若芙蓉，肌膚柔滑如脂，為人放誕風流，故悅長卿之才而越禮焉。……（卷二）

郭威，字文偉，茂陵人也，好讀書，以謂《爾雅》周公所制，而《爾雅》有「張仲孝友」，張仲，宣王時人，非周公之制明矣。余嘗以問楊子雲，子雲曰，「孔子門徒遊夏之儔所記，以解釋六藝者也」。家君以為《外戚傳》稱「史佚教其子以《爾雅》」，《爾雅》，小學也。又記言「孔子教魯哀公學《爾雅》」，《爾雅》之出遠矣，舊傳學者皆云

周公所記也，「張仲孝友」之類，後人所足耳。（卷三）

司馬遷發憤作《史記》百三十篇，先達稱為良史之才。其以伯夷居列傳之首，以為善而無報也；為項羽本紀，以踞高位者非關有德也。及其序屈原賈誼，辭旨抑揚，悲而不傷，亦近代之偉才。（卷四）

（廣川王去疾聚無賴發）欒書家，棺柩明器，朽爛無餘。有一白狐，見人驚走，左右擊之，不能得，傷其左腳。其夕，王夢一丈夫鬚眉盡白，來謂王曰，「何故傷吾左腳？」乃以杖叩王左腳。王覺，腳腫痛生瘡，至死不差。（卷六）

葛洪字稚川，丹陽句容人，少以儒學知名，究覽典籍，尤好神仙導養之法，太安中，官伏波將軍。以平賊功封關內侯。干寶深相親善，荐洪才堪國史，而洪聞交阯出丹，自求爲勾漏令，行至廣州，爲刺史所留，遂止羅浮，年八十一，無然若睡而卒（約二九〇至三七〇），有傳在《晉書》。洪著作甚多，可六百卷，其《抱朴子》（內篇三）言太丘長穎川陳仲弓有《異聞記》⑮，且引其文，略云郡人張廣定以避亂置其四歲女於古冢中，三年復歸，而女以效龜息得不死。然陳實此記，史志既所不載，其事又甚類方士常談，疑亦假託。葛洪雖去漢未遠，而溺於神仙，故其言亦不足據。

又有《飛燕外傳》⑯一卷，記趙飛燕姊妹故事，題漢河東都尉伶玄子於撰，司馬光嘗取其「禍水滅火」語入《通鑑》⑰，殆以爲真漢人作，然恐是唐宋人所爲。又有《雜事秘辛》一卷，記後漢選閱梁冀妹及冊立事⑱，楊慎⑲序云，「得於安寧土知州方氏」，沈德符⑳（《野獲編》二十三）以爲即愼一時遊戲之作也。

注釋

①**東方朔**　字曼倩，西漢平原厭次（**今山東惠民**）人。《漢書・藝文志》著錄《東方朔》二十篇，現存《上書》、《諫除上林苑》、《化民有道對》、《答客難》、《非有先生傳》五篇，見《漢書》本傳。此外《藝文類聚》卷二十三收有《誡子》、《初學記》卷十八收有《從公孫弘借車》等，參看《漢文學史綱要》第九篇。班固，參看本書第一篇注⑥。

②**郭憲**　字子橫，東漢汝南新鄓（**今安徽太和**）人，官至光祿勛。《隋書・經籍志》著錄《漢武洞冥記》一卷，題郭氏撰；至《舊唐書・經籍志》著錄《漢別國洞冥記》，四卷，逕題郭憲撰。劉歆，參看本書第一篇注⑤。

③**《十洲記》**　《隋書・經籍志》著錄一卷，題東方朔撰，實係齊梁以後方士僞託。

④**《漢武帝故事》**　《隋書・經籍志》著錄二卷，不題撰人。書已散佚，明吳琯《古今逸史》存一卷，魯迅《古小說鉤沉》有輯本。

⑤**晁公武**　字子止，南宋鉅野（**今屬山東**）人。著名藏書家。所撰《郡齋讀書志》，是我國最早一部附有提要的私家書目，不少失傳古籍可由此書知其梗概。關於《漢武帝故事》撰人的引文，見該書卷二史部傳記類：「世言班固撰。唐張柬之書《洞冥記》後云：『《漢武故事》，王儉造』。」

⑥關於「西王母暮必降尊像上」句，魯迅《古小說鉤沉·漢武故事》據《紺珠集》卷九校補，作：「西王母暮必降尊像，上宜灑掃以待之。」

⑦**《漢武帝內傳》**《隋書·經籍志》著錄三卷，不題撰人。《宋史·藝文志》著錄二卷，注稱「不知作者」。明何允中《廣漢魏叢書》著錄一卷，題漢班固撰。

⑧**「關東觥觥郭子橫」**《後漢書·方術列傳》載：「時匈奴數犯塞，帝患之，乃召百僚廷議。憲以爲天下疲敝，不宜動眾，諫爭不合，乃伏地稱眩瞀不復言。帝令兩郎扶下殿，憲亦不拜。帝曰：『常聞關東觥觥郭子橫，竟不虛也！』」又載：郭憲曾從駕南郊。「憲在位，忽回向東北，含酒三潠。執法奏爲不敬。詔問其故。憲對曰：『齊國失火，故以此厭之』。後齊果上火災，與郊同日」。

⑨**范曄**（398-445）字蔚宗，南朝宋順陽（今河南淅川）人，官至左衛將軍、太子詹事。撰《後漢書》，成帝紀列傳部分九十卷，志的部分未成而死，後人將西晉司馬彪《續漢書》的八篇志分爲三十卷併入。

⑩**《玄中記》**《隋書·經籍志》及兩《唐志》均未著錄，撰人不詳。此書舊題《郭氏玄中記》，宋羅泌《路史》以爲晉郭璞撰。魯迅《古小說鉤沉》有輯本。

⑪**《西京雜記》**《舊唐書·經籍志》、《新唐書·藝文志》著錄二卷，均題葛洪撰。葛洪跋中所說劉歆的《漢書》一百卷，史書經籍志、藝文志均未著錄。《西京雜記》所記皆西漢遺聞佚事，雜有怪誕傳說。

⑫**段成式**（？-863）字柯古，唐臨淄（今山東淄博）人。所撰《酉陽雜俎》，參看本書第十篇。

⑬**殷芸**（471-529） 字灌蔬，南朝梁陳郡長平（今河南西華）人，任安右長史、秘書監。梁武帝命其撰《小說》，《隋書・經籍志》著錄十卷，世稱《殷芸小說》。魯迅《古小說鉤沉》有輯本。

⑭**黃省曾**（1490-1540） 字勉之，明吳縣（今屬江蘇）人。引文見其所撰《西京雜記序》。

⑮**《抱朴子》** 葛洪自號抱朴子，以其號爲書名。《隋書・經籍志》著錄內篇二十一卷，音一卷，外篇三十卷。內篇《對俗》曾引陳仲弓《異聞記》「張廣定」一則。陳仲弓（104-187），名實，東漢穎川許（今河南許昌）人。曾任太丘長。所撰《異聞記》，已散佚。魯迅《古小說鉤沉》有輯本。

⑯**《飛燕外傳》** 《隋書・經籍志》及兩《唐志》均未著錄。《宋史・藝文志》著錄《趙飛燕外傳》一卷，題伶玄撰。內容記漢成帝皇后趙飛燕姊妹宮廷生活。伶玄，字子于，西漢末潞水（今山西潞城）人。曾官河東都尉。

⑰**司馬光**（1019-1086） 字君實，北宋陝州夏縣（今屬山西）人。官至尙書左僕射、兼門下侍郎。曾主編《通鑑》（《資治通鑑》）。「禍水滅火」，《通鑑》卷三十一載：飛燕姊妹被召入宮，「有宣帝時披香博士淖方成在帝後，唾曰『此禍水也，滅火必矣！』」

⑱**《雜事秘辛》** 明何允中《廣漢魏叢書》著錄一卷，題漢無名氏撰。梁冀（?-159），字伯卓，東漢安定烏氏（今甘肅平涼）人。以外戚官大將軍。

⑲**楊慎**（1488-1559） 字用修，號升菴，明新都（今屬四川）人，官翰林學士。著作多至百餘種，明萬曆間張士佩將其主要者編爲《升菴集》八十一卷。

⑳**沈德符**（1578-1642） 字景倩，又字虎臣，明秀水（今浙江嘉興）人。所撰《野獲編》，二十卷，

續編十二卷。多記明開國萬曆年間朝章國故及街談瑣語，並保存一些戲曲小說資料。關於楊慎僞作《雜事秘辛》的事，《野獲編》卷二十三載：「近日刻《雜事秘辛》記後漢選閱梁冀妹事，因中有約束如禁中一語，遂以爲始於東漢。不知此書本楊用修僞撰，託名王忠文得之土酋家者，楊不過一時遊戲，後人信書太真，遂爲所惑耳。」

第五篇　六朝之鬼神志怪書（上）

中國本信巫，秦漢以來，神仙之說盛行，漢末又大暢巫風，而鬼道愈熾；會小乘佛教亦入中土，漸見流傳。凡此，皆張皇鬼神，稱道靈異，故自晉訖隋，特多鬼神志怪之書。其書有出於文人者，有出於教徒者。文人之作，雖非如釋道二家，意在自神其教，然亦非有意爲小說，蓋當時以爲幽明雖殊途，而人鬼乃皆實有，故其敘述異事，與記載人間常事，自視固無誠妄之別矣。

《隋志》有《列異傳》三卷，魏文帝①撰，今佚。惟古來文籍中頗多引用，故猶得見其遺文，則正如《隋志》所言，「以序鬼物奇怪之事」者也。文中有甘露年間事，在文帝後，或後人有增益，或撰人是假託，皆不可知。兩《唐志》皆云張華撰，亦別無佐證，殆後有悟其抵牾者，因改易之。

惟宋裴松之②《三國志注》，後魏酈道元《水經注》③皆已徵引，則爲魏晉人作無疑也。

南陽宗定伯年少時，夜行逢鬼，問曰，「誰？」鬼曰，「鬼也。」鬼曰，「卿復誰？」定伯欺之，言我亦鬼也。鬼問欲至何所，答曰欲至宛市。共行數里，鬼言步行大亟，可共迭相擔也。定伯曰大善。鬼便先擔定伯數里，鬼言卿大重，將非鬼也？定伯言，我新死，故重耳。定伯因復擔鬼，鬼略無重。如是再三。定伯復言，我新死，不知鬼悉何所畏忌？鬼曰，唯不喜人唾。……行欲至宛市，定伯便擔鬼至頭上，急持之。鬼大呼，聲咋咋索下。不復聽之，徑至宛市中，著地化為一羊。便賣之。恐其便化，乃唾之，得錢千五百。（《太平御覽》八百八十四，《法苑珠林》六）

神仙麻姑降東陽蔡經家，手爪長四寸。經意曰，「此女子實好佳手，願得以搔背。」麻姑大怒。忽見經頓地，兩目流血。（《太平御覽》三百七十）

武昌新縣北山上有望夫石，狀若人立者。相傳云，昔有貞婦，其夫從役，遠赴國難，婦攜幼子，餞送此山，立望而形化為石。（《太平御覽》八百八十八）

晉以後人之造僞書，於記注殊方異物者每云張華，亦如言仙人神境者之好稱東方朔。張華字茂先，范陽方城人，魏初舉太常博士，入晉官至司空，領著作，封壯武郡公，永康元年四月趙王倫之變④，華被害，夷三族，時年六十九（二三二至三〇〇），傳在《晉書》。華既通圖緯，又多覽方伎書，能識災祥異物，故有博物洽聞之稱，然亦遂多附會之說。梁蕭綺所錄王嘉《拾遺記》⑤（九）言華嘗「群採天下遺逸，自書契之始，考驗神怪，及世間閭里所說，造《博物志》四百卷，奏於武帝」，帝令芟截浮疑，分爲十卷。其書今存，乃類記異境奇物及古代瑣聞雜事，皆刺取故書，殊乏新異，不能副其名，或由後人綴輯復成，非其原本歟？今所存漢至隋小說，大抵此類。

《周書》曰，「西域獻火浣布，昆吾氏獻切玉刀，火浣布污則燒之則拮，刀切玉如蠟。」布漢世有獻者，刀則未聞。（卷二《異產》）

取鱉鉎令如棋子大，擣赤莧汁和合，厚以茅苞，五六月中作，投池中，經旬臠臠盡成鱉也。（卷四《戲術》）

燕太子丹質於秦，……欲歸，請於秦王。王不聽。謬言曰，「令烏頭白，馬生角，乃可。」丹仰而嘆，烏即頭白，俯而嗟，馬生角。秦王不得已而遣之，為機發之橋，欲陷丹，丹驅馳過之而橋不發。遁到關，關門不開，丹為雞鳴，於是眾雞悉鳴，遂歸。（卷八《史補》）

老子云，「萬民皆付西王母；唯王，聖人，真人，仙人，道人之命，上屬九天君耳。」（卷九《雜說》上）

新蔡干寶字令升，晉中興後置史官，寶始以著作郎領國史，因家貧求補山陰令，遷始安太守，王導⑥請爲司徒右長史，遷散騎常侍（四世紀中）。寶著《晉紀》⑦二十卷，時稱良史；而性好陰陽術數，嘗感於其父婢死而再生，及其兄氣絕復甦，自言見天神事，乃撰《搜神記》⑧二十卷。以「發明神道之不誣」（自序中語），見晉書本傳。《搜神記》今存者正二十卷，然亦非原書，其書於神祇靈異人物變化之外，頗言神仙五行，又偶有釋氏說。

漢下邳周式，嘗至東海，道逢一吏，持一卷書，求寄載，行十餘里，謂式曰，「吾暫有所過，留書寄君船中，慎勿發之！」去後，式盜發視，書皆諸死人錄，下條有式名。須臾吏還，式猶視書。吏怒曰，「故以相告，而忽視之！」式叩頭流血，良久，吏曰，「感卿遠相載，此書不可除卿名，今日已去，還家三年勿出門，可得度也。勿道見吾書！」式還，不出已二年餘，家皆怪之。鄰人卒亡，父怒使往弔之，式不得已，適出門，便見此吏。吏曰，「吾令汝三年勿出，而今出門，知復奈何？吾求不見連累為鞭杖，今已見汝，可復奈何？後三日日中，當相取也。」……至三日日中，果見來取，便死。（卷五）

阮瞻字千里，素執無鬼論，物莫能難，每自謂此理足以辨正幽明。忽有客通名詣瞻，寒溫華，聊談名理，客甚有才辯，瞻與之言良久，及鬼神之事，反覆甚苦，客遂屈，乃作色曰，「鬼神古今聖賢所共傳，君何得獨言無？即僕便是鬼！」於是變為異形，須臾消滅。瞻默然，意色大惡，歲餘而卒。（卷十六）

焦湖廟有一玉枕，枕有小坼。時單父縣人楊林為賈客，至廟祈求，廟巫謂曰，「君欲好婚否？」林曰，「幸甚。」巫即遣林近枕邊，因入坼中，遂見朱樓瓊室。有趙太尉在其中，即嫁女與林，生六子，皆為秘書郎。歷數十年，並無思歸之志，忽如夢覺，猶在枕傍，林愴然久之。（今本無此條，見《太平寰宇記》一百二十六引）

續干寶書者，有《搜神後記》十卷。題陶潛撰⑨。其書今具存，亦記靈異變化之事如前記，陶潛曠達，未必拳拳於鬼神，蓋偽託也。

干寶字令升，其先新蔡人。父瑩，有嬖妾。母至妒，寶父葬時，因生推婢著藏中，寶兄弟年小，不之審也。經十年而母喪，開墓，見其妾伏棺上，衣服如生，就視猶暖，輿還家，終日而蘇，云寶父常致飲食，與之寢接，恩情如生。家中吉凶輒語之，校之悉驗，平復數年後方卒。寶兄常病，氣絕積日不冷，後遂寤，云見天地間鬼神事，如夢覺，不自知死。（卷四）

晉中興後，譙郡周子文家在晉陵，少時喜射獵。常入山，忽山岫間有一人長五六丈，手捉弓箭，箭鏑頭廣二尺許，白如霜雪，忽出聲喚曰，「阿鼠！」（原注，子文小字）子文不覺應曰「喏」。此人便牽弓滿鏑向子文，子文便失魂厭伏。（卷七）

晉時，又有荀氏作《靈鬼志》⑩，陸氏作《異林》⑪，西戎主簿戴祚⑫作《甄異傳》，祖沖之作《述異記》⑬，祖台之作《志怪》⑭，此外作志怪者尚多，有孔氏殖氏曹毗⑮等，今俱佚，間存遺文。至於現行之《述異記》二卷，稱梁任昉⑯撰者，則唐宋間人僞作，而襲祖沖之之書名者也，故唐人書中皆未嘗引。

劉敬叔字敬叔，彭城人，少穎敏有異才，晉末拜南平國郎中令，入宋爲給事黃門郎，數年，以病免，泰始中卒於家（約三九〇至四七〇），所著有《異苑》⑰十餘卷，行世（**詳見明胡震亨所作小傳，在汲古閣本《異苑》卷首**）《異苑》今存者十卷，然亦非原書。

魏時，殿前大鐘無故大鳴，人皆異之，以問張華，華曰，「此蜀郡銅山崩，故鐘鳴應之耳。」尋蜀郡上其事，果如華言。（卷二）

義熙中，東海徐氏婢蘭忽患羸黃，而拂拭異常，共伺察之，見掃帚從壁角來趨婢床，乃取而焚之，婢即平復。（卷八）

晉太元十九年，鄱陽桓闡殺犬祭鄉里綏山，煮肉不熟。神怒，即下教於巫曰，「桓闡以肉生貽我，當謫令自食也。」其年忽變作虎，作虎之始，見人以斑皮衣之，即能跳妖噬逐。（卷八）

東莞劉邕性嗜食瘡痂，以為味似鰒魚。嘗詣孟靈休，靈休先患灸瘡，痂落在床，邕取食之，靈休大驚，痂未落者悉褫取飴邕。南康國吏二百許人，不問有罪無罪，遞與鞭，瘡痂落，常以給膳。（卷十）

臨川王劉義慶⑱（四〇三至四四四）爲性簡素，愛好文藝，撰述甚多（詳見《宋書》《宗室傳》），有《幽明錄》三十卷，見《隋志》史部雜傳類，《新唐志》入小說。其書今雖不存，而他書徵引甚多，大抵如《搜神》《列異》之類；然似皆集錄前人撰作，非自造也。唐時嘗盛行，劉知幾（《史通》）云《晉書》多取之。

宋散騎侍郎東陽無疑有《齊諧記》⑲七卷，亦見《隋志》，今佚。梁吳均作《續齊諧記》⑳一卷，今尚存，然亦非原本。吳均字叔庠，吳興故鄣人，天監初爲吳興主簿，旋兼建安王偉記室，終除奉朝請，以撰《齊春秋》不實免職，已而復召，使撰通史，未就㉑，普通元年卒，年五十二（四六九至一五二〇），事詳《梁書》《文學傳》。均夙有詩名，文體清拔，好事者或模擬之，稱「吳均體」㉒，故其爲小說，亦卓然可觀，唐宋文人多引爲典據，陽羨鵝籠之記，尤其奇詭者也。

陽羨許彥於綏安山行，遇一書生，年十七八，臥路側，云腳痛，求寄鵝籠中。彥以為戲言，書生便入籠，籠亦不更廣，書生亦不更小，宛然與雙鵝併坐，鵝亦不驚。彥負籠而去，都不覺重。前行息樹下，書生乃出籠謂彥曰，「欲為君薄設。」彥曰，「善。」乃口中吐出一銅奩子，奩子中具諸餚饌。……酒數行，謂彥曰，「向將一婦人自隨。今欲暫邀之。」彥曰，「善。」又於口中吐一女子，年可十五六，衣服綺麗，容貌殊絕，共坐宴。俄而書生醉臥，此女謂彥曰，「雖與書生結妻，而實懷怨，向亦竊得一男子同行，書生既眠，暫喚之，君幸勿言。」彥曰，「善。」女子於口中吐出一男子，年可二十三四，亦穎悟可愛，乃與彥敘寒溫。書生臥欲覺，女子口吐一錦行障遮書生，書生乃留女子共臥。男子謂彥曰，「此女雖有情，心亦不盡，向復竊得一女人同行，今欲暫見之，願君勿洩。」彥曰，「善。」男子又於口中吐一婦人，年可二十許，共酌，戲談甚久，聞書生動聲，男子曰，「二人眠已覺。」因取所吐女人，還納口中。須臾，書生處女乃出謂彥曰，「書生欲起。」乃吞向男子，獨對彥坐。然後書生起謂彥曰，「暫眠遂久，君獨坐，當悒悒耶？日又晚，當與君別。」遂吞其女子，諸器皿悉納口中，留大銅盤可二尺廣，與彥別曰，

「無以藉君，與君相憶也。」彥大元中為蘭台令史，以盤餉侍中張散；散看其銘題，云是永平三年作。

然此類思想，蓋非中國所故有，段成式已謂出於天竺，《酉陽雜俎》（《續集》《貶誤篇》）云，「釋氏《譬喻經》云，昔梵志作術，吐出一壺，中有女子與屏，處作家室。梵志少息，女復作術，吐出一壺，中有男子，復與共臥。梵志覺，次第互吞之，柱杖而去。餘以吳均嘗覽此事，訝其說以爲至怪也。」所云釋氏經者，即《舊雜譬喻經》，吳時康僧會譯㉓，今尚存；而此一事，則復有他經爲本，如《觀佛三昧海經》（卷一）說觀佛苦行時白毫毛相㉔云，「天見毛內有百億光，其光微妙，不可具宣。於其光中，現化菩薩，皆修苦行，如此不異。菩薩不小，毛亦不大。」當又爲梵志吐壺相之淵源矣。魏晉以來，漸譯釋典，天竺故事亦流傳世間，文人喜其穎異，於有意或無意中用之，遂蛻化爲國有，如晉人荀氏作《靈鬼志》，亦記道人入籠子中事，尙云來自外國，至吳均記，乃爲中國之書生。

太元十二年，有道人外國來，能吞刀吐火，吐珠玉金銀，自說其所受師，即白衣，非沙門也。嘗行，見一人擔擔，上有小籠子，可受升餘，語擔人云，「吾步行疲極，欲寄君擔。」擔人甚怪之，慮是狂人，便語之云，「自可耳。」……即入籠中，籠不更大，其人亦不更小，擔之亦不覺重於先。既行數十里，樹下住食，擔人呼共食，云「我自有食」，不肯出。……食未半，語擔人「我欲與婦共食」，即復口吐出女子，年二十許，衣裳容貌甚美，二人便共食。食欲竟，其夫便臥；婦語擔人，「我有外夫，欲來共食，夫覺，君勿道之。」婦便口中出一年少丈夫，共食。籠中便有三人，寬急之事，亦復不異。有頃，其夫動，如欲覺，婦便以外夫內口中。夫起，語擔人曰，「可去！」即以婦內口中，次及食器物。……（《法苑珠林》六十一，《太平御覽》三百五十九）

注釋

①**魏文帝**　即曹丕（187-226），字子桓。沛國譙（今安徽亳縣）人。曹操次子。操死，丕襲位爲魏王。後代漢稱帝，國號魏。撰有《魏文帝集》。

②**裴松之**（372-451）　字世期，南朝宋聞喜（今屬山西）人，任國子博士。奉命注晉陳壽《三國志》，博採群書一百四十餘種，保存不少文史資料。

③**酈道元**（466或472-527）　字善長，北魏范陽（今河北涿縣）人，官御史中尉、關右大使。所撰《水經注》四十卷，係我國古代具有文學價值的地理名著。

④**趙王倫之變**　趙王倫，即司馬倫（?-301），字子彝。晉司馬懿第九子，晉武帝時封趙王。據《晉書·孝惠帝紀》載，永康元年（301）四月，趙王倫等「矯詔廢賈后爲庶人，司空張華、尚書僕射裴顧皆遇害」。

⑤**蕭綺**　南朝梁南蘭陵（今江蘇常州）人。關於他節錄王嘉《拾遺記》事，參看本書第六篇。

⑥**王導**（276-339）　字茂弘，東晉琅琊臨沂（今屬山東）人。出身士族，歷仕元、明、成三帝，官至丞相。

⑦**《晉紀》**　《隋書・經籍志》著錄二十三卷，東晉干寶撰。記晉宣帝至愍帝前後五十三年間事。《晉書・干寶傳》載：「其書簡略，直而能婉，咸稱良史。」

⑧**《搜神記》**　《隋書・經籍志》著錄三十卷，題干寶撰。今本二十卷，係後人從類書中輯錄而成。

⑨**《搜神後記》**　《隋書・經籍志》著錄十卷，題陶潛撰。陶潛（約372-427），又名淵明，字元亮，東晉潯陽柴桑（今江西九江）人。

⑩**荀氏**　生平不詳。所撰《靈鬼志》，《隋書・經籍志》著錄三卷，已散佚。魯迅《古小說鉤沉》有輯本。

⑪**陸氏**　據《三國志・鍾繇傳》裴松之注稱陸氏爲陸雲之侄。生平不詳。所撰《異林》，已散佚。魯迅《古小說鉤沉》有輯本，記鍾繇遇鬼婦事。

⑫**戴祚**　參看本書第一篇注㉙。

⑬**祖沖之**（429-500）　字文遠，南齊范陽薊（今北京大興）人，官至長水校尉。他在數學、曆法等方面均有很高的成就。所撰《述異記》，《隋書・經籍志》著錄十卷，已散佚。魯迅《古小說鉤沉》有輯本。

⑭**祖台之**　字元辰。祖沖之曾祖父，東晉安帝時官至侍中、光祿大夫。所撰《志怪》，《隋書・經籍

志》著錄二卷，已散佚。魯迅《古小說鉤沉》有輯本。

⑮**孔氏**　指孔約，晉人，生平不詳。所撰《志怪》，《隋書・經籍志》著錄四卷。殖氏，生平不詳。所撰《志怪記》，《隋書・經籍志》著錄三卷。曹毗，字輔佐，譙國人，官至光祿勛。所撰《志怪》，《隋書・經籍志》及兩《唐志》均未著錄。三書均已散佚，魯迅《古小說鉤沉》各有輯本。

⑯**任昉**（460-508）　字彥升，南朝梁樂安博昌（今山東壽光）人。歷仕宋、齊、梁三朝。《述異記》，《宋史・藝文志》著錄二卷，題任昉撰。

⑰**《異苑》**　《隋書・經籍志》著錄十卷，題宋給事劉敬叔撰。

⑱**劉義慶**　南朝宋彭城（今江蘇徐州）人。襲封臨川王。撰有《世說》、《徐州先賢傳》等。《幽明錄》，《隋書・經籍志》著錄二十卷，已散佚。魯迅《古小說鉤沉》有輯本。劉知幾關於唐修《晉書》多取《幽明錄》等書的話，見《史通・采撰》：「晉世雜書，諒非一族，若《語林》、《世說》、《幽明錄》、《搜神記》之徒，其所載或詼諧小辯，或神鬼怪物。其事非聖，揚雄所不觀；其言亂神，宣尼所不語。皇朝新撰晉史，多采以為書。」

⑲**東陽無疑**　生平不詳。所撰《齊諧記》，《隋書・經籍志》著錄七卷，已散佚。魯迅《古小說鉤沉》有輯本。

⑳**《續齊諧記》**　《隋書・經籍志》著錄一卷，原本久佚。今存明輯本，係從《太平廣記》等書鈔合而成。

㉑關於吳均撰《齊春秋》不實免職事，見《梁書・吳均傳》：「均表求撰《齊春秋》，書成奏之，高

祖（梁武帝蕭衍）以其書不實，便中書舍人劉之遴詰問數條，竟支離無對，敕付省焚之，坐免職。尋有敕召見，使撰《通史》，起三皇，訖齊代，均草本紀、世家，功已畢。唯列傳未就。」

㉒「吳均體」　《梁書・吳均傳》載，吳均「文體清拔有古氣，好事者或斆之，謂爲『吳均體』」。

㉓《舊雜譬喻經》　二卷，經文以譬喻宣揚教義。康僧會（?-280），三國吳僧人，世居天竺，後移居交趾。吳赤烏十年（247）至建業（今江蘇南京），孫權爲之建塔寺，使譯經。譯有《六度集》、《舊雜譬喻經》等。

㉔《觀佛三昧海經》　十卷，東晉佛陀跋陀譯。白毫毛相，係佛教所說佛的三十二種形象之一，謂佛眉長有白色毫毛，長一丈五尺，平時縮捲於眉毛旁。以下所引經文，源於佛家圓融互攝理論。其說以爲世界萬事萬物均發源於心，心無大小，「相」亦無大小，故毛內有菩薩，菩薩不小，毛亦不大。

第六篇　六朝之鬼神志怪書（下）

釋氏輔教之書，《隋志》著錄九家，在子部及史部，今惟顏之推《冤魂志》①存，引經史以證報應，已開混合儒釋之端矣，而餘則俱佚。遺文之可考見者，有宋劉義慶《宣驗記》②，齊王琰《冥祥記》③，隋顏之推《集靈記》，侯白《旌異記》④四種，大抵記經像之顯效，明應驗之實有，以震聳世俗，使生敬信之心，顧後世則或視爲小說。王琰者，太原人，幼在交阯，受五戒，於宋大明及建元（五世紀中）年，兩感金像之異，因作記，撰集像事，繼以經塔，凡十卷，謂之《冥祥》，自序其事甚悉（見《法苑珠林》卷十七）。《冥祥記》在《珠林》及《太平廣記》中所存最多，其敘述亦最委曲詳盡，今略引三事，以概其餘。

漢明帝夢見神人，形垂二丈，身黃金色，項佩日光。以問群臣，或對曰，「西方有神，其號曰佛，形如陛下所夢，得無是乎？」於是發使天竺，寫致經像。表之中夏，自天子王侯，咸敬事之，聞人死精神不滅，莫不懼然自失。初，使者蔡愔將西域沙門迦葉摩騰等賫優填王畫釋迦佛像，帝重之，如夢所見也，乃遣畫工圖之數本，於南宮清涼台及高陽門顯節壽陵上供養。又於白馬寺壁畫千乘萬騎繞塔三匝之像，如諸傳備載。（《珠林》十三）

晉謝敷字慶緒，會稽山陰人也，……少有高操，隱於東山，篤信大法，精勤不倦，手寫《首楞嚴經》，當在都白馬寺中，寺為災火所延，什物餘經，併成煨燼，而此經止燒紙頭界外而已，文字悉存，無所毀失。敷死時，友人疑其得道，及聞此經，彌復驚異。……（《珠林》十八）

晉趙泰字文和，清河貝丘人也，……年三十五時，嘗卒心痛，須臾而死。下屍於地，心暖不已，屈伸隨人。留屍十日，平旦，喉中有聲如雨；俄而蘇活。說初死之時，夢有一人來近心下，復有二人乘黃馬，從者二人，扶泰腋徑將東行，不知可幾里，至一大城，崔巍高峻，城色青黑。將泰向城門入，經兩重門，有瓦屋可數千間，男女大小亦數千人，行列而立。吏著皂衣，有五六人，條疏姓字，云「當以科呈府君」。泰名在三十，須臾，將泰與數千人男女一時俱進。府君西向坐，簡視名簿訖，復遣泰南入黑門。有人著絳衣坐大屋下，以次呼名，問「生時所事？作何孽罪？行何福善？諦汝等辭，以實言也！此恆遣六部使者常在人間，疏記善惡，具有條狀，不可得虛。」泰答「父兄仕宦，皆二千石。我少在家，修學而已，無所事也，亦不犯惡。」乃遣泰為水官將作。……後轉泰水官都督知諸獄事，給泰兵馬，令案行地獄。所至諸獄，楚毒各殊：或針貫其後，流血竟體；或被頭露髮，裸形徒跣，相牽而行，有持大杖，從後催促，鐵床銅柱，燒之洞然，驅迫此人，抱臥其上，赴即焦爛，尋復還生；……或劍樹高廣，不知限量，根莖枝葉，皆劍為之，人眾相訾，自登自攀，若有欣競，而身首割截，尺寸離斷。泰見祖父母及二弟在此獄中，相見涕泣。泰出獄門，見有二人賫文書，來語獄吏，言有三人，其家為其於塔寺中懸幡燒香，救解其罪，可出福舍。俄見三人自獄而出，已有自然衣服，完整在身，南詣一門，云名開光大舍。……泰案行畢，還水官處。……主者曰，「卿無罪過，故相使為水官都督，不爾，與地獄中人無以異也。」泰問主者曰，「人有何行，死得樂報？」主者唯言「奉法弟子精進持戒，得樂報，無有謫罰也。」泰復問曰，「人未事法時所行罪過，事法之後，得以除不？」答曰，「皆除也。」語畢，主者開籐篋檢泰年紀，尚有餘算三十年在，乃遣泰還。……時晉太始五年七月十三日也。……（《珠林》七，《廣記》三百七十七）

佛教既漸流播，經論日多，雜說日出，聞者雖或悟無常而歸依，然亦或怖無常而卻走。此之反動，則有方士亦自造僞經，多作異記，以長生久視之道，網羅天下之逃苦空者，今所存漢小說，除一二文人著述外，其餘蓋皆是矣。方士撰書，大抵託名古人，故稱晉宋人作者不多有，惟類書間有引《神異記》⑤者，則爲道士王浮作。浮，晉人；有淺妄之稱，即惠帝時（三世紀末至四世紀初）與帛遠抗論屢屈，遂改換《西域傳》造老子《明威化胡經》者也⑥（見唐釋法琳《辯正論》六）。其記似亦言神仙鬼神，如《洞冥》《列異》之類。

陳敏，孫皓之世為江夏太守，自建業赴職，聞宮亭廟驗（原注云言靈驗），過乞在任安穩，當上銀杖一枚。年限既滿，作杖擬似還廟，捶鐵以為幹，以銀塗之。尋徵為散騎常侍，往宮亭，送杖於廟中訖，即進路。日晚，降神巫宣教曰，「陳敏許我銀杖，今以塗杖見與，便投水中，當以還之。欺蔑之罪，不可容也！」於是取銀杖看之，剖視中見鐵幹，乃置之湖中。杖浮在水上，其疾如飛，遙到敏舫前，敏舟遂覆也。（《太平御覽》七百十）

丹丘生大茗，服之生羽翼。（《事類賦》注十六）

《拾遺記》十卷，題晉隴西王嘉撰，梁蕭綺錄。《晉書》《藝術列傳》中有王嘉，略云，嘉字子年，隴西安陽人，初隱於東陽谷，後入長安，符堅累徵不起，能言未然之事，辭如讖記，當時鮮能曉之。姚萇入長安，逼嘉自隨；後以答問失萇意，爲萇所殺（約三九〇）。嘉嘗造《牽三歌讖》⑦，又著《拾遺錄》十卷，其事多詭怪，今行於世。傳所云《拾遺錄》者，蓋即今記，前有蕭綺序，言書本十九卷，二百二十篇，當苻秦之季，典章散滅，此書亦多有亡，綺更刪繁存實，合爲一部，凡十卷。今書前九卷起庖犧迄東晉，末一卷則記崑崙等九仙山，與序所謂「事訖西晉之末」者稍不同。其文筆頗靡麗，而事皆誕漫無實，蕭綺之錄亦附會，胡應麟（《筆叢》三十二）以爲「蓋即綺撰而託之王嘉」者也。

少昊以金德王，母曰皇娥，處璇宮而夜織，或乘桴木而晝遊，經歷窮桑滄茫之浦。時有神童，容貌絕俗，稱為白帝之子，即太白之精，降乎水際，與皇娥宴戲，奏便娟之樂，游漾忘歸。窮桑者，西海之濱，有孤桑之樹，直上千尋，葉紅椹紫，萬歲一實，食之後天而老。……帝子與皇娥並坐，撫桐峰梓瑟，皇娥倚瑟而清歌曰，「天清地曠浩茫茫，萬象回薄化無方，啥天蕩蕩望滄滄，乘桴輕漾著日傍，當其何所至窮桑，心知和樂悅未央。」俗謂遊樂之處為桑中也。《詩》《衛風》云「期我乎桑中」，蓋類此也。……及皇娥生少昊，號曰窮桑氏，亦曰桑丘氏。至六國時，桑丘子著陰陽書，即其餘裔也。……（卷一）

劉向於成帝之末，校書天祿閣，專精覃思。夜，有老人著黃衣，植青藜杖，登閣而進，見向暗中獨坐誦書，老父乃吹杖端，煙燃，因以見向，說開闢已前。向因受五行洪範之文，恐辭說繁廣忘之，乃裂帛及紳，以記其言，至曙而去。向請問姓名，云「我是太一之精，天帝聞卯金之子有博學者，下而觀焉」。乃出懷中竹牒，有天文地圖之書，「余略授子焉」。至向子歆，從向授其術。向亦不悟此人焉。（卷六）

洞庭山浮於水上，其下有金堂數百間，玉女居之，四時聞金石絲竹之聲，徹於山頂。楚懷王之時，舉群才賦詩於水湄。……後懷王好進奸雄，群賢逃越。屈原以忠見斥，隱於沅湘，披蓁茹草，混同禽獸，不交世務，采柏實以和桂膏，用養心神，被王逼逐，乃赴清冷之水，楚人思慕，謂之水仙。其神遊於天河，精靈時降湘浦，楚人為之立祠，漢末猶在。（卷十）

注釋

①**顏之雅**（531-？） 字介，北齊琅琊臨沂（**今屬山東**）人。初仕梁，入北齊爲黃門侍郎，隋開皇中卒。所撰《冤魂志》，《隋書·經籍志》著錄三卷，今本皆稱《還冤志》。下文所說《集靈記》，《隋書·經籍志》著錄二十卷，已散佚。魯迅《古小說鉤沈》有輯本。

②**《宣驗記》** 《隋書·經籍志》著錄十三卷，劉義慶撰，已散佚。魯迅《古小說鉤沈》有輯本。

③**王琰** 南齊太原（**今屬山西**）人。齊太子舍人，入梁爲吳興令。所撰《冥祥記》，《隋書·經籍志》著錄十卷，已散佚。魯迅《古小說鉤沈》有輯本。

④**侯白** 參看本書第七篇。所撰《旌異記》，《隋書·經籍志》著錄十五卷，已散佚。魯迅《古小說鉤沈》有輯本。

⑤**《神異記》** 王浮撰。《隋書·經籍志》及兩《唐志》均未著錄。卷數未詳。魯迅《古小說鉤沈》有輯本。

⑥**帛遠** 佛教徒。俗姓萬，字法祖，晉河內（**今河南沁陽**）人。曾在長安講經。王浮與帛遠辯論，多次失敗，遂託名老子撰《明威化胡經》。按《西域傳》認爲佛教先於老子，書中敘老子至罽賓國云：「我生何以晚，佛出一何早」。王浮撰《明威化胡經》則予倒換，說老子至流沙，成浮圖，死後變爲佛，因而形成佛教。這反映佛道二教爭奪正統地位的鬥爭。

⑦**《牽三歌讖》** 晉王嘉撰，《隋書·經籍志》及兩《唐志》均未著錄，已散佚。《晉書·王嘉傳》載：「其所造《牽三歌讖》，事過皆驗，累世猶傳之。」

第七篇　《世說新語》與其前後

漢末士流，已重品目，聲名成毀，決於片言，魏晉以來，乃彌以標格語言相尚，惟吐屬則流於玄虛，舉止則故爲疏放，與漢之惟俊偉堅卓爲重者，甚不侔矣。蓋其時釋教廣被，頗揚脫俗之風，而老莊之說亦大盛，其因佛而崇老爲反動，而厭離於世間則一致，相拒而實相扇，終乃汗漫而爲清談。渡江以後，此風彌甚，有違言者，惟一二梟雄而已。世之所尚，因有撰集，或者掇拾舊聞，或者記述近事，雖不過叢殘小語，而俱爲人間言動，遂脫志怪之牢籠也。

記人間事者已甚古，列御寇、韓非皆有錄載，惟其所以錄載者，列在用以喻道，韓在儲以論政。若爲賞心而作，則實萌芽於魏而大盛於晉，雖不免追隨俗尚，或供揣摩，然要爲遠實用而近娛樂矣。晉隆和（三六二）中，有處士河東裴啓，撰漢魏以來迄於同時言語應對之可稱者，謂之《語林》①，時頗盛行，以記謝安語不實②，爲安所詆，書遂廢（詳見《世說新語》《輕詆篇》）。後仍時有，凡十卷，至隋而亡，然群書中亦常見其遺文也。

婁護字君卿，歷遊五侯之門，每旦，五侯家各遺餉之，君卿口厭滋味，乃試合五侯所餉之鯖而食，甚美。世所謂「五侯鯖」，君卿所致。（《太平廣記》二百三十四）

魏武云，「我眠中不可妄近，近輒斫人不覺。左右宜愼之！」後乃陽凍眠，所幸小兒竊以被覆之，因便斫殺，自爾莫敢近。（《太平御覽》七百七）

鍾士季嘗向人道，「吾年少時一紙書，人云是阮步兵書，皆字字生義，既知是吾，不復道也。」（《續談助》四）

祖士言與鍾雅語相調，鍾語祖曰，「我汝潁之士利如錐，卿燕代之士鈍如槌。」祖曰，「既有神錐，必有神槌。」鍾遂屈。（《御覽》四百六十六）

王子猷嘗暫寄人空宅住，使令種竹。或問暫住何煩爾？嘯詠良久，直指竹曰，「何可一日無此君。」（《御覽》三百八十九）

《隋志》又有《郭子》三卷，東晉中郎郭澄之撰③，《唐志》云，「賈泉注」今亡。審其遺文，亦與《語林》相類。

宋臨川王劉義慶有《世說》八卷，梁劉孝標注之為十卷④，見《隋志》。今存者三卷曰《世說新語》，為宋人晏殊所刪併⑤，於注亦小有剪裁，然不知何人又加新語二字，唐時則曰新書，殆以《漢志》儒家類錄劉向所序六十七篇中，已有《世說》，因增字以別之也。《世說新語》今本凡三十八篇，自《德行》至《仇隙》，以類相從，事起後漢，止於東晉，記言則玄遠冷俊，記行則高簡瑰奇，下至謬惑，亦資一笑。孝標作注，又徵引浩博。或駁或申，映帶本文，增其雋永，所用書四百餘種，今又多不存，故世人尤珍重之。然《世說》文字，間或與裴郭二家書所記相同，殆亦猶《幽明錄》《宣驗記》然，乃纂輯舊文，非由自造：《宋書》⑥言義慶才詞不多，而招聚文學之士，遠近必至，則諸書或成於眾手，未可知也。

阮光祿在剡，曾有好車，借者無不皆給。有人葬母，意欲借而不敢言。阮後聞之，嘆曰，「吾有車而使人不敢借，何以車為？」遂焚之。（卷上《德行篇》）

阮宣子有令聞，太尉王夷甫見而問曰，「老莊與聖教同異？」對曰，「將無同。」太尉善其言，辟之為掾，世謂「三語掾」。（卷上《文學篇》）

祖士少好財，阮遙集好屐，並恆自經營，同是一累，而未判其得失。人有詣祖，見料視財物，客至，屏當未盡，餘兩小簏，著背後傾身障之，意未能平。或有詣阮，見自吹火蠟屐，因嘆曰，「未知一生當著幾量屐？」神色閒暢。於是勝負始分。（卷中《雅量篇》）

世目李元禮「謖謖如勁松下風」。（卷中《賞譽篇》）

公孫度目邴原：「所謂雲中白鶴，非燕雀之網所能羅也。」（同上）

劉伶恆縱酒放達，或脫衣裸形在屋中。人見譏之。伶曰，「我以天地為棟宇，屋室為褌衣，諸君何為入我褌中？」（卷下《任誕篇》）

石崇每要客燕集，常令美人行酒，客飲酒不盡者，使黃門交斬美人。王丞相與大將軍嘗共詣崇，丞相素不能飲，輒自勉強，至於沈醉。每至大將軍，固不飲以觀其變，已斬三人，顏色如故，尚不肯飲，丞相讓之，大將軍曰，「自殺伊家人，何預卿事？」（卷下《汰侈篇》）

梁沈約（四四一至五一三，《梁書》有傳）作《俗說》⑦三卷，亦此類，今亡。梁武帝嘗敕安右史殷芸（四七一至五二九，《梁書》有傳）撰《小說》三十卷，至隋僅存十卷，明初尚存，今乃止見於《續談助》及原本《說郛》⑧中，亦採集群書而成，以時代為次第，而特置帝王之事於卷首，繼以周漢，終於南齊。

晉咸康中，有士人周謂者，死而復生，言天帝召見，引升殿，仰視帝，面方一尺。問左右曰，「是古張天帝耶？」答云，「上古天帝，久已聖去，此近曹明帝也。」（《紺珠集》二）

孝武未嘗見驢，謝太傅問曰，「陛下想其形當何所似？」孝武掩口笑云，「正當似豬。」（《續談助》四。原注云，出《世說》。案今本無之。）

孔子嘗遊於山，使子路取水。逢虎於水所，與共戰，攬尾得之，內懷中；取水還。問孔子曰，「上士殺虎如之何？」子曰，「上士殺虎持虎頭。」又問曰，「中士殺虎如之何？」子曰，「中士殺虎持虎耳。」又問曰，「下士殺虎如之何？」子曰，「下士殺虎捉虎尾。」子路出尾棄之，因恚孔子曰，「夫子知水所有虎，使我取水，是欲死我。」乃懷石盤欲中孔子，又問「上士殺人如之何？」子曰，「上士殺人使筆端。」又問曰，「中士殺人如之何？」子曰，「中士殺人用舌端。」又問，「下士殺人如之何？」子曰，「下士殺人懷石盤。」子路出而棄之，於是心服。（原本《說郛》二十五。原注云，出《沖波傳》。）

鬼谷先生與蘇秦張儀書云，「二君足下，功名赫赫，但春華到秋，不得久茂。日數將冬，時訖將老。子獨不見河邊之樹乎？僕御折其枝，波浪激其根；此木非與天下人有仇怨，蓋所居者然。子見嵩岱之松柏，華霍之樹檀？上葉干青雲，下根通三泉，上有猿狖，下有赤豹麒麟，千秋萬歲，不逢斧斤之伐：此木非與天下之人有骨肉，亦所居者然。今二子好朝露之榮，忽長久之功，輕喬松之求延，貴一旦之浮爵，夫『女愛不極席，男歡不畢輪』，痛夫痛夫，二君二君！」（《續談助》四。原註云，出《鬼谷先生書》。）

《隋志》又有《笑林》⑨二卷，後漢給事中邯鄲淳撰。淳一名竺，字子禮，穎川人，弱冠有異才，元嘉元年（一五一），上虞長度尚爲曹娥立碑⑩，淳者尚之弟子，於席間作碑文，操筆而成，無所點定，遂知名，黃初初（約二二一），爲魏博士給事中，見《後漢書》《曹娥傳》及《三國》《魏志》《王粲傳》等注。《笑林》今佚，遺文存二十餘事，舉非違，顯紕謬，實《世說》之一體，亦後來誹諧文字之權輿也。

魯有執長竿入城門者，初，豎執之不可入，橫執之亦不可入，計無所出。俄有老父至曰，「吾非聖人，但見事多矣，何不以鋸中截而入！」遂依而截之。（《太平廣記》

二百六十二）

平原陶丘氏，取渤海墨台氏女，女色甚美，才甚令，復相敬，已生一男而歸。母丁氏，年老，進見女婿。女婿既歸而遣婦。婦臨去請罪，夫曰，「曩見夫人年德已衰，非昔日也，亦恐新婦老後，必復如此，是以遣，實無他故。」（《太平御覽》四百九十九）

甲父母在，出學三年而歸。舅氏問其學何所得，並序別父久。乃答曰，「渭陽之思，過於秦康。」既而父數之，「爾學奚益。」答曰，「少失過庭之訓，故學無益。」（《廣記》二百六十二）

甲與乙爭鬥，甲嚙下乙鼻，官吏欲斷之，甲稱乙自嚙落。吏曰，「夫人鼻高而口低，並能就嚙之乎？」甲曰，「他踏床子就嚙之。」（同上）

《笑林》之後，不乏繼作，《隋志》有《解頤》⑪二卷。楊松玢撰，今一字不存，而群書常引《談藪》⑫，則《世說》之流也。《唐志》有《啓顏錄》十卷，候白撰。白字君素，魏郡人，好學有捷才，滑稽善辯，舉秀才爲儒林郎，好爲誹諧雜說，人多愛狎之，所在之處，觀者如市。隋高祖聞其名，召命於秘書修國史，後給五品食，月餘而死（約六世紀後葉）。見《隋書》《陸爽傳》。《啓顏錄》今亦佚，然《太平廣記》引用甚多，蓋上取子史之舊文，近記一己之言行，事多浮淺，又好以鄙言調謔人，誹諧太過，時復流於輕薄矣。其有唐世事者，後人所加也；古書中往往有之，在小說尤甚。

開皇中，有人姓出名六斤，欲參（楊）素，賫名紙至省門，遇白，請為題其姓，乃書曰：「六斤半」。名既入，素召其人，問曰，「卿姓六斤半？」答曰，「是出六斤。」曰，「何為六斤半？」曰，「向請侯秀才題之，當是錯矣。」即召白至，謂曰，「卿何為錯題人姓名？」對云，「不錯。」素曰，「若不錯，何因姓出名六斤，請卿題之，乃言六斤半？」對曰，「白在省門，會卒無處覓稱，既聞道是出六斤，斟酌只應是六斤半。」素大笑之。（《廣記》二百四十八）

山東人娶蒲州女，多患癭，其妻母項癭甚大。成婚數月，婦家疑婿不慧，婦翁置酒盛會親戚，欲以試之。問曰，「某郎在山東讀書，應識道理。鴻鶴能鳴，何意？」曰，「天使其然。」又曰：「松柏冬青，何意？」曰，「天使其然。」又曰，「道邊樹有骨朏，何意？」曰：「天使其然。」婦翁曰，「某郎全不識道理，何因浪住山東？」因以戲之曰，「鴻鶴能鳴者頸項長，松柏冬青者心中強，道邊樹有骨朏者車撥傷：豈是天使其然？」婿曰，「蝦蟆能鳴，豈是頸項長？竹亦冬青，豈是心中強？夫人項下癭如許大，豈是車撥傷？」婦翁羞愧，無以對之。（同上）

其後則唐有何自然《笑林》⑬，今亦佚，宋有呂居仁《軒渠錄》⑭，沈征《諧史》⑮，周文玘《開顏集》⑯，天和子《善謔集》⑰，元明又十餘種；大抵或取子史舊文，或拾同時瑣事，殊不見有新意。惟託名東坡之《艾子雜說》⑱稍卓特，顧往往嘲諷世情，譏刺時病，又異於《笑林》之無所爲而作矣。

至於《世說》一流，仿者尤眾，劉孝標有《續世說》十卷，見《唐志》，然據《隋志》，則殆即所注臨川書。唐有王方慶《續世說新書》⑲（見《新唐志》雜家，今佚），宋有王讜《唐語林》⑳，孔平仲《續世說》㉑，明有何良俊《何氏語林》㉒，李紹文《明世說新語》㉓，焦竑《類林》及《玉堂叢話》㉔，張墉《廿一史識餘》㉕，鄭仲夔《清言》㉖等；然纂舊聞則別無穎異，述時事則傷於矯揉，而世人猶復爲之不已，至於清，又有梁維樞作《玉劍尊聞》㉗，吳肅公作《明語林》㉘，章撫功作《漢世說》㉙，李清作《女世說》㉚，顏從喬作《僧世說》㉛，王晫作《今世說》㉜，汪琬作《說鈴》而惠棟爲之補注㉝，今亦尚有易宗夔作《新世說》㉞也。

注釋

①**裴啟**　字榮期，東晉河東（**郡治今山西永濟**）人。所撰《語林》，《隋書·經籍志》《燕丹子》題下附注：「梁有……《語林》十卷，東晉處士裴啓撰，亡。」魯迅《古小說鉤沈》有輯本。

②**謝安**（320-385）　字安石，東晉陳郡陽夏（**今河南太康**）人，孝武帝時官中書監，錄尚書事。據《世說新語·輕詆篇》載，庾道季將裴啓《語林》所記謝安有關裴啓、支道林的話告知謝安，謝安云：「君乃復作裴氏學！」自此《語林》遂廢。

③《郭子》　《隋書・經籍志》著錄三卷，郭澄之撰。郭澄之，字仲靜，東晉太原陽曲（今屬山西）人，曾任劉裕相國從事中郎。《郭子》已散佚，魯迅《古小說鉤沈》有輯本。賈泉（440-501），即賈淵。唐人避李淵諱，改淵爲泉，字希鏡。南朝宋平陽襄陵（今山西襄汾）人。

④《世說》　即《世說新語》。今存各本自《德行》至《仇隙》均爲三十六篇。劉孝標（462-521），名峻，南朝梁平原（今屬山東）人，曾任荊州戶曹參軍。

⑤晏殊（991-1055）　字同叔，北宋臨川（今屬江西）人，官至集賢殿學士，同平章事兼樞密使。關於晏殊刪併《世說新語》事，明袁褧本《世說新語》載南宋董弅跋云：「余家舊藏蓋得之王原叔家，後得晏元獻公手自校本，盡去重覆，其注亦小加剪截，最爲善本。」

⑥《宋書》　梁沈約編撰，一百卷，紀傳體南朝宋代史。下文關於劉義慶的評述，見該書卷五十一《劉義慶傳》。

⑦沈約　字休文，南朝梁吳興武康（今浙江德清）人，官至尚書令。所撰《俗說》，《隋書・經籍志》著錄三卷，已散佚。魯迅《古小說鉤沈》有輯本。

⑧《續談助》　宋晁載之編，五卷，共收小說、雜著二十種。原本《說郛》，元末明初陶宗儀編，一百卷，係選輯漢魏至宋元各種筆記小說彙編而成。

⑨《笑林》　《隋書・經籍志》著錄三卷，邯鄲淳撰。已散佚，魯迅《古小說鉤沈》有輯本。

⑩度尚　字博平，東漢湖陸（今山東魚台）人，官至遼東太守。曹娥，東漢上虞人。其父溺死後她投江尋父屍而亡，被稱爲孝女。度尚任上虞長時曾爲之立碑，邯鄲淳爲作碑文。

⑪《解頤》　《隋書·經籍志》著錄二卷，楊松玢撰。今佚。

⑫《談藪》　唐劉知幾《史通·雜述篇》瑣言類曾提及「陽玠松《談藪》」；《宋史·藝文志》著錄陽松玠《八代談藪》二卷。

⑬何自然　生平不詳。所撰《笑林》，《新唐書·藝文志》著錄三卷，已散佚。

⑭呂居仁（1084-1145）　名本中，號東萊先生，宋壽州（治所今安徽壽縣）人，曾任中書舍人。所撰《軒渠錄》，已散佚。陶宗儀編《說郛》卷七有輯本。

⑮沈征　宋代霅溪（今浙江吳興）人，其他不詳。所撰《諧史》二卷，已散佚。陶宗儀編《說郛》卷二十三有輯本，一卷，題宋沈俶撰。

⑯周文玘　宋代人，曾任試秘書省校書郎。所撰《開顏集》，《宋史·藝文志》著錄二卷。已散佚。陶宗儀編《說郛》卷六十五有輯本。

⑰天和子　宋代人。所撰《善謔集》，已散佚，陶宗儀《說郛》卷六十五有輯本。

⑱東坡　即蘇軾（1037-1101），北宋眉山（今屬四川）人，官翰林學士、禮部尚書。《艾子雜說》，又名《艾子》，一卷，傳爲蘇軾所撰。已散佚。明顧元慶《顧氏文房小說》有輯本。

⑲王方慶（?-702）　名琳，唐咸陽（今屬陝西）人，官至鳳閣侍郎知正事。《續世說新書》，《新唐書·藝文志》著錄十卷，已散佚。

⑳王讜　字正甫，北宋長安（今陝西西安）人。所撰《唐語林》，《宋史·藝文志》著錄十一卷。

㉑孔平仲　字義甫，一作毅甫，北宋臨江新喻（今江西新餘）人，曾任集賢校理。所撰《續世說》，

《宋史・藝文志》著錄十二卷。

㉒何良俊（1506–1573）　字元朗，號柘湖，明華亭（今上海松江）人，曾任南京翰林院孔目。《何氏語林》，《明史・藝文志》著錄三十卷。

㉓李紹文　字節之，明華亭（今上海松江）人。所撰《明世說新語》，《明史・藝文志》著錄八卷。

㉔焦竑（1540–1620）　字弱侯，號漪園，又號澹園，明江寧（今江蘇南京市）人，官至翰林院修撰。所撰《類林》，又名《焦氏類林》，《明史・藝文志》著錄八卷；另撰《玉堂叢話》，《明史・藝文志》著錄八卷。

㉕張墉　字石宗，明錢塘（今浙江杭州）人。所撰《廿一史識餘》，又名《竹香齋類書》，三十七卷。《四庫全書總目提要》史鈔類存目。

㉖鄭仲夔　字龍如，明江西人。所撰《清言》，全稱爲《蘭畹居清言》，十卷。收入所編《玉麈新譚》內。

㉗梁維樞（1589–1662）　字慎可，清真定（今河北正定）人。所撰《玉劍尊聞》，《清史稿・藝文志》著錄十卷。

㉘吳肅公　字雨若，清宣城（今屬安徽）人。所撰《明語林》，《清史稿・藝文志》著錄十四卷。

㉙章撫功　字仁艷，清錢塘（今浙江杭州）人。所撰《漢世說》，《清史稿・藝文志》著錄十四卷。

㉚李清（1602–1683）　字心水，又字映碧，號天一居士，明興化（今屬江蘇）人，官刑科、吏科給事中。所撰《女世說》，四卷。

㉛顏從喬作《儈世說》待查。

㉜王晫（1636-?）　字丹麓，清初仁和（今浙江杭州）人。所撰《今世說》，《清史稿·藝文志》著錄八卷。

㉝汪琬（1624-1691）　字苕文，號鈍庵，清長洲（今江蘇蘇州）人，官至翰林院編修。所撰《說鈴》，《清史稿·藝文志》著錄一卷。惠棟（1697-1758），字定宇，號松崖，清吳縣（今屬江蘇）人。

㉞易宗夔　字蔚儒，湖南湘潭人。北洋政府時期曾任國務院法制局局長。所撰《新世說》，八卷，一九一八年北京出版。

第八篇　唐之傳奇文（上）

小說亦如詩，至唐代而一變，雖尚不離於搜奇記逸，然敘述婉轉，文辭華艷，與六朝之粗陳梗概者較，演進之跡甚明，而尤顯者乃在是時則始有意為小說。胡應麟（《筆叢》三十六）云，「變異之談，盛於六朝，然多是傳錄舛訛，未必盡幻設語，至唐人乃作意好奇，假小說以寄筆端。」其云「作意」，云「幻設」者，則即意識之創造矣。此類文字，當然或為叢集，或為單篇，大率篇幅曼長，記敘委曲，時亦近於俳諧，故論者每訾其卑下，貶之曰「傳奇」，以別於韓柳①輩之高文。顧世間則甚風行，文人往往有作，投謁時或用之為行卷，今頗有留存於《太平廣記》②中者（他書所收，時代及撰人多錯誤不足據），實唐代特絕之作也。然而後來流派，乃亦不昌，但有演述，或者摹擬而已，惟元明人多本其事作雜劇或傳奇，而影響遂及於曲。

幻設為文，晉世固已盛，如阮籍之《大人先生傳》，劉伶之《酒德頌》，陶潛之《桃花源記》《五柳先生傳》皆是矣③，然咸以寓言為本，文詞為末，故其流可衍為王績《醉鄉記》韓愈《圬者王承福傳》柳宗元《種樹郭橐駝傳》④，而無涉於傳奇。傳奇者流，源蓋出於志怪，然施之藻繪，擴其波瀾，故所成就乃特異，其間雖亦或託諷喻以紓牢愁，談禍福以寓懲勸，而大歸則究在文采與意想，與昔之傳鬼神明因果而外無他意者，甚異其趣矣。

隋唐間，有王度者，作《古鏡記》⑤（見《廣記》二百三十，題曰《王度》），自述獲神鏡於侯生，能降精魅，後其弟勣（當作績）遠遊，藉以自隨，亦殺諸鬼怪，顧終乃化去。其文甚長，然僅綴古鏡諸靈異事，猶有六朝志怪流風。王度，太原祁人，文中子⑥通之弟，東皐子績兄也，蓋生於開皇初（宋晁公武《郡齋讀書志》十云通生於開皇四年），大業中爲御史，罷歸河東，復入長安爲著作郎，奉詔修國史，又出兼芮城令，武德中卒（約五八五至六二五），史亦不成（見《古鏡記》，《唐文粹》及《新唐書》《王績傳》，惟傳云兄名凝，未詳孰是），遺文僅存此篇而已。績棄官歸龍門後，史不言其遊涉，蓋度所假設也。

唐初又有《補江總白猿傳》一卷，不知何人作，宋時尚單行，今見《廣記》（四百四十四，題曰《歐陽紇》）中。傳言梁將歐陽紇⑦略地至長樂，深入溪洞，其妻遂爲白猿所掠，逮救歸，已孕，周歲生一子，「厥狀肖焉」。紇後爲陳武帝所殺，子詢以江總⑧收養成人，入唐有盛名，而貌類獼猴，忌者因此作傳，云以補江總，是知假小說以施詆蔑之風，其由來頗古矣。

武后時，有深州陸渾人張鷟⑨字文成，以調露初登進士第，爲岐王府參軍，屢試皆甲科，大有文譽，調長安尉，然生躁卞，儻蕩無檢，姚崇尤惡之；開元初，御史李全交劾鷟罰短時政，貶嶺南，旋得內徙，終司門員外郎（約六六〇至七四〇，詳見兩《唐書》《張荐傳》）。日本有《遊仙窟》一卷，題寧州襄樂縣尉張文成作，莫休符⑩謂「鷟弱冠應舉，下筆成章，中書侍郎薛元超特授襄樂尉」（《桂林風土記》），則尚其年少時所爲。自敘奉使河源，道中夜投大宅，逢二女曰十娘五嫂，宴飲歡笑，以詩相調，止宿而去，文近駢儷而時雜鄙語，氣度與所作《朝野僉載》《龍筋鳳髓判》⑪正同，《唐書》謂「鷟下筆輒成，浮艷少理致，其論者率詆誚蕪穢，然大行一時，晚進莫不傳記。……新羅日本使至，必出金寶購其文」，殆實錄矣。《遊仙窟》中國久失傳，後人亦不復效其體制，今略錄數十言以見大概，乃升堂燕飲時情狀也。

……十娘喚香兒為少府設樂，金石並奏，簫管間響：蘇合彈琵琶，綠竹吹篳篥，仙人鼓瑟，玉女吹笙，玄鶴俯而聽琴，白魚躍而應節。清香呲叨，片時則梁上塵飛，雅韻鏗鏘，卒爾則天邊雪落，一時忘味，孔丘留滯不虛，三日繞樑，韓娥餘音是實。……兩人俱起舞，共勸下官，……遂舞著詞曰，「從來巡繞四邊，忽逢兩個神仙，眉上冬天出柳，頰中旱地生蓮，千看千處嫵媚，萬看萬種嫟妍，今宵若其不得，刺命過與黃泉。」又一時大笑。舞畢，因謝曰，「僕實庸才，得陪清賞，賜垂音樂，慚荷不勝。」十娘詠曰，「得意似鴛鴦，情乖若胡越，不向君邊盡，更知何處歇？」十娘曰，「兒等並無可收採，少府公云『冬天出柳，旱地生蓮』，總是相弄也。」……

然作者蔚起，則在開元天寶以後。大曆中有沈既濟，蘇州吳人，經學賅博，以楊炎⑫荐，召拜左拾遺史館修撰。貞元⑬時炎得罪，既濟亦貶處州司護參軍，既入朝，位禮部員外郎，卒（約七五〇至八〇〇）。撰《建中實錄》⑭，人稱其能，《新唐書》有傳。《文苑英華》⑮（八百三十三）錄其《枕中記》（亦見《廣記》八十二，題曰《呂翁》）一篇，為小說家言，略謂開元七年，道士呂翁行邯鄲道中，息邸舍，見旅中少生盧生侘傺嘆息，乃探囊中枕授之。生夢娶清河崔氏，舉進士，官至陝牧，入為京兆尹，出破戎虜，轉吏部侍郎，遷戶部尚書兼御史大夫，為時宰所忌，以飛語中之，貶端州刺史，越三年徵爲常侍，未幾同中書門下平章事。

嘉謨密命，一日三接，獻替啓沃，號為賢相，同列害之，復誣與邊將交結，所圖不軌，下制獄，府吏引從至其門而急收之。生惶駭不測，謂妻子曰，「吾家山東有良田五頃，足以禦寒餒，何苦求祿？而今及此，思衣短褐乘青駒行邯鄲道中，不可得也！」引刃自刎，其妻救之獲免。其罹者皆死，獨生為中官保之，減罪死投驩州。數年，帝知冤，復追為中書令，封燕國公，恩旨殊異。生五子，……其姻媾皆天下望族，有孫十餘人。……後年漸衰邁，屢乞骸骨，不許。病，中人候問，相踵於道，名醫上藥，無不至焉，……薨；生欠伸而悟，見其身方偃於邸舍，呂翁坐其傍，主人蒸黍未熟：觸類如故。生蹶然而興曰，「豈其夢寐也？」翁謂主人曰，「人生之適，亦如是矣。」生憮然良久，謝曰，「夫寵辱之道，窮達之運，得喪之理，死生之情，盡知之矣：此先生所以窒吾欲也。敢不受教！」稽首再拜而去。

如是意想，在歆慕功名之唐代，雖詭幻動人，而亦非出於獨創，干寶《搜神記》有焦湖廟祝以玉枕使楊林入夢事（見第五篇），大旨悉同，當即此篇所本，明人湯顯祖⑯之《邯鄲記》，則又本之此篇。既濟文筆簡鍊，又多規誨之意，故事雖不經，尙爲當時推重，比之韓愈《毛穎傳》⑰；間亦有病其俳諧者，則以作者嘗爲史官，因而繩以史法，失小說之意矣。既濟又有《任氏傳》（見《廣記》四百五十二）一篇，言妖狐幻化，終於守志殉人，「雖今之婦人有不如者」，亦諷世之作也。

「吳興才人」（李賀語）沈亞之⑱字下賢，元和十年進士第，太和初爲德州行營使者柏耆判官，耆以罪貶，亞之亦謫南康尉，終郢州掾（約八世紀末至九世紀中），集十二卷，今存。亞之有文名，自謂「能創窈窕之思」，今集中有傳奇文二篇（《沈下賢集》卷二卷四，亦見《廣記》二百八十二及二百九十八），皆以華艷之筆，敘恍忽之情，而好言仙鬼復死，尤與同時文人異趣。《湘中怨》記鄭生偶遇孤女，相依數年，一旦別去，自云「蛟宮之娣」，謫限已滿矣，十餘年後，又遙見之畫艫中，含嚬悲歌，而「風濤崩怒」，竟失所在。《異夢錄》記邢鳳夢見美人，示以「弓彎」之舞；及王炎夢侍吳王久，忽聞茄鼓，乃葬西施，因奉教作輓歌，王嘉賞之。《秦夢記》則自述道經長安，客橐泉邸舍，夢爲秦官有功，時弄玉婿蕭史先死，因尚公主，自題所居曰翠微宮。穆公遇亞之亦甚厚，一日，公主忽無疾卒，穆公乃不復欲見亞之，遣之歸。

將去，公置酒高會，聲秦聲，舞秦舞，舞者擊膞拊髀嗚嗚而音有不快，聲甚怨。……既，再拜辭去，公復命至翠微宮與公主侍人別，重入殿內時，見珠翠遺碎青階下，窗紗檀點依然，宮人泣對亞之。亞之感咽良久，因題宮門詩曰，「君王多感放東歸，從此秦宮不復期，春景自傷秦喪主，落花如雨淚胭脂。」竟別去，……覺臥邸舍。明日，亞之與友人崔九萬具道；九萬，博陵人，諳古，謂余曰，「《皇覽》云，『秦穆公葬雍橐泉祈年宮下』，非其神靈憑乎？」亞之更求得秦時地志，說如九萬云。嗚呼！弄玉既仙矣，惡又死乎？

陳鴻爲文，則辭意慷慨，長於弔古，追懷往事，如不勝情。鴻少學爲史，貞元二十一年登太常第，始閒居遂志，乃修《大統記》三十卷，七年始成（《唐文粹》九十五），在長安時，嘗與白居易⑲爲友，爲《長恨歌》作傳（見《廣記》四百八十六）。《新唐志》小說家類有陳鴻《開元升平源》⑳一卷，注云，「字大亮，貞元主客郎中」，或亦其人也（約八世紀後半至九世紀中葉）。所作又有《東城老父傳》㉑（見《廣記》四百八十五），記賈昌於兵火之後，懷念太平盛事，榮華零落，兩相比照，其語甚悲。《長恨歌傳》則作於元和初，亦追述開元中楊妃入宮以至死蜀本末，法與《賈昌傳》相類。楊妃故事，唐人本所樂道，然鮮有條貫秩然如此傳者，又得白居易作歌，故特爲世間所知，清洪昇撰《長生殿傳奇》㉒，即本此傳及歌意也。傳今有數本，《廣記》及《文苑英華》（七百九十四）所錄，字句已多異同，而明人附載《文苑英華》後之出於《麗情集》及《京本大曲》㉓者尤異，蓋後人（《麗情集》之撰者張君房？）又增損之。

天寶末，兄國忠盜丞相位，愚弄國柄，及安祿山引兵向闕，以討楊氏為詞。潼關不守，翠華南幸，出咸陽，道次馬嵬亭，六軍徘徊，持戟不進，從官郎吏伏上馬前，請誅晁錯以謝天下，國忠奉氂纓盤水，死於道周。左右之意未快，上問之，當時敢言者請以貴妃塞天下怨，上知不免，而不忍見其死，反袂掩面，使牽之而去；倉惶展轉，竟就死於尺組

之下。（《文苑英華》所載）

天寶末，兄國忠盜丞相位，竊弄國柄，羯胡亂燕，二京連陷，翠華南幸，駕出都西門百餘里，六師徘徊，擁戟不行，從官郎吏伏上馬前，請誅錯以謝之；國忠奉氂纓盤水，死於道周。左右之意未快，當時敢言者請以貴妃塞天下之怒，上慘容，但心不忍見其死，反袂掩面，使牽之而去。拜於上前，回眸血下，墜金鈿翠羽於地，上自收之。嗚呼，蕙心紈質，天王之愛，不得已而死於尺組之下，叔向母云「甚美必甚惡」，李延年歌曰「傾國復傾城」，此之謂也。（《麗情集》及《大曲》所載）

白行簡字知退，其先蓋太原人，後家韓城，又徙下邽，居易之弟也，貞元末進士第，累遷司門員外郎主客郎中，寶曆二年（八二六）冬病卒，年蓋五十餘，兩《唐書》皆附見《居易傳》。有集二十卷，今不存，而《廣記》（四百八十四）收其傳奇文一篇曰《李娃傳》，言滎陽巨族之子溺於長安娼女李娃，貧病困頓，至流落爲挽郎，復爲李娃所拯，勉之學，遂擢第，官成都府參軍。行簡本善文筆，李娃事又近情而聳聽，故纏綿可觀；元人已本其事爲《曲江池》㉔，明薛近兗則以作《繡襦記》㉕。行簡又有《三夢記》一篇（見原本《說郛》四），舉「彼夢有所往而此遇之者，或此有所爲而彼夢之者，或兩相通夢者」三事，皆敘述簡質，而事特瑰奇，其第一事尤勝。

天后時，劉幽求為朝邑丞，嘗奉使夜歸，未及家十餘里，適有佛寺，路出其側，聞寺中歌笑歡洽。寺垣短缺，盡得睹其中。劉俯身窺之，見十數人兒女雜坐，羅列盤饌，環繞之而共食。見其妻在坐中語笑。劉初愕然，不測其故，久之，且思其不當至此，復不能舍之。又熟視容止言笑無異，將就察之，寺門閉不得入，劉擲瓦擊之，中其罍洗，破迸散走，因忽不見。劉逾垣直入，與從者同視殿廡，皆無人，宇局如故。劉訝益甚，遂馳歸。比至其家，妻方寢，聞劉至，乃敘寒暄訖，妻笑曰，「向夢中與數十人同遊一寺，皆不相識，會食於殿庭，有人自外以瓦礫投之，杯盤狼藉，因而遂覺。」劉亦具陳其見，蓋所謂彼夢有所往而此遇之也。

注釋

①**韓柳**　指韓愈和柳宗元。韓愈（768-824），字退之，唐河南河陽（今河南孟縣）人，曾任吏部侍郎等職。撰有《韓昌黎集》。柳宗元（773-819），字子厚，唐河東解（今山西運城）人，曾任柳州刺史等職。撰有《柳河東集》。二人都是唐代散文代表作家。

②**《太平廣記》**　類書，北宋李昉等人奉旨編輯，太平興國三年（978）書成，五百卷。參看本書第十一篇。下文所說的「他書」，據魯迅《唐宋傳奇集·序例》，指《說海》、《古今逸史》、《五朝小說》、《龍威秘書》、《唐人說薈》、《藝苑捃華》等。

③**阮籍**（210-263）　字嗣宗，三國魏陳留尉氏（今屬河南）人，曾任步兵校尉。他蔑視世俗禮法，所

撰《大人先生傳》，敘寫大人先生虛無的超世俗的人生態度。劉伶，字伯倫，西晉沛國（今安徽宿縣）人，仕魏爲建威參軍。所撰《酒德頌》，敘寫大人先生「惟酒是務」的生活。陶潛所撰《桃花源記》，敘寫漁人在桃花源中所見村人安寧純樸的生活情景；《五柳先生傳》，敘寫五柳先生的安於寒素，不慕榮利。這些文章的人物和故事，均出於作者的幻設，近乎寓言。

④**王績**（585-644）　字無功，號東皐子，隋末唐初絳州龍門（今山西河津）人，曾官秘書省正字。所撰《醉鄉記》，敘寫超塵世的「醉鄉」生活。韓愈《圬者王承福傳》，敘寫泥瓦匠王承福怡然自得、獨善其身的處世態度。柳宗元《種樹郭槖駝傳》，敘寫郭槖駝種樹的故事，說明「任其自然，順其本性」的道理。

⑤**《古鏡記》**　王度《古鏡記》及後文所述無名氏《補江總白猿傳》，沈既濟《枕中記》、《任氏傳》，沈亞之《湘中怨》、《異夢錄》、《秦夢記》，陳鴻《長恨歌傳》、《開元升平源》、《東城老父傳》，白行簡《李娃傳》、《三夢記》等，魯迅《唐宋傳奇集》均收入。

⑥**文中子**　即王通（534-617），字仲淹，王績之兄。曾官蜀郡司馬書佐。撰有《中說》等。死後其門人私謚爲「文中子」。

⑦**歐陽紇**（538-570）　字奉聖，南朝陳臨湘（今湖南長沙）人，曾官安遠將軍、廣州刺史。其子詢（557-641），字信本，曾官太子率更令、弘文館學士。

⑧**江總**（519-594）　字總持，南朝陳濟陽考城（今河南蘭考）人，陳時曾任尚書令，世稱江令。

⑨關於張鷟的籍貫，兩《唐書‧張荐傳》均作「陸澤」。陸澤係唐時深州治所，在今河北深縣。

⑩**莫休符**　唐昭宗光化時，官融州刺史。所撰《桂林風土記》，《新唐書・藝文志》著錄三卷，今存一卷。

⑪**《朝野僉載》**　《新唐書・藝文志》著錄二十卷，已散佚。今存輯本六卷，主要記述隋唐二代朝野遺聞。《龍筋鳳髓判》，四卷，判詞集，文皆駢儷，從中可知當時律令程序。

⑫**楊炎**（727-781）　字公南，唐鳳翔天興（今陝西鳳翔）人，官至門下侍郎同平章事。

⑬這裡「貞元」應作「建中」。據兩《唐書》楊炎本傳，貞元時楊炎已死，他獲罪貶官在建中二年（781）。

⑭**《建中實錄》**　《新唐書・藝文志》著錄十卷，《宋史・藝文志》著錄十五卷，係唐德宗建中時編年大事記。

⑮**《文苑英華》**　北宋李昉等人奉旨編撰。共一千卷，上續《文選》，收南朝梁末至唐代詩文。

⑯**湯顯祖**（1550-1616）　字義仍，號若士，明臨川（今屬江西）人，曾官浙江遂昌知縣。《邯鄲記》，共三十六齣，與沈既濟《枕中記》相較，情節上多有增飾。另撰有《紫釵記》、《還魂記》（一名《牡丹亭》）、《南柯記》，與《邯鄲記》合稱《臨川四夢》。

⑰**《毛穎傳》**　韓愈在文中將毛筆擬人化爲毛穎，敘寫他的身世，藉以抒發胸中鬱積。

⑱**「吳興才人」**　語見唐李賀《送沈亞之歌》：「吳興才人怨東風，桃花滿陌千里紅」。其序云：「文人沈亞之，元和七年以書不中第，返歸於吳江」。沈亞之（781-832），字下賢，唐吳興（今屬浙江）人。工於文辭，擅長傳奇。下文所說「自謂『能創窈窕之思』」，見於《沈下賢集》卷二

《爲人撰乞巧文》。

⑲白居易（772-846）　字樂天，號香山居士。唐太原（今屬山西）人，官至刑部尚書。撰有《白氏長慶集》。

⑳《開元升平源》　撰者一說爲吳兢，記姚崇向唐明皇進諫十事的故事。

㉑《東城老父傳》　又名《賈昌傳》，撰者一說爲陳鴻祖。

㉒洪昇（1645-1704）　字昉思，號稗畦，清錢塘（今浙江杭州）人，國子監生。所撰《長生殿傳奇》，五十齣，演唐玄宗、楊貴妃的愛情故事。

㉓《麗情集》　二十卷。作者張君房，北宋安陸（今屬湖北）人，官尚書度支員外郎、集賢校理。該書已散佚，今存一卷。《京本大曲》，未詳。

㉔《曲江池》　元石君寶撰。雜劇，四折。

㉕薛近兗　約明嘉靖時人。所撰《繡襦記》，四卷，四十一齣。一說爲徐霖所撰。

第九篇　唐之傳奇文（下）

然傳奇諸作者中，有特有關係者二人：其一，所作不多而影響甚大，名亦甚盛者曰元稹；其二，多所著作，影響亦甚大而名不甚彰者曰李公佐。

元稹字微之，河南河內人，舉明經，補校書郎，元和初應制策第一，除左拾遺，歷監察御史，坐事貶江陵，又自虢州長史徵入，漸遷至中書舍人承旨學士，進工部侍郎同平章事，未幾罷相，出爲同州刺史，又改越州，兼浙東觀察使。太和初，入爲尚書左丞檢校戶部尚書，兼鄂州刺史武昌軍節度使，五年七月暴疾，一日而卒於鎮，時年五十三（**七七九至八三一**），兩《唐書》皆有傳。稹自少與白居易唱和，當時言詩者稱元白，號爲「元和體」①，然所傳小說，止《鶯鶯傳》②**（見《廣記》四百八十八）**一篇。

《鶯鶯傳》者，即敘崔張故事，亦名《會真記》者也。略謂貞元中，有張生者，性貌溫美，非禮不動，年二十三未嘗近女色。時生遊於蒲，寓普救寺，適有崔氏孀婦將歸長安，過蒲，亦寓茲寺，緒其親則於張爲異派之從母。會渾瑊薨，軍人因喪大擾蒲人，崔氏甚懼，而生與蒲將之黨有善，得將護之，十餘日後廉使杜確來治軍，軍遂戢。崔氏由此甚感張生，因招宴，見其女鶯鶯，生惑焉，託崔之婢紅娘以《春詞》二首通意，是夕得彩箋，題其篇曰《明月三五夜》，辭云，「待月西廂下，迎風戶半開，隔牆花影動，疑是玉人來。」張喜且駭，已而崔至，則端服嚴容，責其非禮，竟去，張自失者久之，數夕後，崔又至，將曉而去，終夕無一言。

……張生辨色而興，自疑曰，「豈其夢邪？」及明，睹汝在臂，香在衣，淚光熒熒然猶瑩於茵席而已。是後又十餘日，杳不復知。張生賦《會真詩》三十韻，未畢而紅娘適至，因授之，以貽崔氏。自是復容之，朝隱而出，暮隱而入，同安於曩所謂西廂者幾一月矣。張生常詰鄭氏之情，則曰，「我不可奈何矣。」因欲就成之。無何，張生將至長安，先以情諭之，崔氏宛然無難詞，然而愁怨之容動人矣。將行之夕，不可復見，而張生遂西下。……

明年，文戰不利，張生遂止於京，貽書崔氏以廣其意，崔報之，而生發其書於所知，由是爲時人傳說。楊巨源爲賦《崔娘詩》③，元稹亦續生《會真詩》三十韻④，張之友聞者皆聳異，而張志亦絕矣。元稹與張厚，問其說，張曰：

「大凡天之所命尤物也，不妖其身，必妖於人。使崔氏子遇合富貴，秉嬌寵，不為雲為雨，則為蛟為螭，吾不知其變化矣。昔殷之辛，周之幽，據萬乘之國，其勢甚厚，然而一女子敗之，潰其眾，屠其身，至今為天下僇笑，予之德不足以勝妖孽，是用忍情。」

越歲餘，崔已適人，張亦別娶，適過其所居，請以外兄見，崔終不出；後數日，張生將行，崔則賦詩一章以謝絕之云，「棄置今何道，當時且自親，還將舊來意，憐取眼前人。」自是遂不復知。時人多許張爲善補過者云。

元稹以張生自寓，述其親歷之境，雖文章尚非上乘，而時有情致，固亦可觀，惟篇末文過飾非，遂墮惡趣，而李紳⑤楊巨源輩既各賦詩以張之，稹又早有詩名，後秉節鉞，故世人仍多樂道，宋趙德麟已取其事作《商調蝶戀花》⑥十闋（見《侯鯖錄》），金則有董解元《弦索西廂》⑦，元則有王實甫《西廂記》⑧，關漢卿《續西廂記》⑨，明則有李日華《南西廂記》⑩，陸采《南西廂記》⑪等，其他曰《竟》曰《翻》曰《後》曰《續》⑫者尤繁，至今尚或稱道其事。唐人傳奇留遺不少，而後來煊赫如是者，惟此篇及李朝威《柳毅傳》而已。

李公佐字顓蒙，隴西人，嘗舉進士，元和中爲江淮從事，後罷歸長安（見所作《謝小娥傳》中），會昌初，又爲楊府錄事，大中二年，坐累削兩任官（見《唐書》〈宣宗紀〉），蓋生於代宗時，至宣宗猶在（約七七〇至八五〇），餘事未詳；《新唐書》《宗室世系表》有千牛備身公佐，則別一人也。其著作今存四篇，《南柯太守傳》（見《廣記》四百七十五，題《淳于棼》，今據《唐語林》改正）最有名，傳言東平淳于棼家廣陵郡東十里，宅南有大槐一株，貞元七年九月因沈醉致疾，二友扶生歸家，令臥東廡下，而自秣馬濯足以俟之。生就枕，昏然若夢，見二紫衣使稱奉王命相邀，出門登車，指古槐穴而去。使者驅車入穴，忽見山川，終入一大城，城樓上有金書題曰「大槐安國」。生既至，拜駙馬，復出爲南柯太守，守郡三十載，「風化廣被，百姓歌謠，建功德碑，立生祠宇」，王甚重之，遞遷大位，生五男二女，後將兵與檀蘿國戰，敗績，公主又薨。生罷郡，而威福日盛，王疑憚之，遂禁生遊從，處之私第，已而送歸。既醒，則「見家之童僕擁篲於庭，二客濯足於榻，斜日未隱於西垣，餘樽尚湛於東牖，夢中倏忽，若度一世矣。」其立意與《枕中記》同，而描摹更爲盡致，明湯顯祖亦本之作傳奇曰《南柯記》。篇末言命僕發穴，以究根源，乃見蟻聚，悉符前夢，則假實證幻，餘韻悠然，雖未盡於物情，已非《枕中》之所及矣。

……有大穴，根洞然明朗，可容一榻。上有積土壤以為城郭殿台之狀，有蟻數斛，隱聚其中。中有小台，其色若丹，二大蟻處之，素翼朱首，長可三寸，左右大蟻數十輔之，諸蟻不敢近，此其王矣：即槐安國都是也。又窮一穴，直上南枝可四丈，宛轉方中，亦有土城小樓，群蟻亦處其中：即生所嶺南柯郡也。……追想前事，感嘆於懷，……不欲令二客壞之，遽令掩塞如舊。……復念檀蘿征伐之事，又請二客訪跡於外，宅東一里有古涸澗，側有大檀樹一株，藤蘿擁織，上不見日，旁有小穴，亦有群蟻隱聚其間。檀蘿之國，豈非此耶？嗟乎！蟻之靈異猶不可窮，況山藏木伏之大者所變化乎？……

《謝小娥傳》（見《廣記》四百九十一）言小娥姓謝，豫章人，八歲喪母，後嫁歷陽俠士段居貞。夫婦與父皆習賈，往來江湖間，爲盜所殺，小娥亦折足墮水，他船拯起之，流轉至上元縣，依妙果寺尼以居。初，小娥嘗夢父告以仇人爲「車中猴東門草」，又夢夫告以仇人爲「禾中走一日夫」，廣求智者，皆不能解，至公佐乃辨之曰，「車中猴，車字去上下各一畫，是申字，又申屬猴，故曰車中猴；草下有門，門中有東，乃蘭字也。又禾中走是穿田過，亦是申字也；一日夫者，夫上更一畫，下有日，是春字也。殺汝父是申蘭，殺汝夫是申春，足可明矣。」小娥乃變男子服為傭保，果遇二賊於潯陽，刺殺之，並聞於官，擒其黨，而小娥得免死。解謎獲賊，甚乏理致，而當時亦盛傳，李復言⑬已演其文入《續玄怪錄》，明人則本之作平話⑭。（見《拍案驚奇》十九）

所餘二篇，其一未詳原題，《廣記》則題曰《盧江馮媼》（三百四十三），記董江妻亡更娶，而媼見有女泣路隅一室中，後乃知即亡人之墓，董聞則罪以妖妄，逐媼去之，其事甚簡，故文亦不華。其一曰《古岳瀆經》（見《廣記》四百六十七，題曰《李湯》），有李湯者，永泰時楚州刺史，聞漁人見龜山下水中有大鐵鎖，乃以人牛曳出之，風濤陡作，「一獸狀有如猿，白首長鬐，雪牙金爪，闖然上岸，高五丈許，蹲踞之狀若猿猴，但兩目不能開，兀若昏昧，……久乃引頸伸欠，雙目忽開，光彩若電，顧視人焉，欲發狂怒。觀者奔走，獸亦徐徐引鎖曳牛入水去，竟不復出。」當時湯與楚州知名之士，皆錯愕不知其由。後公佐訪古東吳，泛洞庭，登包山，入靈洞，探仙書，於石穴間得《古岳瀆經》第八卷，乃得其故，而其經文字奇古，編次蠹毀，頗不能解，公佐與道士焦君共詳讀之，如下文：

> 「禹理水，三至桐柏山，驚風走雷，石號木鳴，土伯擁川，天老肅兵，功不能興。禹怒，召集百靈，授命夔龍，桐柏等山君長稽首請命，禹因囚鴻濛氏，章商氏，兜盧氏，犁婁氏，乃獲淮渦水神名無支祁，善應對言語，辨江淮之淺深，原隰之遠近，形若猿猴，縮

鼻高額，青軀白首，金目雪牙，頸伸百尺，力逾九象，搏擊騰踔疾奔，輕利倏忽，聞視不可久。

禹授之童律，不能制；授之烏木由，不能制；授之庚辰，能制。鴟脾桓胡木魅水靈山祆石怪奔號聚繞，以數千載，庚辰以戰（一作戟）逐去，頸鎖大索，鼻穿金鈴，徙淮陰之龜山之足下，俾淮水永安流注海也。庚辰之後，皆圖此形者，免淮濤風雨之難。」

宋朱熹（《楚辭辨證》中）嘗斥僧伽降伏無支祁事爲俚說⑮，羅泌（《路史》）有《無支祁辯》⑯，元吳昌齡《西遊記》雜劇⑰中有「無支祁是他姊妹」語，明宋濂⑱亦隱括其事爲文，知宋元以來，此說流傳不絕，且廣被民間，致勞學者彈糾，而實則僅出於李公佐假設之作而已。惟後來漸誤禹爲僧伽或泗洲大聖，明吳承恩演《西遊記》，又移其神變奮迅之狀於孫悟空，於是禹伏無支祁故事遂以堙昧也。

傳奇之文，此外尚夥，其較顯著者，有隴西李朝威作《柳毅傳》（見《廣記》四百十九），記毅以下第將歸湘濱，道經涇陽，遇牧羊女子言是龍女，爲舅姑及婿所貶，託毅寄書於父洞庭君，洞庭君有弟錢塘君性剛暴，殺婿取女歸，欲以配毅，因毅嚴拒而止。後毅喪妻，徙家金陵，娶范陽盧氏，則龍女也，又徙南海，復歸洞庭，其表弟薛嘏嘗遇之於湖中，得仙藥五十丸，此後遂絕影響。金人已取其事爲雜劇（語見董解元《弦索西廂》中）⑲，元尚仲賢⑳則作《柳毅傳書》，翻案而爲《張生煮海》㉑，清李漁又折衷之而成《蜃中樓》㉒。又有蔣防㉓作《霍小玉傳》（見《廣記》四百八十七），言李益年二十擢進士第，入長安，思得名妓，乃遇霍小玉，寓於其家，相從者二年，其後年，生授鄭縣主簿，則堅約婚姻而別。及生覲母，始知已訂婚盧氏，母又素嚴，生不敢拒，遂與小玉絕。小玉久不得生音問，竟臥病，蹤跡招益，益亦不敢往。一日益在崇敬寺，忽有黃衫豪士強邀之，至霍氏家，小玉力疾相見，數其負心，長慟而卒。益爲之縞素，旦夕哭泣甚哀，已而婚於盧氏，然爲怨鬼所祟，竟以猜忌出其妻，至於三娶，莫不如是。杜甫《少年行》有云，「黃衫年少宜來數，不見堂前東逝波」㉔，謂此也。又有許堯佐㉕作《柳氏傳》（見《廣記》四百八十五），記詩人韓翃得李生豔姬柳氏，會安祿山反，因寄柳於法靈寺而自爲淄青節度使書記，亂平復來，則柳已爲蕃將沙吒利所取，淄青諸將中有俠士許虞侯者，劫以還翃。其事又見於孟棨《本事詩》㉖，蓋亦實錄矣。他如柳珵（《廣記》二百七十五《上清傳》）薛調（又四百八十六《無雙傳》）皇甫枚（又四百九十一《非煙傳》）房千里（同上《楊娼傳》）㉗等，亦皆有造作。而杜光庭㉘之《虬髯客傳》（見《廣記》一百九十三）流傳乃獨廣，光庭爲蜀道士，事王衍，多所著述，大抵誕謾，此傳則記楊素妓人之執紅拂者識李靖於布衣時，相約遁去，道中又逢虬髯客，知其不凡，推資財，授兵法，令佐太宗興唐，而自率海賊入扶餘國殺其主，自立爲王云。後世樂此故事，至作畫圖，謂之三俠；在曲則明凌初成有《虬髯翁》㉙，張鳳翼張太和皆有《紅拂記》㉚。

上來所舉之外，尚有不知作者之《李衛公別案》㉛，《李林甫外傳》㉜，郭湜之《高力士外傳》㉝，姚汝能之《安祿山事跡》㉞等，惟著述本意，或在顯揚幽隱，非爲傳奇，特以行文枝蔓，或拾事瑣屑，故後人亦每以小說視之。

注釋

①「元和體」　《舊唐書・元稹傳》：元稹「與太原白居易友善。工爲詩，善狀詠風態物色，當時言詩者稱元、白焉。自衣冠士子，至閭閻下俚，悉傳諷之，號爲『元和體』。」

②《鶯鶯傳》　元稹《鶯鶯傳》及下文所述李朝威《柳毅傳》，李公佐《謝小娥傳》、《南柯太守傳》、《廬江馮媼傳》、《古岳瀆經》，蔣防《霍小玉傳》，柳珵《上清傳》，薛調《無雙傳》，皇甫枚《非煙傳》，房千里《楊娼傳》，杜光庭《虯髯客傳》，魯迅《唐宋傳奇集》均曾收入。

③楊巨源　字景山，唐蒲州（今山西永濟）人，官至國子司業。所撰《崔娘詩》，《全唐詩》卷三三三收入。

④《會真詩》三十韻　《全唐詩》卷七九〇收入。

⑤李紳（772-846）　字公垂，唐無錫（今屬江蘇）人，官至守僕射、同平章事。與元稹、白居易交往甚密，撰有《追昔遊集》。所撰《鶯鶯歌》，一題《東飛伯勞西飛燕歌爲鶯鶯作》，見《全唐詩》卷四八三。其詩云：「伯勞飛遲燕飛疾，垂楊綻金花笑日。綠窗嬌女字鶯鶯，金雀啞鬟年十七。黃姑上天阿母在，寂寞霜姿素蓮質。門掩重關蕭寺中，芳草花時不曾出」。

⑥趙德麟（1051-1107）　名令畤，號聊復翁，宋哲宗時人。所撰《侯鯖錄》，八卷，內容多爲瑣聞雜事，也有關於文學的論述。卷五對元稹《會真記》考辨頗詳，並取其事作《商調蝶戀花詞》十闋。

序云：「今於暇日，詳觀其文，略其煩褻，分之爲十章。每章之下屬之以詞，或全摭其文，或止取其意，又別爲一曲，載之傳前，先敘前篇之義，調曰《商調》，曲名《蝶戀花》。」詞末云「樂天曰：『天長地久有時盡，此恨綿綿無絕期』，豈獨在彼者耶！」

⑦**董解元** 約金章宗時人。所撰《弦索西廂》，一名《西廂記諸宮調》。

⑧**王實甫** 元大都（今北京）人。所撰雜劇今知有十四種，現存三種，以《西廂記》最著名。

⑨**關漢卿** 號已齋叟，約生於十三世紀前期，死於元滅南宋之後，元大都（今北京）人。所撰雜劇今知有六十餘種，存十八種。有人認爲王實甫《西廂記》只四本，第五本爲關漢卿續作。此處之《續西廂記》即指《西廂記》第五本。

⑩**李日華** 明吳縣（今屬江蘇）人。所撰《南西廂記》故事梗概與王實甫《西廂記》大致相同。《西廂記》爲雜劇，《南西廂記》爲傳奇。

⑪**陸采**（1497-1537） 原名灼，字子玄，號天池，明長洲（今江蘇蘇州）人。撰有《南西廂記》等傳奇五種。

⑫《竟》 即《竟西廂》，實名《錦西廂》，清周恆綜撰。《翻》，即《翻西廂》，清初研雪子撰。《後》，即《後西廂》，清石龐、薛旦，湯世瀠三人各有同名劇作。《續》，即《續西廂》，清查繼佐撰。

⑬**李復言** 名諒，唐隴西（今甘肅東南）人，曾任彭城令、蘇州刺史等。所撰《續玄怪錄》，又名《續幽怪錄》，內容多爲異聞軼事。其中《妙寂尼》，記謝小娥事。

⑭關於明人則本之作平話，指明凌濛初所撰初刻《拍案驚奇》卷十九：「李公佐巧解夢中言，謝小娥智擒船上盜」。

⑮**朱熹**（1130–1200）　字元晦，號晦庵，南宋徽州婺源（今屬江西）人，曾任秘閣修撰等職。所撰《楚辭辨證》，二卷，內容係訂正舊注之誤。斥僧伽降伏無支祁事爲俚說，見該書卷下：「如今世俗僧伽降無支祁、許遜斬蛟蜃精之類，本無稽據，而好事者遂假託撰造以實之。明理之士皆可以一笑而揮之，正不必深與辯也。」

⑯**羅泌**　字長源，宋廬陵（今江西吉安）人。所撰《路史》，四十七卷，內容主要論述我國傳說時期史事。《無支祁辯》，見該書《餘論》卷三。

⑰**《西遊記》雜劇**　現存本題元吳昌齡撰，實爲元末明初楊訥（字景賢）所作。六本二十四折。第一折《收孫演咒》有云：「那胡孫氣力與天齊，偷玉皇仙酒，盜老子金丹，他去那魔君中占第一，他是驪山老母兄弟，無支祁是他姊妹。」

⑱**宋濂**（1310–1381）　字景濂，號潛溪，明浦江（今屬浙江）人，官至學士承旨知制誥。他關於無支祁的論述，見所撰《宋學士全集》卷二十八《刪古岳瀆經》。

⑲據董解元《弦索西廂》卷一：「比前賢樂府不中聽，在諸宮調裡卻著數。……也不是離魂倩女，也不是謁漿崔護，也不是雙漸豫章城，也不是柳毅傳書。」

⑳**尚仲賢**　元真定（今河北正定）人，曾任浙江行省官吏。所撰雜劇今知有十一種，現存《柳毅傳書》等三種。

㉑**《張生煮海》**　一爲尙仲賢撰，已佚。今存者爲元李好古撰。劇情爲張羽與龍女相愛，爲龍王所阻，後得仙人相助，終成夫婦。

㉒**李漁**（1611–約1679）　號笠翁，清蘭溪（今屬浙江）人。所撰《蜃中樓》，劇情爲洞庭、東海二龍女在蜃樓遊玩時遇見柳毅、張羽，遂各相愛成婚。

㉓**蔣防**　字子微，唐義興（今江蘇宜興）人，官至翰林學士。

㉔**杜甫**（712–770）　字子美，唐鞏縣（今屬河南）人，曾官左拾遺。撰有《杜工部集》。所作《少年行》第二首原詩作：「巢燕引雛渾去盡，江華結子已無多。黃衫年少宜來數，不見堂前東逝波。」

㉕**許堯佐**　唐憲宗時人，曾官太子校書郎、諫議大夫。

㉖**孟棨**　一作孟啓，字初中。唐代人，官司勛郎中。所撰《本事詩》，一卷，記述唐代詩人軼事和民間傳聞。

㉗**柳珵**　唐蒲州河東（今山西永濟）人。所撰《上清傳》，寫唐宰相竇參寵婢上清，向唐德宗哭訴，爲竇參申冤故事。薛調，唐河中寶鼎（今山西萬榮）人，曾官戶部員外郎、翰林學士承旨。所撰《無雙傳》，寫柳無雙和王仙客的愛情故事。皇甫枚，字遵美，唐安定（今甘肅涇川）人，曾爲汝州魯山縣令。撰有《三水小牘》等。《非煙傳》，寫步非煙與趙象相戀，至死不渝的故事。房千里，字鵠舉，唐河南（今河南洛陽）人，曾官國子博士、高州刺史。所撰《楊娼傳》，寫長安名妓楊娼爲嶺南帥甲所愛，帥死，楊以死相報的故事。

㉘**杜光庭**（850–933）　字聖賓，自號東瀛子，唐末五代處州縉雲（今屬浙江）人。曾在天台山學道，

仕唐爲內廷供奉，入蜀後官諫議大夫。

㉙凌初成（1580-1644）　即凌濛初，明烏程（今浙江吳興）人，曾官上海縣丞、徐州通判。參看本書第二十一篇。所撰雜劇《虬髯翁》，全名爲《虬髯翁正本扶餘國》四折。

㉚張鳳翼（1527-1613）　字伯起，號靈墟，明長洲（今江蘇蘇州）人。劇作今存五種。《紅拂記》，共三十四齣。張太和，字幼于號屏山，明錢塘（今浙江杭州）人。所撰《紅拂記》，今佚。

㉛《李衛公別傳》　唐李復言撰。《太平廣記》卷四一八收入，題《李靖》，文末注：「出《續玄怪錄》。」

㉜《李林甫外傳》　一卷，見《古今說海》、葉德輝輯《唐開元小說六種》等書。

㉝郭湜　生平事蹟不詳。所撰《高力士外傳》，一卷，見明顧元慶《顧氏文房小說》、《唐開元小說六種》等書。

㉞姚汝能　官華陰尉，餘事不詳。所撰《安祿山事跡》，《新唐書・藝文志》著錄三卷。見繆荃孫輯《藕香零拾》、《唐開元小說六種》等書。

第十篇　唐之傳奇集及雜俎

造傳奇之文，會萃爲一集者，在唐代多有，而煊赫莫如牛僧孺之《玄怪錄》。僧孺字思黯，本隴西狄道人，居宛葉間，元和初以賢良方正對策第一，條指失政，鯁訐不避宰相，至考官皆調去，僧孺則調伊闕尉，穆宗即位，漸至御史中丞，後以戶部侍郎同中書門下平章事，武宗時累貶循州長史，宣宗立，乃召還爲太子少師，大中二年卒，贈太尉，年六十九（七八〇至八四八），諡曰文簡，有傳在兩《唐書》。僧孺性堅僻，而頗嗜志怪，所撰《玄怪錄》十卷，今已佚，然《太平廣記》所引尚三十一篇，可以考見大概。其文雖與他傳奇無甚異，而時時示人以出於造作，不求見信；蓋李公佐李朝威輩，僅在顯揚筆妙，故尚不肯言事狀之虛，至僧孺乃並欲以構想之幻自見，因故示其詭設之跡矣。《元無有》即其一例：

寶應中，有元無有，常以仲春末獨行維揚郊野。值日晚，風雨大至，時兵荒後，人戶多逃，遂入路旁空莊。須臾霽止，斜月方出，無有坐北窗，忽聞西廊有行人聲，未幾，見月中有四人，衣冠皆異，相與談諧吟詠甚暢，乃云「今夕如秋，風月若此，吾輩豈得不為一言，以展平生之事也？」……吟詠既朗，無有聽之具悉。其一衣冠長人即先吟曰，「齊紈魯縞如霜雪，寥亮高亢予所發。」其二黑衣冠短陋人詩曰，「嘉賓良會清夜時，煌煌燈燭我能持。」其三故弊黃衣冠人，亦短陋，詩曰，「清冷之泉候朝汲，桑綆相牽常出入。」其四故黑衣冠人詩曰，「爨薪貯泉相煎熬，充他口腹我為勞。」無有亦不以四人為異，四人亦不虞無有之在堂隍也，遞相褒賞，觀其自負，則雖阮嗣宗《詠懷》，亦若不能加矣。四人遲明乃歸舊所；無有就尋之，堂中惟有故杵燈台水桶破鐺：乃知四人即此物所為也（《廣記》三百六十九）

牛僧孺在朝，與李德裕各立門戶，爲黨爭①，以其好作小說，李之門客書灌遂託僧孺名撰《周秦行紀》②以誣之。記言自以舉進士落第將歸宛葉，經伊闕鳴皋山下，因暮失道，遂止薄太后廟中，與漢唐妃嬪燕飲。太后問今天子爲誰？則對曰，「『今皇帝先帝長子。』太真笑曰，『沈婆兒作天子也。大奇！』」復賦詩，終以昭君侍寢，至明別去，「竟不知其何如」（詳見《廣記》四百八十九）。德裕因作論，謂僧孺姓應圖讖，《玄怪錄》又多造隱語，意在惑民，《周秦行紀》則以身與后妃冥遇，欲證其身非人臣相，「及至戲德宗爲沈婆兒，以代宗皇后爲沈婆，令人骨戰，可謂無禮於具君甚矣！」作逆若非當代，必在子孫，故「須以『太牢』少長咸置於法，則刑罰中而社稷安」也（詳見《李衛公外集》四）③。自來假小說以排陷人，此爲最怪，顧當時說亦不行。惟僧孺既有才名，又歷高位，其所著作，世遂盛傳。而摹擬者亦不鮮，李復言有《續玄怪錄》十卷，「分仙術感應二門」薛漁思④有《河東記》三卷，「亦記譎怪事，序云續僧孺之書」（皆見宋晁公武《郡齋讀書志》十三）；又有撰《宣室志》⑤十卷，以記仙鬼靈異事跡者，曰張讀字聖朋，則張鷟之裔而牛僧孺之外孫也（見《唐書》《張荐傳》），後來亦疑爲「少而習見，故沿其流波」（清《四庫提要》子部小說家類三）云。

他如武功人蘇鶚有《杜陽雜編》⑥，記唐世故事，而多誇遠方珍異，參寥子高彥休有《唐闕史》⑦，雖間有實錄，而亦言見夢升仙，故皆傳奇，但稍遷變。至於康駢《劇談錄》⑧之漸多世務，孫棨《北里志》⑨之專敘狹邪，范攄《雲溪友議》⑩之特重歌詠，雖若彌近人情，遠於靈怪，然選事則新穎，行文則逶迤，固仍以傳奇爲骨者也。迨裴鉶著書，徑稱《傳奇》⑪，則盛述神仙怪譎之事，又多崇飾，以惑觀者。鉶爲淮南節度副大使高駢從事，駢後失志，尤好神仙，卒以叛死，則此或當時諛導之作，非由本懷。聶隱娘勝妙手空空兒事即出此書（文見《廣記》一百九十四），明人取以入僞作之段成式《劍俠傳》，流傳遂廣，迄今猶爲所謂文人者所樂道也。

段成式字柯古，齊州臨淄人，宰相文昌子也，以陰爲校書郎，累遷至吉州刺史，大中中歸京，仕至太常少卿；咸通四年（八六三）六月卒，《新唐書》附見段志玄傳末（餘見《酉陽雜俎》及《南楚新聞》）。成式家多奇篇秘籍，博學強記，尤深於佛書，而少好畋獵，亦早有文名，詞句多奧博，世所珍異，其小說有《廬陵官下記》⑫二卷，今佚；《酉陽雜俎》二十卷凡三十篇，今具在，並有《續集》十卷：卷一篇，或錄秘書，或敘異事，仙佛人鬼以至動植，彌不畢載，以類相聚，有如類書，雖源或出於張華《博物志》，而在唐時，則猶之獨創之作矣。每篇各有題目，亦殊隱僻，如紀道術者曰《壺史》，鈔釋典者曰《貝編》，述喪葬者曰《尸穸》，志怪異者曰《諾皐記》，而抉擇記敘，亦多古豔穎異，足副其目也。

夏啓為東明公，文王為西明公，邵公為南明公，季札為北明公，四時主四方鬼。至忠至孝之人，命終皆為地下主者，一百四十年，乃授下仙之教，授以大道。有上聖之德，命終受三官書，為地下主者，一千年乃轉三官之五帝，復一千四百年方得遊行太清，為九宮之中仙。（卷二《玉格》）

始生天者五相，一光覆身而無衣，二見物生希有心，三弱顏，四疑，五怖。（卷三《貝編》）

國初僧玄奘往五印取經，西域敬之。成式見倭國僧金剛三昧，言嘗至中天寺，寺中多畫玄奘麻屩及匙箸，以彩雲乘之，蓋西域所無者，每至齋日，輒膜拜焉。（同上）

天翁姓張，名堅，字刺渴，漁陽人，少不羈，無所拘忌。嘗張羅得一白雀，愛而養之，夢劉天翁責怒，每欲殺之，白雀輒以報堅，堅設諸方待之，終莫能害。天翁遂下觀之，堅盛設賓主，乃竊騎天翁車，乘白龍，振策登天，天翁乘餘龍追之，不及。堅既到玄宮，易百官，杜塞北門，封百雀為上卿侯，改白雀之胤不産於下土。劉翁失治，徘徊五岳作災。堅患之，以劉翁為太山太守，主生死之籍。（卷十四《諾皋記》）

大曆中，有士人莊在渭南，遇疾卒於京，妻柳氏因莊居。……士人祥齋日，暮，柳氏露坐逐涼，有胡蜂繞其首面，柳氏以扇擊墮地，乃胡桃也。柳氏遽取，玩之掌中；遂長，初如拳，如椀，驚顧之際，已如盤矣。曝然分為兩扇，空中輪轉，聲如分蜂，忽合於柳氏首。柳氏碎首，齒著於樹。其物因飛去，竟不知何怪也。（同上）

又有聚文身之事者曰《黥》，述養鷹之法者曰《肉攫部》，《續集》則有《貶誤》以收考證，有《寺塔記》以志伽藍，所涉既廣，遂多珍異，為世愛玩，與傳奇並驅爭先矣。

成式能詩，幽澀繁縟如他著述，時有祁人溫庭筠⑬字飛卿，河內李商隱⑭字義山，亦俱用是相誇，號「三十六體」⑮。溫庭筠亦有小說三卷曰《干𦠆子》，遺文見於《廣記》，僅錄事、略，簡率無可觀，與其詩賦之豔麗者不類。李於小說無聞，今有《義山雜纂》一卷，《新唐志》不著錄，宋陳振孫⑯（《直齋書錄解題》十一）以為商隱作，書皆集俚俗常談鄙事，以類相從，雖止於瑣綴，而頗亦穿世務之幽隱，蓋不特聊資笑噱而已。

殺風景

松下喝道　看花淚下　苔上鋪席　斫卻垂楊

花下曬褌　遊春重載　石筍繫馬　月下把火

步行將軍　背山起樓　果園種菜　花架下養雞鴨

惡模樣

作客與人相爭罵……　做客踏翻台桌……

對丈人丈母唱豔曲　嚼殘魚肉歸盤上　對眾倒臥　橫箸在羹碗上

十誡

不得飲酒至醉　不得暗黑處驚人　不得陰損於人　不得獨入寡婦人房　不得開人家書
不得戲取物不令人知　不得暗黑獨自行　不得與無賴子弟往還　不得借人物用了經旬
不還（原缺一則）

中和年間有李就今字袞求，爲臨晉令，亦號義山，能詩，初舉時恆遊倡家，見孫棨《北里志》，則《雜纂》之作，或出此人，未必定屬商隱，然他無顯證，未能定也。後亦時有仿作者，宋有續，稱王君玉⑰，有再續，稱蘇東坡⑱，明有三續，爲黃允交⑲。

注釋

①李德裕（787-850）　字文饒，唐趙郡（今河北趙縣）人，武宗時官至門下侍郎、同平章事，後貶死崖州。撰有《次柳氏舊聞》、《會昌一品集》。黨爭，指唐穆宗、宣宗年間，以李吉甫、李德裕父子爲首和以牛僧孺、李宗閔爲首的兩大官僚集團，進行數十年之久的朋黨鬥爭。

②韋瓘　字茂弘，唐京兆萬年（今陝西西安）人，官至中書舍人。所撰《周秦行起》，魯迅《唐宋傳奇集》曾輯錄。

③李德裕據《周秦行紀》撰《周秦行紀論》，其中稱：「余嘗聞太牢氏（涼國李公嘗呼牛僧孺為太牢。……）好奇怪其身，險易其行。以其姓應國家受命之讖，曰：『首尾三麟六十年，兩角犢子恣

狂顛，龍蛇相鬥血成川。』及見著《玄怪錄》，多造隱語，人不可解。……余得太牢《周秦行紀》，反覆睹其太牢以身與帝王后妃冥遇，欲證其身非人臣相也，將有意於『狂顛』。」按《周秦行紀論》見《李衛公外集》卷四。

④**薛漁思** 生平不詳。所撰《河東記》，三卷，已佚。《說郛》輯錄一卷。

⑤**《宣室志》** 《新唐書・藝文志》著錄十卷，取漢文帝於宣室召賈誼問鬼神事爲名。撰者張讀，字聖明（一作聖用），唐深州陸澤（今河北深縣）人。大中進士，累官中書舍人、禮部侍郎，終尚書左丞。

⑥**蘇鶚** 字德祥，唐武功（今屬陝西）人，光啓進士。《杜陽雜編》，《新唐書・藝文志》著錄三卷。

⑦**高彥休** 號參寥子，生平不詳。所撰《唐闕史》，《新唐書・藝文志》著錄三卷。

⑧**康駢** 字駕言，唐池陽（今陝西涇陽）人，乾符進士，官至崇文館校書郎。所撰《劇談錄》，《新唐書・藝文志》著錄二卷。

⑨**孫棨** 字文威，自號無爲，唐僖宗時人，官至翰林學士、中書舍人。所撰《北里志》，一卷。

⑩**范攄** 自號五雲溪人，約唐咸通時人。所撰《雲溪友議》，《新唐書・藝文志》著錄三卷。

⑪**裴鉶** 唐末人，曾任高駢從事，後官御史大夫、成都節度副使。所撰《傳奇》，《新唐書・藝文志》著錄三卷，已佚。《世界文庫》有輯本。下文高駢（？—887），字千里，唐末幽州（今北京）人，曾官成都尹、劍南西川節度觀察使等。

⑫《盧陵官下記》　《新唐書・藝文志》著錄二卷，已散佚。清陶珽重輯《說郛》收有佚文。

⑬溫庭筠（約812-866）　字飛卿，唐太原（今屬山西）人，曾官方城尉、國子助教。所撰《乾撰子》，《新唐書・藝文志》著錄三卷，已散佚。《太平廣記》收有佚文。

⑭李商隱（約813-858）　字義山，號玉溪生。唐懷州河內（今河南沁陽）人，曾官秘書郎、東川節度使判官。

⑮「三十六體」　《新唐書・文藝傳》：「商隱初爲文瑰邁奇古，及在令狐楚府，楚本工章奏，因授其學。商隱儷偶長短，而繁縟過之。時溫庭筠、段成式俱用是相誇，號『三十六體』。」又宋王應麟《小學紺珠》云，三人排行皆第十六，故有此稱。

⑯陳振孫　字伯玉，號直齋，南宋安吉（今屬浙江）人，曾官侍郎。所撰《直齋書錄解題》，二十二卷，將歷代書籍分爲五十三類，詳述卷數、撰者並品評得失。原書已佚，現存本從《永樂大典》輯校而成。

⑰王君玉　宋代王君玉有兩人。《四庫全書總目提要》著錄：《國老談苑》二卷，舊本題夷門隱叟王君玉撰。又，《宋史・王珪傳》載，珪從兄琪字君玉，成都華陽人，仁宗時任館閣校勘、集賢校理。《雜纂續》，一卷，作者當爲兩人中之一人。

⑱蘇東坡　參看本書第七篇。《雜纂二續》，一卷，題蘇軾撰。

⑲黃允交　明歙縣（今屬安徽）人。所撰《雜纂三續》，一卷。

第十一篇　宋之志怪及傳奇文

宋既平一宇內。收諸國圖籍，而降王臣佐多海內名士，或宣怨言，遂盡招之館閣，厚其廩餼，使修書，成《太平御覽》《文苑英華》各一千卷；又以野史傳記小說諸家成書五百卷，目錄十卷，是爲《太平廣記》，以太平興國二年（九七七）三月奉詔撰集，次年八月書成表進，八月奉敕送史館，六年正月奉旨雕印版（據《宋會要》及《進書表》），後以言者謂非後學所急，乃收版貯太清樓，故宋人反多未見。《廣記》采摭宏富，用書至三百四十四種，自漢晉至五代之小說家言，本書今已散亡者，往往賴以考見，且分類纂輯，得五十五部，視每部卷帙之多寡，亦可知晉唐小說所敘，何者爲多，蓋不特稗說之淵海，且爲文心之統計矣。今舉較多之部於下，其未有雜傳記九卷，則唐人傳奇文也。

神仙五十五卷　女仙十五卷　異僧十二卷　報應三十三卷　徵應（休咎也）十一卷

定數十五卷　夢七卷　神二十五卷　鬼四十卷　妖怪九卷　精怪六卷　再生十二卷

龍八卷　虎八卷　狐九卷

《太平廣記》以李昉①監修，同修者十二人，中有徐鉉②，有吳淑，皆嘗爲小說，今俱傳。鉉字鼎臣，揚州廣陵人，南唐翰林學士，從李煜入宋，官至直學士院給事中散騎常侍，淳化二年坐累謫靜難行軍司馬，中寒卒於貶所，年七十六（九一六至九九一），事詳《宋史》《文苑傳》。鉉在唐時已作志怪，歷二十年成《稽神錄》六卷，僅一百五十事，比修《廣記》，常希收採而不敢自專，使宋白③問李昉，昉曰，「詎有徐率更言無稽者！」遂得見收。然其文平實簡率，既失六朝志怪之古質，復無唐人傳奇之纏綿，當宋之初，志怪又欲以「可信」見長，而此道於是不復振也。

> 廣陵有王姥，病數日，忽謂其子曰，「我死，必生西溪浩氏為牛，子當贖之，而我腹下有『王』字是也。」頃之遂卒，其西溪者，海陵之西地名也；其民浩氏，生牛，腹有白毛成「王」字。其子尋而得之，以束帛贖之以歸。（卷二）
>
> 瓜村有漁人，妻得勞瘦疾，轉相傳染，死者數人。或云：取病者生釘棺中，棄之，其病可絕。頃之，其女病，即生釘棺中，流之於江，至金山，有漁人見而異之，引之至岸，開視之，見女子猶活，因取置漁舍中，多得鰻鱺魚以食之，久之病瘉，遂為漁人之妻，至今尚無恙。（卷三）

吳淑，徐鉉婿也，字正儀，潤州丹陽人，少而俊爽，敏於屬文，在南唐舉進士，以校書郎直內史，從李煜歸宋，仕至職方員外郎，咸平五年卒，年五十六（九四七至一〇〇二），亦見《宋史》《文苑傳》。所著《江淮異人錄》三卷，今有從《永樂大典》④輯成本，凡二十五人，皆傳當時俠客術士及道流，行事大率詭怪。唐段成式作《酉陽雜俎》，已有《盜俠》一篇，敘怪民奇異事，然僅九人，至薈萃諸詭幻人物，著爲專書者，實始於吳淑，明人鈔《廣記》僞作《劍俠傳》又揚其波，而乘空飛劍之說日熾；至今尚不衰。

成幼文為洪州錄事參軍，所居臨通衢而有窗。一日坐窗下，時雨霽泥濘而微有路，見一小兒賣鞋，狀甚貧窶，有一惡少年與兒相遇，絓鞋墮泥中。小兒哭求其價，少年叱之不與。兒曰，「吾家且未有食，待賣鞋營食，而悉為所污。」有書生過，憫之，為償其值。少年怒曰，「兒就我求食，汝何預焉？」因辱罵之。生甚有慍色；成嘉其義，召之與語，大奇之，因留之宿。夜共話，成暫入內，及復出，則失書生矣，外户皆閉，求之不得，少頃復至前曰，「旦來惡子，吾不能容，已斷其首。」乃擲之於地。成驚曰，「此人誠忤君子，然斷人之首，流血在地，豈不見累乎？」書生曰，「無苦。」乃出少藥，敷於頭上，捽其髮摩之，皆化為水，因謂成曰，「無以奉報，願以此術授君。」成曰，「某非方外之士，不敢奉教。」書生於是長揖而去，重門皆鎖閉，而失所在。

宋代雖云崇儒，並容釋道，而信仰本根，夙在巫鬼，故徐鉉吳淑而後，仍多變怪讖應之談，張君房之《乘異記》⑤（咸平元年序），張師正之《括異志》⑥，聶田之《祖異志》⑦（康定元年序），秦再思之《洛中紀異》⑧，華仲詢之《幕府燕閒錄》⑨（元豐初作），皆其類也。迨徽宗惑於道士林靈素，篤信神仙，自號「道君」，而天下大奉道法。至於南遷，此風未改，高宗退居南內，亦愛神仙幻誕之書，時則有知興國軍歷陽郭彖字次象作《睽車志》⑩五卷，翰林學士鄱陽洪邁字景盧作《夷堅志》四百二十卷，似皆嘗呈進以供上覽。諸書大都偏重事狀，少所鋪敘，與《稽神錄》略同，顧《夷堅志》獨以著者之名與卷帙之多稱於世。

洪邁幼而強記，博極群書，然從二兄試博學宏詞科獨被黜，年五十始中第，爲敕令所刪定官。父皓曾忤秦檜，憾並及邁，遂出添差教授福州，累遷吏部郎兼禮部；嘗接伴金使，頗折之，旋爲報聘使，以爭朝見禮不屈，幾被抑留，還朝又以使金辱命論罷，尋起知泉州，又歷知吉州，贛州，婺州，建寧及紹興府，淳熙二年以端明殿學士致仕卒，年八十（一〇九六至一一七五）⑪，謚文敏，有傳在《宋史》。邁在朝敢於讜言，又廣見洽聞，多所著述，考訂辨正，並越常流，而《夷堅志》則爲晚年遣興之書，始刊於紹興末，絕筆於淳熙初，十餘年中，凡成甲至癸二百卷，支甲至支癸三甲至三癸各一百卷，四甲四乙各十卷，卷帙之多，幾與《太平廣記》等，今惟甲至丁八十卷、支甲至支戊五十卷、三志若干卷，又摘鈔本五十卷及二十卷存。奇特之事，本緣希有見珍，而作者自序，乃甚以繁夥自憙，耄期急於成書，或以五十日作十卷，妄人因稍易舊說以投之，至有盈數卷者，亦不暇刪潤，徑以入錄（陳振孫《直齋書錄解題》十一云），蓋意在取盈，不能如本傳所言「極鬼神事物之變」也。惟所作小序三十一篇，什九「各出新意，不相重複」，趙與旹嘗撮其大略入所著《賓退錄》⑫（八），嘆爲「不可及」，則於此書可謂知言者已。

傳奇之文，亦有作者：今訛爲唐人作之《綠珠傳》⑬一卷，《楊太真外傳》⑭二卷，即宋樂史之撰也，《宋志》又有《滕王外傳》《李白外傳》《許邁傳》⑮各一卷，今俱不傳。史字子正，撫州宜黃人，自南唐入宋爲著作佐郎，出知陵州，以獻賦召爲三館編修，又累獻所著書共四百二十餘卷，皆記敘科第孝弟神仙之事者，遷著作郎，直史館，轉太常博士，出知舒州，知黃州，又知商州，復職後再入文館，掌西京勘磨司⑯，賜金紫，景德四年卒，年七十八（九三〇至一〇〇七），事詳《宋史》《樂黃目傳》首。史又長於地理，有《太平寰宇記》⑰二百卷，徵引群書至百餘種，而時雜以小說家言，至綠珠太真二傳，本薈萃稗史成文，則又參以輿地志語；篇末垂誡，亦如唐人，而增其嚴冷，則宋人積習如是也，於《綠珠傳》最明白：

……趙王倫亂常，孫秀使人求綠珠，……崇勃然曰，「他無所愛，綠珠不可得也！」秀自是譖倫族之。收兵忽至，崇謂綠珠曰，「我今為爾獲罪。」綠珠泣曰，「願效死於君前！」於是墮樓而死。崇棄東市，後人名其樓曰綠珠樓。樓在步庚里，近狄泉；泉在正城之東。綠珠有弟子宋褘，有國色，善吹笛，後入晉明帝宮中。今白州有一派水，自雙角山出，合容州江，呼為綠珠江，亦猶歸州有昭君村昭君場，吳有西施谷脂粉塘，蓋取美人出處為名。又有綠珠井，在雙角山下，故老傳云，汲此井飲者，誕女必多美麗，里閭有識者以美色無益於時，因以巨石鎮之，爾後有產女端妍者，而七竅四肢多不完具。異哉，山水之使然！……

……其後詩人題歌舞妓者，皆以綠珠為名。……其故何哉？蓋一婢子，不知書，而能感主恩，憤不顧身，志烈懍懍，誠足使後人仰慕歌詠也。至有享厚祿，盜高位，亡仁義之性，懷反覆之情，暮四朝三，唯利是務，節操反不若一婦人，豈不愧哉？今為此傳，非徒述美麗，窒禍源，且欲懲戒辜恩背義之類也。……

其後有亳州譙人秦醇⑱字子復（一作子履），亦撰傳奇，今存四篇，見於北宋劉斧所編之《青瑣高議前集》及《別集》⑲。其文頗欲規撫唐人，然辭意皆蕪劣，惟遇見一二好語，點綴其間；又大抵託之古事，不敢及近，則仍由士習拘謹之所致矣，故樂史亦如此。一曰《趙飛燕別傳》，序云得之李家牆角破筐中，記趙后入宮至自縊，復以冥報化爲大黿事，文中有「蘭湯灩灩，昭儀坐其中，若三尺寒泉浸明玉」語，明人遂或擊節詫爲真古籍，與今人爲楊慎僞造之漢《雜事秘辛》所惑正同。所謂漢伶玄撰之《飛燕外傳》亦此類，但文辭殊勝而已。二曰《驪山記》，三曰《溫泉記》，言張俞不第還蜀，於驪山下就故老問楊妃逸事，故老爲具道；他日俞再經驪山，遇楊妃遣使相召，問人間事，且賜浴，明日敕吏引還，則驚起如夢覺，乃題詩於驛，後步野外，有牧童送酬和詩，云是前日一婦人之所託也。四曰《譚意歌傳》，則爲當時故事：意歌本良家子，流落長沙爲倡，與汝州民張正字者相悅，婚約甚堅，而正字迫於母命，竟別娶；越三年妻歿，適有客來自長沙，責正字負義，且述意歌之賢，遂迎以歸。後其子成進士，意歌「終身爲命婦，夫妻偕老，子孫繁茂」，蓋襲蔣防之《霍小玉傳》，而結以「團圓」者也。

不知何人作者有《大業拾遺記》⑳二卷，題唐顏師古撰，亦名《隨遺錄》。跋言會昌年間得於上元瓦棺寺閣上，本名《南部煙花錄》，乃《隋書》遺稿，惜多缺落，因補以傳；末無名，蓋與造本文者同出一手。記起於煬帝將幸江都，命麻叔謀開河，次及途中諸縱恣事，復造迷樓，怠荒於內，時之人望，乃歸唐公，宇文化及將謀亂，因請放官奴分直上下，詔許之，「是有焚草之變」㉑。其敘述頗淩亂，多失實，而文筆明麗，情致亦時有綽約可觀覽者。

……長安貢御車女袁寶兒，年十五，腰肢纖墮，騃冶多態，帝寵愛之特厚。時洛陽進合蒂迎輦花，云得之嵩山塢中，人不知名，采者異而貢之。……帝令寶兒持之，號曰「司花女」。時虞世南草征遼指揮德音敕於帝側，寶兒注視久之。帝謂世南曰，「昔傳飛燕可掌上舞，朕常謂儒生飾於文字，豈人能若是乎？及今得寶兒，方昭前事；然多憨態，今注目於卿，卿才人，可便嘲之！」世南應詔為絕句曰，「學畫鴉黃半未成，垂肩嚲袖太憨生，緣憨卻得君王惜：長把花枝傍輦行。」帝大說。……

……帝昏湎滋深，往往為妖祟所惑，嘗遊吳公宅雞台，恍惚間與陳後主相遇。……舞女數十許，羅侍左右，中一人迥美，帝屢目之。後主云，「殿下不識此人耶？即麗華也。每憶桃葉山前乘戰艦與此子北渡，爾時麗華最恨，方倚臨春閣試東郭㕙紫毫筆，書小研紅綃作答江令『璧月』句，詩詞未終，見韓擒虎妖青驄駒，擁萬甲直來沖人，都不存去就，便至今日。」俄以綠文測海蠡酌紅粱新醞勸帝，帝飲之甚歡，因請麗華舞「玉樹後庭花」，麗華辭以拋擲歲久，自井中出來，腰肢依拒，無復往時姿態，帝再三索之，乃徐起終一曲。後主問帝，「蕭妃何如此人？」帝曰，「春蘭秋菊，各一時之秀也。」……

又有《開河記》一卷，敘麻叔謀奉隋煬帝詔開河，虐民掘墓，納賄，食小兒，事發遂誅死；《迷樓記》一卷，敘煬帝晚年荒恣，因王義切諫，獨居二日，以爲不樂，復入宮，後聞童謠，自識運盡。《海山記》二卷，則始自降生，次及興土木，見妖鬼，幸江都，詢王義，以至遇害，無不具記。三書與《隋遺錄》相類，而敘述加詳，顧時雜俚語，文采遜矣。《海山記》已見於《青瑣高議》中，自是北宋人作，餘當亦同，今本有題唐韓偓㉒撰者，明人妄增之。帝王縱恣，世人所不欲遭而所樂道，唐人喜言明皇，宋則益以隋煬，明羅貫中復撰集爲《隋唐志傳》㉓，清褚人獲又增改以爲《隋唐演義》㉔。

《梅妃傳》一卷亦無撰人，蓋見當時圖畫有把梅美人號梅妃者，泛言唐明皇時人，因造此傳，謂爲江氏名采蘋，入宮因太真妒復見放，值祿山之亂，死於兵。有跋，略謂傳是大中二年所寫，在萬卷朱遵度㉕家，今惟葉少蘊㉖與予得之；末不署名，蓋亦即撰本文者，自云與葉夢得同時，則南渡前後之作矣。今本或題唐曹鄴㉗，亦明人妄增之。

注釋

①李昉（925-996）　字明遠，北宋深州饒陽（今屬河北）人，官至右僕射、中書侍郎平章事。曾參與編修《舊五代史》，並監修《太平御覽》、《太平廣記》和《文苑英華》。據《太平廣記·進書

表》所記，同修《太平廣記》之十二人爲呂文仲、吳淑、陳鄂、趙鄰幾、董淳、王克貞、張洎、宋白、徐鉉、湯悅、李穆、扈蒙。

②徐鉉（916-991）　北宋揚州廣陵（今江蘇江都）人。仕南唐，後隨李煜入宋爲太子率更令。下文李昉語見宋袁褧《楓窗小牘》卷上。所撰《稽神錄》，《宋史・藝文志》著錄十卷。已散佚，元末明初陶宗儀編《說郛》卷三、卷十四有輯本。

③宋白　字太素，宋大名（今屬河北）人，官至吏部尚書。曾參與編撰《太平廣記》、《文苑英華》。

④《永樂大典》　明永樂年間解縉等所輯類書。初名《文獻大成》，後更廣收各類圖書七八千種，輯成二二八七七卷，凡例、目錄六十卷，定名《永樂大典》。已散佚，今有影印出版的佚文七三〇卷。

⑤張君房　北宋安陸（今屬湖北）人，官尚書度支員外郎、集賢校理。他曾主持修校秘閣所藏道書，摘要編成《雲笈七籤》一二二卷。所撰《乘異記》，《宋史・藝文志》著錄三卷。

⑥張師正　字不疑，宋熙寧年間爲辰州帥。所撰《括異志》，《宋史・藝文志》著錄十卷。

⑦聶田　生平不詳。《祖異志》，陶宗儀編《說郛》卷六有輯本，無卷數及撰人姓名。清陶珽重輯《說郛》卷一一八著錄《祖異志》一卷，題宋聶田撰。

⑧秦再思　生平不詳。所撰《洛中紀異》，《宋史・藝文志》著錄十卷。

⑨畢仲詢　宋元豐時爲嵐州推官。所撰《幕府燕閒錄》，《宋史・藝文志》著錄十卷。

⑩**郭象**　字伯象，北宋和州歷陽（今安徽和縣）人。由進士歷管知興國軍。所撰《睽車志》，《宋史·藝文志》著錄一卷，宋陳振孫《直齋書錄解題》作五卷。

⑪洪邁生卒年，據錢大昕《洪文敏公年譜》，洪邁生於一一二三年，死於一二〇二年。

⑫**趙與旹**（1172-1228）　字行之，宋宗室，曾官麗水丞。所撰《賓退錄》，十卷。

⑬**《綠珠傳》**　《宋史·藝文志》著錄曾致堯《廣中台記》八十卷，又《綠珠傳》一卷。但馬端臨《文獻通考·經籍考》、晁公武《郡齋讀書志》等書則以爲宋樂史撰。魯迅《唐宋傳奇集》曾輯錄。

⑭**《楊太真外傳》**　《宋史·藝文志》著錄《楊妃外傳》一卷，注云「不知作者」。陳振孫《直齋書錄解題》指明「《楊妃外傳》一卷，直史館臨川樂史子正撰」。魯迅《唐宋傳奇集》曾輯錄。

⑮《滕王外傳》、《李白外傳》、《許邁傳》，《宋史·藝文志》均著錄，各一卷。前二者題樂史撰，後者不題撰者。

⑯**勘磨司**　據《宋史·樂黃目傳》作「磨勘司」。

⑰**《太平寰宇記》**　北宋樂史編撰的地理總志，二百卷。成於太平興國年間，內容以敘述地區沿革爲主，兼及風俗、人物、經濟、文化等。

⑱**秦醇**　北宋人。劉斧《青瑣高議》所收《趙飛燕別傳》署「譙川秦醇子復撰」，《溫泉記》署「亳州秦醇子履撰」。餘事不詳。

⑲**劉斧**　約宋仁宗、哲宗時人，《青瑣高議》卷首孫副樞序稱之爲「劉斧秀才」。餘事不詳。《青瑣高議》，近人董康據士禮居寫本所刻，前後集各十卷，《別集》七卷。

⑳《大業拾遺記》 《宋史・藝文志》小說類著錄顏師古《隋遺錄》一卷，傳記類著顏師古《大業拾遺》一卷。關於《大業拾遺記》本文與跋撰者問題，魯迅《唐宋傳奇集・稗邊小綴》曾云，此書「本文與跋，詞意荒率，似一手所爲。而託之師古，其術與葛洪之《西京雜記》，謂鈔自劉歆之《漢書》遺稿者正等。然才識遠遜，故罅漏殊多，不待吹求，已知其僞。」

㉑焚草之變 據《隋書・宇文化及傳》載，宇文化及等發動兵變時，司馬德戡曾集兵城內舉火與城外相應，隋煬帝聞聲問是何事，裴虔通僞稱：「草坊被焚，外人救火，故喧囂耳。」煬帝信以爲真，未加提防，遂被殺。史稱此次兵變爲「焚草之變」。

㉒韓偓（844-923） 字致堯（一作致光），小字冬郎，唐京兆萬年（今陝西西安）人，曾官翰林學士、中書舍人。

㉓羅貫中及《隋唐志傳》，參看本書第十四篇。

㉔褚人獲及《隋唐演義》，參看本書第十四篇及其注⑪。

㉕朱遵度南唐青州（今屬山東）人。好藏書，有「朱萬卷」之稱，隱居不仕。撰有《群書麗藻目錄》等。

㉖葉少蘊（1077-1148） 名夢得，號石林居士，南宋吳縣（今屬江蘇）人，曾任江東安撫制置大使，兼知建康府。撰有《避暑錄話》、《石林詞》等。

㉗曹鄴 字業之，一作鄴之，唐桂州（治所今廣西桂林）人，曾任祠部郎中、洋州刺史。撰有《曹祠部集》。

第十二篇　宋之話本

宋一代文人之爲志怪，既平實而乏文彩，其傳奇，又多託往事而避近聞，擬古且遠不逮，更無獨創之可言矣。然在市井間，則別有藝文興起。即以俚語著書，敘述故事，謂之「平話」，即今所謂「白話小說」者是也。

然用白話作書者，實不始於宋。清光緒中，敦煌千佛洞之藏經始顯露，大抵運入英法，中國亦拾其餘藏京師圖書館；書爲宋初所藏，多佛經，而內有俗文體之故事數種，蓋唐末五代人鈔，如《唐太宗入冥記》，《孝子董永傳》，《秋胡小說》則在倫敦博物館，《伍員入吳故事》則在中國某氏①，惜未能目睹，無以知其與後來小說之關係。以意度之，則俗文之興，當由二端，一爲娛心，一爲勸善，而尤以勸善爲大宗，故上列諸書，多關懲勸，京師圖書館所藏，亦尚有俗文《維摩》《法華》等經及《釋迦八相成道記》《目連入地獄故事》②也。

《唐太宗入冥記》首尾並闕，中間僅存，蓋記太宗殺建成元吉，生魂被勘事者；諱其本朝之過，始盛於宋，此雖關涉太宗，故當仍爲唐人之作也，文略如下：

……判官懆惡，不敢道名字。帝曰，「卿近前來。」輕道，「姓崔，名子玉。」「朕當識。」言訖，使人引皇帝至院門，使人奏曰，「伏惟陛下且立在此，容臣入報判官速來。」言訖，使來者到廳拜了，「啓判官：奉大王處，太宗是生魂到，領判官推勘，見在門外，未敢引。」判官聞言，驚忙起立，……

宋有《梁公九諫》一卷（在《士禮居叢書》中），文亦樸陋如前記，書敘武后廢太子爲廬陵王，而欲傳位於侄武三思，經狄仁傑極諫者九，武后始感悟，召還復立爲太子。卷首有范仲淹《唐相梁公碑文》③，乃貶守番陽時作，則書出當在明道二年（一〇三三）以後矣。

第六諫

則天睡至三更，又得一夢，夢與大羅天女對手著棋，局中有子，旋被打將，頻輸天女，忽然驚覺。來日受朝，問諸大臣，其夢如何？狄相奏曰，「臣圓此夢，於國不祥。陛下夢與天女對手著棋，局中有子，旋被打將，頻輸天女：蓋謂局中有子，不得其位，旋被打將，失其所主。今太子廬陵王貶房州千里，是謂局中有子，不得其位，遂感此夢。臣願東宮之位，速立廬陵王為儲君，若立武三思，終當不得！」

然據現存宋人通俗小說觀之，則與唐末之主勸懲者稍殊，而實出於雜劇中之「說話」。說話者，謂口說古今驚聽之事，蓋唐時亦已有之，段成式《酉陽雜俎》（《續集》四《貶誤篇》）有云，「予太和末，因弟生日觀雜戲，有市人小說，呼扁鵲作『褊鵲』字，上聲。……」李商隱《驕兒詩》（集一）亦云，「或謔張飛胡，或笑鄧艾吃。」似當時已有說三國故事者，然未詳。宋都汴，民物康阜，遊樂之事甚多，市井間有雜伎藝，其中有「說話」，執此業者曰「說話人」。說話人又有專家，孟元老④（《東京夢華錄》五）嘗舉其目，曰小說，曰合生，曰說諢話，曰說三分，曰說《五代史》。南渡以後，此風未改，據吳自牧⑤（《夢粱錄》二十）所記載則有四科如下：

> 說話者，謂之舌辨，雖有四家數，各有門庭。
>
> 且「小說」名「銀字兒」，如煙粉靈怪傳奇公案撲刀杆發跡變態之事。……談論古今，如水之流。
>
> 「談經」者，謂演說佛書，「說參請」者，謂賓主參禪悟道等事。……又有「說諢經」者。
>
> 「講史書」者，謂講說《通鑑》漢唐歷代書史文傳興廢爭戰之事。
>
> 「合生」，與起今隨今⑥相似，各占一事也。

灌園耐得翁⑦（《都城紀勝》）述臨安盛事，亦謂說話有四家，曰小說，曰說經說參請，曰說史，曰合生，而分小說爲三類，即「一者銀字兒，如煙粉靈怪傳奇；說公案，皆是搏拳提刀趕棒及發跡變態之事；說鐵騎兒，謂士馬金鼓之事」是也。周密⑧之書（《武林舊事》六），敘四科又略異，曰演史，曰說經諢經，曰小說，曰說諢話，無合生；且謂小說有雄辯社（卷三），則其時說話人不惟各守家數，且有集會以磨練其技藝者矣。

說話之事，雖在說話人各運匠心，隨時生發，而仍有底本以作憑依，是爲「話本」，《夢粱錄》（二十）影戲條下云，「其話本與講史書者頗同，大抵真假相半。」又小說講經史條下云，「蓋小說者，能講一朝一代故事，頃刻間捏合。」《都城紀勝》所說同，惟「捏合」作「提破」而已。是知講史之體，在歷敘史實而雜以虛辭，小說之體，在說一故事而立知結局，今所存《五代史平話》及《通俗小說》⑨殘本，蓋即此二科話本之流，其體式正如此。

《新編五代史平話》者，講史之一，孟元老所謂「說《五代史》」之話本，此殆近之矣。其書梁唐晉漢周每代二卷，各以詩起，次入正文，又以詩終。惟《梁史平話》始於開闢，次略敘歷代興亡之事，立論頗奇，而亦雜以誕妄之因果說。

> 龍爭虎戰幾春秋，五代梁唐晉漢周，
> 興廢風燈明滅裡，易君變國若傳郵。
>
> 粵自鴻荒既判，風氣始開，伏羲畫八卦而文籍生，黃帝垂衣裳而天下治。……那時諸侯皆已順從，獨蚩尤共炎帝侵暴諸侯，不服王化。黃帝乃帥諸侯，興兵動眾，……遂殺死炎帝，活捉蚩尤，萬國平定。這黃帝做著個廝殺的頭腦，教天下後世習用干戈。……湯伐桀，武王伐紂，皆是以臣弒君，篡奪了夏殷的天下。湯武不合做了這個樣子，後來周室衰微，諸侯強大，春秋之世二百四十年之間，臣弒其君的也有，子弒其父的也有。孔子聖人為見三綱淪，九法斁，秉那直筆，做一卷書，喚做《春秋》，褒獎他善的，貶罰他惡的，

故孟子道是「孔子作《春秋》而亂臣賊子懼」。只有漢高祖姓劉字季，他取秦始皇天下不用篡弒之謀，真個是：

手拿三尺龍泉劍，奪卻中原四百州。

劉季殺了項羽，立著國號曰漢，只因疑忌功臣，如韓王信彭越陳豨之徒，皆不免族滅誅夷。這三個功臣抱屈銜冤，訴於天帝，天帝可憐見三個功臣無辜被戮，令他們三個託生做三個豪傑出來：韓信去曹家託生做著個曹操，彭越去孫家託生做著個孫權，陳豨去那宗室家託生做著個劉備。這三個分了他的天下，……三國各有史，道是《三國志》是也。

……

於是更自晉及唐，以至黃巢變亂，朱氏立國，其下卷今闕，必當訖於梁亡矣。全書敘述，繁簡頗不同，大抵史上大事，即無發揮，一涉細故，便多增飾，狀以駢儷，證以詩歌，又雜諢詞，以博笑噱，如說黃巢下第，與朱溫等爲盜，將劫侯家莊馬評事時途中情景，即其例也：

……黃巢道，「若去劫他時，不消賢弟下手，咱有桑門劍一口，是天賜黃巢的，咱將劍一指，看他甚人，也抵敵不住。」道罷便去，行過一個高嶺，名做懸刀峰，自行了半個日頭，方得下嶺。好座高嶺！是：根盤地角，頂接天涯，蒼蒼老檜拂長空，挺挺孤松侵碧漢，山雞共日雞齊鬥，天河與澗水接流，飛泉飄雨腳廉纖，怪石與雲頭相軋。怎見得高？

幾年擷下一樵夫，至今未曾纖到底。

黃巢兄弟四人過了這座高嶺，望見那侯家莊。好座莊舍！但見：石惹閒雲，山連溪水，堤邊垂柳，弄風裊裊拂溪橋、路畔閒花，映日叢叢遮野渡。那四個兄弟望見莊舍遠不出五里田地，天色正晡，同入個樹林中彈了，待晚西卻行到那馬家門首去。……

《京本通俗小說》不知本幾卷，今存卷十至十六，每卷一篇，曰《碾玉觀音》，曰《菩薩蠻》，曰《西山一窟鬼》，曰《志誠張主管》，曰《拗相公》，曰《錯斬崔寧》，曰《馮玉梅團圓》等，每篇各具首尾，頃刻可了，與吳自牧所記正同。其取材多在近時，或採之他種說部，主在娛心，而雜以懲勸。體制則什九先以閒話或他事，後乃綴合，以入正文。如《碾玉觀音》因欲敘咸安郡王遊春，則輒舉春詞至十餘首：

……

山色晴嵐景物佳，暖烘回雁起平沙，東郊漸覺花供眼，南陽依稀草吐芽。堤上柳，未藏鴉，尋芳趁步到山家，隴頭幾樹紅梅落，紅杏枝頭未著花。

這首《鷓鴣天》說孟春景致，原來又不如仲春詞做得好：

……

這三首詞，都不如王荊公看見花瓣兒片片風吹下地來，原來這春歸去是東風斷送的。有詩道：

春日春風有時好，春日春風有時惡，
不得春風花不開，花開又被風吹落。

蘇東坡道，不是東風斷送春歸去，是春雨斷送春歸去。有詩道：

雨前初見花間蕊，雨後全無葉底花，
蜂蝶紛紛過牆去，卻疑春色在鄰家。

秦少游道，也不干風事，也不干雨事，是柳絮飄將春色去。有詩道：

三月柳花輕復散，飄揚淡蕩送春歸，
此花本是無情物，一向東飛一向西。

……

王岩叟道，也不干風事，也不干雨事，也不干柳絮事，也不干蝴蝶事，也不干黃鶯事，也不干杜鵑事，也不干燕子事，是九十日春光已過春歸去。曾有詩道：

怨風怨雨兩俱非，風雨不來春亦歸，
腮邊紅褪青梅小，口角黃消乳燕飛，
蜀魄健啼花影去，吳蠶強食拓桑稀，
直惱春歸無覓處，江湖辜負一蓑衣。

說話的因甚說這春歸詞？紹興年間，行在有個關西延州延安府人，本身是三鎮節度使咸安郡王，當時怕春歸去，將帶著許多鈞眷遊春，……

此種引首，與講史之先敘天地開闢者略異，大抵詩詞之外，亦用故實，或取相類，或取不同，而多爲時事。取不同者由反入正，取相類者較有淺深，忽而相牽，轉入本事，故敘述方始，而主意已明，耐得翁之所謂「提破」，吳自牧之所謂「捏合」，殆指此矣。凡其上半，謂之「得勝頭回」，頭回猶云前回，聽說話者多軍民，故冠以吉語曰得勝，非因進講宮中，因有此名也。至於文武，則與《五代史平話》之鋪敘瑣事處頗相似，然較詳。《西山一窟鬼》述吳秀才爲一鬼誘，至所遇無一非鬼，蓋本之《鬼董》⑩（四）之《樊生》，而描寫委曲瑣細，則雖明清演義亦無以過之，如其記訂婚之始云：

……開學堂後，有一年之上，也罪過，那街上人家都把孩子們來與它教訓，頗有些趲足。當日正在學堂裡教書，只聽得青布簾兒上鈴聲響，走將一個人入來。吳教授看那入來的人：不是別人，卻是十年前搬去的鄰舍王婆。原來那婆子是個「撮合山」，專靠做媒為生。吳教授相揖罷，道，「多時不見。而今婆婆在那裡住？」婆子道，「只道教授忘了老媳婦，如今老媳婦在錢塘門裡沿城住。」教授問，「婆婆高壽？」婆子道，「老媳婦犬馬之年七十有五。教授青春多少？」教授道，「小子二十有二。」婆子道，「教授方才二十有二，卻像三十以上人，想教授每日價費多少心神；據我媳婦愚見，也少不得一個小娘子相伴。」教授道，「我這裡也幾次問人來，卻沒這般頭腦。」婆子道，「這個『不是冤家不聚會』。好教官人得知，卻有一頭好親在這裡，一千貫錢房計，帶一個從嫁，又好人才，卻有一床樂器都會，又寫得算得，又是嗶嗻大官府第出身，只要嫁個讀書官人。教授卻是要也不？」教授聽得説罷，喜從天降，笑逐顏開，道，「若還真個有這人時，可知好哩！只是這個小娘子如今在那裡？」……

南宋亡，雜劇消歇，說話遂不復行，然話本蓋頗有存者，後人目染，仿以為書，雖已非口談，而猶存曩體，小說者流有《拍案驚奇》《醉醒石》⑪之屬，講史者流有《列國演義》《隋唐演義》⑫之屬，惟世間於此二科，漸不復知所嚴別，遂俱以「小說」為通名。

注釋

①《唐太宗入冥記》　見王重民等所輯《敦煌變文集》卷二。《孝子董永傳》，見《敦煌變文集》卷一，題《董永變文》。《秋胡小說》，見《敦煌變文集》卷二，題《秋胡變文》，現存者係殘本。《伍員入吳故事》，見《敦煌變文集》卷一，題《伍子胥變文》。

②《維摩》　全稱《維摩詰經講經文》，見《敦煌變文集》卷五，現共存殘卷六篇。《法華》，全稱《妙法蓮華經》，見《敦煌變文集》卷五，現存二篇。《釋迦八相成道記》，按《敦煌變文集》卷四《太子成道經》、《太子成道變文》、《八相變》及卷七《八相押座文》四篇，均敘釋迦成道故事，《釋迦八相成道記》似指此四篇而言。《目連入地獄故事》，見《敦煌變文集》卷六，題《大目乾連冥間救母變文》。

③范仲淹（989–1052）　字希文，北宋吳縣（今屬江蘇）人，曾任參知政事。撰有《范文正公集》。《唐相梁公碑文》，見《范文正公集》卷十一。據該書附錄《范文正公年譜》載，范仲淹於寶元元年（1038）自鄱陽赴潤州，「道由彭澤，謁狄梁公廟，慨慕名節，爲之作記立碑。」

④孟元老　號幽蘭居士，宋代人，生平不詳（有說可能是為宋徽宗督造艮岳的孟揆）。所撰《東京夢華錄》，十卷，成書於南宋初。內容追記北宋都城汴梁的城市、街坊、歲時、風俗、伎藝等。

⑤吳自牧　南宋錢塘（今浙江杭州）人，生平不詳。所撰《夢粱錄》，二十卷，記南宋都城臨安郊廟宮殿、風俗、物產及百工雜戲等。

⑥起今隨今　據《夢粱錄》卷二十，原作「起令隨令」。

⑦灌園耐得翁　一作灌圃耐得翁，姓趙，南宋時人。所撰《都城紀勝》，一卷，分市井、瓦舍眾伎等十四類，記述當時都城臨安街坊店鋪、園林建築和瓦舍伎藝等。

⑧周密（1232–1298）　字公謹，號草窗。南宋湖州（今浙江吳興）人，曾任義烏縣令。所撰《武林舊事》，十卷，成書於宋亡以後，記述南宋都城臨安雜事，其中對民間伎藝記述頗詳。

⑨《五代史平話》　即《新編五代史平話》，全書概述五代興亡（繆荃孫）跋云：其中「定州三怪一回，破碎太甚；金主亮荒淫兩卷，過於穢褻；未敢傳摹。」故現通行本只七篇。

⑩《鬼董》　一名《鬼董狐》，五卷。作者姓沈，宋人。

⑪《拍案驚奇》、《醉醒石》　參看本書第二十一篇。

⑫《列國演義》　參看本書第十五篇。《隋唐演義》，參看本書第十四篇。

第十三篇　宋元之擬話本

說話既盛行，則當時若干著作，自亦蒙話本之影響。北宋時，劉斧秀才雜輯古今稗說爲《青瑣高議》及《青瑣摭遺》①，文辭雖拙俗，然尚非話本，而文題之下，已各繫以七言，如

《流紅記》（紅葉題詩娶韓氏）

《趙飛燕外傳》（別傳敘飛燕本末）

《韓魏公》（不罪碎盞燒鬚人）

《王榭》（風濤飄入烏衣國）②

等，皆一題一解，甚類元人劇本結末之「題目」與「正名」，因疎疑京說話標題，體裁或亦如是，習俗浸潤，乃及文章。至於全體被其變易者，則今尚有《大唐三藏法師取經記》及《大宋宣和遺事》③二書流傳，皆首尾與詩相始終，中間以詩詞爲點綴，辭句多俚，顧與話本又不同，近講史而非口談，似小說而無捏合。錢曾於《宣和遺事》，則併《燈花婆婆》等十五種④並謂之「詞話」（《也是園書目》十），以其有詞有話也，然其間之《錯斬崔寧》《馮玉梅團圓》兩種，亦見《京本通俗小說》中，本說話之一科，傳自專家，談吐如流，通篇相稱，殊非《宣和遺事》所能企及。蓋《宣和遺事》雖亦有詞有說，而非全出於說話人，乃由作者掇拾故書，益以小說，補綴聯屬，勉成一書，故形式僅存，而精彩遂遜，文辭又多非己出，不足以云創作也。《取經記》尤苟簡。惟說話消亡，而話本終蛻爲著作，則又賴此等爲其樞紐而已。

《大唐三藏法師取經記》三卷，舊本在日本，又有一小本曰《大唐三藏取經詩話》，內容悉同，卷尾一行云「中瓦子張家印」，張家爲宋時臨安書鋪，世因以爲宋刊，然逮於元朝，張家或亦無恙，則此書或爲元人撰，未可知矣。三卷分十七章，今所見小說之分章回者始此；每章必有詩，故曰詩話。首章兩本俱闕，次章則記玄奘等之遇猴行者。

行程遇猴行者處第二

僧行六人，當日起行。……偶於一日午時，見一白衣秀才，從正東而來，便揖和尚，「萬福萬福！和尚今往何處，莫不是再往西天取經否？」法師合掌曰：「貧道奉敕，為東土衆生未有佛教，是取經也。」秀才曰：「和尚生前兩回取經，中路遭難，此回若去，千死萬死！」法師云：「你如何得知？」秀才曰：「我不是別人，我是花果山紫雲洞八方四千銅頭鐵額彌猴王。我今來助和尚取經，此去百萬程途，經過三十六國，多有禍難之處。」法師應曰：「果得知此，三世有緣，東土衆生，獲大利益。」當便改呼為猴行者。僧行七人，次日同行，左右伏事。猴行者因留詩曰：

百萬程途向那邊，今來佐助大師前，
一心祝願逢真教，同往西天雞足山。

三藏法師詩答曰：

此日前生有宿緣，今朝果遇大明仙，

前途若到妖魔處，望顯神通鎮佛前。

於是藉行者神通，偕入大梵天王宮，法師講經已，得賜「隱形帽一頂，金鐶錫杖一條，鉢盂一只，三件齊全」，復返下界，經香林寺，履人蛇嶺九龍池諸危地，俱以行者法力，安穩進行；又得深沙神身化金橋，渡越大水，出鬼了母國女人國而達王母池處，法師欲桃，命猴行者往竊之。

入王母池之處第十一

……法師曰：「願今日蟠桃結實，可偷三五個吃。」猴行者曰：「我因八百歲時偷吃十顆，被王母捉下，左肋判八百，右肋判三千鐵棒，配在花果山紫雲洞，至今肋下尚痛，我今定是不敢偷吃也。」……前去之間，忽見石壁高岑萬丈，又見一石盤，闊四五里地，又有兩池，方廣數十里，瀰瀰萬丈，鴉鳥不飛。七人才坐，正歇之次，舉頭遙望，萬丈石壁之中，有數株桃樹，森森聳翠，上接青天，枝葉茂濃，下浸池水。……行者曰：「樹上今有十餘顆，為地神專在彼處守定，無路可去偷取。」師曰：「你神通廣大，去必無妨。」說由未了，攧卜三顆蟠桃入池中去，師甚敬惶，問此落者是何物？答曰：「師不要敬（驚字之略），此是蟠桃正熟，顛下水中也。」師曰：「可去尋取來吃！」……

行者以杖擊石，先後現二童子，一云三千歲，一五千歲，皆揮去。

……又敲數下，偶然一孩兒出來，問曰：「你年多少？」答曰：「七千歲。」行者放下金鐶杖，叫取孩兒入手中，問和尚你吃否？和尚聞語，心敬便走。被行者手中旋數下，孩兒化成一枚乳棗。當時吞入口中，後歸東土唐朝，遂吐出於西川，至今此地中生人參是也。空中見有一人，遂吟詩曰：

花果山中一子才，小年曾此作場乖，
而今耳熱空中見，前次偷桃客又來。

由是竟達天竺，求得經文五千四百卷，而闕《多心經》，回至香林寺，始由定光佛見授。七人既歸，則皇帝郊迎，諸州奉法，至七月十五日正午，天宮乃降採蓮舡，法師乘之，向西仙去；後太宗復封猴行者爲銅筋鐵骨大聖云。

《大宋宣和遺事》世多以爲宋人作，而文中有呂省元⑤《宣和講篇》及南儒《詠史詩》，省元南儒皆元代語，則其書或出於元人，抑宋人舊本，而元時又有增益，皆不可知，口吻有大類宋人者，則以鈔撮舊籍而然，非著者之本語也。書分前後二集，始於稱述堯舜而終以高宗之定都臨安，案年演述，體裁甚似講史。惟節錄成書，未加融會，故先後文體，致爲參差，灼然可見。其剽取之書當有十種⑥。前集先言歷代帝王荒淫之失者其一，蓋猶宋人講史之開篇；次述王安石變法之禍者其二，亦北宋末士論之常套；次述安石引蔡京入朝至童貫、蔡修巡邊者其三，首一爲語體，次二爲文言而並雜以詩者；其四，則梁山泊聚義本末，首述楊志賣刀殺人，晁蓋劫生日禮物，遂邀約二十人，同入太行山梁山泊落草，而宋江亦以殺閻婆惜出走，伏屋後九天玄女廟中，見官兵已退，出謝玄女。

……則見香案上一聲響亮，打一看時，有一卷文書在上。宋江才展開看了，認得是個天書；又寫著三十六個姓名；又題著四句道：

破國因山木，兵刀用水工，
一朝充將領，海內聳威風。

宋江讀了，口中不說，心下思量：這四句分明是說了我裡姓名；又把開天書一卷，仔細看覷，見有三十六將的姓名。那三十六人道個甚底？

智多星吳加亮　玉麒麟李進義　青面獸楊志　混江龍李海　九紋龍史進　入雲龍公孫勝　浪裡白條張順　霹靂火秦明　活閻羅阮小七　立地太歲阮小五　短命二郎阮進　大刀關必勝　豹子頭林沖　黑旋風李逵　小旋風柴進　金槍手徐寧　撲天鵰李應　赤髮鬼劉唐　一直撞董平　插翅虎雷橫　美髯公朱同　神行太保戴宗　賽關索王雄　病尉遲孫立　小李廣花榮　沒羽箭張青　沒遮攔穆橫　浪子燕青　花和尚魯智深　行者武松　鐵鞭呼延綽　急先鋒索超　拚命三郎石秀　火船工張岑　摸著雲杜千　鐵天王晁蓋

宋江看了人名，末後有一行字寫道：

「天書付天罡院三十六員猛將，使呼保義宋江為帥，廣行忠義，殄滅奸邪。」

於是江率朱同等九人亦赴山寨，會晁蓋已死，遂被推爲首領，「各人統率強人，略州劫縣，放火殺人，攻奪淮陽，京西，河北三路二十四州八十餘縣，劫掠子女玉帛，擄掠甚眾」，已而魯智深等亦來投，遂足三十六人之數。

一日，宋江與吳加亮商量，「俺三十六員猛將，並已登數，休要忘了東岳保護之恩，須索去燒香賽還心願則個。」擇日起行，宋江題了四句放旗上道：

來時三十六，去後十八雙，
若還少一個，定是不歸鄉！

宋江統率三十六將往朝東岳，賽取金爐心願。朝廷不奈何，只得出榜招諭宋江等。有那元帥姓張名叔夜的，是世代將門之子，前來招誘；宋江和那三十六人歸順宋朝，各受大夫誥敕，分注諸路巡檢使去也；因此三路之寇，悉得平定。後遣宋江收方臘有功，封節度使。

其五，爲徽宗幸李師師家，曹輔進諫及張天覺隱去；其六，爲道士林靈素進用及其死葬之異；其七，爲臘月預賞元宵及元宵看燈之盛，皆平話體。其敘元宵看燈云：

宣和六年正月十四日夜，去大內門直上一條紅綿繩上，飛下一個仙鶴兒來，口內銜一道詔書，有一員中使接得展開，奉聖旨：宣萬姓。有那快行家手中把著金字牌，喝道，「宣萬姓！」少刻，京師民有似雲浪，盡頭上戴著玉梅，雪柳，鬧蛾兒，直到鰲山下看燈。卻去宣德門直上有三四個貴官，……得了聖旨，交撒下金錢銀錢，與萬姓搶金錢。那教坊大使袁陶曾作詞，名做《撒金錢》：

頻瞻禮，喜昇平又逢元宵佳致。鰲山高聳翠，對端門珠璣交制，似嫦娥，降仙宮，乍臨凡世。恩露勻施，憑御闌聖顏垂視。撒金錢，亂拋墜，萬姓推搶沒理會；告官裡，這失儀，且與免罪。

是夜撒金錢後，萬姓各各遍遊市井，可謂是：

燈火熒煌天不夜，笙歌嘈雜地長春。

後集則始自金人來運糧，以至京城陷爲第八種；又自金兵入城，帝后北行受辱，以至高宗定都臨安爲第九第十種，即取《南燼紀聞》《竊憤錄》及《續錄》⑦而小有刪節，二書今俱在，或題辛棄疾⑧作，而宋人已以爲僞書。卷末復有結論，云「世之儒者謂高宗失恢復中原之機會者有二焉：建炎之初失其機者，潛善伯彥偷安於目前誤之也；紹興之後失其機者，秦檜爲虜用間誤之也。失此二機，而中原之境土未復，君父之大仇未報，國家之大恥不能雪，此忠臣義士之所以扼腕，恨不食賊臣之肉而寢其皮也歟！」則亦南宋時檜黨失勢後士論之常套也。

注釋

①《青瑣高議》及《青瑣摭遺》　即《青瑣高議別集》，參看本書第十一篇注⑲。

②《流紅記》　見《青瑣高議》前集卷五。《趙飛燕外傳》，見《青瑣高議》前集卷七，「外傳」一作「別傳」。《韓魏公》，見《青瑣高議》後集卷二。《王榭》，見《青瑣高議別集》卷四。

③《大唐三藏法師取經記》　一名《大唐三藏取經詩話》，三卷。日本有德富蘇峰成簣堂藏大字本《取經記》、三浦觀樹藏小字巾箱本《取經詩話》（後歸大倉喜七郎）。二者各有殘缺。一九一六年我國有影印本。《大宋宣和遺事》，簡稱《宣和遺事》，分元亨利貞四集，或前後二集。此書與《大唐三藏法師取經記》均出宋元間，撰者未詳。

④《燈花婆婆》等十五種　參看本書第一篇注㊾。

⑤呂省元　疑即呂中。《四庫全書總目提要·大事記講義》：「宋呂中撰，中字時可，泉州晉江人。淳祐中進士，遷國子監丞，景崇政殿說書，徙肇慶教授。」

⑥剽取之書當有十種　這十種書大約是《續宋編年資治通鑑》、《九朝編年備要》、《錢塘遺事》、《賓退錄》、《建炎中興記》、《皇朝大事記講義》、《南燼紀聞》、《竊憤錄》、《竊憤續錄》、《林靈素傳》。

⑦《南燼紀聞》　一卷。《竊憤錄》、《續錄》，各一卷。二書皆記述宋徽、欽二帝被擄北行之事。

⑧辛棄疾（1140-1207）　字幼安，號稼軒，南宋歷城（今山東濟南）人。歷任湖北、江西、湖南、福建、浙東等地安撫使，主張積極抗金。撰有詞集《稼軒長短句》等。

第十四篇　元明傳來之講史（上）

宋之說話人，於小說及講史皆多高手（名見《夢粱錄》及《武林舊事》），而不聞有著作；元代擾攘，文化淪喪，更無論矣。日本內閣文庫藏元至治（一三二一至一三二三）間新安虞氏刊本全相（猶今所謂繡像全圖）平話五種①，曰《武王伐紂書》，曰《樂毅圖七國春秋後集》，曰《秦併六國》，曰《呂后斬韓信前漢書續集》，曰《三國志》，每集各三卷（《斯文》第八編第六號，鹽谷溫《關於明的小說「三言」》），今惟《三國志》有印本（鹽谷博士影印本及商務印書館翻印本），他四種未能見。其《全相三國志平話》分爲上下二欄，上欄爲圖，下欄述事，以桃園結義始，孔明病歿終。而開篇亦先敘漢高祖殺戮功臣，玉皇斷獄，令韓信轉生爲曹操，彭越爲劉備，英布爲孫權，高祖則爲獻帝，立意與《五代史平話》無異。惟文筆則遠不逮，詞不達意，粗具梗概而已，如述「赤壁鏖兵」云：

> 卻說武侯過江到夏口，曹操舡上高叫「吾死矣！」眾軍曰，「皆是蔣幹。」眾官亂刀銼蔣幹為萬段。曹操上舡，荒速奪路，走出江口，見四面舡上，皆為火也。見數十隻舡，上有黃蓋言曰，「斬曹賊，使天下安若太山！」曹相百官，不通水戰，眾人發箭相射。卻說曹操措手不及，四面火起，前又相射。曹操欲走，北有周瑜，南有魯肅，西有陵統甘寧，東有張昭吳苞，四面言殺。史官曰：「倘非曹公家有五帝之分，孟德不能脫。」

曹操得命，西北而走，至江岸，衆人擬曹公上馬。卻說黃昏火發，次日齋時方出，曹操回顧，尚見夏口舡上煙焰張天，本部軍無一萬。曹相望西北而走，無五里，江岸有五千軍，認得是常山趙雲，攔住，衆官一齊攻擊，曹相撞陣過去。……至晚，到一大林。……曹公尋滑榮路去，行無二十里，見五百校刀手，關將攔住。曹相用美言告雲長，「看操亭侯有恩。」關公曰：「軍師嚴令。」曹公撞陣卻過。說話間，面生塵霧，使曹公得脫。關公趕數里復回，東行無十五里，見玄德，軍師。是走了曹賊，非關公之過也。言使人小著玄德（案此句不可解）。衆問為何。武侯曰，「關將仁德之人，往日蒙曹相恩，其此而脫矣。」關公聞言，忿然上馬，告主公復追之。玄德曰，「吾弟性匪石，寧奈不倦。」軍師言，「諸葛赤（亦？）去，萬無一失。」……（卷中十八至十九頁）

觀其簡率之處，頗足疑爲說話人所用之話本，由此推演，大加波瀾，即可以愉悅聽者，然頁必有圖，則仍亦供人閱覽之書也。餘四種恐亦此類。

說《三國志》者，在宋已甚盛，蓋當時多英雄，武勇智術，瑰偉動人，而事狀無楚漢之簡，又無春秋列國之繁，故尤宜於講說。東坡（《志林》六）謂「王彭嘗云，途巷中小兒薄劣，其家所厭苦，輒與錢，令聚坐聽說古話，至說三國事，聞劉玄德敗，頻蹙眉，有出涕者，聞曹操敗，即喜唱快。以是知君子小人之澤，百世不斬。」在瓦舍，「說三分」爲說話之一專科，與「講《五代史》」並列（《東京夢華錄》五）。金元雜劇亦常用三國時事，如《赤壁鏖兵》《諸葛亮秋風五丈原》《隔江鬥智》《連環計》《復奪受禪台》②等，而今日搬演爲戲文者尤多，則爲世之所樂道可知也。其在小說，乃因有羅貫中本而名益顯。

貫中，名本，錢塘人（明郎瑛《七修類稿》二十三田汝成《西湖遊覽志餘》二十五胡應麟《少室山房筆叢》四十一），或云名貫，字貫中（明王圻《續文獻通考》一百七十七），或云越人，生洪武初（周亮工《書影》），蓋元明間人（約一三三〇至一四〇〇）。所著小說甚夥，明時云有數十種（《志餘》），今存者《三國志演義》之外，尚有《隋唐志傳》《殘唐五代史演義》《三遂平妖傳》《水滸傳》等；亦能詞曲，有雜劇《龍虎風雲會》③（目見《元人雜劇選》）。然今所傳諸小說，皆屢經後人增損。真面殆無從復見矣。

羅貫中本《三國志演義》④，今得見者以明弘治甲寅（一四九四）刊本爲最古，全書二十四卷，分二百四十回，題曰「晉平陽侯陳壽史傳，後學羅本貫中編次」。起於漢靈帝中平元年「祭天地桃園結義」，終於晉武帝太康元年「王濬計取石頭城」，凡首尾九十七年（一八四一至一二八〇）事實，皆排比陳壽《三國志》及裴松之⑤注，間亦仍採平話，又加推演而作之；論斷頗取陳裴及習鑿齒孫盛⑥語，且更盛引「史官」及「後人」詩。然據舊史即難於抒寫，雜虛辭復易滋混淆，故明謝肇淛⑦（《五雜組》十五）既以爲「太實則近腐」，清章學城⑧（《丙辰札記》）又病其「七實三虛惑亂觀者」也。至於寫人，亦頗有失，以致欲顯劉備之長厚而似僞，狀諸葛之多智而近妖；惟於關羽，特多好語，義勇之概，時時如見矣。如敘羽之出身豐采及勇力云：

……階下一人大呼出曰，「小將願往，斬華雄頭獻於帳下！」眾視之：見其人身長九尺五寸，髯長一尺八寸，丹鳳眼，臥蠶眉，面如重棗，聲似巨鐘，立於帳前。紹問何人。公孫瓚曰，「此劉玄德之弟關某也。」紹問見居何職。瓚曰，「跟隨劉玄德充馬弓手。」帳上袁術大喝曰，「汝欺吾眾諸侯無大將耶？量一弓手，安敢亂言。與我亂棒打出！」曹操急止之曰，「公路息怒，此人既出大言，必有廣學；試教出馬，如其不勝，誅亦未遲。」……關某曰，「如不勝，請斬我頭。」操教釃熱酒一杯，與關某飲了上馬。關某曰，「酒且斟下，某去便來。」出帳提刀，飛身上馬。眾諸侯聽得寨外鼓聲大震，喊聲大舉，如天摧地塌，岳撼山崩。眾皆失驚，卻欲探聽。鸞鈴響處，馬到中軍，雲長提華雄之頭，擲於地上：其酒尚溫。……（第九回《曹操起兵伐董卓》）

又如曹操赤壁之敗，孔明知操命不當盡，乃故使羽扼華容道，俾得縱之，而又故以軍法相要，使立軍令狀而去，此敘孔明止見狡獪，而羽之氣概則凜然，與元刊本平話，相去遠矣：

……華容道上，三停人馬，一停落後，一停填了坑塹，一停跟隨曹操過險峻，路稍平妥。操回顧，止有三百餘騎隨後，並無衣甲袍鎧整齊者。……又行不到數里，操在馬上加鞭大笑。眾將問丞相笑者何故。操曰，「人皆言諸葛亮、周瑜足智多謀，吾笑其無能為也。今此一敗，吾自是欺敵之過，若使此處伏一旅之師，吾等皆束手受縛矣。」言未畢，一聲炮響，兩邊五百校刀手擺列，當中關雲長提青龍刀，跨赤兔馬，截住去路。操軍見了，亡魂喪膽，面面相覷，皆不能言。操在人叢中曰，「既到此處，只得決一死戰。」眾將曰：「人縱然不怯，馬力乏矣：戰則必死。」程昱曰：「某知雲長傲上而不忍下，欺強而不凌弱，人有患難，必須救之，仁義播於天下。丞相舊日有恩在彼處，何不親自告之，必脫此難矣。」操從其說，即時縱馬向前，欠身與雲長曰：「將軍別來無恙？」雲長亦欠身答曰，「關某奉軍師將令，等候丞相多時。」操曰，「曹操兵敗勢危，到此無路，望將軍以昔日之言為重。」雲長答曰，「昔日關某雖蒙丞相厚恩，某曾解白馬之危以報之。今日奉命，豈敢為私乎？」操曰，「五關斬將之時，還能記否？古之人大丈夫處世，必以信義為重：將軍深明《春秋》，豈不知庾公之斯追子濯孺子者乎？」雲長聞之，低首良久不語。當時曹操引這件事，說猶未了，雲長是個義重如山之人，又見曹軍惶惶，皆欲垂淚，雲長思起五關斬將放他之恩，如何不動心，於是把馬頭勒回，與眾軍曰，「四散擺開！」這個分明是放曹操的意。操見雲長勒回馬，便和眾將一齊衝將過去，雲長回身時，前面眾將已自護送操過去了。雲長大喝一聲，眾皆下馬，哭拜於地，雲長不忍殺之，正猶豫中，張遼縱馬至，雲長見了，亦動故舊之心，長嘆一聲，並皆放之。後來史官有詩曰：

徹膽長存義，終身思報恩，威風齊日月，名譽震乾坤，忠勇高三國，神謀陷七屯，至今千古下，軍旅拜英魂。

（第一百回《關雲長義釋曹操》）

弘治以後，刻本甚多，即以明代而論，今尚未能詳其凡幾種（詳見《小說月報》二十卷十號鄭振鐸《三國志演義的演化》）。迨清康熙時，茂苑毛宗崗字序始師金人瑞改《水滸傳》及《西廂記》成法，即舊本遍加改竄，自云得古本，評刻之，亦稱「聖嘆外書」⑨，而一切舊本乃不復行。凡所改定，就其序例可見，約舉大端，則一曰改，如舊本第百五十九回《廢獻帝曹丕篡漢》本言曹後助兄斥獻帝，毛本則云助漢而斥丕。二曰增，如百第六十七回《先主夜走白帝城》本不涉孫夫人，毛本則云「夫人在吳聞猇亭兵敗，訛傳先主死於軍中，遂驅兵至江邊，望西遙哭，投江而死」。三曰削，如第二百五回《孔明火燒木柵寨》本有孔明燒司懿於上方谷時，欲併燒魏延，第二百三十四回《諸葛瞻大戰鄧艾》有艾貽書勸降，瞻覽畢狐疑，其子尚詰責之，乃決死戰，而毛本皆無有。其餘小節，則一者整頓回目，二者修正文辭，三者削除論贊，四者增刪瑣事，五者改換詩文而已。

《隋唐志傳》⑩原本未見，清康熙十四年（一六七五）長洲褚人獲⑪有改訂本，易名《隋唐演義》，序有云，「《隋唐志傳》創自羅氏，纂輯於林氏，可謂善矣。然始於隋宮剪彩，則前多闕略，厥後補綴唐季一二事，又零星不聯屬，觀者猶有議焉。」其概要可識矣。

《隋唐演義》計一百回，以隋主伐陳開篇，次為周禪於隋，隋亡於唐，武后稱尊，明皇幸蜀，楊妃縊於馬嵬，既復兩京，明皇退居西內，令道士求楊妃魂，得見張果，因知明皇楊妃為隋煬帝朱貴兒後身，而全書隨畢。凡隋唐間英雄，如秦瓊、竇建德、單雄信、王伯當、花木蘭等事跡，皆於前七十回中穿插出之。其明皇楊妃再世姻緣故事，序言得之袁於令所藏《逸史》⑫，喜其新異，因以入書。其他事狀，則多本正史紀傳，且益以唐宋雜說，如隋事則《大業拾遺記》《海山記》《迷樓記》《開河記》⑬，唐事則《隋唐嘉話》《明皇雜錄》《常侍言旨》《開天傳信記》《次柳氏舊聞》《長恨歌傳》《開元天寶遺事》及《梅妃傳》《太真外傳》⑭等，敘述多有來歷，殆不亞於《三國志演義》。惟其文章，乃純如明季時風，浮豔在膚，沉著不足，羅氏軌範，殆已蕩然，且好嘲戲，而精神反蕭索矣。今舉一例：

……一日玄宗於昭慶宮閒坐，祿山侍坐於側，見他腹垂過膝，因指著戲說道，「此兒腹大如抱甕，不知其中藏的何所有？」祿山拱手對道，「此中並無他物，惟有赤心耳；臣願盡此赤心，以事陛下。」玄宗聞祿山所言，心中甚喜。那知道：

人藏其心，不可測識。自謂赤心，心黑如墨！

玄宗之待安祿山，真如腹心；安祿山之對玄宗，卻純是賊心狼心狗心，乃真是負心喪心。有心之人，方切齒痛心，恨不得即剖其心，食其心；虧他還哄人說是赤心。可笑玄宗還不覺其狼子野心，卻要信他是真心，好不痴心。閒話少說。且說當日玄宗與安祿山閒坐了半晌，回顧左右，問妃子何在，此時正當春深時候，天氣向暖，貴妃方在後宮坐蘭湯洗浴。宮人回報玄宗說道，「妃子洗浴方完。」玄宗微笑說道：「美人新浴，正如出水芙蓉。」令宮人即宣妃子來，不必更洗梳妝。少頃，楊妃來到。你道他新浴之後，怎生模樣？有一曲《黃鶯兒》說得好：

皎皎如玉，光嫩如瑩，體愈香，雲鬟慵整偏嬌樣。羅裙厭長，輕衫取涼，臨風小立神駘宕。細端詳：芙蓉出水，不及美人妝。

（第八十三回）

《殘唐五代史演義》⑮未見，日本《內閣文庫書目》云二卷六十回，題羅本撰，湯顯祖批評。

《北宋三遂平妖傳》原本亦不可見，較先之本爲四卷二十回，序云王愼修⑯補，記貝州王則以妖術變亂事。《宋史》（二百九十二《明鎬傳》）言則本涿州人，歲飢，流至恩州（唐為貝州），慶曆七年僭號東平郡王，改元得聖，六十六日而平。小說即本此事，開篇爲汴州胡浩得仙畫，其婦焚之，灰繞於身。因孕，生女，曰永兒，有妖狐聖姑姑授以道法，遂能爲紙人豆馬。王則任貝州軍排，後娶永兒，術人彈子和尙、張鸞、卜吉、左黜皆來見，云則當王，會知州貪酷，遂以術運庫中錢米買軍倡亂。已而文彥博率師討之。其時張鸞、卜吉、彈子和尙見則無道，皆先去，而文彥博軍尙不能克。幸得彈子和尙化身諸葛遂智助文，鎭伏邪法；馬遂詐降擊則裂其唇，使不能持咒；李遂又率掘子軍作地道入城；乃擒則及永兒。奏功者三人皆名遂，故曰《三遂平妖傳》也。

《平妖傳》今通行本十八卷四十回，有楚黃張無咎序，云是龍子猶所補⑰。其本成於明泰昌元年（一六二〇），前加十五回，記袁公受道法於九天玄女，復爲彈子和尙所盜，及妖狐聖姑姑煉法事。他五回則散入舊本各回間，多補述諸怪民道術。事跡於意造而外，亦採取他雜說，附會入之。如第二十九回敘杜七聖賣符，並呈幻術，斷小兒首，覆以衾即復續，而偶作大言，爲彈子和尙所聞，遂攝小兒生魂，入麵店覆楪子下，杜七聖咒之再三，兒竟不起。

杜七聖慌了，看著那看的人道，「眾位看官在上，道路雖然各別，養家總是一般，只因家火相逼。適問言語不到處，望看官們恕罪則個。這番教我接了頭，下來吃杯酒，四海之內，皆相識也。」杜七聖伏罪道，「是我不是了，這番接上了。」只顧口中念咒，揭起臥單看時，又接不上。杜七聖焦躁道，「你教我孩兒接不上頭，我又求告你再三，認自己的不是，要你饒恕，你卻直憑的無理。」便去後面籠兒內取出一個紙包兒來，就打開，撮出一顆葫蘆子，去那地上，把土來掘鬆了，把那顆葫蘆子埋在地下，口中念念有詞，噴上一口水，喝聲「疾！」可霎作怪：只見地下生出一條藤兒來，漸漸的長大，便生枝葉，然後開花，便見花謝，結一個小葫蘆兒。一伙人見了，都喝采道，「好！」杜七聖把那葫蘆兒摘下來，左手提著葫蘆兒，右手拿著刀，道，「你先不近道理，收了我孩兒的魂魄，教我接不上頭，你也休想在世上活了！」向著葫蘆兒，攔腰一刀，剁下半個葫蘆兒來。卻說那和尚在樓上，拿起麵來卻待要吃；只見那和尚的頭從腔子上骨碌碌滾將下來。一樓上吃麵的人都吃一驚，小膽的丟了麵跑下樓去了，大膽的立住了腳看。只見那和尚慌忙放下碗和箸，起身去那樓板上摸，一摸摸著了頭，雙手捉住兩隻耳朵，掇那頭安在腔子上，安得端正，把手去摸一摸。和尚道：「我只顧吃麵，忘還了他的兒子魂魄，」伸手去揭起楪兒來。這裡卻好揭得起楪兒，那裡杜七聖的孩兒早跳起來；看的人發聲喊。杜七聖道，「我

從來行這家法術，今日撞著師父了。」……（第二十九回下《杜七聖狠行續頭法》）

此蓋相傳舊話，尉遲偓⑱（《中朝故事》）云在唐咸通中，謝肇淛（《五雜組》六）又以爲明嘉靖隆慶間事，惟術人無姓名，僧亦死，是書略改用之。馬遂擊賊被殺則當時事實，宋鄭懈有《馬遂傳》⑲。

注釋

①**新安虞氏刊本全相平話五種** 日本所藏原刊題「建安虞氏新刊」。建安即今福建建甌，虞氏係刊行者姓氏。此五種平話均分上中下三卷，不題撰者。

②**《赤壁鏖兵》** 陶宗儀《輟耕錄》卷二十五「金院本名目」著錄，今佚。《諸葛亮秋風五丈原》，一名《諸葛亮軍屯五丈原》，曹本《錄鬼簿》著錄，金元間王仲文撰，今殘存逸文。《隔江鬥智》，全名《兩軍師隔江鬥智》，元明間無名氏撰。明臧晉叔《元曲選》辛集收入。《連環計》，全名《錦雲堂暗定連環計》，一作《錦雲堂美女連環計》，元無名氏撰。明臧晉叔《元曲選》壬集收入。《復奪受禪台》，全名《司馬昭復奪受禪台》。同名劇作有二種，一爲元李壽卿撰，一爲元李取進撰，曹本《錄鬼簿》均著錄，不見傳本。

③**《龍虎風雲會》** 全稱《宋太祖龍虎風雲會》，敘宋太祖趙匡胤夜訪趙普及統一中國故事。明息機

子輯《雜劇選》收入。

④《三國志演義》　又稱《三國志通俗演義》，卷首有弘治甲寅（1494）庸愚子（蔣大器）序和嘉靖壬午年（1522）關中修髯子（張尚德）小引，因商務印書館影印時抽去該小引，致被誤認爲弘治年間刊本。此書爲今所見《三國演義》最早刊本。

⑤陳壽（233-297）　字承祚，西晉安漢（今四川南充）人，晉時任著作郎、治書侍御史。晉滅吳後，集合三國時官私著作，撰成《三國志》一書。裴松之，參看本書第五篇注②。

⑥習鑿齒（？-384）　字彥威，東晉襄陽（治所今湖北襄樊）人，曾官滎陽太守，撰有《漢晉春秋》。孫盛，字安國，東晉太原中都（今山西平遙）人，官至秘書監，加給事中。撰有《魏氏春秋》、《晉陽秋》等。

⑦謝肇淛　字在杭，明長樂（今屬福建）人，萬曆間官廣西右布政使。所撰《五雜組》，十六卷，多記風物掌故。其中論及《三國演義》時云：「事太實則近腐，可以悅里巷小兒，而不足爲士君子道也。」

⑧章學誠（1738-1801）　字實齋，清會稽（今浙江紹興）人，曾官國子監典籍。撰有《文史通義》等。所撰《丙辰札記》，一卷，其中曾云：「凡演義之書，如《列國志》、《東西漢》、《說唐》及《南北宋》，多記實事；《西遊記》、《金瓶梅》之類，全憑虛構，皆無傷也。唯《三國演義》則七分實事，三分虛構，以至觀者往往爲之惑亂。」

⑨毛宗崗　清初長洲（今江蘇蘇州）人，生平不詳。金人瑞，即金聖嘆（1608-1661），原姓張，名

采，清初吳縣（今屬江蘇）人。金聖嘆在《水滸傳》每回正文前加上評語，稱「聖嘆外書」，毛宗崗也以同樣手法，在《三國演義》每回前面加上評語，每回裡還有夾批，並冒稱「聖嘆外書」。

⑩《隋唐志傳》　羅貫中《隋唐志傳》原本已不存，今本題《隋唐兩朝志傳》，十二卷，一二二回，明萬曆己未年（1619）刊本，卷首有楊慎及林瀚（即下文「林氏」）序，林序自謂該書由他纂輯。內容記隋末至唐僖宗乾符年間事。林瀚，字亨大，明閩縣（今福建閩侯）人，官至南京吏部尚書。

⑪褚人獲　字石農，清長洲（今江蘇蘇州）人。撰有《堅瓠集》、《讀史隨筆》等。

⑫袁于令（1592-1674）　名韞玉，號籜庵，明末清初吳縣（今屬江蘇）人。撰有傳奇《西樓記》及小說《隋史遺文》等。所藏《逸史》，唐代盧肇撰，已佚。褚人獲《隋唐演義》序載：「昔籜庵袁先生曾示予所藏《逸史》，載隋煬帝、朱貴兒、唐明皇、楊玉環在世姻緣事，殊新異可喜，因與商酌編入本傳，以爲一部之始終關目。」

⑬《大業拾遺記》　此書及《海山記》、《迷樓記》、《開河記》，參看本書第十一篇。

⑭《隋唐嘉話》　三卷，唐劉餗傳。《明皇雜錄》，二卷，唐鄭處誨撰。《常侍言旨》，一卷，唐柳珵撰。《開天傳信記》，一卷，唐鄭棨撰。《次柳氏舊聞》，一卷，唐李德裕傳。《開元天寶遺事》，四卷，五代王仁裕撰。《長恨歌傳》、《梅妃傳》，分別參看本書第八篇、第十一篇。《太真外傳》，參看本書第十一篇注⑭。

⑮《殘唐五代史演義》　日本《內閣文庫書目》著錄：《殘唐五代史演義傳》，六十回，二卷。宋羅本。明湯顯祖批評。清版，四本。

⑯王慎修　明錢塘（今浙江杭州）人，生平不詳。

⑰張無咎　名譽，明末楚黃（今湖北黃岡）人，餘不詳。龍子猶，即馮夢龍，參看本書第二十一篇。

⑱尉遲偓　南唐人，曾任朝議郎守給事中，修國史。《中朝故事》，《宋史・藝文志》著錄二卷。關於術人續頭故事，見下卷。

⑲鄭獬（1022-1072）　字毅夫，北宋安陸（今屬湖北）人。曾官翰林學士，知開封府。《馬遂傳》，見所撰《鄖溪集》。

第十五篇　元明傳來之講史（下）

《水滸》故事亦爲南宋以來流行之傳說，宋江亦實有其人。《宋史》（二十二）載徽宗宣和三年「淮南盜宋江等犯淮陽軍，遣將討捕，又犯京東，江北，入楚海州界，命知州張叔夜招降之」。降後之事，則史無文，而稗史乃云「收方臘有功，封節度使」（見十三篇）。然擒方臘者蓋韓世忠（《宋史》本傳），於宋江輩無與，惟《侯蒙傳》（《宋史》三百五十一）又云，「宋江寇京東，蒙上書，言宋江以三十六人橫行齊魏，官軍數萬，無敢抗者，不若赦江，使討方臘以自贖。」似即稗史所本。顧當時雖有此議，而實未行，江等且竟見殺。洪邁《夷堅乙志》（六）言，「宣和七年，戶部侍郎蔡居厚罷，知青州，以病不赴，歸金陵，疽廢於背，卒。未幾，其所親王生亡而復醒，見蔡受冥譴，囑生歸告其妻，云『今只是理會鄆州事』。夫人慟哭曰，『侍郎去年帥鄆時，有梁山濼賊五百人受降，既而悉誅之，吾屢諫，不聽也。……』」《乙志》成於乾道二年，去宣和六年不過四十餘年，耳目甚近，冥譴固小說家言，殺降則不容虛造，山濼健兒終局，蓋如是而已。

然宋江等嘯聚濼山泊時，其勢實甚盛，《宋史》（三百五十三）亦云「轉略十郡，官軍莫敢攖其鋒」。於是自有奇聞異說，生於民間，輾轉繁變，以成故事，復經好事者掇拾粉飾，而文籍以出。宋遺民龔聖與作《宋江三十六人贊》①，自序已云「宋江事見於街談巷語，不足採著，雖有高如李嵩輩②傳寫，士大夫亦不見黜」（周密《癸辛雜識》續集上）。今高李所作雖散失，然足見宋末已有傳寫之書。《宣和遺事》由鈔撮舊籍而成，故前集中之梁山濼聚義始末，或亦爲當時所傳寫者之一種，其節目如下：

楊志等押花石綱阻雪違限　楊志途貧賣刀殺人刺配衛州　孫立等奪楊志往太行山落草

石碣村晁蓋伙劫生辰綱　宋江通信晁蓋等脫逃　宋江殺閻婆惜題詩於壁

宋江得天書有三十六將姓名　宋江奔梁山濼尋晁蓋　宋江三十六將共反

宋江朝東岳賽還心願　張叔夜招宋江三十六將降　宋江收方臘有功封節度使

惟《宣和遺事》所載，與龔聖與贊已頗不同：贊之三十六人中有宋江，而《遺事》在外；《遺事》之吳加亮、李進義、李海、阮進、關必勝、王雄、張青、張岑，贊則作吳學究、盧進義、李俊、阮小二、關勝、楊雄、張清、張橫；渾名亦偶異。又元人雜劇亦屢取水滸故事為資材③，宋江、燕青、李逵尤數見，性格每與在今本《水滸傳》中者差違，但於宋江之仁義長厚無異詞，而陳泰④（茶陵人，元延祐己卯進士）記所聞於篙師者，則云「宋之為人勇悍狂俠」（《所安遺集補》《江南曲序》），與他書又正反。意者此種故事，當時載在人口者必甚多，雖或已有種種書本，而失之簡略，或多舛迕，於是又復有人起而薈萃取捨之，綴為巨帙，使較有條理，可觀覽，是為後來之大部《水滸傳》。其綴集者，或曰羅貫中（王圻、田汝成、郎瑛說），或曰施耐庵（胡應麟說），或曰施作羅編（李贄說），或曰施作羅續（金人瑞說）⑤。

原本《水滸傳》今不可得，周亮工⑥（《書影》一）云「故老傳聞，羅氏為《水滸傳》一百回，各以妖異語引其首，嘉靖時郭武定重刻其書，削其致語，獨存本傳」。所削者蓋即「燈花婆婆⑦等事」（《水滸傳全書》發凡），本亦宋人單篇詞話（《也是園書目》十），而羅氏襲用之，其他不可考。

現存之《水滸傳》則所知者有六本，而最要者四：

一曰一百十五回本《忠義水滸傳》。前署「東原羅貫中編輯」，明崇禎末與《三國演義》合刻爲《英雄譜》⑧，單行本未見。其書始於洪太尉之誤走妖魔，而次以百八人漸聚山泊，已而受招安，破遼，平田虎王慶方臘，於是智深坐化於六和，宋江服毒而自盡，累顯靈應，終爲神明。惟文詞蹇拙，體制紛紜，中間詩歌，亦多鄙俗，甚似草創初就，未加潤色者，雖非原本，蓋近之矣。其記林沖以忤高俅斷配滄州，看守大軍草場，於大雪中出危屋覓酒云：

> ……卻說林沖安下行李，看那四下裡都崩壞了，自思曰，「這屋如何過得一冬，待雪晴了叫泥水匠來修理。」在土坑邊向了一回火，覺得身上寒冷，尋思「卻才老軍說（五里路外有市井），何不去沽些酒來吃？」便把花槍挑了酒葫蘆出來，信步投東，不上半里路，看見一所古廟，林沖拜曰，「願神明保祐，改日來燒紙。」卻又行一里，見一簇店家，林沖逕到店裡。店家曰，「客人那裡來？」林沖曰，「你不認得這個葫蘆？」店家曰，「這是草場老軍的。既是大哥來此，請坐，先待一席以作接風之禮。」林沖吃了一回，卻買一腿牛肉，一葫蘆酒，把花槍挑了便回，已晚，奔到草場看時，只叫得苦。原來

天理昭然，庇護忠臣義士，這場大雪，救了林沖性命：那兩間草廳，已被雪壓倒了。……（第九回《豹子頭刺陸謙富安》）

又有一百十回之《忠義水滸傳》，亦《英雄譜》本，「內容與百十五回本略同」（《胡適文存》三）。別有一百二十四回之《水滸傳》，文詞脫略，往往難讀，亦此類。

二曰一百回本《忠義水滸傳》。前署「錢塘施耐庵的本，羅貫中編次」（《百川書志》六）。即明嘉靖時武定侯郭勛⑨家所傳之本，「前有汪太函序，託名天都外臣者」（《野獲編》五）。今未見。別有本亦一百回，有李贄⑩序及批點，殆即出郭氏本，而改題爲「施耐庵集撰，羅貫中纂修」。然今亦難得，惟日本尚有享保戊申（一七二八）翻刻之前十回及寶曆⑪九年（一七五九）續翻之十一至二十回，亦始於誤走妖魔而繼以魯達林沖事跡，與百十五回本同；第五回於魯達有「直教名馳塞北三千里，證果江南第一州」之語，即指六和坐化故事，則結束當亦無異。惟於文辭，乃大有增刪，幾乎改觀，除去惡詩，增益駢語；描寫亦愈入細微，如述林沖雪中行沽一節，即多於百十五回本者至一倍餘：

……只說林沖就床上放了包裹被臥，就坐下生些焰火起來，屋邊有一堆柴炭，拿幾塊來生在地爐裡；仰面看那草屋時，四下裡崩壞了，又被朔風吹撼搖振得動。林沖道，「這屋如何過得一冬，待雪晴了，去城中喚個泥水匠來修理。」向了一回火，覺得身上寒冷，尋思「卻才老軍所說五里路外有那市井，何不去沽些酒來吃？」便去包裡取些碎銀子，把花槍挑了酒葫蘆，將火炭蓋了，取氈笠子戴上，拿了鑰匙出來，把草廳門拽上，出到大門首，把兩扇草場門反拽上，鎖了，帶了鑰匙，信步投東，雪地裡踏著碎瓊亂玉，迤邐背著北風而行，——那雪正下得緊。行不上半里多路，看見一所古廟，林沖頂禮道，「神明庇祐，改日來燒錢紙。」又行了一回，望見一簇人家，林沖住腳看時，見籬笆中挑著一個草帚兒在露天裡。林沖逕到店裡；主人看了，道，「這葫蘆是草料場老軍的。」林沖道，「如何？便認的。」店主道，「既是草料場看守大哥，且請少坐，天氣寒冷，且酌三杯權當接風。」店家切一盤熟牛肉，燙一壺熱酒，請林沖。又自買了些牛肉，又吃了數杯，就又買了一葫蘆酒，包了那兩塊牛肉，留下些碎銀子，把花槍挑了酒葫蘆，懷內揣了牛肉，叫聲「相擾」，便出籬笆門，依舊迎著朔風回來。看那雪，到晚越下的緊了。古時有個書生，做了一個詞，單題那貧苦的恨雪：

廣莫嚴風刮地，這雪兒下的正好，拈絮撏綿，裁幾片大如拷栳，見林間竹屋茅茨，爭些兒被他壓倒。富室豪家，卻道是「壓瘴猶嫌少」，向的是獸炭紅爐，穿的是棉衣絮襖，手拈梅花，唱道「國家祥瑞」，不念貧民些小。高臥有幽人，吟詠多詩草。

再說林沖踏著那瑞雪，迎著北風，飛也似奔到草場門口，開了鎖，入內看時，只叫得苦。原來天理昭然，祐護善人義士，因這場大雪，救了林沖的性命：那兩間草廳，已被雪

壓倒了。……（第十回《林教頭風雪山神廟》）

三曰一百二十回本《忠義水滸全書》。亦題「施耐庵集撰，羅貫中纂修」，與李贄序百回本同。首有楚人楊定見⑫序，自云事李卓吾，因袁無涯⑬之請而刻此傳；次發凡十條；次爲《宣和遺事》中之梁山濼本末及百八人籍貫出身。全書自首至受招安，事略全同百十五回本，破遼小異，且少詩詞，平田虎王慶則併事略亦異，而收方臘又悉同。文詞與百回本幾無別，特於字句稍有更定，如百回本中「林沖道，『如何？便認的』」此則作「林沖道，『原來如此』」詩詞又較多，則爲刊時增入，故發凡云，「舊本去詩詞之煩蕪，一慮事緒之斷，一慮眼路之迷，頗直截清明，第有得此以形容人態，頗挫文情者，又未可盡除，茲復爲增定，或竄原本而進所有，或逆古意而益所無，惟周勸懲，兼善戲謔」也。亦有李贄評，與百回本不同，而兩皆弇陋，蓋即葉晝⑭輩所僞託（詳見《書影》一）。

發凡又云，「古本有羅氏致語，相傳燈花婆婆等事，既不可復見，乃後人有因『四大寇』之拘而酌損之者，有嫌一百二十回之繁而淘汰之者，皆失。郭武定本即舊本移置閻婆事，甚善，其餘寇中去王田而加遼國，猶是小家照應之法，不知大手筆者正不爾爾。」是知《水滸》有古百回，當時「既不可復見」；又有舊本，似百二十回，中有「四大寇」，蓋謂王田方及宋江，即柴進見於白屏風上御書者（見百十五回本之六十七回及《水滸全書》七十二回）。郭氏本始破其拘，削王田而加遼國，成百回：《水滸全書》又增王田，仍存遼國，復爲百廿回，而宋江乃始退居於四寇之外。然

《宣和遺事》所謂「三路之寇」者，實指攻奪汴陽京西河北三路強人，皆宋江屬，不知何人誤讀，遂以王慶田虎輩當之。然破遼故事慮亦非始作於明，宋代外敵憑陵，國政弛廢，轉思草澤，蓋亦人情，故或造野語以自慰，復多異說，不能合符，於是後之小說，既以取捨不同而紛歧，所取者又以話本非一而違異，田虎王慶在百回本與百十七回本⑮名同而文迥別，殆亦由此而已。惟其後討平方臘，則各本悉同，因疑在郭本所據舊本之前，當又有別本，即以平方臘接招安之後，如《宣和遺事》所記者，於事理始爲密合，然而證信尚缺，未能定也。

總上五本觀之，知現存之《水滸傳》實有兩種，其一簡略，其一繁縟。胡應麟（《筆叢》四十一）云，「余二十年前所見《水滸傳》本尚極足尋味，十數載來，爲閩坊賈刊落，止錄事實，中間遊詞餘韻神情寄寓處一概刪之，遂既不堪覆瓿，復數十年，無原本印證，此書將永廢。」應麟所見本，今莫知如何，若百十五回簡本，則成就殆當先於繁本，以其用字造句，與繁本每有差違，倘是刪存，無煩改作也。又簡本撰人，止題羅貫中，周亮工聞於故老者亦第云羅氏，比郭氏本出，始著耐庵，因疑施乃演爲繁本者之託名，當是後起，非古本所有。後人見繁本題施作羅編，未及悟其依託，遂或意爲敷衍，定耐庵與貫中同籍，爲錢塘人（明高儒《百川書志》六），且是其師。⑯胡應麟（《筆叢》四十一）亦信所見《水滸傳》小序，謂耐庵「嘗入市肆紬閱故書，於敝楮中得宋張叔夜禽賊招語一通，備悉其一百八人所由起，因潤飾成此編」。且云「施某事見田叔禾《西湖志餘》」，而《志餘》中實無有，蓋誤記也。近吳梅著《顧曲麈談》⑰，云「《幽閨記》爲施君美作。君美，名惠，即作《水滸傳》之耐庵居士也。」案惠亦杭州人，然其爲耐庵居士，則不知本於何書，故亦未可輕信矣。

四曰七十回本《水滸傳》。正傳七十回楔子一回，實七十一回，有原序一篇，題「東都施耐庵撰」，爲金人瑞字聖嘆所傳，自云得古本，止七十回，於宋江受天書之後，即以盧俊義夢全伙被縛於張叔夜終，而指招安以下爲羅貫中續成，斥曰「惡札」⑱。其書與百二十回本之前七十回無甚異，惟刊去駢語特多，百廿回本發凡有「舊本去詩詞之繁累」語，頗似聖嘆真得古本，然文中有因刪去詩詞，而語氣遂稍參差者，則所據殆仍是百回本耳。周亮工（《書影》一）記《水滸傳》云，「近金聖嘆自七十回之後，斷爲羅所續，因極口詆羅，復僞爲施序於前，此書遂爲施有矣。」二人生同時，其說當可信。惟字句亦小有佳處，如第五回敘魯智深詰責瓦官寺僧一節云：

……智深走到面前，那和尚吃了一驚，跳起身來，便道，「請師兄坐，同吃一盞。」智深提著禪杖道，「你這兩個，如何把寺來廢了？」那和尚便道，「師兄請坐，聽小僧……」智深睜著眼道，「你說你說！」「……說：在先敝寺，十分好個去處，田莊又廣，僧眾極多，只被廊下那幾個老和尚吃酒撒潑，將錢養女，長老禁約他們不得，又把長老排告了出去，因此把寺來都廢了。……」

聖嘆於「聽小僧……」下注云「其語未畢」，於「……說」下又多所申釋，而終以「章法奇絕叢古未有」譽之，疑此等「奇絕」，正聖嘆所爲，其批改《西廂記》亦如此。此文在百回本，爲「那和尚便道，『師兄請坐，聽小僧說。』智深睜著眼道，『你說你說！』那和尚道，『在先敝寺，十分好個去處，田莊廣有，僧眾極多……』」云云，在白十五回本，則並無智深睜眼之文，但云「那和尚曰，『師兄聽小僧說：在先敝寺，田莊廣有，僧眾也多……』」而已。

至於刊落之由，什九常因於世變，胡適（《文存》三）說，「聖嘆生在流賊遍天下的時代，眼見張獻忠、李自成一班強盜流毒全國，故他覺得強盜是不能提倡的，是應該口誅筆伐的。」故至清，則世異情遷，遂復有以爲「雖始行不端，而能翻然悔悟，改弦易轍，以善其修，斯其意固可嘉，而其功誠不可泯」者，截取百十五回本之六十七回至結末，稱《後水滸》，一名《蕩平四大寇傳》，附刊七十回之後以行矣。其卷首有乾隆壬子（一七九二）賞心居士序。

清初，有《後水滸傳》四十回，云是「古宋遺民著，雁宕山樵評」，蓋以續百回本。其書言宋江既死，餘人尚爲宋禦金，然無功，李俊遂率眾浮海，王於暹羅，結末頗似杜光庭之《虬髯傳》。古宋遺民者，本書卷首《論略》云「不知何許人，以時考之，當去施羅未遠，或與之同時，不相爲下，亦未可知」。然實乃陳忱之託名；忱字遐心，浙江烏程人，生平著作並佚，惟此書存，爲明末遺民（《兩浙輶軒錄》補遺一《光緒嘉興府志》五十二），故雖遊戲之作，亦見避地之意矣。然至道光中，有山陰俞萬春作《結水滸傳》七十回，結子一回，亦名《蕩寇志》，則立意正相反，使山泊首領，非死即誅，專明「當年宋江並沒有受招安平方臘的話，只有被張叔夜擒拿正法一句話」⑲，以結七十回本。俞萬春字仲華，別號忽來道人，嘗隨其父宦粵。瑤民之變，從征有功議敘，後行醫於杭州，晚年乃奉道釋，道光己酉（一八四九）卒。《蕩寇志》之作，始於丙戌而迄於丁未，首尾凡二十二年，「未遑修飾而歿」，咸豐元年（一八五一），其子龍光始修潤而刻之（本書識語）。書中造事行文，有時幾欲摹前傳之壘，採錄景象，亦頗有施羅所未試者，在糾纏舊作之同類小說中，蓋差爲佼佼者矣。

此外講史之屬，爲數尚多。明已有荒古虞夏（周遊《開闢演義》鍾惺《開闢唐虞傳》及《有夏志傳》）⑳，東西周（《東周列國志》《西周志》《四友傳》）㉑，兩漢（袁宏道評《兩漢演義傳》）㉒，兩晉（《西晉演義》《東晉演義》）㉓，唐（熊鍾谷《唐書演義》）㉔，宋（《尺蠖齋評釋《兩宋志傳》）㉕諸史事平話，清以來亦不絕，且或總攬全史（《二十四史通俗演義》）㉖，或訂補舊文（兩漢兩晉隋唐等），然大抵效《三國志演義》而不及，雖其上者，亦復拘牽史實，襲用陳言，故既拙於措辭，又頗憚於敘事，蔡奡《東周列國志讀法》㉗云，「若說是正經書，卻畢竟是小說樣子，……但要說他是小說，他卻件件從經傳上來。」本以美之，而講史之病亦在此。

至於敘一時故事而特置重於一人或數人者，據《夢粱錄》（二十）講史條下云，「有王六大夫，於咸淳年間敷衍《復華篇》及《中興名將傳》，聽者紛紛。」則亦當隸於講史。《水滸傳》即其一，後出者尤夥。較顯者有《皇明英烈傳》㉘一名《雲合奇蹤》，武定侯郭勛家所傳，記明開國武烈，而特揚其先祖郭英之功；後有《真英烈傳》㉙，則反其事而詈之。有《宋武穆王演義》㉚，熊大本編，有《岳王傳演義》㉛，余應鰲編，又有《精忠全傳》㉜，鄒元標編，皆記宋岳飛功績及冤獄；後有《說岳全傳》㉝，則就其事而演之。清有《女仙外史》㉞，作者呂熊（劉廷璣《在國雜誌》云），述青州唐賽兒之亂；有《檮杌閒評》㉟，無作者名，記魏忠賢客氏之惡。其餘武勇，則有敘唐之薛家（《征東征西全傳》）㊱，宋之楊家（《楊家將全傳》）及狄青輩（《五虎平西平南傳》）㊲者，文意並拙，然盛行於里巷間。其他託名故實，而藉以騰謗報怨之作亦多，今不復道。

注釋

①**龔聖與**（1222-約1304）　名開，號翠岩，宋末元初淮陰（今屬江蘇）人。《宋江三十六人贊》，是龔分別爲宋江等三十六人所寫的一組四言詩，見宋周密《癸辛雜識續集》。

②**高如李嵩輩**　一說指高如、李嵩等宋元之際民間文人。一說高如非人名，全句意謂一時高手如李嵩輩。李嵩，南宋錢塘（今浙江杭州）人，曾官三朝畫院待詔，以畫人物著稱。

③元雜劇取材於水滸故事的，今知有三十多種，現存者有高文秀《黑旋風雙獻功》、李文蔚《同樂院燕青博魚》、康進之《梁山泊黑旋風負荊》、無名氏《魯智深智賞黃花峪》等。

④**陳泰**　字志同，號所安，元茶陵（今屬湖南）人，由翰林庶吉士改授龍南令。撰有《所安遺集》。

⑤關於《水滸傳》編撰者，說法不一。或曰羅貫中，王圻《續文獻通考》卷一七七：「《水滸傳》，羅貫中著。」田汝成《西湖遊覽志餘》卷二十五：「錢塘羅貫中本者，編撰小說數十種，而《水滸傳》敘宋江等事，奸盜脫騙機械甚詳。」郎瑛《七修類稿》卷上：「三國宋江二書，乃杭人羅本貫中所編。」或曰施耐庵，胡應麟《少室山房筆叢》卷四十一：「元人武林施某所編《水滸傳》特爲盛行。」施某指施耐庵。或曰施作羅編，明袁無涯原刊本《李卓吾評忠義水滸全傳》（一二〇

回，不分卷）題「施耐庵集撰，羅貫中纂修」，李贄《忠義水滸傳敘》亦云：「施羅二公傳水滸。」或曰施作羅續，參看本書第五篇注⑱。

⑥周亮工（1612-1672）　字元亮，號櫟園，明末清初祥符（今河南開封）人。明崇禎時任監察御史，入清任戶部右侍郎。撰有《賴古堂集》、《因樹屋書影》等。

⑦燈花婆婆　錢曾《也是園書目》詞話部分著錄《燈花婆婆》一篇，寫唐劉積中受到從燈花中跳出的白髮老婦吵擾的故事。原文已佚，《平妖傳》中略敘其事。

⑧《英雄譜》　明崇禎間刻印。每頁分上下兩欄，上爲《忠義水滸傳》，下爲《三國演義》。

⑨郭勛　明濠洲（治所今安徽鳳陽）人。明開國功臣郭英之後，襲封武定侯。

⑩李贄（1527-1602）　字卓吾，別號溫陵居士，明泉州晉江（今屬福建）人。曾任雲南姚安知府。所撰有《焚書》、《藏書》等，曾評點《水滸傳》。

⑪享保　日本中御門天皇的年號（1716-1736）。寶曆，日本桃園天皇的年號（1751-1764）。

⑫楊定見　字鳳里，明麻城（今屬湖北）人。他在《忠義水滸全書·小引》中說：「吾之事卓吾先生也，貌之承而心之委，無非卓吾先生者。……自吾遊吳，訪陳無異使君，而得袁無涯氏。……嗣是數過從語，語輒及卓老，求卓老遺言甚力，求卓老所批閱之遺書又甚力，無涯氏豈狂耶癖耶？吾探吾行笥，而卓吾先生所批定《忠義水滸傳》及《楊升庵集》二書與俱，挈以付之。無涯欣然如獲至寶，願公諸世。」

⑬袁無涯　名叔度，明末蘇州人。經營「書植堂」，刊行書籍。

⑭**葉晝**　字文通，明無錫（今屬江蘇）人。撰有《悅客編》等。常假託名人評點諸書。周亮工《因樹屋書影》指出：「當溫陵《焚、藏書》盛行時，坊間種種借溫陵之名以行者，如《四書第一評、第二評》、《水滸傳》、《琵琶》、《拜月》諸評，皆出文通手。」

⑮**百十七回本**　本今所見《水滸》無百十七回本。

⑯關於施耐庵、羅貫中關係問題，高儒《百川書志》卷六史志三載：「《忠義水滸傳》一百卷，錢塘施耐庵的本，羅貫中編次。」又胡應麟《少室山房筆叢》卷四十一：「元人武林施某所編《水滸傳》，特爲盛行，……其門人羅本亦效之爲《三國志演義》，絕淺陋可嗤也。」

⑰**吳梅**（1884-1939）　字瞿安，號霜厓，長洲（今江蘇蘇州）人。曾任北京大學等校教授。所撰《顧曲麈談》，論述戲曲音律及作曲方法，中有一章記元明以來戲曲家遺事軼聞。

⑱「**惡紫**」　金聖嘆反對侯蒙上書招安宋江，認爲「反賊」不能招安，只能剿滅。貫華堂本《金人瑞刪定水滸傳》卷首《宋史目》評語：「君子一言以爲智，一言以爲不智。如侯蒙其人者，亦幸而遂死耳。脫真得知東平，惡知其不大敗公事，爲世僇笑者哉！何羅貫中不達，猶祖其說，而有續《水滸傳》之惡紫也。」

⑲這裡的「當年宋江並沒有受招安平方臘的話」等二句，見俞萬春《蕩寇志》卷首《引言》。

⑳寫荒古虞夏者，如周遊《開闢演義》、鍾惺《開闢唐虞傳》及《有夏志傳》。周遊，字仰止，號五岳山人。明代人，生平不詳。《開闢演義》，六卷八十回。鍾惺（1574-1624），字伯敬，明湖廣竟陵人。《開闢唐虞傳》，即《盤古至唐虞傳》二卷十四則。《有夏志傳》，四卷十九則。兩書舊題

「景陵鍾惺景伯父編輯」，「古吳馮夢龍猶龍父鑑定」。實爲明無名氏所撰。

㉑寫東西周者，如《東周列國志》、《西周志》、《四友傳》。《東周列國志》，二十四卷一〇八回。明余邵魚撰《列國志傳》，明末馮夢龍改訂爲《新列國志》，清蔡元放刪改爲《東周列國志》，並加評語。《西周志》，未見，據黃摩西《小說小話》載，此書「鋪張昭王南征、穆王見西王母及平徐偃王事。」《四友傳》，即《鬼谷四友志》，三卷，不分回目，清楊景淐撰。

㉒寫兩漢者，如袁宏道評《兩漢演義傳》。袁宏道（1568-1610），字中郎，號石公，明公安（今屬湖北）人。明三台館本《全漢志傳》，十四卷，卷首有袁宏道序。

㉓寫兩晉者，如《東西晉演義》。此書包括《西晉演義》四卷，《東晉演義》八卷。明無名氏撰，題「秣陵陳氏尺蠖齋評釋」，首有雉衡山人（明楊爾曾）序。

㉔寫唐代者，如熊鐘谷《唐書演義》。熊鐘谷，即熊大木，明建陽（今屬福建）人。《唐書演義》，全名《唐書志傳通俗演義》，九十節（實為八十九節）。

㉕寫宋代者，如尺蠖齋評釋《南北兩宋志傳》。尺蠖齋，明陳繼儒書齋名。《南北兩宋志傳》，包括《南宋志傳》、《北宋志傳》，各十卷五十回。書題「姑孰陳氏尺蠖齋評釋」。《南宋》題「陳繼儒編次」，《北宋》不題撰人。前者演太祖事，後者演宋初及真宗、仁宗二朝事。書名「南宋」「北宋」，實與歷史上南北宋分期無關，且未涉及南宋時事。

㉖通寫全史者，如《二十四史通俗演義》。此書二十六卷四十四回，清呂撫撰。原題《綱鑑演義》，後來傳本改稱今名。

㉗蔡奡　字元放，號野雲主人，清江寧（今屬江蘇）人。《東周列國志讀法》，見其評本《東周列國志》。
㉘《皇明英烈傳》　六卷，明無名氏撰。
㉙《真英烈傳》　未見。據黃摩西《小說小話》載：「似因反對前書（指《英烈傳》）而作，開國諸將中，於郭英多所痛詆。」
㉚《宋武穆王演義》　即《大宋中興通俗演義》，八卷八十則，題「鰲峰熊大木編輯」。
㉛《岳王傳演義》　即《大宋中興岳王傳》，八卷，題「紅雪山人余應鰲編次」，實即熊大木《大宋中興通俗演義》的另一傳本。余應鰲，生平不詳。
㉜《精忠全傳》　即《岳武穆王精忠傳》，六卷，六十八回，明無名氏編，為熊大木《大宋中興通俗演義》的刪節本。題「鄒元標編訂」，係假託。鄒元標（1551-1624），字爾瞻，明吉水（今屬江西）人，曾官吏部左侍郎，撰有《願學集》。
㉝《說岳全傳》　二十卷，八十回，清錢彩撰。彩字錦文，仁和（今浙江杭州）人。
㉞《女仙外史》　一百回。呂熊，字文兆，清初吳人，撰有《詩經六藝辨》等。
㉟《檮杌閒評》　一名《明珠緣》，五十回，不題撰人姓名。
㊱敘唐之薛家者，如《征東征西全傳》。《征東》即《說唐後傳》，五十五回；《征西》即《征西說唐三傳》，十卷，八十八回，均清無名氏撰。薛家，指唐代名將薛仁貴一家。
㊲敘宋之楊家及狄青輩者，如《楊家將全傳》及《五虎平西平南傳》。《楊家將全傳》，又名《楊家

通俗演義》，八卷，五十八則，明無名氏撰。《五虎平西平南傳》，包括《五虎平西前傳》、《五虎平南後傳》，前傳十四卷，一一二回；後傳六卷，四十二回，均清無名氏傳。楊家，指宋代名將楊業一家。「五虎」，指狄青等五人。

第十六篇　明之神魔小說（上）

奉道流羽客之隆重，極於宋宣和時，元雖歸佛，亦甚崇道，其幻惑故遍行於人間，明初稍衰，比中葉而復極顯赫，成化時有方士李孜，釋繼曉，正德時有色目人於永①，皆以方伎雜流拜官，榮華熠耀，世所企羨，則妖妄之說自盛，而影響且及於文章。且歷來三教之爭，都無解決，互相容受，乃曰「同源」，所謂義利邪正善惡是非真妄諸端，皆混而又析之，統於二元，雖無專名，謂之神魔，蓋可賅括矣。其在小說，則明初之《平妖傳》已開其先，而繼起之作尤夥。凡所敷敘，又非宋以來道士造作之談，但爲人民閭巷間意，蕪雜淺陋，率無可觀。然其力之及於人心者甚大，又或有文人起而結集潤色之，則亦爲鴻篇巨制之胚胎也。

彙此等小說成集者，今有《四遊記》行於世，其書凡四種，著者三人，不知何人編定，惟觀刻本之狀，當在明代耳。一曰《上洞八仙傳》，亦名《八仙出處東遊記傳》，二卷五十六回，題「蘭江吳元泰著」。傳言鐵拐（姓李名玄）得道，度鍾離權，權度呂洞賓，二人又共度韓湘曹友，張果藍采和何仙姑則別成道，是爲八仙。一日俱赴蟠桃大會，歸途各履寶物渡海，有龍子愛藍采和所踏玉版，攝而奪之，遂大戰，八仙「火燒東洋」，龍王敗績，請天兵來助，亦敗，後得觀音和解，乃各謝去，而「天淵迥別天卜太平」之候，自此始矣。書中文言俗語間出，事亦往往不相屬，蓋雜取民間傳說作之。

二曰《五顯靈官大帝華光天王傳》，即《南遊記》，四卷十八回，題「三台山人仰止余象斗編」。象斗②爲明末書賈，《三國志演義》刻本上，尚見其名。書言有妙吉祥童子以殺獨火鬼忤如來，貶爲馬耳娘娘子，是曰三眼靈光，具五神通，報父仇，遊靈虛，緣盜金槍，爲帝所殺；復生炎魔天王家，是爲靈耀，師事天尊，又詐取其金刀，煉爲金磚以作法寶，終鬧天宮，上界鼎沸；玄天上帝以水服之，使走人間，託生蕭氏，是爲華光，仍有神通，與神魔戰，中界亦鼎沸，帝乃赦之。華光因失金磚，復欲製煉，尋求金塔，遂遇鐵扇公主，擒以爲妻，又降諸妖，所向無敵，以憶其母，訪於地府，復因爭執，大鬧陰司，下界亦鼎沸。已而知生母實妖也，名吉芝陀聖母，食蕭長者妻，幻作其狀，而生華光，然仍食人，爲佛所執，方在地獄，受惡報也，華光乃救以去。

……卻說華光三下酆都，救得母親出來，十分歡悅。那吉芝陀聖母曰，「我兒你救得我出來，道好，我要討岐娥吃。」華光問，「岐娥是甚麼子，我兒媳俱不曉得。」母曰，「岐娥不曉得，可去問千里眼、順風耳。」華光即問二人。二人曰，「那岐娥是人，他又思量吃人。」華光聽罷，對娘曰，「娘，你住酆都受苦，我孩兒用盡計較，救得你出來，如何又要吃人，此事萬不可為。」母曰，「我要吃！不孝子，你沒有岐娥與我吃，是誰要救我出來？」華光無奈，只推曰，「容兩日討與你吃。……」（第十七回《華光三下酆都》）

於是張榜求醫，有言惟仙桃可治者，華光即幻爲齊天大聖狀，竊而奉之，吉芝陀乃始不思食人。然齊天被嫌，詢於佛母，知是華光，則來討，爲火丹所燒，敗績；其女月孛有骷髏骨，擊之敵頭即痛，二日死。華光被術，將不起，火炎王光佛出而議和，月孛削骨上擊痕，華光始癒，終歸佛道云。

明謝肇淛（《五雜組》十五）以華光小說比擬《西遊記》，謂「皆五行生克之理，火之熾也，亦上天下地，莫之撲滅，而真武以水制之，始歸止道」。又於吉芝陀出獄即思食人事，則致慨於遷善之難，因知在萬曆時，此書已有。沈德符③論劇曲（《野獲編》二十五），亦有「華光顯聖則太妖誕」語，是此種故事，當時且演爲劇本矣。

其三曰《北方真武玄天上帝出身志傳》，即《北遊記》，四卷二十四回，亦余象斗編，記真武本身及成道降妖事。上帝爲玄天之說，在漢已有（《周禮》《大宗伯》鄭氏注），然與後來之玄帝，實又不同。此玄帝真武者，蓋起於宋代羽客之言，即《元洞玉歷記》（《三教搜神大全》一引）所謂元始說法於玉清，下見惡風彌塞，乃命周武伐紂以治陽，玄帝收魔以治陰，「上賜玄帝披髮跣足，金甲玄袍，皂纛玄旗，統領丁甲，下降凡世，與六天魔王戰於洞陰之野，是時魔王以坎離二炁，化蒼龜巨蛇，變現方成，玄帝神力攝於足下，鎖鬼眾於酆都大洞，人民治安，宇內清肅」者是也，元嘗加封，明亦崇奉④。此傳所言，間符舊說，但亦時竊佛傳，雜以鄙言，盛誇感應，如村巫廟祝之見。初謂隋煬帝時，玉帝當宴會之際，而忽思凡，遂以三魂之一，爲劉氏子，如來三請並來點化，乃隱蓬萊；又以凡心，生哥闍國，次生西霞，皆是王子，蒙天尊教，捨國出家，功行既完，上謁玉帝，封蕩魔天尊，令收天將；於是復生爲淨洛國王子，得鬥母元君點化，入武當山成道。

玄帝方升天宮，忽見妖氣起於中界，知即天將，擾亂人間，乃復下凡，降龜蛇怪，服趙公明，收雷神，獲月孛及他神將，引以朝天。玉帝即封諸神爲玄天部將，計三十六員。然揚子江有鍋及竹纜二妖，獨逸去不可得，真武因指一化身，復入人世，於武當山鎮守之。篇末則記永樂三年玄天助國卻敵事，而下有「至今二百餘載」之文，頗似此書流行，當在明季，然舊刻無後一語，可知有者乃後來增訂之本矣。

四曰《西遊記傳》，四卷四十一回，「題齊云楊志和編，天水趙景真校」，敘孫悟空得道，唐太宗入冥，玄奘應詔求經，途中遇難，終達西土，得經東歸者也。太宗之夢，唐人已言，張鷟《朝野僉載》⑤云，「太宗至夜半奄然入定，見一人云，『陛下暫合來，還即去也。』帝問『君是何人？』對曰，『臣是生人判冥事。』太宗入見判官，問六月四日事，即令還，向見者又送迎引導出。」又有俗文，亦記斯事，有殘卷從敦煌千佛洞得之（詳見第十二篇）。至玄奘入竺⑥，實非應詔，事具《唐書》（百九十一《方伎傳》），又有專傳曰《大慈恩寺三藏法師傳》，在《佛藏》中⑦，初無諸奇詭事，而後來稗說，頗涉靈怪。《大唐三藏取經詩話》已有猴行者深沙神及諸異境；金人院本亦有《唐三藏》⑧（陶宗儀《輟耕錄》）；元雜劇有吳昌齡《唐三藏西天取經》⑨（鍾嗣成《錄鬼簿》），一名《西遊記》（今有日本鹽谷溫校印本），其中收孫悟空，加戒箍，沙僧，豬八戒，紅孩兒，鐵扇公主等皆已見。似取經故事，自唐末以至宋元，乃漸漸演成神異，且能有條貫，小說家因亦得取爲記傳也。

全書之前九回爲孫悟空得仙至被降故事，言有石猴，尋得水源，眾奉爲王，而復出山，就師悟道，以大神通，攪亂天地，玉帝不得已，封爲齊天大聖，復擾蟠桃大會，帝命灌口二郎真君討之，遂大戰，悟空爲所獲，其敘當時戰鬥變化之狀云：

……那小猴見真君到，急急報知猴王。猴王即掣起金箍棒，步上雲履。二人相見，各言姓名，遂排開陣勢，來往三百餘合。二人各變身萬丈，戰入雲端，離卻洞口。……大聖正在鬪戰，忽見本山眾猴驚散，抽身就走；真君大步趕上，「這猴入水必變魚蝦，待我變作魚鷹逐他。」大聖見真君趕來，又變一鴇鳥，飛在樹上，被真君拽弓一彈，打下草坡，遍尋不見，回轉天王營中去說猴王敗陣等事，又趕不見蹤跡。天王把照妖鏡一照，急云「妖猴往你灌口去了」。真君回灌口；猴王急變做真君模樣，座在中堂，被二郎用一神槍，猴王讓過，變出本相，二人對較手段，意欲回轉花果山，奈四面天將圍住念咒。忽然真君與菩薩在雲端觀看。見猴王精力將疲，老君擲下金剛圈，與猴王腦上一打。猴王跌倒在地，被真君神犬咬住胸肚子，又拖跌一跤，卻被真君兄弟等神槍刺住，把鐵索綁縛。……（第七回《真君收捉猴王》）

然斫之無傷，煉之不死，如來乃壓之五行山下，令待取經人。次四回即魏徵斬龍，太宗入冥，劉全進瓜，及玄奘應詔西行：爲求經之所由起。十四回以下則玄奘道中收徒及遇難故事，而以見佛得經東歸證果終。徒有三，曰孫行者，豬八戒，沙僧，並得龍馬；災難三十餘，其大者五莊觀，平頂山，火雲洞，通天河，毒敵山，六耳獼猴，小雷音寺等也。凡所記述，簡略者多，但亦偶雜遊詞，以增笑樂，如寫火雲洞之戰云：

……那山前山後土地，皆來叩頭報名，「此處叫做枯松澗，澗邊有一座山洞，叫做火雲洞，洞有一位魔王，是牛魔王的兒子，叫做紅孩兒。他有三昧真火，甚是厲害。」行者聽說，叱退土神，……與八戒同進洞中去尋，……那魔王吩咐小妖，推出五輪小車，擺下五方，遂提槍殺出，與行者戰經數合，八戒助陣，魔王走轉，把鼻子一捶，鼻中冒出火來，一時五輪車子，烈火齊起。八戒道，「哥哥快走！少刻把老豬燒得囫圇，再加香料，盡他受用。」行者雖然避得火燒，卻只怕煙，二人只得逃轉。……（第三十二回《唐三藏收妖過黑河》）

復請觀世音至，化刀爲蓮台，誘而執之，既降復叛，則環以五金箍，灑以甘露，乃始兩手相合，歸落伽山云。《西遊記》雜劇中《鬼母皈依》一出，即用揭缽盂救幼子故事者，其中有云，「告世尊，肯發慈悲力。我著唐三藏西遊便回，火孩兒妖怪放生了他。到前面，須得二聖郎救了你。」（卷三）而於此乃改爲牛魔王子，且與參善知識之善才童子相混矣。

注釋

①李孜　一作李孜省。他和繼堯、于永三人事跡見《明史・佞幸列傳》。

②余象斗　字仰止，自稱三台山人，明建安（今福建建甌）人。他編有《南遊記》、《北遊記》等，刊有《列國志傳》、《全漢志傳》、《三國志傳評林》、《水滸志傳評林》等。

③沈德符　參看本書第四篇注⑳。

④關於元明兩朝崇奉真武帝事，據《元史・成宗紀》載：元成宗穆耳大德七年（1303）十二月，加封真武為「元聖仁威玄天上帝」。據《明史・禮志》載：明太祖朱元璋於南京建廟宇崇祀真武；明成祖朱棣永樂十三年（1415）於京師建「真武廟」，每年三月三日、九月九日祭祀。

⑤《朝野僉載》　參看本書第八篇注⑪。這裡的引文見今傳六卷本卷六。六月四日事，指李世民殺建成、元吉事，參看《舊唐書・太宗紀》。

⑥文奘入竺　據《舊唐書・方伎傳》載：「僧玄奘，姓陳氏，洛州偃師人。大業末出家，博涉經論。嘗謂翻譯者多有訛謬，故就西域，廣求異本以參驗之。貞觀初，隨商人往遊西域。」

⑦《大慈恩寺三藏法師傳》　十卷，唐僧人慧立原撰，彥悰箋補。記述玄奘事跡，此書收入《佛藏》卷五十。《佛藏》，佛教經典總集，分經、律、論三藏，收印度和中國佛教著作。始編於南北朝，以後各代又續有新譯經論和著述編入。

⑧《唐三藏》　《輟耕錄》卷二十五《金院本名目》著錄，今佚。

⑨吳昌齡　元大同（今屬山西）人。所撰《唐三藏西天取經》，今僅存二折。下文鹽谷溫校印本《西

遊記》，實爲楊訥所撰《西遊記》雜劇，參看本書第九篇注⑰。

第十七篇　明之神魔小說（中）

又有一百回本《西遊記》，蓋出於四十一回本《西遊記傳》之後①，而今特盛行，且以爲元初道士邱處機②作。處機固嘗西行，李志常記其事爲《長春真人西遊記》，凡二卷，今尚存《道藏》中③，惟因同名，世遂以爲一書；清初刻《西遊記》小說者，又取虞集④撰《長春真人西遊記》之序文冠其首，而不根之談乃愈不可拔也。

然至清乾隆末，錢大昕跋《長春真人西遊記》⑤（《潛研堂文集》二十九）已云小說《西遊演義》是明人作；紀昀⑥（《如是我聞》三）更因「其中祭賽國之錦衣衛，朱紫國之司禮監，滅法國之東城兵馬司，唐太宗之大學士翰林院中書科，皆同明制」，決爲明人依託，惟尚不知作者爲何人。而鄉邦文獻，尤爲人所樂道，故是後山陽人如丁晏（《石亭紀事續編》）阮葵生（《茶餘客話》）⑦等，已皆探索舊志，知《西遊記》之作者爲吳承恩矣。吳玉搢（《山陽志遺》）⑧亦云然，而尚疑是演邱處機書，猶羅貫中之演陳壽《三國志》者，當由未見一卷本，故其說如此；又謂「或云有《後西遊記》，爲射陽先生撰」，則第志俗說而已。

吳承恩，字汝忠，號射陽山人，性敏多慧，博極群書，復善諧劇，著雜記數種，名震一時，嘉靖甲辰歲貢生，後官長興縣丞，隆慶初歸山陽，萬曆初卒（約一五一〇至一五八〇）。雜記之一即《西遊記》（見《天啟淮安府志》一六及一九《光緒淮安府志》貢舉表），餘未詳。又能詩，其「詞微而顯，旨博而深」（陳文燭序語），爲有明一代淮郡詩人之冠，而貧老乏嗣，遺稿多散佚，邱正綱收拾殘缺為《射陽存稿》四卷《續稿》一卷⑨，吳玉搢盡收入《山陽耆舊集》⑩中（《山陽志遺》四）。然同治間修《山陽縣志》⑪者，於《人物志》中去其「善諧劇著雜記」語，於《藝文志》又不列《西遊記》之目，於是吳氏之性行遂失真，而知《西遊記》之出於吳氏者亦愈少矣。

《西遊記》全書次第，與楊志和作四十一回本殆相等。前七回為孫悟空得道至被降故事，當楊本之前九回；第八回記釋迦造經之事，與佛經言阿難結集不合；第九回記玄奘父母遇難及玄奘復仇之事，亦非事實，楊本皆無有，吳所加也。第十至十二回即魏徵斬龍至玄奘應詔西行之事，當楊本之十至十三回，第十四回至九十九回則俱記入竺途中遇難之事，九者究也，物極於九，九九八十一，故有八十一難；而一百回以東返成真終。

惟楊志和本雖大體已立，而文詞荒率，僅能成書；吳則通才，敏慧淹雅，其所取材，頗極廣泛，於《西遊記》中亦採《華光傳》及《真武傳》，於西遊故事亦採《西遊記雜劇》及《三藏取經詩話》（？），翻案挪移則用唐人傳奇（如《異聞集》《酉陽雜俎》等），諷刺揶揄則取當時世態，加以鋪張描寫，幾乎改觀，如灌口二郎之戰孫悟空，楊本僅有三百餘言，而此十倍之，先記二人各現「法象」，次則大聖化雀，化「大鶿老」，化魚，化水蛇，真君化雀鷹，化大海鶴，化灰鶴，大聖復化為鴇，真君以其賤鳥，不屑相比，即現原身，用彈丸擊下之。

……那大聖趁著機會，滾下山崖，伏在那裡又變，變一座土地廟兒：大張著口，似個廟門；牙齒變作門扇；舌頭變做菩薩；眼睛變做窗櫺；只有尾巴不好收拾，豎在後面，變做一根旗杆。真君趕到崖下，不見打倒的鴇鳥，只有一間小廟，急睜鳳眼，仔細看之，見旗杆立在後面，笑道，「是這猢猻了。他今又在那裡哄我。我也曾見廟宇，更不曾見一個旗杆豎在後面的。斷是這畜生弄諠。他若哄我進去，他便一口咬住。我怎肯進去？等我掣拳先搗窗櫺，後踢門扇。」大聖聽得，……撲的一個虎跳，又冒在空中不見。真君前前後後亂趕，……起在半空，見那李天王高擎照妖鏡，與哪吒佇立雲端。真君道，「天王，曾見那猴王麼？」天工道，「不曾上來，我這裡照著他哩。」真君把那賭變化，弄神通，拿群猴一事說畢，卻道，「他變廟宇，正打處，就走了。」李天王聞言，又把照妖鏡四方一照，呵呵的笑道，「真君，快去快去，那猴子使了個隱身法，走出營圍，往你那灌江口去也。」……卻說那大聖已至灌江口，搖身一變，變作二郎爺爺的模樣，按下雲頭，逕入廟裡。鬼判不能相認，一個個磕頭迎接。他坐在中間，點查香火：見李虎拜還的三牲，張龍許下的保福，趙甲求子的文書，錢丙告病的良願。正看處，有人報「又一個爺爺來了」。眾鬼判急急觀看，無不驚心。真君卻道，「有個甚麼齊天大聖，才來這裡否？」眾鬼判道，「不曾見甚麼大聖，只有一個爺爺在裡面查點哩。」真君撞進門；大聖見了，現出本相道，「郎君，不消嚷，廟宇已姓孫了！」這真君即舉三尖兩刃神鋒，劈臉就砍。那猴王使個身法，讓過神鋒，掣出那繡花針兒，幌一幌，碗來粗細，趕到前，前面相還。兩個嚷嚷鬧鬧，打出廟門，半霧半雲，且行且戰，復打到花果山。慌得那四大天王等眾提防愈緊；這康張太尉等迎著真君，合心努力，把那美猴王圍繞不題……（第六回下《小聖施威

降大聖》）

然作者構思之幻，則大率在八十一難中，如金𡸣山之戰（五十至五二回），二心之爭（五七及五八回），火焰山之戰（五九至六一回），變化施爲，皆極奇恣，前二事楊書已有，後一事則取雜劇《西遊記》及《華光傳》中之鐵扇公主以配《西遊記傳》中僅見其名之牛魔王，俾益增其神怪豔異者也。其述牛魔王既爲群神所服，令羅刹女獻芭蕉扇，滅火焰山火，俾玄奘等西行情狀云：

……那老牛心驚膽戰，……望上便走。恰好有托塔李天王並哪吒太子領魚肚藥叉巨靈神將幔住空中。……牛王急了，依前搖身一變，還變做一隻大白牛，使兩隻鐵角去觸天王，天王使刀來砍。隨後孫行者又到，……道，「這廝神通不小，又變作這等身軀，卻怎奈何？」太子笑道，「大聖勿疑，你看我擒他。」這太子即喝一聲「變！」變得三頭六臂，飛身跳在牛王背上，使斬妖劍望頸項上一揮，不覺得把個牛頭斬下。天王丟刀，卻才與行者相見。那牛王腔子裡又鑽出一個頭來，口吐黑氣，眼放金光。被哪吒又砍一劍，頭落處，又鑽出一個頭來；一連砍了十數劍，隨即長出十數個頭。哪吒取出火輪兒，掛在老牛的角上，便吹真火，焰焰烘烘，把牛王燒得張狂哮吼，搖頭擺尾。才要變化脫身，又被托塔天王將照妖鏡照住本像，騰挪不動，無計逃生，只叫「莫傷我命，情願歸順佛家也！」哪吒道，「既惜生命，快拿扇子出來！」牛王道，「扇子在我山妻處收著哩。」哪吒見說，將縛妖索子解下，……穿在鼻孔裡，用手牽來，……回至芭蕉洞口。老牛叫道，「夫人，將扇子出來，救我性命！」羅剎聽叫，急卸了釵環，脫了色服，挽青絲如道姑，穿縞素似比丘，雙手捧那柄丈二長短的芭蕉扇子，走出門；又見金剛眾聖與天王父子，慌忙跪在地下，磕頭禮拜道，「望菩薩饒我夫妻之命，願將此扇奉承孫叔叔成功去也。」……

……孫大聖執著扇子，行近山邊，盡氣力揮了一扇，那火焰山平平息焰，寂寂除光；又搧一扇，只聞得習習瀟瀟，清風微動；第三扇，滿天雲漠漠，細雨落霏霏。有詩為證：

火焰山遙八百程，火光大地有聲名。火煎五漏丹難熟，火燎三關道不清。特借芭蕉施雨露，幸蒙天將助神功。牽牛歸佛休顛劣，水火相聯性自平。

（第六十一回下《孫行者三調芭蕉扇》）

又作者稟性「復善諧劇」，故雖述變幻恍惚之事，亦每雜解頤之言，使神魔皆有人情，精魅亦通世故，而玩世不恭之意寓焉（詳見胡適《西遊記考證》）。如記孫悟空大敗於金兜洞兕怪，失金箍棒，因謁玉帝，乞發兵收剿一節云：

……當時四天師傳奏靈霄，引見玉帝，行者朝上唱個大喏，道，「老官兒，累你累你。我老孫保護唐僧往西天取經，一路凶多吉少，也不消說。於今來在金兜山，金兜洞，有一兕怪，把唐僧拿在洞裡，不知是要蒸，要煮，要曬。是老孫尋上他門，與他交戰，那怪神通廣大，把我金箍棒搶去，因此難縛妖魔。那怪說有些認得老孫，我疑是天上凶星思凡下界，為此特來啓奏，伏乞天尊垂慈洞鑑，降旨查勘凶星，發兵收剿妖魔，老孫不勝戰慄屏營之至。」卻又打個深躬道，「以聞。」旁有葛仙翁笑道，「猴子是何前倨後恭？」行者道，「不敢不敢。不是甚前倨後恭，老孫於今是沒棒弄了。」……（第五十一回上《心猿空用千般計》）

評議此書者有清人山陰悟一子陳士斌《西遊真詮》⑫（康熙丙子龍侗序），西河張書紳《西遊正旨》⑬（乾隆戊辰序）與悟元道人劉一明《西遊原旨》⑭（嘉慶十五年序），或云勸學，或云談禪，或云講道，皆闡明理法，文詞甚繁。然作者雖儒生，此書則實出於遊戲，亦非語道，故全書僅偶見五行生克之常談，尤未學佛，故末回至有荒唐無稽之經目，特緣混同之教，流行來久，故其著作，乃亦釋迦與老君同流，真性與元神雜出，使三教之徒，皆得隨宜附會而已。假欲勉求大旨，則謝肇淛（《五雜組》十五）之一《西遊記》蔓衍虛誕，而其縱橫變化，以猿為心之神，以豬為意之馳，其始之放縱，上天下地，莫能禁制，而歸於緊箍一咒，能使心猿馴伏，至死靡他，蓋亦求放心之喻，非浪作也」數語，已足盡之。作者所說，亦第云「眾僧們議論佛門定旨，上西天取經的緣由，……三藏箝口不言，但以手指自心，點頭幾度，眾僧們莫解其意，……三藏道，『心生種種魔生，心滅種種魔滅，我弟子曾在化生寺對佛說下誓願，不由我不盡此心，這一去，定要到西天見佛求經，使我們法輪回轉，皇圖永固』」（十三回）而已。

《後西遊記》⑮六卷四十回，不題何人作。中謂花果山復生石猴，仍得神通，稱爲小聖，輔大顛和尚賜號半偈者復往西天，虔求真解。途中收豬一戒，得沙彌，且遇諸魔，屢陷危難，顧終達靈山，得解而返。其謂儒釋本一，亦同《西遊》，而行文造事並遜，以吳承恩詩文之清綺推之，當非所作矣。又有《續西遊記》⑯，未見，《西遊補》所附雜記有云，「《續西遊》摹擬逼真，失於拘滯，添出比丘靈虛，尤爲蛇足」也。

注釋

①關於《西遊記》一百回本與四十一回本先後問題，應是一百回本在前。魯迅一九三五年《〈中國小說史略〉日本譯本序》中說：「鄭振鐸教授又證明了《西遊記》中的《西遊記》是吳承恩《西遊記》的摘錄，而並非祖本，這是可以訂正拙著第十六篇的所說的，那精確的論文，就收錄在《痀僂集》裡」（參看《且介亭雜文二集》）。鄭文題爲《西遊記的演化》。

②**邱處機**（1148-1227）　字通密，自號長春子，元棲霞（今屬山東）人。成吉思汗曾在中亞召見過他，封爲國師，總領道教。卒後褒贈長春演道主教真人。撰有《攝生消息論》、《大丹直指》等。

③**李志常**（1193-1256）　字浩然，道號通玄大師。邱處機弟子，曾隨邱謁成吉思汗，歸後就途中經歷撰成《長春真人西遊記》，二卷。此書收入《道藏》正乙部。《道藏》，道教經典總集。六朝時開

始匯集道經，以後各代又續有增補。今通行之《道藏》爲《正統道藏》（五三〇五卷）和《萬曆續道藏》（一八〇卷）。

④虞集（1272-1348）　字伯生，號道園，元仁壽（今屬四川）人，官至翰林直學士兼國子祭酒。撰有《道園學古錄》。清初汪象旭評刻《西遊證道書》，始將虞集所撰《長春真人西遊記序》置於卷首。

⑤錢大昕（1728-1804）　字辛楣，號竹汀，清嘉定（今屬上海）人，官至少詹事。撰有《二十二史考異》、《潛研堂文集》等。《潛研堂文集》卷二十九《跋〈長春真人西遊記〉》云：「村俗小說有《唐三藏西遊演義》，乃明人所作。

⑥紀昀　參看本書第二十二篇。

⑦丁晏（1794-1875）　字儉卿，清山陽（今江蘇淮安）人，官內閣中書。編有《頤志齋叢書》二十二種。所撰《石亭紀事續編》，一卷，彙錄涉及淮安的一些著作的序跋。該書《書〈西遊記〉後》一文云：「及考吾郡康熙初舊志藝文書目，吳承恩下有《西遊記》一種。」阮葵生（1727-1789），字寶誠，號吾山，清山陽人，官刑部侍郎。所撰《茶餘客話》，三十卷，記清初典章制度及當時人物言行等。該書卷二十一云：「按舊志稱射陽性敏多慧，爲詩文下筆立成。復善諧謔，著雜記數種。惜未注雜記書名，惟《淮賢文目》載射陽撰《西遊記通俗演義》。」

⑧吳玉搢（1698-1773）　字藉五，號山夫，清山陽（今江蘇淮安）人，官鳳陽府訓導。曾參與纂修《山陽縣志》和《淮安府志》。所撰《山陽志遺》，四卷，記述縣志府未載山陽諸事。該書卷四云：「嘉靖中，吳貢生承恩字汝忠，號射陽山人，吾淮才士也。……考《西遊記》舊稱爲證道書，謂其合

於金丹大旨；元虛道園有序，稱此書係其國初邱長春真人所撰。而郡志謂出先生手，天啓時去先生未遠，其言必有所本。意長春初有此記，至先生乃爲之通俗演義，如《三國志》本陳壽，而演義則稱羅貫中也。書中多吾鄉方言，其出淮人手無疑。或云有《後西遊記》，爲射陽先生撰。

⑨**邱正綱**　即邱度，號汝洪，清山陽（今江蘇淮安）人。吳承恩表孫，官至光祿寺卿。他所編《射陽先生存稿》，四卷，卷首有陳文燭序。《續稿》未見。

⑩**《山陽耆舊集》**　未見。吳玉搢《山陽志遺》卷四云：「予初得一抄本，紙墨已渝敝，後陸續收得刻本四卷，並續集一卷，亦全。盡登其詩入《山陽耆舊集》。」

⑪**《山陽縣志》**　二十一卷，清同治間保存、何紹基等纂修。該書卷十二《人物志》二云：「吳承恩字汝忠，號射陽山人，工書，嘉靖中歲貢生，官長興縣丞。英敏博洽，爲世所推，一時金石之文，多出其手。家貧無子，遺稿多散失；邑人邱正綱收拾殘缺，分爲四卷，刊布於世，太守陳文燭爲之序，名曰《射陽存稿》，又《續稿》一卷，蓋存其什一云。」其卷十八《藝文志》：「吳承恩《射陽存稿》四卷，《續稿》一卷。」

⑫**陳士斌**　字允生，號悟一子，清山陰（今浙江紹興）人。《西遊真詮》，一百回，每回正文後有陳士斌的評述。

⑬**張書紳**　字南熏，清西河（今屬山西）人。按張書紳評本名《新說西遊記》。另有一種《通易西遊記正旨》，則出自清張含章之手。

⑭**劉一明**　號悟元子、素樸散人，清榆中（今甘肅蘭州）人。道士。《西遊原旨》，一百回，每回正

文後有劉一明的評述。

⑮《後西遊記》　四十回，題「天花才子評點」，撰者不詳。康熙年間劉廷璣《在園雜志》已論及此書，當爲明末清初時人所撰。

⑯《續西遊記》　一百回，題「繡像批評續西遊真詮」，卷首有真復居士序，撰者未詳。崇禎年間董說《西遊補》所附雜記已論及此書，當爲明人所撰。

第十八篇　明之神魔小說（下）

《封神傳》一百回，今本不題撰人。梁章鉅（《浪跡續談》六）①云，「林樾亭（案名喬蔭）先生嘗與余談，《封神傳》一書是前明一名宿所撰，意欲與《西遊記》《水滸傳》鼎立而三，因偶讀《尚書》《武成》篇『唯爾有神尚克相予』語，衍成此傳。其封神事則隱據《六韜》（《舊唐書》《禮儀志》引）《陰謀》②（《太平御覽》引）《史記》《封禪書》《唐書》《禮儀志》各書，鋪張俶詭，非盡無本也。」然名宿之名未言。日本藏明刻本，乃題許仲琳③編（《內閣文庫圖書第二部漢書目錄》），今未見其序，無以確定爲何時作，但張無咎作《平妖傳》序，已及《封神》④，是殆成於隆慶萬曆間（十六世紀後半）矣。書之開篇詩有云，「商周演義古今傳」，似志在於演史，而侈談神怪，什九虛造，實不過假商周之爭，自寫幻想，較《水滸》固失之架空，方《西遊》又遜其雄肆，故迄今未有以鼎足視之者也。

《史記》《封禪書》云，「八神將，太公以來作之。」⑤《六韜》《金匱》⑥中亦間記太公神術；妲己爲狐精，則見於唐李瀚《蒙求》⑦注，是商周神異之談，由來舊矣。然「封神」亦明代巷語，見《真武傳》，不必定本於《尚書》。《封神傳》即始自受辛進香女媧宮，題詩瀆神，神因命三妖惑紂以助周。第二至三十回則雜敘商紂暴虐，子牙隱顯，西伯脫禍，武成反商，以成殷周交戰之局。此後多說戰爭，神佛錯出，助周者爲闡教即道釋，助殷者爲截教。截教不知所謂，錢靜方（《小說叢考》上）⑧以爲《周書》《克殷篇》有云，「武王遂征四方，凡憝國九十有九國，馘魔億有十萬七千七百七十有九，俘人三億萬有二百三十。」（案此文在《世俘篇》，錢偶誤記）魔與人分別言之，作者遂由此生發爲截教。然「摩羅」梵語，周代未翻，《世俘篇》之魔字又或作磨，當是誤字，所未詳也。其戰各逞道術，互有死傷，而截教終敗。於是以紂王自焚，周武入殷，子牙歸國封神，武王分封列國終。封國以報功臣，封神以妥功鬼，而人神之死，則委之於劫數。其間時出佛名，偶說名教，混合三教，略如《西遊》，然其根抵，則方士之見而已。在諸戰事中，惟截教之通天教主設萬仙陣，闡教群仙合破之，爲最烈：

話說老子與元始衝入萬仙陣內，將通天教主裹住。金靈聖母被三大士圍在當中，……用玉如意招架三大士多時，不覺把頂上金冠落在塵埃，將頭髮散了。這聖母披髮大戰，正戰之間，遇著燃燈道人，祭起定海珠打來，正中頂門。可憐！正是：

封神正位為星首，北闕香煙萬載存。

燃燈將定海珠把金靈聖母打死。廣成子祭起誅仙劍，赤精子祭起戮仙劍，道行天尊祭起陷仙劍，玉鼎真人祭起絕仙劍，數道黑氣沖空，將萬仙陣罩住。凡封神台上有名者，就如砍瓜切菜一般，俱遭殺戮。子牙祭起打神鞭，任意施為。萬仙陣中，又被楊任用五火扇搧起烈火千丈，黑煙迷空。……哪吒現三首八臂，往來衝突。……通天教主見萬仙受此屠戮，心中大怒，急呼曰，「長耳定光仙快取六魂幡來！」定光仙因見接引道人白蓮裹體，舍利現光；又見十二代弟子玄都門人俱有瓔珞金燈，光華罩體，知道他們出身清正，截教畢竟差訛。他將六魂幡收起，輕輕的走出萬仙陣，逕往盧蓬下隱匿。正是：

根深原是西方客，躲在盧蓬獻寶幡。

話說通天教主……無心戀戰，……欲要退後，又恐教下門人笑話，只得勉強相持。又被老子打了一拐，通天教主著了急，祭起紫電錘來打老子。老子笑曰，「此物怎能近我？」只見頂上現出玲瓏寶塔；此錘焉能下來？……只見二十八宿星官已殺得看看殆盡；止邱引見勢不好了，藉土遁就走。被陸壓看見，惟恐追不及，急縱至空中，將葫蘆揭開，放出一道白光，上有一物飛出；陸壓打一躬，命「寶貝轉身」，可憐邱引，頭已落地。……且說接引道人在萬仙陣內將乾坤袋打開，盡收那三千紅氣之客。有緣往極東之鄉者，俱收入此袋內。準提同孔雀明王在陣中現二十四頭，十八隻手，執定瓔珞，傘蓋，花貫，魚腸，金弓，銀戟，白鉞，幡，幢，加持神杵，寶銼，銀瓶等物，來戰通天教主。通天教主看見準提，頓起三昧真火，大罵曰，「好潑道！焉敢欺吾太甚，又來攪吾此陣也！」縱奎牛衝來，仗劍直取，準提將七寶妙樹架開。正是：

西方極樂無窮法，俱是蓮花一化身。（第八十四回）

《三寶太監西洋記通俗廣義》亦一百回，題「二南里人編次」。前有萬曆丁酉（一五九七）菊秋之吉羅懋登[9]敘，羅即撰人。書敘永樂中太監鄭和、王景宏[10]服外夷三十九國，咸使朝貢事。鄭和者，《明史》（三百四《宦官傳》）云，「雲南人，世所謂三保太監者也。永樂三年，命和及其儕王景宏等通使西洋，將士卒二萬七千八百餘人，多賫金帛，造大舶，……自蘇州劉家河泛海至福建，復自福建五虎門揚帆，首達占城，以次遍歷諸國，宣天子詔，因給賜其君長，不服則以武懾之。先後七奉使，所歷凡三十餘國，所取無名寶物不可勝計，而中國耗費亦不貲。自和後，凡將命海表者，莫不盛稱和以誇外蕃，故俗傳『三保太監下西洋』爲明初盛事云。」蓋鄭和之在明代，名聲赫然，爲世人所樂道，而嘉靖以後，倭患甚殷，民間傷今之弱，又爲故事所囿，遂不思將帥而思黄門，集俚俗傳聞以成此作，故自序云，「今者東事倥傯，何如西戎即序，不得比西戎即序，何可令王鄭二公見」也。惟書則侈談怪異，專尚荒唐，頗與序言之慷慨不相應，其第一至七回爲碧峰長老下生、出家及降魔之事；第八至十四回爲碧峰與張天師鬥法之事；第十五回以下則鄭和掛印，招兵西征，天師及碧峰助之，斬除妖孽，諸國入貢，鄭和建祠之事也。所述戰事，雜竊《西遊記》《封神傳》，而文詞不工，更增枝蔓，特頗有里巷傳說，如「五鬼鬧判」「五鼠鬧東京」故事，皆於此可考見，則亦其所長矣。五鼠事似脫胎於《西遊記》二心之爭；五鬼事記外夷與明戰後，國殤在冥中受讞，多獲惡報，遂大哄，縱擊判官，其往復辨難之詞如下：

……五鬼道，「縱不是受私賣法，卻是查理不清。」閻羅王道，「那一個查理不清？你說來我聽著。」劈頭就是姜老星說道，「小的是金蓮象國一個總兵官，為國忘家，臣子之職，怎麼又說道我該送罰惡分司去？以此說來，卻不是錯為國家出力了麼？」崔判官道，「國家苦無大難，怎叫做為國家出力？」姜老星道，「南人寶船千號，戰將千員，雄兵百萬，勢如累卵之危，還說是國家苦無大難？」崔判官道，「南人何曾滅人社稷，吞人土地，貪人財貨，怎見得勢如累卵之危？」姜老星道，「既是國勢不危，我怎肯殺人無厭？」判官道，「南人之來，不過一紙降書，便自足矣，他何曾威逼於人，都是你們偏然強戰，這不是殺人無厭麼？」咬海幹道，「判官大王差矣。我爪哇國五百名魚眼軍一刀兩段，三千名步卒煮做一鍋，這也是我們強戰麼？」判官道，「都是你們自取的。」圓眼帖木兒說道，「我們一個人劈作四架，這也是我們強戰麼？」判官道，「也是你們自取的。」盤龍三太子說道，「我舉刀自刎，豈不他的威逼麼？」判官道，「也是你們自取的。」百里雁說道，「我們燒做一個柴頭鬼兒，豈不是他的威逼麼？」判官道，「也是你們自取的。」五個鬼一齊吆喝起來，說道，「你說甚麼自取，自古道『殺人的償命，欠債的還錢』，他枉刀殺了我們，你怎麼替他們曲斷？」判官道，「我這裡執法無私，怎叫做曲斷？」五鬼說道，「既是執法無私，怎麼不斷他填還我們人命？」判官道，「不該填還你們！」五鬼說道，「但只『不該』兩個字，就是私弊。」這五個鬼人多口多，亂吆亂喝，嚷做一馱，鬧做一塊。判官看見他們來得凶，也沒奈何，只得站起來喝聲道，「哇，甚麼人敢在這裡胡說！我有私，我這管筆可是容私的？」五個鬼齊齊的走上前去，照手一搶，把管筆奪將下來，說道，「鐵筆無私。你這蜘蛛鬚兒扎的筆，牙齒縫裡都是私（絲），敢說得個不容私？」……（第九十回《靈曜府五鬼鬧判》）

《西遊補》十六回，天目山樵⑪序云南潛作；南潛者，烏程董說出家後之法名也。說字若雨，生於萬曆庚申（一六二〇），幼即穎悟，自願先誦《圓覺經》，次乃讀四書及五經，十歲能文，十三入泮，逮見中原流寇之亂，遂絕意進取。明亡，祝髮於靈岩，名曰南潛，號月函，其他別字尙甚夥，三十餘年不履城市，惟友漁樵，世推爲佛門尊宿，有《上堂晚參唱酬語錄》⑫（鈕琇《觚賸續編》之江抱陽生《甲申朝事小記》），及《豐草庵雜著》十種詩文集若干卷。《西遊補》云以入「三調芭蕉扇」之後，敘悟空化齋，爲鯖魚精所迷，漸入夢境，擬尋秦始皇借驅山峰，驅火焰山，徘徊之間，進萬鏡樓，乃大顛倒，或見過去，或求未來，忽化美人，忽化閻羅，得虛空主人一呼，始離夢境，知鯖魚本與悟空同時出世，住於「幻部」，自號「青青世界」，一切境界，皆彼所造，而實無有，即「行者清」，故「悟通大道，必先空破情根，破情根必先走入情內，走入情內見得世界情根之虛，然後走出情外認得道根之實」（本書卷首《答問》）。其云鯖魚精，云青青世界，云小月王者，即皆謂情矣。或以中有「殺青大將軍」「倒置曆日」諸語，因謂是鼎革之後，所寓微言，然全書實於譏彈明季世風之意多，於宗社之痛之跡少，因疑成書之日，尙當在明亡以前⑬，故但有邊事之憂，亦未入釋家之奧，主眼所在，僅如時流，謂行者有三個師父，一是祖師，二是唐僧，三是穆王（岳飛）：「湊成三教全身」（第九回）而已。惟其造事遣辭，則豐贍多姿，恍忽善幻，奇突之處，時足驚人，間以俳諧，亦常俊絕，殊非同時作手所敢望也。

行者（時化為虞美人與綠珠輩宴後辭出）即時現出原身，抬頭看看，原來正是女媧門前。行者大喜道，「我家的天，被小月王差一班踏空使者砕砕鑿開，昨日反拖罪名在我身上。……聞得女媧久慣補天，我今日竟央女媧替我補好，方才哭上靈霄，洗個明白，這機會甚妙。」走近門邊細細觀看，只見兩扇黑漆門緊閉，門上貼一紙頭，寫著「二十日到軒轅家閒話，十日乃歸，有慢尊客，先此布罪。」行者看罷，回頭就走，耳朵中只聽得雞唱三聲，天已將明，走了數百萬里，秦始皇只是不見。（第五回）

忽見一個黑人坐在高閣之上，行者笑道，「古人世界也有賊哩，滿面塗了烏煤在此示眾。」走了幾步，又道，「不是逆賊。原來倒是張飛廟。」又想想道，「既是張飛廟，該帶一頂包巾。……帶了皇帝帽，又是玄色面孔，此人決是大禹玄帝。我便上前見他，討些治妖斬魔秘訣，我也不消尋著秦始皇了。」看看走到面前，只看見台下立一石竿，竿上插一首飛白旗，旗上寫六個紫色字：

「先漢名士項羽」

行者看罷，大笑一場，道，「真個是『事未來時休去想，想來到底不如心』。老孫疑來疑去，……誰想一些不是，倒是我綠珠樓上的遙丈夫。」當時又轉一念道，「哎喲，吾老孫專為尋秦始皇，替他借個驅山鐸子，所以鑽入古人世界來，楚伯王在他後頭，如今已見了，他卻為何不見？我有一個道理：逕到台上見了項羽，把始皇消息問他，倒是個著腳信。」行者即時跳起細看，只見高閣之下，……坐著一個美人，耳朵邊只聽得叫「虞美人虞美人。……」行者登時把身子一搖，仍前變作美人模樣，竟上高閣，袖中取出一尺冰羅，不住的掩泪，單單露出半面，望著項羽，似怨似怒。項羽大驚，慌忙跪下，行者背轉，項羽又飛趨跪在行者面前，叫「美人，可憐你枕席之人，聊開笑面。」行者也不做聲；項羽無奈，只得陪哭。行者方才紅著桃花臉兒，指著項羽道，「頑賊！你為赫赫將軍，不能庇一女子，有何顏面坐此高台？」項羽只是哭，也不敢答應。行者微露不忍之態，用手扶起道，「常言道，『男兒兩膝有黃金。你今後不可亂跪！』」……（第六回）

注釋

①梁章鉅（1775-1849）　字閎中，號退庵，清長樂（今屬福建）人，官至江蘇巡撫。撰有《歸田瑣記》、《浪跡叢談》等。《浪跡續談》，八卷，記述異聞逸事、名勝古蹟，兼及戲劇小說。

②《六韜》　相傳爲周代呂尚撰。《舊唐書·禮儀志》引《六韜》云：「武王伐紂，雪深丈餘，五車二馬，行無轍跡，詣營求謁。武王怪而問焉。太公對曰：『此必五方之神，來受事耳。』遂以其名召入，各以其職命焉。既而克殷，風調雨順。」《陰謀》，全名《太公陰謀書》，相傳亦爲周代呂尚撰。按《太平御覽》十二有關「太公封神」的引文出自《金匱》，不是《陰謀》。

③許仲琳　號鍾山逸叟，明應天府（今江蘇南京）人，生平不詳，按明萬曆金閶舒載陽《封神演義》刻本（日本內閣文庫藏本）卷首李雲翔序云：「舒仲甫自楚中重資購有鍾伯敬先生批閱《封神》一冊，尚未竟其業，乃託余終其事。」然卷二首頁署「鍾山逸叟許仲琳編輯」。大概此書原撰者爲許

仲琳，改定評次者爲李雲翔。

④《平妖傳》序　張無咎於崇禎年間重訂《平妖傳》，所撰序文中說：「至《續三國志》、《封神演藝等，如病人囈語，一味胡談。」

⑤這裡的「八神將，太公以來作之」一語，《史記·封禪書》原文作「八神將自古而有之，或曰太公以來作之。」此處係據梁章鉅《歸田瑣記》卷七所引。

⑥《金匱》　相傳爲周代呂尚撰，古代兵書。《隋書·經籍志》著錄二卷。

⑦李瀚　唐末萬年（今陝西西安）人，仕後晉爲翰林學士。所撰《蒙求》，二卷，有宋徐子光集注。妲己爲狐精，不見徐子光注本。

⑧錢靜方　別號泖東一蟹，近代青浦（今屬上海）人。所撰《小說叢考》，一九一六年商務印書館出版。

⑨羅懋登　字登之，號二南里人，明萬曆年間人。

⑩鄭和（1371–1435）　本姓馬，小字三保，回族，明昆陽（今雲南晉寧）人。宦官，從燕王起兵，賜姓鄭。曾七次出國通使「西洋」，最遠曾航達非洲東岸和紅海海口。王景宏，即王景弘，明宦官。曾多次任鄭和副使，出使「西洋」。

⑪天目山樵　張文虎，（1808–1885），字孟彪，別號天日山樵，清南匯（今屬上海）人。曾評述《儒林外史》。

⑫《上堂晚參唱酬語錄》　《光緒烏程縣誌》卷三十一著錄董說著作甚多，唯不及此書。魯迅《小說舊

聞鈔》錄抱陽生《甲申朝事小紀》作《上堂晚參唱酬語錄》，係董說出家後所撰。下文《豐原庵雜著》十種，據《光緒烏程縣誌》卷三十一載，十種爲：《昭陽夢史》（一名《夢鄉志》）、《非煙香法》、《柳谷編》、《河圖掛板》、《文字發》、《分野發》、《詩律表》、《漢鐃歌發》、《樂緯》及《掃葉錄》。又，近人劉承幹輯《吳興叢書》收有《豐草庵詩集》十一卷、《豐草庵文集》前集三卷、後集三卷、《寶雲詩集》七卷、《禪樂府》一卷。

⑬《西遊補》現存崇禎十四年（1641）嶷如居士序本，可證該書撰於明亡以前。

第十九篇　明之人情小說（上）

當神魔小說盛行時，記人事者亦突起，其取材猶宋市人小說之「銀字兒」，大率為離合悲歡及發跡變態之事，間雜因果報應，而不甚言靈怪，又緣描摹世態，見其炎涼，故或亦謂之「世情書」也。

諸「世情書」中，《金瓶梅》①最有名。初惟鈔本流傳，袁宏道見數卷，即以配《水滸傳》為「外典」（《觴政》）②，故聲譽頓盛；世又益以《西遊記》，稱三大奇書③。萬曆庚戌（一六一〇），吳中始有刻本，計一百回，其五十三至五十七回原闕，刻時所補也（見《野獲編》），世因以擬太倉王世貞，或云其門人（康熙乙亥謝頤序云）④。由此復生讕言，謂世貞造作此書，乃置毒於紙，以殺其仇嚴世蕃，或云唐順之者⑤，故清康熙中彭城張竹坡評刻本，遂有《苦孝說》冠其首⑥。

《金瓶梅》全書假《水滸傳》之西門慶為線索，謂慶號四泉，清河人，「不甚讀書，終日閒遊浪蕩」，有一妻三妾，又交「幫閒抹嘴不守本分的人」，結為十弟兄，復悅潘金蓮，酖其夫武大，納以為妾，武松來報仇，尋之不獲，誤殺李外傳，刺配孟州。而西門慶故無恙，於是日益放恣，通金蓮婢春梅，復私李瓶兒，亦納為妾，「又得兩三場橫財，家道營盛」。已而李瓶兒生子；慶則因賂蔡京得金吾衛副千戶，乃愈肆，求藥縱欲受賕枉法無不為。然潘金蓮妒李有子，屢設計使受驚，子終以瘈瘲死；李痛子亦亡。潘則力媚西門慶，慶一夕飲藥逾量，亦暴死。金蓮春梅復通於慶婿陳敬濟，事發被斥賣，金蓮遂出居王婆家待嫁，而武松適遇赦歸，因見殺；春梅則賣為周守備妾，有寵，又生子，竟冊為夫人。會孫雪娥以遇拐復獲發官賣，春梅憾其嘗「唆打陳敬濟」，則買而折辱之，旋賣於酒家爲娼；又稱敬濟爲弟，羅致府中，仍與通。已而守備征宋江有功，擢濟南兵馬製置，敬濟亦列名軍門，升爲參謀。後金人入寇，守備陣亡，春梅夙通其前妻之子，因並以淫縱暴卒。比金兵將至清河，慶妻攜其遺腹子孝哥欲奔濟南，途遇普淨和尙，引至永福寺，以因果現夢化之，孝哥遂出家，法名明悟。

作者之於世情，蓋誠極洞達，凡所形容，或條暢，或曲折，或刻露而盡相，或幽伏而含譏，或一時併寫兩面，使之相形，變幻之情，隨在顯見，同時說部，無以上之，故世以爲非王世貞不能作。至謂此書之作，專以寫市井間淫夫蕩婦，則與本文殊不符，緣西門慶故稱世家，爲縉紳，不惟交通權貴，即士類亦與周旋，著此一家，即罵盡諸色，蓋非獨描摹下流言行，加以筆伐而已。

……婦人（潘金蓮）道，「怪奴才，可可兒的來，想起一件事來，我要說又忘了。」因令春梅，「你取那隻鞋來與他瞧。」「你認的這鞋是誰的鞋？」西門慶道，「我不知是誰的鞋。」婦人道，「你看他還打張雞兒哩，瞞著我黃貓黑尾，你幹的好繭兒。來旺媳婦子的一隻臭蹄子，寶上珠也一般收藏在藏春塢雪洞兒裡拜帖匣子內，攪著些字紙和香兒，一處放著。甚麼稀罕物件，也不當家化化的，怪不的那賊淫婦死了墮阿鼻地獄。」又指著秋菊罵道，「這奴才當我的鞋，又翻出來，教我打了幾下。」吩咐春梅，「趁早與我掠出去。」春梅把鞋掠在地下，看著秋菊說道，「娘這個鞋，只好盛我一個腳指頭兒罷。」那婦人罵道，「賊奴才，還叫甚麼□娘哩。他是你家主子前世的娘！不然，怎的把他的鞋這等收藏的嬌貴？到明日好傳代。沒廉恥的貨！」秋菊拿著鞋就往外走，被婦人又叫回來，吩咐「取刀來，等我把淫婦鞋剁作幾截子，掠到茅廁裡去，叫賊淫婦陰山背後永世不得超生」。因向西門慶道，「你看看越心疼，我越發偏剁個樣兒你瞧。」西門慶笑道，「怪奴才，丟開手罷了，我那裡有這個心。」……（第二十八回）

……掌燈時分，蔡御史便說，「深擾一日，酒告止了罷。」因起身出席。左右便欲掌燈，西門慶道，「且休掌燈。請老先生後邊更衣。」於是……讓至翡翠軒，……關上角門，只見兩個唱的，盛妝打扮，立於階下，向前插燭也似磕了四個頭。……蔡御史看見，欲進不能，欲退不舍，便說道，「四泉，你如何這等愛厚？恐使不得。」西門慶笑道，「與昔日東山之遊，又何異乎？」蔡御史道，「恐我不如安石之才，而君有王右軍之高致矣。」……因進入軒內，見文物依然，因索紙筆，就欲留題相贈。西門慶即令書童將端溪硯研的墨濃濃的，拂下錦箋。這蔡御史終是狀元之才，拈筆在手，文不加點，字走龍蛇，燈下一揮而就，作詩一首。……（第四十九回）

明小說之宣揚穢德者，人物每有所指，蓋藉文字以報夙仇，而其是非，則殊難揣測。沈德符謂《金瓶梅》亦斥時事，「蔡京父子則指分宜，林靈素則指陶仲文，朱勔則指陸炳⑦，其它亦各有所屬。」一則主要如西門慶，自當別有主名，即開篇所謂「有一處人家，先前怎地富貴，到後來煞甚淒涼，權謀術智，一毫也用不著，親友兄弟，一個也靠不著，享不過幾年的榮華，倒做了許多的話靶。內中又有幾個鬥寵爭強迎奸賣俏的，起先好不妖嬈嫵媚，到後來也免不得屍橫燈影，血染空房」（第一回）者是矣。結末稍進，用釋家言，謂西門慶遺腹子孝哥方睡在永福寺方丈，普淨引其母及眾往，指以禪杖，孝哥「翻過身來，卻是西門慶，項帶沈枷，腰繫鐵索。復用禪杖只一點，依舊還是孝哥兒睡在床上。……原來孝哥兒即是西門慶託生」（第一百回）。此之事狀，固若瑋奇，然亦第謂種業留遺，累世如一，出離之道，惟在「明悟」而已。若云孝子銜酷，用此復仇，雖奇謀至行，足為此書生色，而讓佐蓋闕，不能信也。

故就文辭與意象以觀《金瓶梅》，則不外描寫世情，盡其情偽，又緣衰世，萬事不綱，爰發苦言，每極峻急，然亦時涉隱曲，猥黷者多。後或略其他文，專注此點，因予惡諡，謂之「淫書」；而在當時，實亦時尚。成化時，方士李孜僧繼曉已以獻房中術驟貴，至嘉靖間而陶仲文以進紅鉛得幸於世宗，官至特進光祿大夫柱國少師少傅少保禮部尚書恭誠伯。於是頹風漸及士流，都御史盛端明布政使參議顧可學⑧皆以進士起家，而俱借「秋石方」致大位。瞬息顯榮，世俗所企羨，僥倖者多竭智力以求奇方，世間乃漸不以縱談閨幃方藥之事為恥。風氣既變，並及文林，故自方士進用以來，方藥盛，妖心興，而小說亦多神魔之談，且每敘床笫之事也。

然《金瓶梅》作者能文，故雖間雜猥詞，而其他佳處自在，至於末流，則著意所寫，專在性交，又越常情，如有狂疾，惟《肉蒲團》意想頗似李漁⑨，較為出類而已。其尤下者則意欲媟語，而未能文，乃作小書，刊布於世，中經禁斷，今多不傳。

萬曆時又有名《玉嬌李》⑩者，云亦出《金瓶梅》作者之手。袁宏道曾聞大略，謂「與前書各設報應因果，武大後世化爲淫夫，上烝下報；潘金蓮亦作河間婦，終以極刑；西門慶則一騃憨男子，坐視妻妾外遇，以見輪迴不爽」。後沈德符見首卷，以爲「穢黷百端，背倫蔑理，……其帝則稱完顏大定，而貴溪（夏言）⑪分宜（嚴嵩）相構，亦暗寓焉。至嘉靖辛丑庶常諸公，則直書姓名，尤可駭怪。……然筆鋒恣橫酣暢，似尤勝《金瓶梅》」（皆見《野獲編》二十五）。今其書已佚，雖或偶有見者，而文章事跡，皆與袁沈之言不類，蓋後人影撰，非當時所見本也。

《續金瓶梅》前後集共六十四回，題「紫陽道人編」。自言東漢時遼東三韓有仙人令威；後五百年而臨安西湖有仙人丁野鶴，臨化遺言，「說『五百年後又有一人名丁野鶴，是我後身，來此相訪』。後至明末，果有東海一人，名姓相同，來此罷官而去，自稱紫陽道人。」（六十二回），卷首有《太上感應篇陰陽無字解》⑫，署「魯諸邑丁耀亢參解」，序有云，「自奸杞焚予《天史》於南都，海桑既變，不復講因果事，今見聖天子欽頒《感應篇》，自制御序，戒諭臣工。」則《續金瓶梅》當成於清初，而丁耀亢即其撰人矣。耀亢字西生，號野鶴，山東諸城人，弱冠爲諸生，走江南與諸名士聯文社，既歸，鬱鬱不得志，作《天史》十卷。清順治四年入京，由順天籍拔貢，充鑲白旗教習，詩名甚盛。後爲容城教諭，遷惠安知縣，不赴，六十後病目，自稱木雞道人，年七十二卒（約一六二〇至一六九一），所著有詩集十餘卷，傳奇四種（乾隆《諸城志》十三及三六）⑬。《天史》者，類歷代吉凶諸事而成，焚於南都，未詳其實，《諸城志》但云「以獻益都鍾羽正⑭，羽正奇之」而已。

《續金瓶梅》主意殊閒單，前集謂普淨是地藏菩薩化身，一日施食，以輪迴大簿指點眾鬼，俾知將來惡報，後悉如言。西門慶爲汴京富室沈越子，名曰金哥，越之妻弟袁指揮居對門，有女常姐，則李瓶兒後身，嘗在沈氏宅打鞦韆，爲李師師所見，艷其美，矯旨取之，改名銀瓶。金人陷汴，民眾流離，金哥遂淪爲乞丐；銀瓶則爲娼，通鄭玉卿，後嫁爲翟員外妾，又與鄭偕遁至揚州，爲苗青所賺，乃自經死。後集則敘東京孔千戶女名梅玉者，以艷羨富貴，自甘爲金人金哈木兒妾，而大婦「凶妒」，篡取虐使之，梅玉欲自裁，因夢自知是春梅後身，大婦則孫雪娥再世，遂長齋念佛，不生憎恨，竟得脫離。至潘金蓮則轉生爲山東黎指揮女，名金桂，夫曰劉癡子，其前生實爲陳敬濟，以夙業故，體貌不全，金桂怨憤，因招妖蠱，又緣受驚，終成痼疾也。

餘文俱述他人牽纏孽報，而以國家大事，穿插其間，又雜引佛典道經儒理，詳加解釋，動輒數百言，顧什九以《感應篇》爲歸宿，所謂「要說佛說道說理學，先從因果說起，因果無憑，又從《金瓶梅》說起」（第一回）也。明之「淫書」作者，本好以闡明因果自解，至於此書，則因見「只有夫婦一倫，變故極多！……造出許多冤業，世世償還，真是愛河自溺，慾火自煎，一部《金瓶梅》說了個色字，一部《續金瓶梅》說了個空字，從色還空，即空是色，乃自果報，轉入佛法」（四十三回）矣。然所謂佛法，復甚不純，仍混儒道，與神魔小說諸作家意想無甚異，惟似較重力行，又欲無所執著，故亦頗譏當時空談三教一致及妄分三教等差者之弊，如述李師師舊宅收沒入官，立爲大覺尼寺，儒道又出而紛爭，即其例也：

……這裡大覺寺興隆佛事不題。後因天壇道官並闔學生員爭這塊地，上司斷決不開，各在兀朮太子營裡上了一本，說道「這李師師府地寬大，僧妓雜居，單給尼姑蓋寺，恐久生事端，宜作公所。其後半花園，應分割一半，作三教堂，為儒釋道三教講堂。」王爺准了，才息了三處爭訟。那道官見自己不獨得，又是三分四裂的，不來照管。這開封府秀才吳蹈理、卜守分兩個無恥生員，借此為名，也就貼了公帖，每人三錢，倒斂了三四百兩分資。不日蓋起三間大殿，原是釋迦佛居中，老子居左，孔子居右，只因不肯倒了自家門面，便把孔夫子居中，佛老分為左右，以見貶黜異端外道的意思。把那園中台榭池塘，和那兩間妝閣，當日銀瓶做過臥房的，改作書房。……這些風流秀士，有趣文人，和那浮浪子們，也不講禪，也不講道，每日在三教堂飲酒賦詩，倒講了個色字，好個快活所在。題曰三空書院，無非說三教俱空之意。……（第三十七回上《三教堂青樓成淨土》）

又有《隔簾花影》⑮四十八回，世亦以爲《金瓶梅》後本，而實乃改易《續金瓶梅》中人名（如以西門慶為南宮吉之類）及回目，並刪略其絮說因果語而成，書末不完，蓋將續作，然未出。一名《三世報》，殆包舉將來擬續之事；或並以武大被酖，亦爲夙業，合數之得三世也。

注釋

① 《金瓶梅》　蘭陵笑笑生撰，真實姓名不詳。蘭陵在今山東嶧縣。魯迅《〈中國小說史略〉日本譯

本序》中指出：「《金瓶梅詞話》被發現於北平，爲通行至今的同書的祖本，文章雖比現行本粗率，對話卻用山東的方言所寫，確切的證明了這絕非江蘇人王世貞所作的書。

②關於稱《金瓶梅》爲「外典」問題，袁宏道《觴政・掌故》以酒譜、酒令爲「內典」，史傳、詩賦爲「外典」，「傳奇則《水滸傳》《金瓶梅》等爲逸典」。沈德符《野獲編》卷二十五：「袁中郎《觴政》以《金瓶梅》配《水滸傳》爲外典，予恨未得見，」誤以「逸典」爲「外典」。魯迅此處沿用《野獲編》之說。

③**三大奇書**　西湖釣叟《續金瓶梅序》云：「今天下小說如林，獨推三大奇書：曰《水滸》、曰《西遊》、曰《金瓶梅》。」

④關於《金瓶梅》撰者說法不一。沈德符《野獲編》卷二十五云：「聞此爲嘉靖間大名士手筆」。《寒花盦隨筆》云：「世傳《金瓶梅》一書，爲王弇州先生手筆」；清顧公燮《消夏閒記摘抄》亦云撰者係「（王）抒子鳳洲」。張竹坡評本《金瓶梅》謝頤序則云：「《金瓶》一書，傳爲鳳洲門人之作也，或云即鳳洲作。」王世貞（1526–1590），字元美，號鳳洲、弇州山人，明太倉（今屬江蘇）人，官至南京刑部尚書。撰有《弇州山人四部稿》等。

⑤關於王世貞撰書「以殺其仇」，傳說不一。顧公燮《消夏閒記摘抄》謂王忬家藏《清明上河圖》，「嚴世蕃強索之，忬不忍舍，乃覓名手摹贋者以獻」。世蕃知後害之。「忬子鳳洲痛父冤死，圖報無由」，遂撰《金瓶梅》以獻。鳳洲重賄修腳工於世蕃專心閱書時微傷其腳，「陰擦爛藥，後漸潰腐，不能入直」，嚴嵩亦年衰遲鈍，父子遂漸失寵以至於敗云云。《寒花盦隨筆》則云：「此書

爲一孝子所作，用以復其父仇者。蓋孝子所識一巨公，實殺孝子父，圖報累累皆不濟。後忽偵知巨公觀書時，必以指染沫翻其書頁。」孝子三年撰成此書，「黏毒藥於紙角」，巨公觀迄此書，「毒發遂死」。並云：「孝子即鳳洲也。巨公爲唐荊川。鳳洲之父忬，死於嚴氏，實荊川譖之也。」嚴世蕃（？-1565），號東樓，明分宜（今屬江西）人，官至工部左侍郎。與其父嚴嵩操縱國事，作惡多年，後被處死。唐順之（1507-1560），字應德，號荊川，明武進（今屬江蘇）人，官至右僉都御史。撰有《荊川先生文集》等。

⑥**張竹坡**　清彭城（今江蘇徐州）人，生平不詳。劉廷璣《在園雜志》云：「深切人情世務，無如《金瓶梅》，真稱奇書。……彭城張竹坡爲之先總大綱，次則逐卷逐段分注批點，可以繼武聖嘆，是懲是勸，一目了然。惜其年不永，歿後將刊板抵償夙逋於汪蒼孚，舉火焚之，故海內傳者甚少。」《苦孝說》，張竹坡撰。謂《金瓶梅》撰者係一孝子，其親爲仇所算，故有此作，文末有「作者之心，其有餘痛乎，則《金瓶梅》當名之曰《奇酸誌》《苦孝說》」等語。

⑦**分宜**　指嚴嵩，明分宜（今屬江西）人，嘉靖時的奸臣，《明史·奸臣列傳》中有傳。陶仲文、陸炳，均嘉靖時的佞臣，《明史·佞幸列傳》中有傳。

⑧**盛端明**　及下文的顧可學，均嘉靖時的佞臣。《明史·佞幸列傳》中有傳。

⑨**《肉蒲團》**　又名《覺後禪》，六卷二十回，舊刻本題「情痴反正道人編次」，別題「情隱先生編次」，卷首有西陵如如居士序。劉廷璣《在園雜志》謂係李漁所撰。李漁，參看本書第九篇注㉒。

⑩**《玉嬌李》**　亦作《玉嬌麗》，已佚。沈德符《野獲編》卷二十五：「中郎又云，尚有名《玉嬌

李》者，亦出此名士手，與前書各設報應因果。」

⑪**貴溪**　指夏言，貴溪（今屬江西）人，嘉靖時官至武英殿大學士。見《明史·夏言傳》。

⑫**《太上感應篇陰陽無字解》**　丁耀亢撰。內容係參解《太上感應篇》主旨。《太上感應篇》，《道藏·太清部》著錄三十卷，題「宋李昌齡傳」。

⑬關於丁耀亢的著作，據《乾隆諸城志》，有詩集《逍遙遊》一卷、《陸舫詩草》五卷、《椒邱詩》二卷、《江幹草》一卷、《歸山草》二卷、《聽山亭草》一卷。傳奇四種，指《西湖扇傳奇》、《化人遊傳奇》、《丹蛇膽傳奇》、《赤松遊傳奇》。

⑭**鍾羽正**　字叔濂，明益都（今屬山東）人，官至工部尚書，撰有《崇雅堂集》。

⑮**《隔簾花影》**　全稱《三世報隔簾花影》。清無名氏撰，卷首有四橋居士序。大概係康熙以後的作品。

第二十篇　明之人情小說（下）

《金瓶梅》《玉嬌李》等既為世所艷稱，學步者紛起，而一面又生異流，人物事狀皆不同，惟書名尚多蹈襲，如《玉嬌梨》《平山冷燕》等皆是也①。至所敘述，則大率才子佳人之事，而以文雅風流綴其間，功名遇合為之主，始或乖違，終多如意，故當時或亦稱為「佳話」。察其意旨，每有與唐人傳奇近似者，而又不相關，蓋緣所述人物，多為才人，故時代雖殊，事跡輒類，因而偶合，非必出於仿效矣。《玉嬌梨》《平山冷燕》有法文譯②，又有名《好逑傳》者則有法德文譯③，故在外國特有名，遠過於其在中國。

《玉嬌梨》今或改題《雙美奇緣》，無撰人名氏④。全書僅二十回，敘明正統間有太常卿白玄者，無子，晚年得一女曰紅玉，甚有文才，以代父作菊花詩為客所知，御史楊廷詔因求為子楊芳婦，玄招芳至家，屬妻弟翰林吳珪試之。

……吳翰林陪楊芳在軒子邊立著。楊芳擡頭，忽見上面橫著一個匾額，題的是「弗告軒」三字。楊芳自恃認得這三個字，便只管注目而視。吳翰林見楊芳細看，便說道，「此三字乃是聘君吳與弼所書，點畫遒勁，可稱名筆。」楊芳要賣弄識字，因答道，「果是名筆，這軒字也還平常，這弗告二字寫得入神。」卻將告字讀了去聲，不知弗告二字，蓋取《詩經》上「弗諼弗告」之義，這「告」字當讀與「谷」字同音。吳翰林聽了，心下明

白，便模糊答應。……（第二回）

白玄遂不允。楊以爲怨，乃荐玄赴也先營中迎上皇，玄託其女於吳翰林而去。吳珪即挈紅玉歸金陵，偶見蘇友白題壁詩，愛其才，欲以紅玉嫁之。友白誤相新婦，竟不從。珪怒。囑學官革友白秀才，學官方躊躇，而白玄還朝加官歸鄉之報適至，即依黜之。友白被革，將入京就其叔，於道中見數少年苦吟，乃方和白紅玉新柳詩；謂有能步韻者，即嫁之也。友白亦和兩首，而張軌如遽竊以獻白玄，玄留之爲西賓。已而有蘇有德者又冒爲友白，請婚於白氏，席上見張，互相攻訐，俱敗。友白見紅玉新柳詩，慕之，遂渡江而北，欲託吳珪求婚；途次遇盜，暫舍於李氏，偶遇一少年曰盧夢梨，甚服友白之才，因以其妹之終身相託。友白遂入京以監生應試，中第二名；再訪盧，則已以避禍遠徙，乃大失望。不知盧實白紅玉之中表，已先赴金陵依白氏也。白玄難於得婿，易姓名遊山陰，於禹跡寺見一少年姓柳，才識非常，次日往訪，即字以己女及甥女，歸而說其故云：

……「……忽遇一個少年，姓柳，也是金陵人。他人物風流，真個是『謝家玉樹』。……我看他神清骨秀，學博才高，旦暮間便當飛騰翰苑。……意欲將紅玉嫁他，又恐甥女說我偏心；欲要配了甥女，又恐紅玉說我矯情。除了柳生，若要再尋一個，卻萬萬不能。我想娥皇女英同事一舜，古聖人已有行之者；我又見妳姊妹二人互相愛慕，不啻良友，我也不忍分開：故當面一口就都許他了。這件事我做得甚是快意。」……（第十九回）

而二女皆慕友白，聞之甚怏怏。已而柳至白氏，自言實蘇友白，蓋爾時亦變姓名遊山陰也。玄亦告以真姓名，皆大驚喜出意外，遂成婚。而盧夢梨實女子，其先乃改裝自託於友白者云。

《平山冷燕》亦二十回，題云「荻岸山人編次」。清盛百二（《柚堂續筆談》）以為嘉興張博山十四五時作⑤，其父執某續成之。博山名劭，清康熙時人，「少有成童之目，九齡作《梅花賦》驚其師。」（阮元《兩浙輶軒錄》七引李方湛語）蓋早慧，故世人並以此書附著於彼，然文意陳腐，殊不類童子所為。書敘「先朝」隆盛時事，而又不云何時作，故亦莫詳「先朝」為何帝也。其時欽天監正堂官奏奎壁流光，散滿天下，天子則大悅，詔求真才，又適見白燕盤旋，乃命百官賦白燕詩，眾謝不能，大學士山顯仁乃獻其女山黛之作，詩云：

> 夕陽憑弔素心稀，遁入梨花無是非，淡去羞從鴉借色，瘦來只許雪添肥，飛回夜黑還留影，街盡春紅不涴衣，多少朱門誇富貴，終能容我潔身歸。（第一回）

天子即召見，令獻箴，稱旨，賜玉尺一條，「以此量天下之才」；金如意一執，「文可以指揮翰墨，武可以捍禦強暴，長成擇婿，有妄人強求，即以此擊其首，擊死勿論」；又賜御書匾額一方曰「弘文才女」。時黛方十歲；其父築樓以貯玉尺，謂之玉尺樓，亦即為黛讀書之所，於是才女之名大著，求詩文者雲集矣。後黛以詩嘲一貴介子弟，被怨，託人誣以詩文皆非己出，又奉旨令文臣赴玉尺樓與黛較試，文臣不能及，誣者獲罪而黛之名益揚。其時又有村女冷絳雪者，亦幼即能詩，忤山人宋信，信以計陷之，俾官買送山氏爲侍婢。絳雪於道中題詩而遇洛陽才人平如衡，然指顧間又相失；既至山氏，自顯其才，則大得敬愛，且亦以題詩爲天子所知也。平如衡至雲間訪才士，得燕白頜，家世富貴而有大才，能詩。長官俱荐於朝，二人不欲以荐舉出身，乃皆入都應試，且改姓名求見山黛。黛早見其譏刺詩，因與絳雪易裝爲青衣，試以詩，唱和再三，二人竟屈，辭去。又有張寅者，亦以求婚至山氏，受試於玉尺樓下，張不能文，大受愚弄，復因奔突登樓，幾被如意擊死，至拜禱始免。張乃囑禮官於朝，謂黛與少年唱和調笑，有傷風化。天子即拘訊；張又告發二人實平燕託名，而適榜發，平中會元，燕會魁。於是天子大喜，諭山顯仁擇之爲婿，遂以山黛嫁燕白頜，冷絳雪嫁平如衡。成婚之日，凡事無不美滿：

……二女上轎，隨妝侍妾足有上百，一路火炮與鼓樂喧天，彩旗共花燈奪目，真個是天子賜婚，宰相嫁女，狀元探花娶妻；一時富貴，佔盡人間之盛。……若非真正有才，安能如此？至今京城中俱傳平山冷燕為四才子；閒窗閱史，不勝欣慕而為之立傳云。（第二十回）

二書大旨，皆顯揚女子，頌其異能，又頗薄制藝而尙詞華，重俊髦而嗤俗士，然所謂才者，惟在能詩，所舉佳篇，復多鄙俗，如鄉曲學究之爲；又凡求偶必經考試，成婚待於詔旨，則當時科舉思想之所牢籠，倘作者無不羈之才，固不能沖決而高翥矣。

《好逑傳》十八回，一名《俠義風月傳》，題云「名教中人編次」。其立意亦略如前二書，惟文辭較佳，人物之性格亦稍異，所謂「既美且才，美而又俠」者也。書言有秀才鐵中玉者，北直隸大名府人。

> ……生得豐姿俊秀，就像一個美人，因此里中起個諢名，叫做「鐵美人」。若論他人品秀美，性格就該溫存。不料他人雖生得秀美，性子就似生鐵一般，十分執拗；又有幾分膂力，動不動就要使氣動粗；等閑也不輕易見他言笑。……更有一段好處，人若緩急求他，……慨然周濟；若是諛言諂媚，指望邀惠，他卻只當不曾聽見：所以人都感激他，又都不敢無故親近他。……（第一回）

其父鐵英爲御史，中玉慮以骾直得禍，入都諫之。會大夬侯沙利奪韓願妻⑥，即施智計奪以還願，大得義俠之稱。然中玉亦懼禍，不敢留都，乃至山東遊學。歷城退職兵部侍郎水居一有一女曰冰心，甚美，而才識勝男子。同縣有過其祖者，大學士之子，強來求婚，水居一不敢拒，然以侄女易冰心嫁之，婚後始覺，其祖大恨，計陷居一，復白方圖女，而冰心皆以智免。過其祖又託縣令假傳朝旨逼冰心，而中玉適在歷城，遇之，斥其僞，計又敗。冰心因此甚服鐵中玉，當中玉暴病，乃邀寓其家護視，歷五日始去。此後過其祖仍再三圖娶冰心，皆不得。而中玉卒與冰心成婚，然不合巹，已而過學士託御史萬愕奏二氏婚媾，先以「孤男寡女，共處一室，不無曖昧之情，今父母循私，招搖道路而縱成之，實有傷於名教」。有旨查覆。後皇帝知二人雖成禮而未同居，乃召冰心令皇后驗試，果爲貞女，於是誣蔑者皆被詰責，而譽水鐵爲「真好逑中出類拔萃者」，令重結花燭，以光名教，且云「汝歸宜益懋後德以彰風化」也。

又有《鐵花仙史》二十六回。題「雲封山人編次」。言錢塘蔡其志與好友王悅共遊於祖遺之埋劍園，賞芙蓉，至花落方別。後入都又相遇，已各有兒女在襁褓，乃約爲婚姻，往來愈密。王悅子曰儒珍，七歲能詩，與同窗陳秋麟皆十三四入泮，嘗借寓埋劍園，邀友賞花賦詩。秋麟夜遇女子，自稱符劍花，後屢至，一夕暴風雨拔去玉芙蓉，乃絕。後王氏衰弱，儒珍又不第，蔡嫌其窮困，欲以女改適夏元虛，時秋麟已中解元，急謀於密友蘇紫宸，託媒得之，擬臨時歸儒珍，而蔡女若蘭竟逸去，爲紫宸之叔誠齋所收養。夏元虛爲世家子而無行，怒其妹瑤枝時加譏訕。因荐之應點選；瑤枝被徵入都，中途舟破，亦爲誠齋所救。誠齋又招儒珍爲西賓，而蔡其志晚年孤寂，亦屢來迎王，養以爲子，亦發解，娶誠齋之女馨如。秋麟求婚夏瑤枝，誠齋未許，一夕女自來，乃偕遁。時紫宸已平海寇，成神仙，忽遺王陳二人書，言真瑤枝故在蘇氏，偕遁者實花妖，教二人以五雷法治之，妖即逸去，誠齋亦終以真瑤枝許之。一日儒珍至蘇氏，忽睹若蘭舊婢，甚驚；誠齋乃確知所收蔡女，故爲儒珍聘婦，亦以歸儒珍。後來兩家夫婦皆年逾八十，以服紫宸所贈金丹，一夕無疾而終，世以爲尸解云。

《鐵花仙史》較後出，似欲脫舊來窠臼，故設事力求其奇。作者亦頗自負，序言有云，「傳奇家摹繪才子佳人之悲歡離合，以供人娛目悅心者也。然其成書而命之名也，往往略不加意。如《平山冷燕》則皆才子佳人之姓爲顏，而《玉嬌梨》者又至各摘其人名之一字以傳之，草率若此，非真有心唐突才子佳人，實圖便於隨意扭捏成書而無所難耳。此書則有特異焉者，……令人以爲鐵爲花爲仙者讀之，而才子佳人之事掩映乎其間。」然文筆拙澀，事狀紛繁，又混入戰爭及神仙妖異事，已軼出於人情小說範圍之外矣。

注釋

①《金瓶梅》這個書名係摘取小說中人物潘金蓮、李瓶兒、春梅三人名字中各一字組成。蹈襲這種做法的，如《玉嬌梨》，係取白紅玉的「玉」，吳無嬌（**白紅玉的化名**）的「嬌」和盧夢梨的「梨」三字組成；《平山冷燕》係取平如衡、山黛、冷絳雪、燕白頷四人之姓組成。

②**《玉嬌梨》、《平山冷燕》法譯本**　《玉嬌梨》法譯本《Ju-Kiao-Li》，最早爲法人銳摩沙（A.Rémusat）所譯，又名《兩個表姐妹》（《Les deux cousines》），一八二六年巴黎出版。後又有裘利恩（S.Julien）的譯本，亦名《兩個表姐妹》，一八六四年巴黎出版。《平山冷燕》法譯本《Ping-Chan-Ling-Yen》，也是裘利恩所譯，又名《兩個有才學的年輕姑娘》（（Les deux jeunes filles lettrees》），一八六〇年巴黎出版。

③**《好逑傳》法德譯本**　法譯本有《Hao-Khieou-tschouan》，爲阿賽（G.dÁrcy）所譯，又名《完美的

姑娘》（《La femme accomplie》），一八四二年巴黎出版。德譯本較早的是《Haoh Kjóh Tschwen》，爲摩爾（C.G. Von Murr）從英文轉譯，又名《好逑快樂的故事》（《Die angenehme Geschichte des Haoh Kjóh》），誤以好逑爲人名，一七六六年萊比錫出版。直接從中文翻譯的名爲《冰心與鐵中玉》（《Eisherzund Edeljaspis》），爲法朗茲，孔（F.Kuhn）所譯，又名《一個幸福的結合的故事》（《Die Geschichte einer glucklichen Gattenwahl》），一九二六年萊比錫出版。

④《玉嬌梨》　清張勻撰。題「荑荻山人編次」。（「荑荻山人」一作「荻岸散人」）

⑤盛百江（1720-?）　字秦川，清秀水（今浙江嘉興）人。曾任淄川知縣。所撰《柚堂續筆談》，三卷，內容多記文壇軼事和掌故。張博山，名勸，清秀水人。撰有《木威詩鈔》，《兩浙輶軒錄》收有其詩。

⑥據《好逑傳》，「韓愿妻」應作「韓愿女」。

第二十一篇　明之擬宋市人小說及後來選本

宋人說話之影響於後來者，最大莫如講史，著作迭出，如第十四、十五篇所言。明之說話人亦大率以講史事得名，間亦說經諢經，而講小說者殊希有。惟至明末，則宋市人小說之流復起，或存舊文，或出新制，頓又廣行世間，但舊名湮昧，不復稱市人小說也。

此等書之繁富者，最先有《全像古今小說》①四十卷，書肆天許齋告白云，「本齋購得古今名人演義一百二十種，先以三之一爲初刻」，綠天館主人序謂「茂苑野史家藏古今通俗小說甚富，因賈人之請，抽其可以嘉惠里耳者，凡四十種，俾爲一刻」，而續刻無聞。已而有「三言」，「三言」云者，一曰《喻世明言》，二曰《警世通言》，三曰《醒世恆言》，今皆未見，僅知其序目。《明言》二十四卷，其二十一篇出《古今小說》，三篇亦見於《通言》及《醒世恆言》中②，似即取《古今小說》殘本作之。《通言》則四十卷，有天啓甲子（一六二四）豫章無礙居士序，內收《京本通俗小說》七篇（見鹽谷溫《關於明的小說「三言」》及《宋明通俗小說流傳表》），因知此等彙刻，蓋亦兼採故書，不盡爲擬作。三即《醒世恆言》，亦四十卷，天啓丁卯（一六二七）隴西可一居士序云，「六經國史而外，凡著述，皆小說也，而尙理或病於艱深，修詞或傷於藻繪，則不足以觸里耳而振恆心，此《醒世恆言》所以繼《明言》《通言》而作也。」是知《恆言》之出，在「三言」中爲最後，中有《十五貫戲言成巧禍》一事，即《京本通俗小說》卷十五之《錯斬崔寧》，則此亦兼存舊作，爲例蓋同於《通言》矣。

松禪老人序《今古奇觀》云，「墨憨齋增補《平妖》。窮工極變，不失本來。……至所纂《喻世》《醒世》《警世》『三言』，極摹世態人情之歧，備寫悲歡離合之致。」一《平妖傳》有張無咎序，云「蓋吾友龍子猶所補也」，首葉有題名，則曰「馮猶龍先生增定」，因知「三言」亦馮猶龍③作，其曰龍子猶者，即錯綜「猶龍」字作之。猶龍名夢龍，長洲人（《曲品》作吳縣人，《頑潭詩話》作常熟人），故綠天館主人稱之曰茂苑野史，崇禎中，由貢生選授壽寧知縣，於詩有《七樂齋稿》，而「善爲啓顏之辭，間入打油之調，不得爲詩家」（朱彝尊《明詩綜》七十一云）。然擅詞曲，有《雙雄記傳奇》④，又刻《墨憨齋傳奇定本十種》⑤，頗爲當時所稱，其中之《萬事足》《風流夢》《新灌園》皆己作；亦嗜小說，既補《平妖傳》，復纂「三言」，又嘗勸沈德符以《金瓶梅》鈔付書坊版行，然不果（《野獲編》二十五）。

《京本通俗小說》所錄七篇，其五爲高宗時事，最遠者神宗時，耳目甚近，故鋪敘易於逼真。《醒世恆言》乃變其例，雜以漢事二，隋唐事十一，多取材晉唐小說（《續齊諧記》《博異志》《酉陽雜俎》《隋遺錄》等），而古今風俗，遷變已多，演以虛詞，轉失生氣。宋事十一篇頗生動，疑《錯斬崔寧》而外，或尚有採自宋人話本者，然未詳。明事十五篇則所寫皆近聞，世態物情，不待虛構，故較高談漢唐之作爲佳。第九卷《陳多壽生死夫妻》一篇，敘朱陳二人以棋友成兒女觀家，陳氏子後病癩，朱欲悔婚，女不允，終歸陳氏侍疾，閱三年，夫婦皆仰藥卒。其述二人訂婚及女母抱怨諸節，皆不務裝點，而情態反如畫：

……王三老和朱世遠見那小學生行步舒徐，語音清亮，且作揖次第甚有禮數，口中誇獎不絕。王三老便問，「令郎幾歲了？」陳青答應道，「是九歲。」王三老道，「想著昔年湯餅會時，宛如昨日，倏忽之間，已是九年，真個光陰似箭，爭教我們不老？」又問朱世遠道，「老漢記得宅上令媛也是這年生的。」朱世遠道，「果然，小女多福，如今也是九歲了。」王三老道，「莫怪老漢多口，你二人做了一世的棋友，何不扳做兒女親家。古時有個朱陳村，一村中只有二姓，世為婚姻，如今你二人之姓適然相符，應是天緣。況且好男好女，你知我見，有何不美？」朱世遠已自看上了小學生，不等陳青開口，先答應道，「此事最好，只怕陳兄不願，若肯俯就，小子再無別言。」陳青道，「既蒙朱兄不棄寒微，小子是男家，有何推託？就請三老作伐。」王三老道，「明日是重陽日，陽九不利，後日大好個日子，老夫便當登門。今日一言為定，出自二位本心；老漢只圖吃幾杯現成喜酒，不用謝媒。」陳青道，「我說個笑話你聽：玉皇大帝要與人皇對親，商量道，『兩親家都是皇帝，也須得個皇帝為媒才好。』乃請灶君皇帝往下界去說親。人皇見了灶君，大驚道，『那個做媒的怎的這般樣黑？』灶君道，『從來媒人，那有白做的？』」王三老同朱世遠都笑起來。朱陳二人又下棋至晚方散。

……

只因一局輸贏子，定下三生男女緣。

……朱世遠的渾家柳氏，聞知女婿得個恁般的病症，在家裡哭哭啼啼。抱怨丈夫道，

「我女兒又不骯臭起來，為甚忙忙的九歲上就許了人家？如今卻怎麼好？索性那癩蛤蟆死了，也出脫了我女兒，如今死不死，活不活，女孩兒看看年紀長成，嫁又嫁他的不得，賴又賴他的不得。終不然，看著那癩子守活孤孀不成？這都是王三老那老烏龜一力竄掇，害了我女兒終身。」……朱世遠原有怕婆之病，憑他夾七夾八，自罵自止，並不插言，心中納悶。一日，柳氏偶然收拾廚櫃子，看見了象棋盤和那棋子，不覺勃然發怒，又罵起丈夫來道，「你兩個只為這幾著象棋上說得著，對了親，賺了我女兒。還要留這禍胎怎的？」一頭說，一頭走到門前，將那象棋子亂撒在街上，棋盤也摜做幾片。朱世遠是本分之人，見渾家發性，攔她不住，洋洋的躲開去了，女兒多福又怕羞，不好來勸。任他絮聒個不耐煩，方才罷休。……

時又有《拍案驚奇》三十六卷⑥，卷爲一篇，凡唐六，宋六，元四，明二十，亦兼收古事，與「三言」同。首有即空觀主人序云，「龍子猶氏所輯《喻世》等諸言，頗存雅道，時著良規，一破今時陋習，如宋元舊種，亦被搜括殆盡。……因取古今來雜碎事，可新聽睹，佐談諧者，演而暢之，得如千卷。既而有《二刻》三十九卷，凡春秋一，宋十四，元三，明十六，不明者（明？）五，附《宋公明鬧元宵雜劇》一卷，於崇禎壬申（一六三二）自序，略云「丁卯之秋……偶戲取古今所聞，一二奇局可紀者，演而成說，……得四十種。……其爲柏梁餘材，武昌剩竹，頗亦不少，意不能恝，聊復綴爲四十則。……」丁卯爲天啓七年，即《醒世恆言》版行之際，此適出而爭奇，然敘述平板，引證貧辛，不能及也。即空觀主人爲凌濛初⑦別號，濛初，字初成，烏程人，著有《言詩翼》《詩逆》《國門集》，雜劇《虬髯翁》等（《明的小說「三言」》）。

《西湖二集》三十四卷附《西湖秋色》一百韻，題「武林濟川子清原甫纂」。每卷一篇，亦雜演古今事，而必與西湖相關。觀其書名，當有初集，然未見。前有湖海士序，稱清原⑧爲周子，嘗作《西湖說》，餘事未詳。清康熙時有太學生周清原字浣初，然爲武進人（《國子監志》八十二《鶴徵錄》一）；乾隆時有周昱字清原，錢塘人（《兩浙輶軒錄》二十三），而時代不相及，皆別一人也。其書亦以他事引出本文，自名爲「引子」。引子或多至三、四，與他書稍不同；文亦流利，然好頌帝德，垂教訓，又多憤言，則殆所謂「司命之厄我過甚，而狐鼠之侮我無端」（序述清原語）之所致矣。其假唐詩人戎昱⑨而發揮文士不得志之恨者如下：

> ……且說韓公部下一個官，姓戎名昱，為浙西刺史。這戎昱有潘安之貌，子建之才，下筆驚人，千言立就，自恃有才，生性極是傲睨，看人不在眼裡。但那時是離亂之世，重武不重文，若是有數百斤力氣，……不要說十八般武藝件件精通，就是曉得一兩件的，……少不得也摸頂紗帽在頭上戴戴。……馬前喝道，前呼後擁，好不威風氣勢，耀武揚威，何消得曉得「天地玄黃」四字。那戎昱自負才華，到這時節重武之時，卻不道是大市裡賣平天冠兼挑虎刺，這一種生意，誰人來買，眼見得別人不作興你了。你自負才華，卻去嚇誰？就是寫得千百篇詩出，上不得陣，殺不得戰，退不得虜，壓不得賊，要他何

用？戎昱負了這個詩袋子，沒處發賣，卻被一個妓者收得，這妓者是誰？姓金名鳳，年方一十九歲，容貌無雙，善於歌舞，體性幽閒，再不喜那喧嘩之事，一心只愛的是那詩賦二字。他見了戎昱這個詩袋子，好生歡喜。戎昱正沒處發賣，見金鳳喜歡他這個詩袋子，便把這袋子抖將開來，就像個開雜貨店的，件件搬出。兩個甚是相得，你貪我愛，再不相捨；從此金鳳更不接客。正是：

悲莫悲兮生別離，樂莫樂兮新相知

自此戎昱政事之暇，遊於西湖之上，每每與金鳳盤桓行樂。……（卷九《韓晉公人奩兩贈》）

《醉醒石》⑩十五回，題「東魯古狂生編輯」。所記惟李微化虎事在唐時，餘悉明代，且及崇禎朝事，蓋其時之作也。文筆頗刻露，然以過於簡鍊，故平話習氣，時復逼人；至於垂教誡，好評議，則尤甚於《西湖二集》。宋市人小說，雖亦間參訓喻，然主意則在述市井間事，用以娛心；及明人擬作末流，乃告誡連篇，喧而奪主，且多豔稱榮遇，迴護士人，故形式僅存而精神與宋迥異矣。如第十四回記淮南莫翁以女嫁蘇秀才，久而女嫌蘇貧，自求去，再醮爲酒家婦。而蘇即聯捷成進士，榮歸過酒家前，見女當壚，下轎揖之，女貌不動而心甚苦，又不堪眾人笑罵，遂自盡死，即所謂大爲寒士吐氣者也。

……見櫃邊坐著一個端端正正裊裊婷婷婦人，卻正是莫氏。蘇進士見了道：「我且去見他一見，看他怎生待我。」叫住了轎，打著傘，穿著公服，竟到店中。那店主人正在那廂數錢，穿著兩截衣服，見個官來，躲了。那莫氏見下轎，已認得是蘇進士了，卻也不羞不惱，打著臉。蘇進士向前，恭恭敬敬的作上一揖。她道：「你做你的官，我賣我的酒。」身也不動。蘇進士一笑而去。

覆水無收日，去婦無還時，

相逢但一笑，且為立遲遲。

我想莫氏之心豈能無動，但做了這絕性絕義的事，便做到滿面歡容，欣然相接，討不得個喜而復合；更做到含悲飲泣，牽衣自咎，料討不得個憐而復收，倒不如硬著，一束兩開，倒也乾淨。她那心裡，未嘗不悔當時造次，總是無可奈何：

心裡悲酸暗自嗟，幾回悔是昔時差，

移將上苑琳琅樹，卻作門前桃李花。

結末有論，以爲「生前貽譏死後貽臭」，「是朱買臣妻子之後一人」。引論稍恕，科罪似在男子之「不安貧賤」者之下，然亦終不可宥云：

若論婦人，讀文字，達道理甚少，如何能有大見解，大矜持？況且或至飢寒相逼，彼此相形，旁觀嘲笑難堪，親族炎涼難耐，抓不來榜上一個名字，灑不去身上一件藍皮，激不起一個慣淹蹇不遭際的夫婿，盡堪痛哭，如何叫她不要怨嗟。但「餓死事小失節事大」，眼睜睜這個窮秀才尚活在，更去抱了一人，難道沒有旦夕恩情？忒殺蔑去倫理！這朱買臣妻，所以貽笑千古。

《喻世》等三言在清初蓋尚通行，王士禛（《香祖筆記》十）云「《警世通言》有《拗相公》一篇，述王安石罷相歸金陵事，極快人意，乃因盧多遜謫嶺南事而稍附益之」⑪。其非異書可知。後乃漸晦，然其小分，則又由選本流傳至今。其本曰《今古奇觀》，凡四十卷四十回，序謂「三言」與《拍案驚奇》合之共二百事，觀覽難周，故抱甕老人選刻爲此本。據《宋明通俗小說流傳表》，則取《古今小說》者十八篇⑫，取《醒世恆言》者十一篇（第一，二，七，八，十五至十七，二十五至二十八回），取《拍案驚奇》者七篇（第九，十，十八，二十九，三十七，三十九，四十回），二刻三篇。三言二拍，印本今頗難覯，可藉此窺見其大略也。至成書之頃，當在崇禎時，其與三言二拍之時代關係，鹽谷溫曾爲之立表（《明的小說「三言」》）如下表：

天啓 1	辛酉	古今小說	
		喩世明言	
4	甲子	警世通言	
5			
6			
7	丁卯	醒世恆言	拍案驚奇（初）
崇禎 1			
2			
3			
4			
5	壬申		拍案驚奇（二）

《今古奇聞》⑬二十二卷，卷一事，題「東壁山房主人編次」。其所錄頗凌雜，有《醒世恆言》之文四篇（《十五貫戲言成大禍》，《陳多壽生死夫妻》，《張淑兒巧智脫楊生》，《劉小官雌雄兄弟》），別一篇爲《西湖佳話》之《梅嶼恨跡》⑭，餘未詳所從出⑮。文中有「髮逆」字，故當爲清咸豐同治時書。

《續今古奇觀》三十卷，亦一卷一事，無撰人名。其書全收《今古奇觀》選餘之《拍案驚奇》二十九篇，而以《今古奇聞》一篇（《康友仁輕財重義得科名》）足卷數，殆不足稱選本，同治七年（一八六八），江蘇巡撫丁日昌⑯嘗嚴禁淫詞小說，《拍案驚奇》亦在禁列，疑此書即書賈於禁後作之。

注釋

①《全像古今小說》　四十卷，明馮夢龍編纂。原書未題撰人，卷首有綠天館主人序。綠天館主人姓名不詳，序中所稱「茂苑野史」係馮夢龍別號。此書後改爲《喻世明言》，《警世通言》、《醒世恆言》合稱「三言」。

②《明言》二十四卷　衍慶堂刊刻，題《重刻增補古今小說》，其實是根據《古今小說》殘本二十一篇，加上《警世通言》一篇（《假神仙大鬧華光廟》）和《醒世恆言》二篇（《白玉娘忍苦成夫》、《張廷秀逃生救父》）拼湊而成。

③馮猶龍（1574-1646）　名夢龍，別署龍子猶、顧曲散人、墨憨齋主人、茂苑野史等。明長洲（今江蘇蘇州）人。所撰詩集《七樂齋稿》，已散佚。

④《雙雄記傳奇》　又名《善惡圖》，馮夢龍編撰。敘寫丹信和劉雙被害入獄，後征倭寇有功，官至征東將軍故事。

⑤《墨憨齋傳奇定本十種》　又名《新曲十種》，馮夢龍更定。十種是《新灌園》、《酒家傭》、《女丈夫》、《量江記》、《精忠旗》、《雙雄記》、《萬事足》、《夢磊記》、《灑雪堂》、《楚江情》。下文所述《萬事足》、《風流夢》、《新灌園》三種，《萬事足》係馮夢龍編撰，《新灌園》係改編張鳳翼《灌園記》而成。《風流夢》在上述十種之外，係改編湯顯祖《牡丹亭》

而成。

⑥《拍案驚奇》　據現存明尚友堂刊本爲四十卷。三十六卷本係其殘本。

⑦凌濛初　參看本書第九篇注㉙。所撰《言詩翼》，四卷，採集前人《詩經》評注。《詩逆》，四卷，詮釋《詩經》之作。《國門集》，一卷，收凌濛初旅居南京時所撰詩文。雜劇《虯髯翁》，全名《虯髯翁正本扶餘國》。

⑧清原　周楫字清原，號濟川子，明武林（今浙江杭州）人。據《西湖二集》湖海士序載，「周子家貧，功名蹭蹬」，很不得志。

⑨戎昱　唐荊南（今湖北江陵）人。曾官虔州刺史，肅宗時貶爲辰州刺史，後人輯有《戎昱詩集》。

⑩《醉醒石》　明無名氏撰，題「東魯古狂生編輯」。李微化虎，見《醉醒石》第六回「高才生傲世失原形，義氣友念孤分半俸」。原係唐傳奇故事，《太平廣記》卷四百二十七引《宣室志》，題作《李徵》。

⑪王士禎（1634-1711）　字貽上，號阮亭、漁洋山人，清新城（今山東桓台）人。官至刑部尚書。撰有《帶經堂集》等。所撰《香祖筆記》，十二卷，是一部考證古事及品評詩文的書。盧多遜，宋懷州河內（今河南沁陽）人。太平興國時任中書侍郎平章事，加兵部尚書。後因交結秦王趙廷美，被流配嶺南崖州。

⑫這裡所說的「取《古今小說》者十八篇」，應作取《古今小說》者八篇（《今古奇觀》第三、四、十一至十三、二十三、二十四、三十二回），取《警世通言》者十篇（《今古奇觀》第

五、六、十四、十九至二十二、三十一、三十三、三十五回），「取《拍案驚奇》者七篇，應作取《拍案驚奇》初刻八篇（《今古奇觀》第九、十、十八、二十九、三十、三十七、三十九、四十回），取《拍案驚奇》二刻者三篇（《今古奇觀》第三十四、三十六、三十八回）。

⑬《今古奇聞》　題「東壁山房主人編次」。有光緒十三年（1887）「東壁山房主人王寅冶梅甫」序。王寅，字冶梅，清江蘇南京人。

⑭《西湖佳話》　全名《西湖佳話古今遺跡》，十六篇，題「古吳墨浪子輯」。以西湖名勝爲背景，敘述葛洪、白居易等人故事。《梅嶼恨跡》，係《西湖佳話》等十四篇，敘寫馮小青的故事。

⑮《今古奇聞》除選自《醒世恆言》、《西湖佳話》的五篇外，其餘十五篇選自清杜綱《娛目醒心編》；另《劉孀姝得良遇奇緣》選自清無名氏輯《紀載彙編》（野西逸叟撰《過墟志》），《林蕊香行權計全節》選自清王韜撰《遁窟讕言》（卷七《寧蕊香》）。

⑯丁日昌（1823-1882）　字雨生，清豐順（今屬廣東）人。一八六八年任江蘇巡撫時曾兩次奏請嚴禁淫詞小說，所禁書達二六九種之多。

第二十二篇　清之擬晉唐小說及其支流

唐人小說單本，至明什九散亡；宋修《太平廣記》成，又置不頒佈，絕少流傳，故後來偶見其本，仿以爲文，世人輒大聳異，以爲奇絕矣。明初，有錢塘瞿佑①字宗吉，有詩名，又作小說曰《剪燈新話》，文題意境，並撫唐人，而文筆殊冗弱不相副，然以粉飾閨情，拈掇豔語，故特爲時流所喜，仿效者紛起，至於禁止，其風始衰。迨嘉靖間，唐人小說乃復出，書估往往刺取《太平廣記》中文，雜以他書，刻爲叢集，真僞錯雜，而頗盛行②。文人雖素與小說無緣者，亦每爲異人俠客童奴以至虎狗蟲蟻作傳，置之集中。蓋傳奇風韻，明末實彌漫天下，至易代不改也。

而專集之最有名者爲蒲松齡之《聊齋志異》。松齡字留仙，號柳泉，山東淄川人，幼有軼才，老而不達，以諸生授徒於家，至康熙辛卯始成歲貢生（《聊齋志異》序跋），越四年遂卒，年八十六（一六三〇至一七一五）③，所著有《文集》四卷，《詩集》六卷，《聊齋志異》八卷（文集附錄張元撰墓表），及《省身錄》《懷刑錄》《曆志文》《日用俗字》《農桑經》等（李桓《耆獻類徵》四百三十一）。其《志異》或析爲十六卷，凡四百三十一篇，年五十始寫定，自有題辭，言「才非干寶，雅愛搜神，情同黃州④，喜人談鬼，聞則命筆，因以成編。久之，四方同人又以郵筒相寄，因而物以好聚，所積益夥」。是其儲蓄蒐羅者久矣。然書中事跡，亦頗有從唐人傳奇轉化而出者（如《鳳陽士人》《續黃粱》等），此不自白，殆撫古而又諱之也。至謂作者搜採異聞，乃設煙茗於門前，邀田夫野老，強之談說以為粉本⑤，則不過委巷之談而已。

《聊齋志異》雖亦如當時同類之書，不外記神仙狐鬼精魅故事，然描寫委曲，敘次井然，用傳奇法，而以志怪，變幻之狀，如在目前；又或易調改弦，別敘畸人異行，出放幻域，頓入人間；偶述瑣聞，亦多簡潔，故讀者耳目，為之一新。又相傳漁洋山人（王士禎）激賞其書，欲市之而不得⑥，故聲名益振，競相傳鈔。然終著者之世，竟未刻，至乾隆末始刊於嚴州⑦；後但明倫呂湛恩⑧皆有注。

明末志怪群書，大抵簡略，又多荒怪，誕而不情，《聊齋志異》獨於詳盡之外，示以平常，使花妖狐魅，多具人情，和易可親，忘為異類，而又偶見鶻突，知復非人。如《狐諧》言博興萬福於濟南娶狐女，而女雅善談諧，傾倒一坐，後忽別去，悉如常人；《黃英》記馬子才得陶氏黃英為婦，實乃菊精，居積取盈，與人無異，然其弟醉倒，忽化菊花，則變怪即驟現也。

> ……一日，置酒高會，萬居主人位，孫與二客分左右座，下設一榻屈狐。狐辭不善酒，咸請坐談，許之。酒數行，眾擲骰為瓜蔓之令；客值瓜色，會當飲，戲以觥移上座曰，「狐娘子大清醒，暫借一觴。」狐笑曰，「我故不飲，願陳一典以佐諸公飲。」……客皆言曰，「罵人者當罰。」狐笑曰，「我罵狐何如？」眾曰，「可。」於是傾耳共聽。狐曰，「昔一大臣，出使紅毛國，著狐腋冠見國王，國王視而異之，問『何皮毛，溫厚乃爾？』大臣以『狐』對。王言『此物生平未嘗得聞。狐字字畫何等？』使臣書空而奏

曰，『右邊是一大瓜，左邊是一小犬。』」主客又復哄堂。……居數月，與萬偕歸。……逾年，萬復事於濟，狐又與俱。忽有數人來，狐從與語，備極寒暄；乃語萬曰，「我本陝中人，與君有夙因，遂從爾許時，今我兄弟至，將從以歸，不能周事。」留之，不可，竟去。（卷五）

……陶飲素豪，從不見其沈醉。有友人曾生，量亦無對，適過馬，馬使與陶較飲，二人……自辰以訖四漏，計各盡百壺，曾爛醉如泥，沈睡坐間，陶起歸寢，出門踐菊畦，玉山傾倒，委衣於側，即地化為菊：高如人，花十餘朵皆大於拳。馬駭絕，告黃英；英急往，拔置地上，曰，「胡醉至此？」覆以衣，要馬俱去，戒勿視。既明而往，則陶臥畦邊，馬乃悟姊弟菊精也，益愛敬之。而陶自露跡，飲益放，……值花朝，曾來造訪，以兩僕舁藥浸白酒一罈，約與共盡。……曾醉已憊，諸僕負之去。陶臥地又化為菊；馬見慣不驚，如法拔之，守其旁以觀其變，久之，葉益憔悴，大懼，始告黃英。英聞，駭曰，「殺吾弟矣！」奔視之，根株已枯；痛絕，指其梗埋盆中，攜入閨中，日灌溉之。馬悔恨欲絕，甚惡曾。越數日，聞曾已醉死矣，盆中花漸萌，九月，既開，短幹粉朵，嗅之有酒香，名之「醉陶」，澆以酒則茂。……黃英終老，亦無他異。（卷四）

又其敘人間事，亦尚不過爲形容，致失常度，如《馬介甫》一篇述楊氏有悍婦，虐遇其翁，又慢客，而兄弟祗畏，至對客皆失措云：

……約半載，馬忽攜僮僕過楊，直楊翁在門外曝陽捫虱，疑為傭僕，通姓氏使達主人；翁被絮去，或告馬，「此即其翁也。」馬方驚訝，楊兄弟岸幘出迎，登堂一揖，便請朝父，萬石辭以偶恙，捉坐笑語，不覺向夕。萬石屢言具食，而終不見至，兄弟迭互出入，始有瘦奴持壺酒來，俄頃飲盡，坐伺良久，萬石頻起催呼，額頰間熱汗蒸騰。俄瘦奴以饌具出，脫粟失飪，殊不甘旨，食已，萬石草草便去；萬鍾襆被來伴客寢。……（卷十）

至於每卷之末，常綴小文，則緣事極簡短，不合於傳奇之筆，故數行即盡，與六朝之志怪近矣。又有《聊齋志異拾遺》⑨一卷二十七篇，出後人掇拾；而其中殊無佳構，疑本作者所自刪棄，或他人擬作之。

乾隆末，錢塘袁枚⑩撰《新齊諧》二十四卷，續十卷，初名《子不語》，後見元人說部有同名者，乃改今稱；序云「妄言妄聽，記而存之，非有所感也」，其文摒去雕飾，反近自然，然過於率意，亦多蕪穢，自題「戲編」，得其實矣。若純法《聊齋》者，時則有吳門沈起鳳作《諧鐸》⑪十卷（乾隆五十六年序），而意過俳，文亦纖仄；滿洲和邦額⑫作《夜譚隨錄》十二卷（亦五十六年序），頗借材他書（如《佟觭角》《夜星子》《瘍醫》皆本《新齊諧》），不盡己出，詞氣亦時失之粗暴，然記朔方六景物及市井情形者特可觀。他如長白浩歌子⑬之《螢窗異草》三編十二卷（似乾隆中作，別有四編四卷，乃書賈僞造），海昌管世灝⑭之《影談》四卷（嘉慶六年序），平湖馮起鳳⑮之《昔柳摭談》八卷（嘉慶中作），近至金匱鄒弢⑯之《澆愁集》八卷（光緒三年序），皆志異，亦俱不脫《聊齋》窠臼。惟黍余裔孫⑰《六合內外瑣言》二十卷（似嘉慶初作）一名《巢蛣雜記》者，故作奇崛奧衍之辭，伏藏諷喻，其體式爲在先作家所未嘗試，而意淺薄；據金武祥⑱（《江陰藝文志》下）說，則江陰屠紳字賢書之所作也。紳又有《鶚亭詩話》一卷，文詞較簡，亦不盡記異聞，然審其風格，實亦此類。

《聊齋志異》風行逾百年，摹仿贊頌者眾，顧至紀昀而有微辭。盛時彥⑲（《姑妄聽之》跋）述其語曰，「《聊齋志異》盛行一時，然才子之筆，非著書者之筆也。虞初以下天寶以上古書多佚矣；其可見完帙者，劉敬叔《異苑》陶潛《續搜神記》，小說類也，《飛燕外傳》《會真記》，傳記類也。《太平廣記》事以類聚，故可併收；今一書而兼二體，所未解也。小說既述見聞，即屬敘事，不比戲場關目，隨意裝點；……今燕昵之詞，媟狎之態，細微曲折，摹繪如生，使出自言，似無此理，使出作者代言，則何從而聞見之，又所未解也。」蓋即訾其有唐人傳奇之詳，又雜以六朝志怪者之簡，既非自敘之文，而盡描寫之致而已。昀字曉嵐，直隸獻縣人；父容舒，官姚安知府。昀少即穎異，年二十四領順天鄉試解額，然三十一始成進士，由編修官至侍讀學士，坐洩機事謫戍烏魯木齊，越三年召還，授編修，又三年擢侍讀，總纂四庫全書，館書局者十三年，一生精力，悉注於《四庫提要》及《目錄》中，故他撰著甚少。後累遷至禮部尚書，充經筵講官，自是又爲總憲者五，長禮部者三（李元度《國朝先正事略》二十）。乾隆五十四年，以編排秘籍至熱河，「時校理久竟，特督視官吏題簽庋架而已，晝長無事」，乃追錄見聞，作稗說六卷，曰《灤陽消夏錄》。越二年，作《如是我聞》，次年又作《槐西雜志》，次年又作《姑妄聽之》，皆四卷；嘉慶三年夏復至熱河，又成《灤陽續錄》六卷，時年已七十五。後二年，其門人盛時彥合刊之，名《閱微草堂筆記五種》（本書）。十年正月，復調禮部，拜協辦大學士，加太子少保，管國子監事；二月十四日卒於位，年八十二（一七二四至一八〇五），謚「文達」（《事略》）。

《閱微草堂筆記》雖「聊以遣日」之書，而立法甚嚴，舉其體要，則在尙質黜華，追蹤晉宋；自序云，「緬昔作者如王仲任應仲遠引經據古，博辨宏通，陶淵明劉敬叔劉義慶簡淡數言，自然妙遠，誠不敢妄擬前修，然大旨期不乖於風教」⑳者，即此之謂。其軌範如是，故與《聊齋》之取法傳奇者途徑自殊，然較以晉宋人書，則《閱微》又過偏於論議。蓋不安於僅爲小說，更欲有益人心，即與晉宋志怪精神，自然違隔；且末流加厲，易墮爲報應因果之談也。

惟紀昀本長文筆，多見秘書，又襟懷夷曠，故凡測鬼神之情狀，發人間之幽微，託狐鬼以抒己見者，雋思妙語，時足解頤；間雜考辨，亦有灼見。敘述復雍容淡雅，天趣盎然，故後來無人能奪其席，固非僅藉位高望重以傳者矣。今舉其較簡者三則於下：

劉乙齋廷尉為御史時，嘗租西河沿一宅，每夜有數人擊柝，聲琅琅徹曉，……視之則無形，聒耳至不得片刻睡。乙齋故強頑，乃自撰一文，指陳其罪，大書黏壁以驅之，是夕遂寂。乙齋自詫不減昌黎之驅鱷也。余謂「君文章道德，似尚未敵昌黎，然性剛氣盛，平生尚不作曖昧事，故敢悍然不畏鬼；又拮据遷此宅，力竭不能再徙，計無復之，惟有與鬼以死相持：此在君為『困獸猶鬥』，在鬼為『窮寇勿追』耳。……」乙齋笑擊余背曰，「魏收輕薄哉！然君知我者。」（《灤陽消夏錄》六）

田白岩言，「嘗與諸友扶乩，其仙自稱眞山民，宋末隱君子也，倡和方洽，外報某客某客來，乩忽不動。他日復降，眾叩昨遽去之故，乩判曰，『此二君者，其一世故太深，酬酢太熟，相見必有諛詞數百句，雲水散人拙於應對，不如避之為佳；其一心思太密，禮數太明，其與人語，恆字字推敲，責備無已，閒雲野鶴豈能耐此苛求，故逋逃無恐不速耳。』」後先姚安公聞之曰，「此仙究狷介之士，器量未宏。」（《槐西雜志》一）

李義山詩「空聞子夜鬼悲歌」，用晉時鬼歌《子夜》事也；李昌谷詩「秋墳鬼唱鮑家詩」，則以鮑參軍有《蒿里行》，幻窅其詞耳。然世間固往往有是事。田香沁言，「嘗讀書別業，一夕風靜月明，聞有度崑曲者，亮折清圓，凄心動魄，諦審之，乃《牡丹亭》《叫畫》一齣也。忘其所以，傾聽至終。忽省牆外皆斷港荒陂，人跡罕至，此曲自何而來？開戶視之，惟蘆荻瑟瑟而已。」（《姑妄聽之》三）

昀又「天性孤直，不喜以心性空談，標榜門戶」（盛序語），其處事貴寬，論人欲恕，故於宋儒之苛察，特有違言，書中有觸即發，與見於《四庫總目提要》中者正等。且於不情之論，世間習而不察者，亦每設疑難，揭其拘迂，此先後諸作家所未有者也，而世人不喻，嘵嘵然競以勸懲之佳作譬之。

吳惠淑言，「醫者某生素謹厚，一夜，有老嫗持金釧一雙就買墮胎藥，醫者大駭，峻拒之；次夕，又添持珠花兩枝來，醫者益駭，力揮去。越半載餘，忽夢為冥司所拘，言有訴其殺人者。至，則一披髮女子，項勒紅巾，泣陳乞藥不與狀。醫者曰，『藥以活人，豈敢殺人以漁利。汝臨以姦敗，於我何尤！』女子曰，『我乞藥時，孕未成形，倘得墮之，我可不死：是破一無知之血塊，而全一待盡之命也。既不得藥，不能不產，以致子遭扼殺，受諸痛苦，我亦見逼而就縊：是汝欲全一命，反戕兩命矣。罪不歸汝，反誰歸乎？』冥官喟然曰，『汝之所言，酌乎事勢；彼之所執者則理也。宋以來固執一理而不揆事勢之利害者，獨此人也哉？汝且休矣！』拊幾有聲，醫者悚然而寤。」（《如是我聞》三）

東光有王莽河，即胡蘇河也，旱則涸，水則漲，每病涉焉。外舅馬公周箓言，「雍正末有丐婦一手抱兒一手扶病姑涉此水，至中流，姑蹶而仆，婦棄兒於水，努力負姑出。姑大詬曰，『我七十老嫗，死何害？張氏數世待此兒延香火，爾胡棄兒以拯我？斬祖宗之祀者，爾也！』婦泣不敢語，痴坐數日，亦立槁。……有著論者，謂兒與姑較則姑重，姑與祖宗較則祖宗重。使婦或有夫，或尚有兄弟，則棄兒是；既兩世窮嫠，止一線之孤子，則姑所責者是：婦雖死，有餘悔焉。姚安公曰，『講學家責人無已時。夫急流洶湧，稍縱即逝，此豈能深思長計時哉？勢不兩全，棄兒救姑，此天理之正而人心之所安也。使姑死而兒存，……不又有責以愛兒棄姑者耶？且兒方提抱，育不育未可知，使姑死而兒又不育，悔更何如耶？此婦所為，超出恒情已萬萬，不幸而其姑自隕，以死殉之，亦可哀矣。猶沾沾焉而動其喙，以為精義之學，母乃白骨銜冤，黃泉賚恨乎？孫復作《春秋尊王發微》，二百四十年內有貶無褒；胡致堂作《讀史管見》，三代以下無完人，辨則辨矣，非吾之所欲聞也。』」（《槐西雜志》二）

《灤陽消夏錄》方脫稿，即爲書肆刊行，旋與《聊齋志異》峙立；《如是我聞》等繼之，行益廣。其影響所及，則使文人擬作，雖尚有《聊齋》遺風，而摹繪之筆頓減，終乃類於宋明人談異之書。如同時之臨川樂鈞㉑《耳食錄》十二卷（乾隆五十七年序）《二錄》八卷（五十九年序），後出之海昌許秋垞㉒《聞見異辭》二卷（道光二十六年序），武進湯用中㉓《翼駉稗編》八卷（二十八年序）等，皆其類也。迨長洲王韜作《遁窟讕言》（同治元年成）《淞隱漫錄》（光緒初成）《淞濱瑣話》㉔（光緒十三年序）各十二卷，天長宣鼎㉕作《夜雨秋燈錄》十六卷（光緒二十一年序），其筆致又純爲《聊齋》者流，一時傳布頗廣遠，然所記載，則已狐鬼漸稀，而煙花粉黛之事盛矣。

體式較近於紀氏五書者，有雲間許元仲㉖《三異筆談》四卷（道光七年序），德清俞鴻漸㉗《印雪軒隨筆》四卷（道光二十五年序），後者甚推《閱微》，而云「微嫌其中排擊宋儒語過多」（卷二），則旨趣實異。光緒中，德清俞樾㉘作《右台仙館筆記》十六卷，止述異聞，不涉因果；又有羊朱翁（亦俞樾）作《耳郵》四卷，自署「戲編」，序謂「用意指辭，亦似有善惡報應之說，實則聊以遣日，非敢云意在勸懲」。頗似以《新齊諧》爲法，而記敘簡雅，乃類《閱微》，但內容殊異，鬼事不過什一而已。他如江陰金捧閶㉙之《客窗偶筆》四卷（嘉慶元年序），福州梁恭辰㉚《池上草堂筆記》二十四卷（道光二十八年序），桐城許奉恩㉛之《里乘》十卷（似亦道光中作），亦記異事，貌如志怪者流，而盛陳禍福，專主勸懲，已不足以稱小說。

注釋

①**瞿佑**（1341-1427）　字宗吉，明錢塘（今浙江杭州）人。曾官國子助教、周王府長史。撰有《存齋遺稿》、《歸田詩話》等。所撰《剪燈新話》，四卷，二十一則，模擬唐人傳奇小說。據清黃虞稷《千頃堂書目》子部小說類注：「瞿佑又有《剪燈餘話》（按應作《新話》），正統七年癸酉李時請禁毀其書，故與李楨《餘話》皆不錄。」

②明嘉靖以來將說部刻爲叢集的，有：陸楫等輯刊《古今說海》，李拭輯刊《歷代小史》，吳琯輯刊《古今逸史》，王文浩輯刊《唐人說薈》（一名《唐代叢書》）等。這些書真僞錯雜，魯迅在《破唐人說薈》、《唐宋傳奇集・序例》等文中曾予以批評。

③關於蒲松齡的生卒年，清張元《柳泉蒲先生墓表》稱，松齡「以康熙五十四年（1715）正月二十二日卒，享年七十有六。」據此推知其生年爲崇禎十三年（1640）。

④**黃州**　此處指北宋時謫居黃州的蘇軾。宋葉夢得《避暑錄話》卷一：「子瞻在黃州及嶺表，每日

起，不招客相與語，則必出而訪客。……談諧放蕩，不復爲畛畦。有不能談者，則強之說鬼；或辭無有，則曰姑妄言之。於是聞者無不絕倒，皆盡歡而去。」

⑤關於蒲松齡搜集異聞事，見鄒弢《三借廬筆談》：「相傳先生居鄉里，……作此書時，每臨晨，攜一大磁甖，中貯苦茗，具淡巴菰一包，置行人大道旁，下陳蘆襯，坐於上，煙茗置身畔。見行道者過，必強執與語，搜奇說異，隨人所知，渴則飲以茗，或奉以煙，必令暢談乃已。偶聞一事，歸而粉飾之。如是二十餘寒暑，此書方告蕆。」

⑥關於王士禎欲市《聊齋志異》事，據清陸以恬《冷廬雜識》云：「蒲氏松齡《聊齋志異》流播海內，幾於家有其書。相傳漁洋山人愛重此書，欲以五百金購之不能得。」倪鴻《桐陰清話》也有類似記載。魯迅《小說舊聞鈔》中《聊齋志異》條按語指出：「王漁洋欲市《聊齋志異》稿及蒲留仙強執路人使說異聞二事，最爲無稽，而世人偏豔傳之，可異也。」

⑦這裡所說的《聊齋志異》始刊於嚴州，指乾隆三十一年（1766）青柯亭刊本，趙起杲刊刻。嚴州，治所在今浙江建德。

⑧**但明倫**　字天敘，一字雲湖，清廣順（今貴州長順）人，曾官兩淮鹽運使。他註釋的《聊齋志異》於道光二十二年（1842）刊行。呂湛恩，清文登（今屬山東）人，他所作的《聊齋志異》的註文，曾於道光五年（1825）單獨刊行，道光二十三年（1843）註文與《聊齋志異》原文合刻。

⑨**《聊齋志異拾遺》**　一卷二十七篇本未見。另有道光十年（1830）得月移叢書本《聊齋志異拾遺》一卷，光緒四年（1878）北京聚珍堂本《聊齋拾遺》四卷等。

⑩袁枚（1716–1798）　字子才，號簡齋、隨園老人，清錢塘（今浙江杭州）人，曾任江浦、江寧等縣知縣。撰有《小倉山房集》、《隨園詩話》等。

⑪沈起鳳（1741-？）　字桐威，號紅心詞客，清吳縣（今屬江蘇）人。所撰《諧鐸》，十二卷。

⑫和邦額　字閒齋，號霽雲主人，清滿州人。

⑬浩歌子　即尹慶蘭，字似村，清滿州鑲黃旗人。

⑭管世灝　字月楣，清海昌（今浙江海寧）人。

⑮馮起鳳　字梓華，清平湖（今屬浙江）人。

⑯鄒弢　字翰飛，號瀟湘館侍者，清金匱（今江蘇無錫）人。撰有《三借盧筆談》等。

⑰黍余裔孫　即屠紳，參看本書第二十五篇。

⑱金武祥（1841–1924）　字溎生，號粟香，清末江陰（今屬江蘇）人。撰有《粟香隨筆》、《江陰藝文志》等。

⑲盛時彥　字松雲，清北平（今北京）人。紀昀門人。下面的引文見《閱微草堂筆記·灤陽消夏錄》自序。

⑳此段引文見《閱微草堂筆記·姑妄聽之》自序。

㉑樂鈞　字元淑，，號蓮裳，清臨川（今屬江西）人。撰有《青芝山館詩集》。

㉒許秋垞　清海昌（今浙江海寧）人。撰有《琵琶演義》等。

㉓湯用中　字芷卿，清常州（今屬江蘇）人。

㉔王韜（1828-1897）　字紫詮，號仲弢，又號天南遁叟，清長洲（今江蘇蘇州）人。著譯甚多。所撰《淞隱漫錄》，又名《後聊齋志異》；《淞濱瑣話》，又名《淞隱續錄》。

㉕宣鼎（1834-1879）　字瘦梅，清天長（今屬安徽）人。撰有《返魂香傳奇》等。

㉖許元仲　字小歐，清松江（今屬上海）人。

㉗俞鴻漸（1781-1846）　字劍華，清德清（今屬浙江）人。撰有《印雪軒文鈔》、《印雪軒詩鈔》等。

㉘俞樾（1821-1907）　字蔭甫，號曲園，清德清人，著述頗多，總稱《春在堂全書》。

㉙金捧閶（1760-1810）　字玠堂，清江陰（今屬江蘇）人。所撰《客窗偶筆》，原八卷，後散佚，其孫輯得四卷，與《客窗二筆》一卷合刻。

㉚梁恭辰　字敬叔，清福州（今屬福建）人。

㉛許奉恩　字叔平，清桐城（今屬安徽）人。

第二十三篇　清之諷刺小說

寓譏彈於稗史者，晉唐已有，而明為盛，尤在人情小說中。然此類小說，大抵設一庸人，極形其陋劣之態，藉以付託俊士，顯其才華，故往往大不近情，其用才比於「打諢」。若較勝之作，描寫時亦深刻，譏刺之切或逾鋒刃，而《西遊補》之外，每似集中於一人或一家，則又疑私懷怨毒，乃逞惡言，非於世事有不平，因抽毫而抨擊矣。其近於呵斥全群者，則有《鍾馗捉鬼傳》①十回，疑尚是明人作，取諸色人，比之群鬼，一一抉剔，發其隱情，然詞意淺露，已同謾罵，所謂「婉曲」，實非所知。迨吳敬梓《儒林外史》出，乃秉持公心，指擿時弊，機鋒所向，尤在士林；其文又慼而能諧，婉而多諷：於是說部中乃始有足稱諷刺之書。

吳敬梓，字敏軒，安徽全椒人，幼即穎異，善記誦，稍長補官學弟子員，尤精《文選》，詩賦援筆立成。然不善治生，性又豪，不數年揮舊產俱盡，時或至於絕糧，雍正乙卯，安徽巡撫趙國麟舉以應博學鴻詞科，不赴，移家金陵，為文壇盟主，又集同志建先賢祠於雨花山麓，祀泰伯以下二百三十人，資不足，集所居屋以成之，而家益貧。晚年自號文木老人，客揚州，尤落拓縱酒，乾隆十九年卒於客中，年五十四（一七〇一至一七五四）。所著有《詩說》七卷，《文木山房集》五卷②，詩七卷，皆不甚傳（詳見新標點本《儒林外史》卷首）。

吳敬梓著作皆奇數，故《儒林外史》亦一例，為五十五回；其成殆在雍正末，著者方僑居於金陵也。時距明亡未百年，士流蓋尚有明季遺風，制藝而外，百不經意，但為矯飾，云希聖賢。敬梓之所描寫者即是此曹，既多據自所聞見，而筆又足以達之，故能燭幽索隱，物無遁形，凡官師，儒者，名士，山人，間亦有市井細民，皆現身紙上，聲態並作，使彼世相，如在目前，惟全書無主幹，僅驅使各種人物，行列而來，事與其來俱起，亦與其去俱訖，雖云長篇，頗同短制；但如集諸碎錦，合爲帖子，雖非巨幅，而時見珍異，因亦娛心，使人刮目矣。敬梓又愛才士，「汲引如不及，獨嫉『時文士』如仇，其尤工者，則尤嫉之。」（程晉芳所作傳云）故書中攻難制藝及以制藝出身者亦甚烈，如令選家馬二先生自述制藝之所以可貴云：

「……『舉業』二字，是從古及今，人人必要做的。就如孔子生在春秋時候，那時用『言揚行舉』做官，故孔子只講得個『言寡尤，行寡悔，祿在其中』：這便是孔子的舉業。到漢朝，用賢良方正開科，所以公孫弘董仲舒舉賢良方正：這便是漢人的舉業。到唐朝，用詩賦取士；他們若講孔孟的話，就沒有官做了，所以唐人都會做幾句詩：這便是唐人的舉業。到宋朝，又好了，都用的是些理學的人做官，所以程朱就講理學：這便是宋人的舉業。到本朝，用文章取士，這是極好的法則。就是夫子在而今，也要念文章，做舉業，斷不講那『言寡尤，行寡悔』的話。何也？就日日講究『言寡尤，行寡悔』，那個給你官做？孔子的道，也就不行了。」（第十三回）

《儒林外史》所傳人物，大都實有其人，而以象形諧聲或廋詞隱語寓其姓名，若參以雍乾間諸家文集，往往十得八九（詳見本書上元金和跋）。此馬二先生字純上，處州人，實即全椒馮粹中③，爲著者摯友，其言真率，又尙上知春秋漢唐，在「李文士」中實猶屬誠篤博通之士，但其議論，則不特盡揭當時對於學問之見解，且洞見所謂儒者之心肝者也。至於性行，乃亦君子，例如西湖之遊，雖全無會心，頗殺風景，而茫茫然大嚼而歸，迂儒之本色固在：

馬二先生獨自一個，帶了幾個錢，步出錢塘門，在茶亭裡吃了幾碗茶，到西湖沿上牌樓跟前坐下，見那一船一船鄉下婦女來燒香的，……後面跟著自己的漢子，……上了岸，散往各廟裡去了。馬二先生看了一遍，不在意裡。起來又走了里把多路，望著湖沿上接連著幾個酒店，……馬二先生沒有錢買了吃，……只得走進一個麵店，十六個錢吃了一碗麵，肚裡不飽，又走到間壁一個茶室吃了一碗茶，買了兩個錢「處片」嚼嚼，倒覺有些滋味。吃完了出來，……往前走，過了六橋。轉個彎，便像些村莊地方。又有人家的棺材，厝基中間，走也走不清，甚是可厭。馬二先生欲待回去，遇著一個走路的，問道「前面可還有好玩的所在？」那人道，「轉過去便是淨慈，雷峰。怎麼不好玩？」馬二先生於是又往前走。……過了雷峰，遠遠望見高高下下許多房子蓋著琉璃瓦，……馬二先生走到跟前，看見一個極高的山門，一個金字直匾，上寫「敕賜淨慈禪寺」；山門旁邊一個小門。馬二先生走了進去；……那些富貴人家女客，成群結隊，裡裡外外，來往不絕。……馬二先生身子又長，戴一頂高方巾，一幅烏黑的臉，腆著個肚子，穿著一雙厚底破靴，橫著身子亂跑，只管在人窩子裡撞。女人也不看他，他也不看女人。前前後後跑了一交，又出來坐在那茶亭內，……吃了一碗茶。櫃上擺著許多碟子：橘餅，芝麻糖，粽子，燒餅，處片，黑棗，煮栗子，馬二先生每樣買了幾個錢，不論好歹，吃了一飽。馬二先生覺得倦了，直著腳跑進清波門；到了下處，關門睡了。因為多走了路，在下處睡了一天；第三日起來，要到城隍山走走。……（第十四回）

至敘范進家本寒微，以鄉試中式暴發，旋丁母憂，翼翼盡禮，則無一貶詞，而情僞畢露，誠微辭之妙選，亦狙擊之辣手矣：

……兩人（張靜齋及范進）進來，先是靜齋謁過，范進上來敘師生之禮。湯知縣再三謙讓，奉坐吃茶。同靜齋敘了些闊別的話；又把范進的文章稱讚了一番，問道「因何不去會試？」范進方才說道，「先母見背，遵制丁憂。」湯知縣大驚，忙叫換去了吉服。拱進後堂，擺上酒來。……知縣安了席坐下，用的都是銀鑲杯箸。范進退前縮後的不舉杯箸，知縣不解其故。靜齋笑道，「世先生因遵制，想是不用這個杯箸。」知縣忙叫換去。換了一個磁杯，一雙象牙筷來，范進又不肯舉動。靜齋道，「這個箸也不用。」隨即換了一雙白顏色竹子的來，方才罷了。知縣疑惑：「他居喪如此盡禮，倘或不用葷酒，卻是不曾備辦。」落後看見他在燕窩碗裡揀了一個大蝦圓子送在嘴裡，方才放心。……（第四回）

此外刻劃僞妄之處尚多，掊擊習俗者亦屢見。其述王玉輝之女既殉夫，玉輝大喜，而當入祠建坊之際，「轉覺心傷，辭了不肯來」，後又自言「在家日日看見老妻悲慟，心中不忍」（第四十八回），則描寫良心與禮教之衝突，殊極深刻（詳見本書錢玄同序）；作者生清初，又束身名教之內，而能心有依違，託稗說以寄慨，殆亦深有會於此矣。以言君子，尚亦有人，杜少卿爲作者自況，更有杜愼卿（其兄青然），有虞育德（吳蒙泉），有莊尚志（程綿莊）④，皆貞士；其盛舉則極於祭先賢。迨南京名士漸已銷磨，先賢祠亦荒廢；而奇人幸未絕於市井，一爲「會寫字的」，一爲「賣火紙筒子的」，一爲「開茶館的」，一爲「做裁縫的」。末一尤恬淡，居三山街，曰荊元，能彈琴賦詩，縫紉之暇，往往以此自遣；間亦訪其同人。

一日，荊元吃過了飯，思量沒事，一逕踱到清涼山來。……他有一個老朋友姓于，住在山背後。這于老者也不讀書，也不做生意，……督率著他五個兒子灌園。……這日，荊元步了進來，于老者迎著道，「好些時不見老哥來，生意忙的緊？」荊元道，「正是。今日才打發清楚些。特來看看老爹。」于老者道，「恰好烹了一壺現成茶，請用一杯。」斟了送過來。荊元接了，坐著吃，道，「這茶，色香味都好。老爹卻是那裡取來的這樣好水？」于老者道，「我們城西不比你們城南，到處井泉都是吃得的。」荊元道，「古人動說『桃源避世』，我想起來，那裡要甚麼桃源。只如老爹這樣清閒自在，住在這樣『城市山林』的所在，就是現在的活神仙了。」于老者道，「只是我老拙一樣事也不會做，怎的如老哥會彈一曲琴，也覺得消遣些。近來想是一發彈的好了，可好幾時請教一回？」荆元道，「這也容易，老爹不嫌污耳，明日攜琴來請教。」說了一會，辭別回來。次日，荆元自己抱了琴，來到園裡，于老者已焚下一爐好香，在那裡等候。……于老者替荆元把琴安放在石凳上，荆元席地坐下，于老者也坐在旁邊。荆元慢慢的和了弦，彈起來，鏗鏗鏘鏘，聲振林木。……彈了一會，忽作變徵之音，淒清婉轉。于老者聽到深微之處，不覺淒然淚下。自此，他兩人常常往來。當下也就別過了。（第五十五回）

然獨不樂與士人往還，且知士人亦不屑與友：固非「儒林」中人也。至於此後有無賢人君子得入《儒林外史》，則作者但存疑問而已。

《儒林外史》初惟傳鈔，後刊本於揚州⑤，已而刻本非一。嘗有人排列全書人物，作「幽榜」，謂神宗以水旱偏災，流民載道，冀「旌沉抑之人才」以祈福利，乃並賜進士及第，並遣禮官就國子監祭之；又割裂作者文集中駢語，襞積之以造詔表（**金和跋云**），統爲一回綴於末：故一本有五十六回。又有人自作四回，事既不倫，語復猥陋，而亦雜入五十六回本中，印行於世：故一本又有六十回⑥。

是後亦鮮有以公心諷世之書如《儒林外史》者。

注釋

①《鍾馗捉鬼傳》　又題《斬鬼傳》，舊刊本題「陽直樵雲山人編次」。徐昆《柳崖外編》謂撰者係清初劉璋。

②《詩說》　已佚。從《儒林外史》第三十四回及金和跋文所引片斷材料，可知此書是解說《詩經》的。《文木山房集》，《全椒志》著錄十二卷，文五卷，詩七卷。今存有四卷本，即賦一卷，詩二卷，詞一卷。

③馮粹中　名祚泰，清全椒（今屬安徽）人，曾任正白旗官學教習。

④杜慎卿的原型青然，即吳檠（1696-1750），字青然，清全椒人。吳敬梓族兄，曾官刑部主事。下文虞育德的原型吳蒙泉，名培源，字岵瞻，清無錫（今屬江蘇）人。曾官上元縣教諭、遂安縣知縣。莊尚志的原型程綿莊（1691-1767），名廷祚，字啓生，清上元（今江蘇南京）人。撰有《青溪文集》。

⑤關於《儒林外史》揚州初刻本的年代，據金和《儒林外史》跋：「是書爲全椒棕亭先生官揚州府教授時梓以行世，自後揚州書肆刻本非一。」金棕亭於乾隆戊子至己亥（1768-1779）間任揚州府教授，故可推知該書刻於乾隆己亥年（1779）以前。

⑥五十六回本《儒林外史》，即臥閒草堂本，刊行於嘉慶八年（1803），爲今見最早刻本。金和跋載：「是書原本僅五十五卷，於述琴棋書畫四士既畢，即接《沁園春》一詞；何時何人妄增『幽

榜』一卷，其詔表皆割先生文集中駢語襞積而成，更陋劣可哂，今宜芟之以還其舊。」六十回本《儒林外史》，即增補齊省堂本，刊行於光緒十四年（1888），有東武惜紅生序。其中增補之四回，敘沈瓊枝嫁宋爲富的故事。

第二十四篇　清之人情小說

乾隆中（一七六五年頃），有小說曰《石頭記》者忽出於北京，歷五六年而盛行，然皆寫本，以數十金鬻於廟市。其本止八十回，開篇即敘本書之由來，謂女媧補天，獨留一石未用，石甚自悼嘆，俄見一僧一道，以爲「形體倒也是個寶物了，還只沒有實在好處，須得再鐫上數字，使人一見便知是奇物方妙。然後好攜你到隆盛昌明之邦，詩禮簪纓之族，花柳繁華之地，溫柔富貴之鄉，去安身樂業」。於是袖之而去。不知更歷幾劫，有空空道人見此大石，上鐫文詞，從石之請，鈔以問世。道人亦「因空見色，由色生情，傳情入色，自色悟空，遂易名爲情僧，改《石頭記》爲《情僧錄》；東魯孔梅溪則題曰《風月寶鑑》；後因曹雪芹於悼紅軒中披閱十載，增刪五次，纂成目錄，分出章回，則題曰《金陵十二釵》，並題一絕云：『滿紙荒唐言，一把辛酸淚。都云作者痴，誰解其中味？』」（戚蓼生所序八十回本之第一回）

本文所敘事則在石頭城（非即金陵）之賈府，爲寧國榮國二公後。寧公長孫曰敷，早死；次敬襲爵，而性好道，又讓爵於子珍，棄家學仙；珍遂縱恣，有子蓉，娶秦可卿。榮公長孫曰赦，子璉，娶王熙鳳；次曰政，女曰敏，適林海，中年而亡，僅遺一女曰黛玉。賈政娶於王，生子珠，早卒；次生女曰元春，後選爲妃；次復得子，則銜玉而生，玉又有字，因名寶玉，人皆以爲「來歷不小」，而政母史太君尤鍾愛之。寶玉既七八歲，聰明絕人，然性愛女子，常說，「女兒是水作的骨肉，男人是泥作的骨肉。」人於是又以爲將來且爲「色鬼」；賈政亦不甚愛惜，馭之極嚴，蓋緣

「不知道這人來歷。……若非多讀書識字，加以致知格物之功，悟道參玄之力者，不能知也」（戚本第二回賈雨村云）。而賈氏實亦「閨閣中歷歷有人」，主從之外，姻連亦眾，如黛玉寶釵，皆來寄寓，史湘雲亦時至，尼妙玉則習靜於後園。下表即賈氏譜大要，用虛線者其姻連，著×者夫婦，著＊者在「金陵十二釵」之數者也。

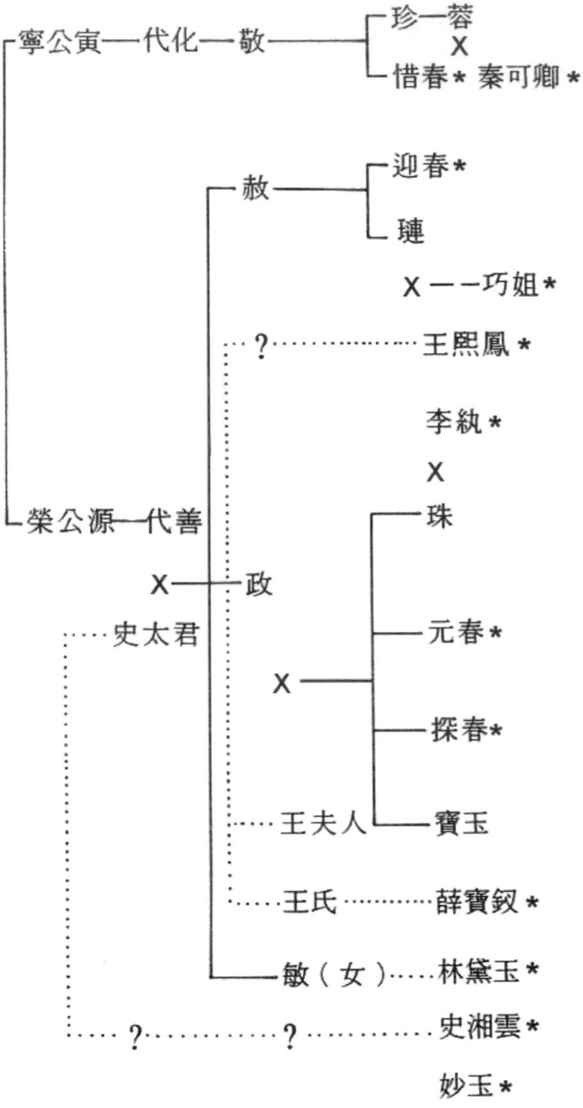

事即始於林夫人（賈敏）之死，黛玉失恃，又善病，遂來依外家，時與寶玉同年，爲十一歲。已而王夫人女弟所生女亦至，即薛寶釵，較長一年，頗極端麗。寶玉純樸，並愛二人無偏心，寶釵渾然不覺，而黛玉稍恚。一日，寶玉倦臥秦可卿室，遽夢入太虛境，遇警幻仙，閱《金陵十二釵正冊》及《副冊》，有圖有詩，然不解。警幻命奏新制《紅樓夢》十二支，其末闋爲《飛鳥各投林》，詞有云：

「為官的，家業凋零；富貴的，金銀散盡。有恩的，死裡逃生；無情的，分明報應。欠命的命已還，欠淚的淚已盡！……看破的，遁入空門；痴迷的，枉送了性命。好一似，食盡鳥投林：落了片白茫茫大地真乾淨！」（戚本第五回）

然寶玉又不解，更歷他夢而寤。迨元春被選爲妃，榮公府愈貴盛，及其歸省，則闢大觀園以宴之，情親畢至，極天倫之樂。寶玉亦漸長，於外昵秦鐘蔣玉函，歸則周旋於姊妹中表以及侍兒如襲人晴雯平兒紫鵑輩之間，昵而敬之，恐拂其意，愛博而心勞，而憂患亦日甚矣。

這日，寶玉因見湘雲漸癒，然後去看黛玉。正值黛玉才歇午覺，寶玉不敢驚動。因紫鵑正在迴廊上手裡做針線，便上來問她，「昨日夜裡咳嗽的可好些？」紫鵑道，「好些了。」（寶玉道，「阿彌陀佛，寧可好了罷。」紫鵑笑道，「你也念起佛來，真是新聞。」）寶玉笑道，「所謂『病篤亂投醫』了。」一面說，一面見她穿著彈墨綾子薄綿襖，外面只穿著青緞子夾背心，寶玉便伸手向她身上抹了一抹，說「穿的這樣單薄，還在風口裡坐著。春風才至，時氣最不好。你再病了，越發難了。」紫鵑便說道，「從此咱們只可說話，別動手動腳的。一年大二年小的，叫人看著不尊重；又打著那起混賬行子們背地裡說你。你總不留心，還只管合小時一般行為，如何使得？姑娘常常吩咐我們，不叫合你說笑。你近來瞧她，遠著你，還恐遠不及呢。」說著，便起身，攜了針線，進別房去了。寶玉見了這般景況，心中忽覺澆了一盆冷水一般，只看著竹子發了回呆。因祝媽正來挖筍修竿，便忙忙走了出來，一時魂魄失守，心無所知，隨便坐在一塊石上出神，不覺滴下淚來。直呆了五六頓飯工夫，千思萬想，總不知如何是好。偶值雪雁從王夫人房中取了人參來，從此經過，……便走過來，蹲下笑道，「你又作什麼來招我？你難道不是女兒？她既防嫌，總不許你們理我，你又來尋我，倘被人看見，豈不又生口舌？你快家去罷。」雪雁聽了，只當他又受了黛玉的委屈，只得回至房中，黛玉未醒，將人參交與紫鵑。……雪雁道，「姑娘還沒醒呢，是誰給了寶玉氣受？坐在那裡哭呢。」……紫鵑聽說，忙放下針線，……一直來尋寶玉。走到寶玉跟前，含笑說道，「我不過說了兩句話，為的是大家好。你就賭氣，跑了這風地裡來哭，作出病來唬我。」寶玉忙笑道，「誰賭氣了？我因為聽你說的有理，我想你們既這樣說，自然別人也是這樣說，將來漸漸的都不理我了。我所以想著自己傷心。」……（戚本第五十七回，括弧中句據程本補。）

然榮公府雖煊赫，而「生齒日繁，事務日盛，主僕上下，安富尊榮者盡多，運籌謀畫者無一，其日用排場，又不能將就省儉」，故「外面的架子雖未甚倒，內囊卻也盡上來了。」（第二回）頹運方至，變故漸多；寶玉在繁華豐厚中，且亦屢與「無常」覿面，先有可卿自盡；秦鐘夭逝；自又中父妾厭勝之術，幾死；繼以金釧投井；尤二姐吞金；而所愛之侍兒晴雯又被遣，隨歿。悲涼之霧，遍被華林，然呼吸而領會之者，獨寶玉而已。

……他便帶了兩個小丫頭到一石後，也不怎麼樣，只問他二人道，「自我去了，你襲人姐姐可打發人瞧晴雯姐姐去了不曾？」這一個答道，「打發宋媽媽瞧去了。」寶玉道，「回來說什麼？」小丫頭道，「回來說晴雯姐姐直著脖子叫了一夜，今兒早起就閉了眼，住了口，人事不知，也出不得一聲兒了，只有倒氣的分兒了。」寶玉忙問道，「一夜叫的是誰？」小丫頭子道，（「一夜叫的是娘。」寶玉拭淚道，「還叫誰？」小丫頭說，）「沒有聽見叫別人。」寶玉道，「你糊塗，想必沒聽真。」（……因又想：）「雖然臨終未見，如今且去靈前一拜，也算盡這五六年的情腸。……」……遂一逕出園，往前日之處來，意為停柩在內。誰知她哥嫂見她一嚥氣，便回了進去，希圖得幾兩發送例銀。王夫人聞知，便賞了十兩銀子；又命「即刻送到外頭焚化了罷。『女兒癆』死的，斷不可留！」他哥嫂聽了這話，一面就雇了人來入殮，抬往城外化人廠去了。……寶玉走來撲了個空，……自立了半天，別沒法兒，只得翻身進入園中，待回自房，甚覺無趣，因乃順路來找黛玉，偏她不在房中。……又到蘅蕪院中，只見寂靜無人。……仍往瀟湘館來，偏黛玉尚未回來。……正在不知所以之際，忽見王夫人的丫頭進來找他，說，「老爺回來了，找你呢。又得了好題目來了，快走快走！」寶玉聽了，只得跟了出來。……彼時賈政正與眾幕友談論尋秋之勝；又說，「臨散時忽然談及一事，最是千古佳談，『風流俊逸忠義慷慨』八字皆備。倒是個好題目，大家都要作一首挽詞。」眾人聽了，都忙請教是何等妙題。賈政乃說，「近日有一位恆王，出鎮青州。這恆王最喜女色，且公餘好武，因選了許多美女，日習武事。……其姬中有一姓林行四者，姿色既冠，且武藝更精，皆呼為林四娘。恆王最得意，遂超拔林四娘統轄諸姬，又呼為跪劃將軍。」眾清客都稱「妙極神奇！竟以『姽嫿』下加『將軍』二字，更覺嫵媚風流，真絕世奇文！想這恆王也是第一風流人物了。」……（戚本第七十八回，括弧中句程本補。）

《石頭記》結局，雖早隱現於寶玉幻夢中，而八十回僅露「悲音」，殊難必其究竟。比乾隆五十七年（一七九二），乃有百二十回之排印本出，改名《紅樓夢》，字句亦時有不同，程偉元序其前云，「……然原本目錄百二十卷，……爰爲竭力搜羅，自藏書家甚至故紙堆中，無不留心。數年以來，僅積有二十餘卷。一日，偶於鼓擔上得十餘卷，遂重價購之。……然漶漫不可收拾，乃同友人細加釐剔，截長補短，鈔成全部，復爲鐫板以公同好。《石頭記》全書至是始告成矣。」友人蓋謂高鶚①，亦有序，末題「乾隆辛亥冬至後一日」，先於程序者一年。

後四十回雖數量止初本之半，而大故迭起，破敗死亡相繼，與所謂「食盡鳥飛獨存白地」者頗符，惟結束末又稍振。寶玉先失其通靈玉，狀類失神。會賈政將赴外任，欲於寶玉娶婦後始就道，黛玉羸弱，乃迎寶釵，姻事由王熙鳳謀面，運行甚密，而卒為黛玉所知，咯血，病日甚，至寶玉成婚之日遂卒。寶玉知將婚，自以爲必黛玉，欣然臨席，比見新婦為寶釵，乃悲嘆復病。時元妃先薨；賈赦以「交通外官倚勢凌弱」革職查抄，累及榮府；史太君又尋亡；妙玉則遭盜劫，不知所終；王熙鳳既失勢，亦鬱鬱死。寶玉病亦加，一日垂絕，忽有一僧持玉來，遂甦，見僧復氣絕，歷噩夢而覺；乃忽改行，發憤欲振家聲，次年應鄉試，以第七名中式。寶釵亦有孕，而寶玉忽亡去。賈政既葬母於金陵，將歸京師，雪夜泊舟毗陵驛，見一人光頭赤足，披大紅猩猩氈斗篷，向之下拜，審視知為寶玉。方欲就語，忽來一僧一道，挾以俱去，且不知何人作歌，云「歸大荒」，追之無有，「只見白茫茫一片曠野」而已。「後人見了這本傳奇，亦曾題過四句，為作者緣起之言更進一竿云：『說到酸辛事，荒唐愈可悲，由來同一夢，休笑世人痴。』」（第一百二十回）

全書所寫，雖不外悲喜之情，聚散之跡，而人物事故，則擺脫舊套，與在先之人情小說甚不同。如開篇所說：

> 空空道人遂向石頭說到，「石兄，你這段故事……據我看來：第一件，無朝代年紀可考；第二件，並無大賢大忠，理朝廷治風俗的善政。其中只不過幾個異祥女子——或

情，或痴，或小才微善——亦無班姑蔡女之德能。我縱鈔去，恐世人不愛看呢。」

石頭笑曰，「我師何太痴也！若云無朝代可考，今我師竟假借漢唐等年紀添綴，又有何難？但我想歷來野史，皆蹈一轍；莫如我不借此套，反倒新鮮別緻，不過只取其事體情理罷了。……歷來野史，或訕謗君相，或貶人妻女，姦淫凶惡，不可勝數。……至若才子佳人等書，則又千部共出一套，且其中終不能不涉於淫濫，以致滿紙『潘安子建』，『西子文君』；……且環婢開口，即『者也之乎』，非文即理，故逐一看去，悉皆自相矛盾，大不近情理之說。竟不如我半世親睹觀聞的這幾個女子，雖不敢說強似前代所有書中之人，但事跡原委，亦可以消愁破悶也。……至若離合悲歡，興衰際遇，則又追蹤躡跡，不敢稍加穿鑿，徒為哄人之目，而反失其真傳者。……」（戚本第一回）

蓋敘述皆存本真，聞見悉所親歷，正因寫實，轉成新鮮。而世人忽略此言，每欲別求深義，揣測之說，久而遂多。今汰去悠謬不足辯，如謂是刺和珅（《譚瀛室筆記》）藏讖緯（《寄蝸殘贅》）明易象（《金玉緣》評語）②之類，而著其世所廣傳者於下：

一，**納蘭成德③家事說** 自來信此者甚多。陳康祺④（《燕下鄉脞錄》五）記姜宸英⑤典康熙己卯順天鄉試獲咎事，因及其師徐時棟⑥（號柳泉）之說云，「小說《紅樓夢》一書，即記故相明珠家事，金釵十二，皆納蘭侍御所奉爲上客者也，寶釵影高澹人；妙玉即影西溟先生：『妙』爲『少女』，『姜』亦婦人之美稱；『如玉』，義可通假。……」侍御謂明珠之子成德，後改名性德，字容若。張維屏⑦（《詩人徵略》）云，「賈寶玉蓋即容若也；《紅樓夢》所云，乃其髫齡時事。」俞樾（《小浮梅閒話》）亦謂其「中舉人止十五歲，於書中所述頗合」。然其他事跡，乃皆不符；胡適作《紅樓夢考證》⑧（《文存》三），已歷正其失。最有力者，一為姜宸英有《祭納蘭成德文》，相契之深，非妙玉於寶玉可比；一為成德死時年三十一，時明珠方貴盛也。

二，**清世祖與董鄂妃⑨故事說**　王夢阮沈瓶庵⑩合著之《紅樓夢索隱》為此說。其提要有云，「蓋嘗聞之京師故老云，是書全為清世祖與董鄂妃而作，兼及當時諸名王奇女也。……」而又指董鄂妃即秦淮舊妓嫁為冒襄妾之董小宛⑪，清兵下江南，掠以北，有寵於清世祖，封貴妃，已而夭逝；世祖哀痛，乃遁跡五台山為僧云。孟森作《董小宛考》（《心史叢刊》三集）⑫，則歷摘此說之謬，最有力者為小宛生於明天啓甲子，若以順治七年入宮，已二十八歲矣，而其時清世祖方十四歲。

三，**康熙朝政治狀態說**　此說即發端於徐時棟，而大備於蔡元培之《石頭記索隱》⑬。開卷即云，「《石頭記》者，清康熙朝政治小說也。作者持民族主義甚摯，書中本事，在吊明之亡，揭清之失，而尤於漢族名士仕清者寓痛惜之意。……」於是比擬引申，以求其合，以「紅」為影「朱」字；以「石頭」為金陵；以「賈」為斥偽朝；以「金陵十二釵」為擬清初江南之名士：如林黛玉影朱彝尊，王熙鳳影余國柱，史湘雲影陳維崧，寶釵妙玉則從徐說，旁徵博引，用力甚勤。然胡適既考得作者生平，而此說遂不立，最有力者即曹雪芹為漢軍，而《石頭記》實其自敘也。

然謂《紅樓夢》乃作者自敘，與本書開篇契合者，其說之出實最先，而確定反最後。嘉慶初，袁枚（《隨園詩話》二）已云，「康熙中，曹練亭為江寧織造，……其子雪芹撰《紅樓夢》一書，備記風月繁華之盛。中有所謂大觀園者，即余之隨園也。」末二語蓋誇，餘亦有小誤（如以楝為練，以孫為子），但已明言雪芹之書，所記者其聞見矣。而世間信者特少，王國維⑭（《靜庵文集》）且詰難此類，以爲「所謂『親見親聞』者，亦可自旁觀者之口言之，未必躬爲劇中之人物」也，迨胡適作考證，乃較然彰明，知曹雪芹實生於榮華，終於零落，半生經歷，絕似「石頭」，著書西郊，未就而沒；晚出全書，乃高鶚續成之者矣。

雪芹名霑，字芹溪，一字芹圃，正白旗漢軍。祖寅⑮，字子清，號楝亭，康熙中爲江寧織造。清世祖南巡時，五次以織造署爲行宮，後四次皆寅在任。然頗嗜風雅，嘗刻古書十餘種，爲時所稱；亦能文，所著有《楝亭詩鈔》五卷《詞鈔》一卷（《四庫書目》），傳奇二種（《在園雜志》）。寅子頫，即雪芹父，亦爲江寧織造，故雪芹生於南京。時蓋康熙末。雍正六年，頫卸任，雪芹亦歸北京，時約十歲。然不知何因，是後曹氏似遭巨變，家頓落，雪芹至中年，乃至貧居西郊，啜饘粥，但猶傲兀，時復縱酒賦詩，而作《石頭記》蓋亦此際。乾隆二十七年，子殤，雪芹傷感成疾，至除夕，卒，年四十餘（一七一九？至一七六三）。其《石頭記》尚未就，今所傳者止八十回（詳見《胡適文選》）。

言後四十回爲高鶚作者，俞樾（《小浮梅閒話》）云，「《船山詩草》有《贈高蘭墅鶚同年》一首云，『豔情人自說《紅樓》。』注云，『《紅樓夢》八十回以後，俱蘭墅所補。』然則此書非出一手。按鄉會試增五言八韻詩，始乾隆朝，而書中敘科場事已有詩，則其爲高君所補可正矣。」然鶚所作序，僅言「友人程子小泉過予，以其所購全書見示，且曰，『此僕數年銖積寸累之辛心，將付剞劂，公同好。子閒且憊矣，蓋分任之。』予以是書……尚不背於名教：……遂襄其役。」蓋不欲明言己出，而寮友則頗有知之者。鶚即字蘭墅，鑲黃旗漢軍，乾隆戊申舉人，乙卯進士，旋入翰林，官侍讀，又嘗爲嘉慶辛酉順天鄉試同考官。其補《紅樓夢》當在乾隆辛亥時，未成進士，「閒且憊矣」，故於雪芹蕭條之感，偶或相通。然心志未灰，則與所謂「暮年之人，貧病交攻，漸漸的露出那下世光景來」（戚本第一回）者又絕異。是以續書雖亦悲涼，而賈氏終於「蘭桂齊芳」，家業復起，殊不類茫茫白地，真成乾淨者矣。

續《紅樓夢》八十回本者，尚不止一高鶚。俞平伯⑯從戚蓼生所序之八十回本舊評中抉剔，知先有續書三十回，似敘賈氏子孫流散，寶玉貧寒不堪，「懸崖撒手」，終於爲僧；然其詳不可考（《紅樓夢辨》下有專論）。或謂「戴君誠夫見 舊時真本，八十回之後，皆與今本不同，榮寧籍沒後，皆極蕭條；寶釵亦早卒，寶玉無以作家，至淪於擊柝之流。史湘雲則爲乞丐，後乃與寶玉仍成夫婦。……聞吳潤生中丞家尚藏有其本。」（蔣瑞藻《小說考證》七引《續閱微草堂筆記》）此又一本。蓋亦續書。二書所補，或俱未契於作者本懷，然長夜無晨，則與前書之伏線亦不背。

此他續作，紛紜尚多，如《後紅樓夢》，《紅樓後夢》，《續紅樓夢》，《紅樓復夢》，《紅樓夢補》，《紅樓補夢》，《紅樓重夢》，《紅樓再夢》，《紅樓幻夢》，《紅樓圓夢》，《增補紅樓》，《鬼紅樓》，《紅樓夢影》⑰等。大率承高鶚續書而更補其缺陷，結以「團圓」；甚或謂作者本以爲書中無一好人，因而鑽刺吹求，大加筆伐。但據本書自說，則僅乃如實抒寫，絕無譏彈，獨於自身，深所懺悔。此固常情所嘉，故《紅樓夢》至今爲人愛重，然亦常情所怪，故復有人不滿，備起而補訂圓滿之。此足見人之度量相去之遠，亦曹雪芹之所以不可及也。仍錄彼語，以結此篇：

……作者自云：因曾歷過一番夢幻之後，故將真事隱去，而藉「通靈」之說，撰此《石頭記》一書也。……自又云：今風塵碌碌，一事無成，忽念及當日所有之女子，一一細考較去，覺其行止見識，皆出於我之上。何我堂堂鬚眉，誠不若彼裙釵女子？實愧則有餘，悔又無益，是大無可如何之日也。當此，則自欲將已往所賴天恩祖德，錦衣紈袴之時，飫甘饜肥之日，背父兄教育之恩，負師友規訓之德，以致今日一技無成，半生潦倒之罪，編述一集，以告天下人。我之罪固不免，然閨閣中本自歷歷有人，萬不可因我之不肖，自己護短，一併使其泯滅。雖今日之茅椽蓬牖，瓦灶繩床，其晨夕風露，階柳庭花，亦未有妨我之襟懷，束筆閣墨；雖我未學，下筆無文，又何妨用俚語村言，敷衍出一段故事來，亦可使閨閣照傳，復可悅世之。

注釋

①高鶚（約1738–約1815）　字蘭墅，別署紅樓外史，漢軍鑲黃旗人。曾官內閣中書、翰林院侍讀。撰有《高蘭墅集》、《月小山房遺稿》。清張問陶《贈高蘭墅鶚同年》詩註云：「傳奇《紅樓夢》

八十回以後俱蘭墅所補。」今傳一百二十回本《紅樓夢》，其後四十回一般認爲係高鶚所續。

②**剌和珅**　和珅，清滿洲正紅旗人，姓鈕祜祿氏，字致齋，官至大學士。《譚瀛室筆記》云：「和珅秉政時，內寵甚多，自妻以下，內嬖如大人者二十四人，即《紅樓夢》所指正副十二釵是也。」藏讖緯，汪堃《寄蝸殘贅》卷九載：「曾聞一旗下友人云：『《紅樓夢》爲讖緯之書』。相傳有此說，言之鑿鑿，具有徵引」，並謂曹雪芹因撰《紅樓夢》，其後代遭「滅族之禍，實基於此。」明易象，《增評補象全圖金玉緣》卷首載張新之《石頭記讀法》云：「《易》曰，『臣弒其君，子弒其父，非一朝一夕之故，其所由來者漸矣』。故謹履霜之戒。一部《石頭記》，（演）一漸字。」

③**納蘭成德**（1665-1685）　後改名性德，字容若，清滿洲正黃旗人。大學士明珠長子，曾任一等侍衛。撰有《飲水詞》、《通志堂集》等。

④**陳康祺**　字鈞堂，清鄞縣（今屬浙江）人，官至郎中。所撰《燕下鄉脞錄》，十六卷。

⑤**姜宸英**（1628-1699）　字西溟，號湛園，清慈溪（今屬浙江）人。康熙己卯年（1699）爲順天鄉試考官，因科場舞弊案牽連，死於獄中。撰有《湛園未定稿》、《西溟文鈔》等。

⑥**徐時棟**（1814-1873）　字定宇，號柳泉，清鄞縣（今屬浙江）人。曾任內閣中書，撰有《柳泉詩文集》等。下引徐說涉及的**明珠**（1635-1708），姓納蘭，清滿洲正黃旗人。康熙年間任刑部尚書、武英殿大學士。**高澹人**（1644-1703），名士奇，號江村，清錢塘（今浙江杭州）人。曾任禮部侍郎。撰有《清吟堂全集》、《天祿識餘》等。

⑦**張維屏**（1780-1859）　字南山，清番禺（今屬廣東）人，官至江西南康知府。撰有《松心詩集、文

集》等。《詩人徵略》，即《國朝詩人徵略》，一編六十卷，二編六十四卷。引文見二編卷九。

⑧**胡適**（1891-1962） 字適之，安徽績溪人。他的《紅樓夢考證》作於一九二一年，對《紅樓夢》作者、版本進行了考證。

⑨**清世祖** 即順治皇帝福臨（1638-1661）。董鄂妃，世祖之妃，內大臣鄂碩之女。有些索隱派紅學家證爲董鄂妃即是董小宛。

⑩**王夢阮** 未詳。沈瓶庵，中華書局編輯，曾編《中華小說界》雜誌。王、沈合撰的《紅樓夢索隱》，一九一六年附刊於中華書局出版的一百二十回本《紅樓夢》，卷首有他們寫的《紅樓夢索隱提要》。

⑪**冒襄**（1611-1693） 字辟疆，號巢民，清初如皋（今屬江蘇）人。明末副貢，入清隱居不仕，撰有《巢民詩集、文集》。董小宛（1624-1651），名白，原爲秦淮名妓，後爲冒襄寵妾。

⑫**孟森**（1868-1937） 字純蓀，筆名心史，江蘇武進人。曾任北京大學教授。所撰《心史叢刊》，共三集，多爲有關明清史的考證文章。

⑬**蔡元培**（1868-1940） 字鶴卿，號孑民，浙江紹興人。曾任南京臨時政府教育總長、北京大學校長。他在所撰《石頭記索隱》中，以林黛玉爲絳珠仙子，「珠」、「朱」諧音；以林黛玉所住瀟湘館比附朱彝尊的號「竹垞」，故認爲林黛玉影射朱彝尊。以「王」即「柱」字偏旁之省；「國」俗作「国」，熙鳳之夫曰「璉」，即二「王」字相連也，故認爲王熙鳳即影射余國柱。以陳維崧字其年，號迦陵，與史湘雲所佩「麒麟」音近，故認爲史湘雲即影射陳維崧。

⑭王國維（1877–1927）　字靜安，號觀堂，浙江海寧人。撰有《宋元戲曲史》、《觀堂集林》等。引文見《靜安文集·紅樓夢評論》。

⑮曹寅（1658–1712）　曾官通政使，蘇州、江寧織造。主持刊刻《全唐詩》、《佩文韻府》。所撰傳奇二種爲《虎口餘生》、《續琵琶記》。下文「清世祖」應作「清聖祖」。

⑯俞平伯　名銘衡，浙江德清人。所著《紅樓夢辨》，一九二三年出版（後經修訂，改名《紅樓夢研究》，一九五二年出版。）

⑰《後紅樓夢》　逍遙子撰，三十回，乾嘉間刊本。《續紅樓夢》，同名者有二種：一爲秦子忱撰，三十卷，嘉慶四年抱甕軒刊本；一爲題「海圃主人手制」，四十回，嘉慶間刊本。《紅樓復夢》，題「紅香閣小和山樵南陽氏編輯」，一百回，嘉慶十年金谷園刊本。《紅樓夢補》，歸鋤子撰，四十八回，嘉慶二十四年藤花榭刊本。《紅樓幻夢》，花月痴人撰，二十四回，道光二十三年疏影齋刊本。《紅樓圓夢》，夢夢先生撰，三十一回，嘉慶十九年紅薔閣寫刻本。《增補紅樓》，瑯嬛山樵撰，三十二回，道光四年刊本。《鬼紅樓》，即秦子忱《續紅樓夢》；據《懺玉樓叢書提要》載：「是書作於《後紅樓夢》之後，人以其說鬼也，戲呼爲《鬼紅樓》。」《紅樓夢影》，雲槎外史（一名西湖散人）撰，二十四回，光緒三年北京聚珍堂活字刊本。《紅樓後夢》、《紅樓補夢》、《紅樓重夢》、《紅樓再夢》，未見。（以上據一粟《紅樓夢書錄》）

第二十五篇　清之以小說見才學者

以小說爲庋學問文章之具，與寓懲勸同義而異用者，在清蓋莫先於《野叟曝言》①。其書光緒初始出，序云康熙時江陰夏氏作，其人「以名諸生貢於成均，既不得志，乃應大人先生之聘，輒祭酒帷幕中，遍歷燕晉秦隴。……繼而假道黔蜀，自湘浮漢，溯江而歸。所歷既富，於是發爲文章，益有奇氣，……然首已斑矣。（自是）屏絕進取，壹意著書」，成《野叟曝言》二十卷，然僅以示友人，不欲問世，迨印行時，已小有缺失；一本獨全，疑他人補足之。二本皆無撰人名，金武祥（《江陰藝文志》凡例）則云夏二銘作。二銘，夏敬渠之號也；光緒《江陰縣志》（十七《文苑傳》）云，「敬渠，字懋修，諸生；英敏績學，通史經，旁及諸子百家禮樂兵刑天文算數之學，靡不淹貫。……生平足跡幾遍海內，所交盡賢豪。著有《綱目舉正》，《經史餘論》，《全史約編》，《學古編》，詩文集若干卷。」與序所言者頗合，惟列於趙曦明②之後，則乾隆中蓋尚存。

《野叟曝言》龐然巨帙，回數多至百五十四回，以「奮武揆文天下無雙正士熔經鑄史人間第一奇書」二十字編卷，即作者所以渾括其全書。至於內容，則如凡例言，凡「敘事，說理，談經，論史，教孝，勸忠；運籌，決策，藝之兵詩醫算，情之喜怒哀懼，講道學，避邪說……」無所不包，而以文白爲之主。白字素臣，「是錚錚鐵漢，落落奇才，吟遍江山，胸羅星斗。說他不求宦達，卻見理如漆雕；說他不會風流，卻多情如宋玉。揮毫作賦，則頡頏相如；抵掌談兵，則伯仲諸葛，力能扛鼎，退然如不勝衣；勇可屠龍，凜然若將隕谷。旁通曆數，下視一行；閒涉岐黃，肩隨仲景。

以朋友爲性命；奉名教若神明。真是極有血性的真儒，不識炎涼的名士。他平生有一段大本領，是止崇正學，不信異端；有一副大手眼，是解人所不能解，言人所不能言」（第一回）。然而明君在上，君子不窮，超擢飛騰，莫不如意。書名闢鬼，舉手除妖，百夷慴於神威，四靈集其家囿。文功武烈，並萃一身，天子崇禮，號曰「素父」。而仍有異術，既能易形，又工內媚，姬妾羅列，生二十四男。男又大貴，且生百孫；孫又生子，復有雲孫。其母水氏年百歲，既見「六世同堂」，來獻壽者亦七十國；皇帝贈聯，至稱爲「鎭國衛聖仁孝慈壽宣成文母水太君」（百四十四回）。凡人臣榮顯之事，爲士人意想所能及者，此書幾畢載矣，惟尙不敢希帝王。至於排斥異端，用力尤勁，道人釋子，多被誅夷，壇場荒涼，塔寺毀廢，獨有「素父」一家，乃嘉祥備具，爲萬流宗仰而已。

《野叟曝言》云是作者「抱負不凡，未得黼黻休明，至老經猷莫展」，因而命筆，比之「野老無事，曝日清談」（凡例云）。可知衒學寄慨，實其主因，聖而尊榮，則爲抱負，與明人之神魔及佳人才子小說面目似異，根柢實同，惟以異端易魔，以聖人易才子而已。意既誇誕，文復無味，殊不足以稱藝文，但欲知當時所謂「理學家」之心理，則於中頗可考見。雍正末，江陰人楊名時③爲雲南巡撫，其鄉人拔貢生夏宗瀾④嘗從之問《易》，以名時爲李光地⑤門人，故並宗光地而說益怪。乾隆初，名時入爲禮部尙書，宗瀾亦以經學荐授國子監助教，又歷主他講席，仍終身師名時（《四庫書目》六及十六及十七）。稍後又有諸生夏祖熊⑥，亦「博通群經，尤篤好性命之學，患二氏說漫衍，因復考辨以歸於正」（《江陰志》十七）。蓋江陰自有楊名時（卒贈太子太傅謚文定）而影響頗及於其鄉之士風；自有夏宗瀾師楊名時而影響又頗及於夏氏之家學，大率與當時當道名公同意，崇程朱而斥陸王⑦，以「打僧罵道」爲唯一盛業，故若文白者之言行際遇，固非獨作者一人之理想人物矣。文白或云即作者自寓，析「夏」字作之；又有時太師，則楊名時也，其崇仰蓋承夏宗瀾之緒餘，然因此遂或誤以《野叟曝言》爲宗瀾作。

欲於小說見其才藻之美者，則有屠紳《蟫史》二十卷。紳字賢書，號笏岩，亦江陰人，世業農。紳幼孤，而資質聰敏，年十三即入邑庠，二十成進士，尋授雲南師宗縣知縣，遷尋甸州知州，五校鄉闈，頗稱得士，後爲廣州同知。嘉慶六年以候補在北京，暴疾卒於客舍，年五十八（一七四四至一八〇一）。紳豪放嫉俗，生平慕湯顯祖之爲人，而作吏頗酷，又好內，姬侍眾多（已上俱見《鶚亭詩話》附錄）；爲文則務爲古澀豔異，晦其義旨，志怪有《六合內外瑣言》，雜說有《鶚亭詩話》（見第二十二篇），皆如此。《蟫史》爲長篇，署「磊砢山房原本」，金武祥（《粟香隨筆》二）云是紳作⑧。書中有桑蠋生，蓋作者自寓，其言有云，「予，甲子生也。」與紳生年正同。開篇又云，「在昔吳儂官於粵嶺，行年大衍有奇，海隅之行，若有所得，輒就見聞傳聞之異辭，彙爲一編。」且假傅鼐⑨扞苗之事（在乾隆六十年）爲主幹，則始作當在嘉慶初，不數年而畢；有五年四月小停道人序。次年，則紳死矣。

《蟫史》首即言閩人桑蠋生海行，舟敗墮水，流至甲子石之外澳，爲捕魚人所救，引以見甘鼎。鼎官指揮，方奉檄築城防寇，求地形家，見生大喜，如其圖依甲子石爲垣，遂成神奇之城，敵不能瞰。又於地穴中得三篋書，其一凡二十卷，「題曰『徹土作稼之文，歸墟野鳧氏畫』」。又一篋爲天人圖，題曰『眼藏須彌僧道作』。又一篋爲方書，題曰『六子攜持極老人口授』。蠋生謂指揮曰，『此書明明授我主賓矣。何言之？徹土，桑也；作稼，甘也。』……營龕於秘室，置之；行則藏枕中；有所求發明，則拜而同啓視；兩人大悅。」（第一回）已而有鄺天龍者為亂，自署廣州王，其覺妻萬赤有異術，則翊輔之。甘鼎進討，有龍女來助，擒天龍，而萬赤逸去。鼎以功晉位鎮撫，仍隨石珏協剿海寇，又破交人；萬赤在交阯，則仍不能得。旋擢兵馬總帥，赴楚蜀黔廣備九股苗，遂與諸苗戰，多歷奇險，然皆勝，其一事云：

……須臾，苗卒大呼曰，「漢將不敢見陣耶？」季孫引五百人，翼而進。兩旗忽下，地中飛出滴血雞六，向漢將啼；又六犬皆火色，亦嚎聲如豺。軍士面灰死，木立，僅倚其械。矩兒飛椎鑿六犬腦，皆裂。木蘭袖蛇醫，引之啄一雞，張喙死；五雞連棲而不鳴。惟見瓦片所圖雞犬形，狼藉於地，實非有二物也。……復至金大都督營中，則癩牛病馬各六，均有皮無毛；士卒為角觸足踏者皆死，一牛齕金大都督之足，已齒陷於骨；矩兒揮兩戚落牛首，齒仍不脱；木蘭急遣虎頭神鑿去其齒，足骨亦折焉，令左右舁歸大營。牛馬奔突無所制，木蘭以鯉鱗帕撒之，一鱗露一劍，並砍一十牛馬。其物各吐火四五尺，鱗劍為之焦灼，火大延燒，牛馬皆叫囂自得。見獼猴擲身入，舉手作霹靂聲，暴雨滅火，平地起水丈餘，牛馬俱浸死。木蘭喜曰，「五固知樂王子能傳滅火真人衣鉢矣。」水退，見牛馬皆無有，乃砌壁之破甕朱書牛馬字：是為蠱妖之「窮神盡化」云。……（卷九）

婁萬赤亦在苗中，知交阯將有事，潛歸。甘鼎至廣州，與撫軍區星進擊交阯。區用獞兒策，疾薄宜京，斬關而入，擒其王，交民悉降；甘則由水道進，列營於江橋北。

……婁萬赤與其師李長腳鬥法於江橋南。……李長腳變金井給萬赤，即墜入，忽有鐵樹挺出，井闌撐欲破。獞兒引慶喜至，出白羅巾擲樹巔，砉然有聲，鐵樹不復見，李長腳復其形，覓萬赤，臥橋畔沙石間。遂袖出白壺子一器，持向萬赤頂骨咒曰，……咒畢，舉手振一雷。萬赤精氣已鑠，躍入江中，將隨波出海。木蘭呼鱗介士百人追之飄浮，所在必見吆喝，乃變為璅蛣。乘海蟹空腹，入之，以為「藏身之固」矣，交阯人善撈蟹者，得是物如箕，大喜，剞蟹將取其腹腴，一蟲隨手出，倏墜地化為人形，俄頃長大，固儼然盲僧焉，詢之不復語。有屠者攜刀來視，咄咄曰，「蟹腹自有『仙人』，一名『和尚』，要是謔語；斷無別腸容此妖物，不誅戮之，五口南交禍未已也。」揮刀斫其首。時甘君已入城，與區撫軍議班師矣；常越所部卒持盲僧首以獻，轉告兩元戎。桑長史進曰，「斯必萬赤頭也。記天人第二圖為蟹浮海中，篆云『橫行自斃』。某當初疑萬赤先亡，乃今始驗。」適李長腳入辭，視其頭笑曰，「此賊以水火陰陽，為害中國，不死於黃鉞而死於屠刀，固犬豕之流耳。仙骨何有哉？……」……（卷二十）

自是交阯平。桑蠋生還閩；甘鼎亦棄官去，言將度庾嶺云。

《蟫史》神態，彷彿甚奇，然探其本根，則實未離於神魔小說；其綴以䙡語，固由作者稟性，而一面亦尚承明代「世情書」之流風。特緣勉造硬語，爲擬古書，成詰屈之文，遂得掩凡近之意。洪亮吉⑩（《北江詩話》）評其詩云，「如栽盆紅藥，蓄沼文魚。」江璙⑪序其《鶚亭詩話》云，「貌淵奥而實平易，……然筆致逋峭可喜。」即謂雖華艷而乏天趣，徒奇崛而無深意也。《蟫史》亦然，惟以其文體爲他人所未試，足稱獨步而已。

以排偶之文試爲小說者，則有陳球之《燕山外史》八卷。球字蘊齋，秀水諸生，家貧，以賣畫自給，工駢儷，喜傳奇，因有此作（《光緒嘉興府志》五十二）。自謂「史體從無以四六爲文，自我作古，極知僭妄，……第行於稗乘，當希末減」。蓋未見張鷟《遊仙窟》（見第八篇），遂自以爲獨創矣。其本成於嘉慶中（約一八一〇），專主詞華，略以寄慨，故即取明馮夢楨所撰《竇生傳》⑫爲骨幹，加以敷衍，演爲三萬一千餘言。傳略謂永樂時有竇繩祖，本燕人，就學於嘉興，悅貧女李愛姑，迎以同居；久之，父迫令就婚淄川宦族，遂絕去。愛姑復爲金陵鹺商所紿，輾轉落妓家，得俠士馬遴之助，終復歸竇，而大婦甚妒，虐遇之，生不能堪，偕愛姑遁去，會有唐賽兒之亂，又相失。比生復歸，則資產已空，婦亦求去，孑然止存一身，而愛姑忽至，自言當日匿尼庵中，今遂返矣。是年竇生及第，累官至山東巡撫；迎愛姑入署如命婦。未幾生男，求乳媼，有應者，則前大婦也，再嫁後夫死子殤，遂困頓爲賤役，而生仍優容之。然婦又設計害馬遴，生亦牽連得罪；顧終竟昭雪復官，後與愛姑皆仙去。其事殊庸陋，如一切佳人才子小說常套，而作者奮然有取，則殆緣轉折尚多，足以示行文手腕而已，然語必四六，隨處拘牽，狀物敘情，俱失生氣，姑勿論六朝儷語，即較之張鷟之作，雖無其俳諧，而亦遜其生動也。仍錄其敘竇生爲父促歸，愛姑悵悵失所之辭，以備一格：

……其父內存愛犢之思，外作搏牛之勢，投鼠奚遑忌器，打鴨未免驚鴛；放苙之豚，追來入苙，喪家之犬，叱去還家。疾驅而身弱如羊，遂作補牢之計，嚴錮而人防似虎，終無出柙之時；所虞龍性難馴，拴於鐵柱，還恐猿心易動，辱以蒲鞭。由是姑也薔薇架畔，青黛將顰，薜荔牆邊，紅花欲悴，託意丁香枝上，其意誰知，寄情豆蔻梢頭，此情自喻。而乃蓮心獨苦，竹瀝將枯，卻嫌柳絮何情，漫漫似雪，轉恨海棠無力，密密垂絲。才過迎春，又經半夏，採封採葛，只自空期，投李投桃，俱為陳跡，依稀夢裡，徒栽侍女之花，抑鬱胸前，空帶宜男之草。未能蠲忿，安得忘憂？鼓殘瑟上桐絲，奚時續斷，剖破樓頭菱影，何日當歸？豈知去者益遠，望乃徒勞，昔雖音問久疏，猶同鄉井，後竟夢魂永隔，忽阻山川。室邇人遐，每切三秋之感，星移物換，僅深兩地之思。……（卷二）

至光緒初（一八七九），有永嘉傅聲谷註釋之，然於本文反有刪削。

雍乾以來，江南人士惕於文字之禍，因避史事不道，折而考證經子以至小學，若藝術之微，亦所不廢；惟語必徵實，忌爲空談，博識之風，於是小盛。逮風氣既成，則學者之面目亦自具，小說乃「道聽途說者之所造」，史以爲「無可觀」，故亦不屑道也；然尚有一李汝珍之作《鏡花緣》。

汝珍字松石，直隸大興人，少而穎異，不樂為時文，乾隆四十七年隨其兄之海州任，因師事淩廷堪[13]，論文之暇，兼及音韻，自云「受益極多」，時年約二十。其生平交遊，頗多研治聲韻之士；汝珍亦特長於韻學，旁及雜藝，如壬遁星卜象緯，以至書法弈道多通。顧不得志，蓋以諸生終老海州，晚年窮愁，則作小說以自遣，歷十餘年始成，道光八年遂有刻本。不數年，汝珍亦卒，年六十餘（約一七六三至一八三〇）。於音韻之著述有《音鑑》[14]，主實用，重今音，而敢於變古（以上詳見新標點本《鏡花緣》卷首胡適《引論》）。蓋惟精聲韻之學而仍敢於變古，乃能居學者之列，博識多通而仍敢於為小說也；惟於小說又復論學說藝，數典談經，連篇累牘而不能自已，則博識多通又害之。

《鏡花緣》凡一百回，大略敘武后於寒中欲賞花，詔百花齊放；花神不敢抗命，從之，然又獲天譴，謫於人間，為百女子。時有秀才唐敖，應試中探花，而言官舉劾，謂與叛人徐敬業輩有舊，復被黜，因慨然有出塵之想，附其婦弟林之洋商舶遨遊海外，跋涉異域，時遇畸人，又多睹奇俗怪物，幸食仙草，「入聖超凡」，遂入山不復返。其女小山又附舶尋父，仍歷諸異境，且經眾險，終不遇；但從山中一樵父得父書，名之曰閨臣，約其「中過才女」後可相見；更進，則見荒冢，曰鏡花冢；更進，則入水月村；更進，則見泣紅亭，其中有碑，上鐫百人名姓，首史幽深，終畢全貞，而唐閨臣在第十一。人名之後有總論，其文有云：

泣紅亭主人曰：以史幽探哀萃芳冠首者，蓋主人自言窮探野史，嘗有所見，惜湮沒無聞，而哀群芳之不傳，因筆志之。……結以花再芳畢全貞者，蓋以群芳淪落，幾至澌滅無聞，今賴斯而不朽，非若花之重芳乎？所列百人，莫非瓊林琪樹，合璧駢珠，故以全貞畢焉。（第四十八回）

閨臣不得已，遂歸；值武后開科試才女，得與試，且亦入選，名次如碣文。於是同榜者百人大會於宗伯府，又連日宴集，彈琴賦詩，圍棋講射，蹴鞠鬥草，行令論文，評韻譜，解《毛詩》，盡觴詠之樂。已而有兩女子來，自云考列四等才女，而實風姨月姊化身，旋復以文字結嫌，弄風驚其坐眾。魁星則現形助諸女；麻姑亦化爲道姑，來和解之，於是即席誦詩，皆包含坐中諸人身世，自過去及現在，以致將來，間有哀音，聽者黯淡，然不久意解，歡笑如初。末則文芸起兵謀匡復，才女或亦在軍，有死者；而武家軍終敗。於是中宗復位，仍尊太后武氏爲則天大聖皇帝。未幾，則天下詔，謂來歲仍開女試，並命前科眾才女重赴「紅文宴」，而《鏡花緣》隨畢。然以上僅全局之半，作者自云欲知「鏡中全影，且待後緣」，則當有續書，然竟未作。

作者命筆之由，即見於《泣紅亭記》，蓋於諸女，悲其銷沈，爰託稗官，以傳芳烈。書中關於女子之論亦多，故胡適以爲「是一部討論婦女問題的小說，他對於這個問題的答案，是男女應該受平等的待遇，平等的教育，平等的選舉制度」（詳見本書《引論》四）。其於社會制度，亦有不平，每設事端，以寓理想，惜爲時勢所限，仍多迂拘，例如君子國民情，甚受作者嘆羨，然因讓而爭，矯僞已甚，生息此土，則亦勞矣，不如作詼諧觀，反有啓顏之效也。

……說話間，來到鬧市，只見一隸卒在那裡買物，手中拿著貨物道，「老兄如此高貨，卻討恁般賊價，教小弟買去，如何能安？務求將價加增，方好遵教。若再過謙，那是有意不肯賞光交易了。」……只聽賣貨人答道：「既承照顧，敢不仰體。但適才妄討大價，已覺厚顏；不意老兄反說貨高價賤，豈不更教小弟慚愧？況敝貨並非『言無二價』，其中頗有虛頭。俗云『漫天要價，就地還錢』。今老兄不但不減，反要加增，如此克己，只好請到別家交易，小弟實難遵命。」唐敖道，「『漫天要價，就地還錢』，原是買物之人向來俗談；至『並非言無二價，其中頗有虛頭』，亦是買者之話。不意今皆出於賣者之口，倒也有趣。」只聽隸卒又說道，「老兄以高貨討賊價，反說小弟『克己』，豈不失了忠恕之道？凡事總要彼此無欺，方為公允。試問『那個腹中無算盤』，小弟又安能受人之愚哩？」談之許久，賣貨人執意不增。隸卒賭氣，照數付價，拿了一半貨物，剛要舉步。賣貨人那裡肯依，只說「價多貨少」，攔住不放。路旁走過兩個老翁，作好作歹，從公評定，令隸卒照價拿了八折貨物，這才交易而去。……唐敖道，「如此看來，這兒個交易光景，豈非『好讓不爭』的一幅行樂圖麼？我們還打聽甚麼？且到前面再去暢遊。如此美地，領略領略風景，廣廣見識，也是好的。」……（第十一回《觀雅化閒遊君子邦》）

又其羅列古典才藝，亦殊繁多，所敘唐氏父女之遊行，才女百人之聚宴，幾占全書什七，無不廣據舊文（略見錢靜方《小說叢考》上）⑮，歷陳衆藝，一時之事，或亘數回。而作者則甚自喜，假林之洋之打諢，自論其書云，「這部『少子』，乃聖朝太平之世出的；是俺天朝讀書人做的。這人就是老子的後裔。老子做的是《道德經》，講的都是元虛奧妙。他這『少子』，雖以遊戲爲事，卻暗寓勸善之意，不外風人之旨。上面載著諸子百家，人物花鳥，書畫琴棋，醫卜星相，音韻算法，無一不備。還有各樣燈謎，諸般酒令，以及雙陸馬吊，射鵠蹴毬，鬥草投壺，各種百戲之類。件件都可解得睡魔，也可令人噴飯。」（二十三回）蓋以爲學術之匯流，文藝之列肆，然亦與《萬寶全書》⑯爲鄰比矣。惟經作者匠心，剪裁運用，故亦頗有雖爲古典所拘，而尙能綽約有風致者，略引如下：

……多九公道，「林兄如餓，恰好此地有個充飢之物。」隨向碧草叢中摘了幾枝青草。……林之洋接過，只見這草宛如韭菜，內有嫩莖，開著幾朶青花，即放入口內，不覺點頭道，「這草一股清香，倒也好吃。請問九公，他叫甚麼名號？……」唐敖道，「小弟聞得海外鵲山有青草，花如韭，名『祝餘』，可以療飢。大約就是此物了。」多九公連連點頭。於是又朝前走。……只見唐敖忽然路旁折了一枝青草，其葉如松，青翠異常，葉上生著一子，大如芥子，把子取下，手執青草道，「舅兄才吃祝餘，小弟只好以此奉陪了。」說罷，吃入腹內。又把那個芥子放在掌中，吹氣一口，登時從那子中生出一枝青葉來，也如松葉，約長一尺，再吹一口，又長一尺，一連吹氣三口，共有三尺之長，放在口邊，隨又吃了。林之洋笑道，「妹夫要這樣狠嚼，只怕這裡青草都被你吃盡哩。這芥子忽變青草，這是甚故？」多九公道，「此是『躡空草』，又名『掌中芥』。取子放在掌中，一吹長一尺，再吹又長一尺，至三尺止。人若吃了，能立空中，所以叫作躡空草。」林之洋道，「有這好處，俺也吃他幾枝，久後回家，儻房上有賊，俺躡空追他，豈不省事。」於是各處尋了多時，並無蹤影。多九公道，「林兄不必找了。此草不吹不生。這空山中有誰吹氣栽他？剛才唐兄吃的，大約此子因鳥雀啄食，受了呼吸之氣，因此落地而生，並非常見之物，你卻從何尋找？老夫在海外多年，今日也是初次才見。若非唐兄吹他，老夫還不知就是躡空草哩。」……（第九回）

注釋

①《野叟曝言》　清夏敬渠（1705-1787）撰。此書有清光緒七年（1881）毗陵匯珍樓活字本，二十冊，一五二回，其中缺一三二回至一三五回，第一三六回僅存末頁。又有光緒八年（1882）申報館排印本，二十卷，一五四回，增多兩回，原本缺失者皆已補全；卷首有光緒壬午年（1822）西岷山樵序。夏敬渠除《野叟曝言》外，尚撰有《浣玉軒集》等。

②趙曦明（1704-1787）　字敬夫，號瞰江山人，清江陰（今屬江蘇）人，撰有《桑梓見聞錄》、《顏氏家川注》等。

③楊名時（1661-1737）　字賓實，號凝齋，清江陰（今屬江蘇）人，官至禮部尚書兼國子監祭酒。撰有《易義隨記》、《詩義記講》等。

④夏宗瀾　字起八，清江陰人。由拔貢生荐授國子監助教。撰有《易卦札記》等。

⑤李光地（1642-1718）　字晉卿，號榕村，清安溪（今屬福建）人，官至文淵閣大學士。主編《性理精義》、《朱子大全》等書，另撰有《榕村全集》等。

⑥夏祖熊　字夢占，清江陰人。撰有《易學大成》等。

⑦程朱　指北宋程顥、程頤和南宋朱熹。程顥（1032-1085），字伯淳，人稱明道先生，洛陽（今屬河南）人。程頤（1033-1107），字正叔，人稱伊川先生，程顥之弟。二人著作經朱熹編爲《二程全書》。朱熹，參看本書第九篇注⑮。陸王，指南宋陸九淵和明王守仁。陸九淵（1139-1193），字子靜，號存齋，南宋金溪（今屬江西）人。有《象山先生全集》。王守仁（1472-1528），字伯安，號陽明，明餘姚（今屬浙江）人。有《王文成公全書》。程朱學說偏於客觀唯心主義，陸王學說偏於主觀唯心主義。

⑧關於《蟫史》撰者，據《粟香隨筆》卷二云：「屠笏岩刺史，名紳，又號賢書。……所著有《六合內外瑣言》二十卷，署黍余裔孫編。《蟫史》二十卷，署磊砢山人撰，近年上海以洋版印刷，流傳頗廣。」

⑨傅鼐（1758-1811）　字重庵，清山陰（今浙江紹興）人，歷任寧洱知縣、鳳凰廳同知、湖南按察使。乾隆末至嘉慶中，曾於湘黔一帶鎮壓苗民起義。

⑩洪亮吉（1746-1809）　字稚存，號北江，清陽湖（今江蘇常州人）人，曾由編修出督貴州學政。撰有《洪北江全集》等。

⑪汪琭（1828-1891）　字芙生，號谷庵，清山陰（今浙江紹興）人。有《隨山館集》等。

⑫馮夢楨（1548-1605）　字開之，明秀水（今浙江嘉興）人，官至南京國子監祭酒。撰有《歷代貢舉志》、《快雪堂集》等。所撰《竇生傳》，敘竇繩祖與李愛姑悲歡離合的故事。此傳亦載小說《燕山外史》卷首。

⑬凌廷堪（1755-1809）　字次仲，清歙縣（今屬安徽）人，曾任寧國府學教授。撰有《燕樂考原》、《校禮堂文集》等。

⑭《音鑑》　李汝珍撰，六卷，係研究南北方音的音韻學著作。

⑮據錢靜方《小說叢考·鏡花緣考》載，該書所敘「君子國見張華《博物誌》」，「大人國見《山海經》」，「毗騫國見《南史》」等。

⑯《萬寶全書》　舊題明陳繼儒纂輯，清毛煥文增補。正編二十卷，續編六卷。內容多載日用生活知識，兼雜酒令、燈謎、博戲、卜筮等。

第二十六篇　清之狹邪小說

唐人登科之後，多作冶遊，習俗相沿，以爲佳話，故伎家故事，文人間亦著之篇章，今尚存者有崔令欽《教坊記》及孫棨《北里志》①。自明及清，作者尤夥，明梅鼎祚之《青泥蓮花記》②，清余懷之《板橋雜記》③尤有名。是後則揚州，吳門，珠江，上海諸豔跡，皆有錄載④；且伎人小傳，亦漸侵入志異書類中，然大率雜事瑣聞，並無條貫，不過偶弄筆墨，聊遺綺懷而已。若以狹邪中人物事故爲全書主幹，且組織成長篇至數十回者，蓋始見於《品花寶鑑》⑤，惟所記則爲伶人。

明代雖有教坊，而禁士大夫涉足，亦不得狎妓，然獨未云禁招優。達官名士以規避禁令，每呼伶人侑酒，使歌舞談笑；有文名者又揄揚讚嘆，往往如狂酲，其流行於是日盛。清初，伶人之焰始稍衰，後復熾，漸乃愈益猥劣，稱爲「像姑」，流品比於娼女矣。《品花寶鑑》者，刻於咸豐二年（一八五二），即以敘乾隆以來北京優伶爲專職，而記載之內，時雜猥辭，自謂伶人有邪正，狎客亦有雅俗，並陳妍蚩，固猶勸懲之意，其說與明人之凡爲「世情書」者略同。至於敘事行文，則似欲以纏綿見長，風雅爲主，而描摹兒女之書，昔又多有，遂復不能擺脫舊套，雖所謂上品，即作者之理想人物如梅子玉、杜琴言輩，亦不外伶如佳人，客爲才子，溫情軟語，累牘不休，獨有佳人非女，則他書所未寫者耳。其敘「名旦」杜琴言往梅子玉家問病時情狀云：

卻說琴言到梅宅之時，心中十分害怕，滿擬此番必有一場羞辱。及至見過顏夫人之後，不但不加呵責，倒有憐恤之心，又命他去安慰子玉，卻也意想不到，心中一喜一悲。但不知子玉病體輕重，如何慰之？只好遵夫人之命，老著臉走到子玉房裡。見簾幃不捲，几案生塵，一張小楠木床掛了輕綃帳。雲兒先把帳子掀開，叫聲「少爺，琴言來看你了」。子玉正在夢中，模模糊糊應了兩聲。琴言就坐在床沿，見那子玉面龐黃瘦，憔悴不堪。琴言湊在枕邊，低低叫了一聲，不覺淚湧下來，滴在子玉的臉上。只見子玉忽然呵呵一笑道：

「七月七日長生殿，夜半無人私語時。」

子玉吟了之後，又接連笑了兩笑。琴言見他夢魔如此，十分難忍，在子玉身上掀了兩掀，因想夫人在外，不好高叫，改口叫聲「少爺」。子玉猶在夢中想念，候到七月七日，到素蘭處，會了琴言，三人又好訴衷談心，這是子玉刻刻不忘，所以念出這兩句唐曲來。魂夢既酣，一時難醒。又見他大笑一會，又吟道：

「我道是黃泉碧落兩難尋，……」

歌罷，翻身向內睡著。琴言看他昏倒如此，淚越多了，只好呆怔怔看著，不好再叫……（第二十九回）

《品花寶鑑》中人物，大抵實有，就其姓名性行，推之可知。惟梅杜二人皆假設，字以「玉」與「言」者，即「寓言」之謂，蓋著者以為高絕，世已無人足供影射者矣。書中有高品，則所以自況，實爲常州人陳森書（作者手稿之《梅花夢傳奇》上，自署毗陵陳森，則「書」字或誤衍），號少逸，道光中寓居北京，出入菊部中，因拾聞見事爲書三十回，然又中輟，出京漫遊，己酉（一八四九）自廣西復至京，始足成後半，共六十回，好事者競相傳鈔，越三年而有刻本（楊懋建《夢華瑣簿》）。至作者理想之結局，則具於末一回，爲名士與名旦會於九香園，畫伶人小像爲花神，諸名士爲贊；諸伶又書諸名士長生祿位，各爲贊，皆刻石供養九香樓下。時諸伶已脫梨園，乃「當著眾民士之前」，熔化釵鈿，焚棄衣裙，將燼時，「忽然一陣香風，將那灰燼吹上半空，飄飄點點，映著一輪紅日，像無數的花朵與蝴蝶飛舞，金迷紙醉，香氣撲鼻，越旋越高，到了半天，成了萬點金光，一閃不見」云。

其後有《花月痕》十六卷五十二回，題「眠鶴主人編次」，咸豐戊午年（一八五八）序，而光緒中始流行。其書雖不全寫狹邪，顧與伎人特有關涉，隱現全書中，配以名士，亦如佳人才子小說定式。略謂書痴珠韓荷生皆偉才碩學，遊幕并州，極相善，亦同遊曲中，又各有相眷妓，書者曰秋痕，韓者曰采秋。書風流文采，傾動一時，而不遇，困頓羈旅中；秋痕雖傾心，亦終不得嫁韋。已而韋妻先歿，韋亦尋亡，秋痕殉焉。韓則先爲達官幕中上客，參機要，旋以平寇功，由舉人保升兵科給事中，復因戰績，累遷至封侯。采秋久歸韓，亦得一品夫人封典。班師受封之後，「高宴三日，自大將軍以至走卒，無不雀忭。」（第五十回）而韋乃僅一子零丁，扶棺南下而已。其布局蓋在使升沈相形，行文亦惟以纏綿爲主，但時復有悲涼哀怨之筆，交錯其間，欲於歡笑之時，並見黯然之色，而詩詞簡啓，充塞書中，文飾既繁，情致轉晦。符兆綸⑥評之云，「詩賦名家，卻非說部當行，其淋漓盡致處，亦是從詞賦中發洩出來，哀感頑豔。……」雖稍謏，然亦中其失。至結末敘韓荷生戰績，忽雜妖異之事，則如情話未央，突來鬼語，尤為通篇蕪累矣。

……采秋道，……妙玉稱個『檻外人』，寶玉稱爾『檻內人』；妙玉住的是攏翠庵，寶玉住的是怡紅院。……書中先說妙玉怎樣清潔，寶玉常常自認濁物。不見將來清者轉濁，濁者極清？」痴珠嘆一口氣，高吟道，「『一失足成千古恨，再回頭已百年身。』」隨說道，「……就書中『賈雨村言』例之：薛者，設也；黛者，代也。設此人代寶玉以寫生，故『寶玉』二字，寶字上屬於釵，就是寶釵；玉字下繫於黛，就是黛玉。釵黛直是個『子虛烏有』，算不得什麼。倒是妙玉，真是做寶玉的反面鏡子，故名之為妙。一僧一尼，暗暗影射，你道是不是呢？」采秋答應。……痴珠隨說道，「『色即是空，空即是色。』」便敲著案子朗吟道：

「銀字箏調心字香，英雄底事不柔腸？我來一切觀空處，也要天花作道場。採蓮曲裡猜蓮子，叢桂開時又見君，何必搖鞭背花去，十年心已定香熏。」

荷生不待痴珠吟完，便哈哈大笑道，「算了，喝酒罷。」說笑一回，天就亮了。痴珠用過早點，坐著采秋的車先去了。午間，得荷生柬帖云：

「頃晤秋痕，淚隨語下，可憐之至。弟再四慰解，令作緩圖。臨行，囑弟轉致閣下云，『好自靜養。耿耿此心，必有以相報也。』知關錦念，率此布聞。並呈小詩四章，求和。」

詩是七絕四首。……痴珠閱畢，便次韻和云：

「無端花事太凌遲，殘蕊傷心剩折枝，我欲替他求淨境，轉嫌風惡不全吹。蹉跎恨在夕陽邊，湖海浮沈二十年，駱馬楊枝都去也，……」

正往下寫，禿頭回道，「菜市街李家着人來請，說是劉姑娘病得不好。」痴珠驚訝，便坐車赴秋心院來。秋痕頭上包著縐帕，趺坐床上，身邊放著數本書，凝眸若有所思，突見痴珠，便含笑低聲說道，「我料得你挨不上十天。其實何苦呢？」痴珠說道，「他們說你病著，叫我怎忍不來呢？」秋痕嘆道，「你如今一請就來，往後又是斜纏不清。」痴珠笑道，「往後再商量罷。」自此，痴珠又照舊往來了。是夜，痴珠續成和韻詩，末一章有「博得蛾眉甘一死，果然知己屬傾城」之句，至今猶誦人口。……（第二十五回）

長樂謝章鋌《賭棋山莊詩集》有《題魏子安所著書後》⑺五絕三首，一為《石經考》，一為《陔南山館詩話》，一即《花月痕》（蔣瑞藻《小說考證》八引《雷顛筆記》），因知此書為魏子安作。子安名秀仁，福建侯官人，少負文名，而年二十餘始入泮，即連舉丙午（一八四六）鄉試，然屢應進士試不第，乃遊山西陝西四川，終為成都芙蓉書院院長，因亂逃歸，卒，年五十六（一八一九至一八七四），著作滿家，而世獨傳其《花月痕》（《賭棋山莊文集》五）⑻。秀仁寓山西時，為太原知府保眠琴教子，所入頗豐，且多暇，而苦無聊，乃作小說，以韋痴珠自況，保偶見之，大喜，為獎其成，遂為巨帙云（謝章鋌《課餘續錄》一）⑨。然所託似不止此，卷首有太原歌妓《劉栩鳳傳》⑩。謂「傾心於逋客，欲委身焉」，以索値昂中止，將抑鬱憔悴死矣。則秋痕蓋即此人影子，而逋客實魏。韋韓，又逋客之影子也，設窮達兩途，各擬想其所能至，窮或類韋，達當如韓，故雖自寓一己，亦遂離而二之矣。

全書以妓女為主題者，有《青樓夢》六十四回，題「釐峰慕真山人著」，序則云俞吟香。吟香名達，江蘇長洲人，中年頗作冶遊，後欲出離，而世事牽纏，又不能遽去，光緒十年（一八八四）以風疾卒，所著尚有《醉紅軒筆話》《花間棒》《吳中考古錄》及《閒鷗集》⑪等（鄒弢《三借廬筆談》四）。《青樓夢》成於光緒四年，則取吳中倡女，以發揮其「遊花園，護美人，採芹香，掇巍科，任政事，報親恩，全友誼，敦琴瑟，撫子女，睦親鄰，謝繁華，求慕道」（第一回）之大理想，所寫非實，從可知矣。略謂金挹香字企真，蘇州府長洲縣人，幼即工文，長更慧美，然不娶，謂欲得「有情人」，而「當世滔滔，斯人誰與？竟使一介寒儒，懷才不遇，公卿大夫竟無一識我之人，反不若青樓女子，竟有慧眼識英雄於未遇時也」（本書《題綱》）。故挹香遊狹邪，特受伎人愛重，指揮如意，猶南面王。例如：

……（挹香與二友及十二妓女）至軒中，三人重複觀玩，見其中修飾，別有巧思。軒外名花綺麗，草木精神。正中擺了筵席，月素定了位次，三人居中，眾美人亦序次而坐：第一位鴛鴦館主人褚愛芳　第二位煙柳山人王湘雲　第三位鐵笛仙袁巧雲　第四位愛

雛女史朱素卿　第五位惜花春起早使者陸麗春　第六位探梅女士鄭素卿　第七位浣花仙史陸文卿……第十一位梅雪爭先客何月娟

末位護芳樓主人自己坐了；兩旁四對侍兒斟酒。眾美人傳杯弄盞，極盡綢繆。挹香向慧瓊道，「今日如此盛會，宜舉一觴令，庶不負此良辰。」月素道，「君言誠是，即請賜令。」挹香說道，「請主人自己開令。」月素道，「豈有此理，還請你來。」挹香被推不過，只得說道，「有占了。」眾美人道，「令官必須先飲門面杯起令，才是。」於是十二位美人俱各斟酒一杯，奉與挹香；挹香一飲而盡，乃啓口道，「酒令勝於軍令，違者罰酒三巨觥！」眾美人唯唯聽命。……（第五回）

挹香亦深於情，侍疾服勞不厭，如：

……一日，挹香至留香閣，愛卿適發胃氣，飲食不進。挹香十分不捨，忽想著過青田著有《醫門寶》四卷，尚在館中書架內，其中胃氣丹方頗多，遂到館取而復至，查到「香鬱散」最宜，令侍兒配了回來，親侍藥茶灶；又解了幾天館，朝夕在留香閣陪伴。愛卿更加感激，乃口占一絕，以報挹香。……（第二十一回）

後乃終「掇巍科」，納五妓，一妻四妾。又為養親計，捐職仕餘杭，即遷知府，則「任政事」

矣。已而父母皆在守衙中跨鶴仙去；挹香亦悟道，將入山，

……心中思想道，「我欲勘破紅塵，不能明告他們知道，只得一個私自瞞了他們，踱了出去的了。」次日寫了三封信，寄與拜林夢仙仲英，無非與他們留書志別的事情，又囑拜林早日代吟梅完其姻事。過了幾天，挹香又帶了幾十兩銀子，自己去置辦了道袍道服草帽涼鞋，寄在人家，重歸家裡。又到梅花館來，恰巧五美俱在，挹香見他們不識不知，仍舊笑嘻嘻在著那裡，覺心中還有些對他們不起的念頭。想了一回，嘆道，「既解情關，有何戀戀！」……（第六十回）

遂去，羽化於天台山，又歸家，悉度其妻妾，於是「金氏門中兩代白日升天」（第六十一回）。其子則早掄元；舊友亦因挹香汲引，皆仙去；而曩昔所識三十六伎，亦一一「歸班」，緣此輩「多是散花苑主座下司花的仙女，因為偶觸思凡之念，所以謫降紅塵，如今塵緣已滿，應該重入仙班」（第六十四回）也。

《紅樓夢》方版行，續作及翻案者即奮起，各竭智巧，使之團圓，久之，乃漸興盡，蓋至道光末而始不甚作此等書。然其餘波，則所被尚廣遠，惟常人之家，人數鮮少，事故無多，縱有波瀾，亦不適於《紅樓夢》筆意，故遂一變，即由敘男女雜沓之狹邪以發洩之。如上述三書，雖意度有高下，文筆有妍媸，而皆摹繪柔情，敷陳豔跡，精神所在，實無不同，特以談釵黛而生厭，因改求佳

人於倡優，知大觀園者已多，則別闢情場於北里而已。然自《海上花列傳》出，乃始實寫妓家，暴其奸譎，謂「以過來人現身說法」，欲使閱者「按跡尋蹤，心通其意，見當前之媚於西子，即可知背後之潑於夜叉，見今日之密於糟糠，即可卜他年之毒於蛇蠍」（第一回）。則開宗明義，已異前人，而《紅樓夢》在狹邪小說之澤，亦自此而斬也。

《海上花列傳》今有六十四回，題「雲間花也憐儂著」，或謂其人即松江韓子雲⑫，善弈棋，嗜鴉片，旅居上海甚久，曾充報館編輯，所得筆墨之資，悉揮霍於花叢中，閱歷既深，遂洞悉此中伎倆（《小說考證》八引《談瀛室筆記》）；而未詳其名，自署雲間，則華亭人也。其書出於光緒十八年（一八九二），每七日印二回⑬，遍鬻於市，頗風行。大略以趙樸齋爲全書線索，言趙年十七，以訪母舅洪善卿至上海，遂遊青樓，少不更事，沈溺至大困頓，旋被洪送令還。而趙又潛返，愈益淪落，至「拉洋車」。書至此爲第二十八回，忽不復印。作者雖目光始終不離於趙，顧事跡則僅此，惟因趙又牽連租界商人及浪遊子弟，雜述其沈湎征逐之狀，並及煙花，自「長三」至「花煙間」具有：略如《儒林外史》，若斷若續，綴爲長篇。其訾倡女之無深情，雖責善於非所，而記載如實，絕少誇張，則固能自踐其「寫照傳神，屬辭比事，點綴渲染，躍躍如生」（第一回）之約者矣。如述趙樸齋初至上海，與張小村同赴「花煙間」時情狀云：

……王阿二一見小村，便攛上去嚷道，「耐好啊！騙我，阿是？耐說轉去兩三個月啘，直到仔故歇坎坎來。阿是兩三個月嗄？只怕有兩三年哉！……」小村忙陪笑央告道，

「耐覅動氣，我搭耐說。」便湊著王阿二耳朵邊，輕輕的說話。說不到四句，王阿二忽跳起來，沈下臉道，「耐倒乖殺哚。耐想拿件濕布衫撥來別人著仔，耐末脫體哉，阿是？」小村發急道，「勿是呀，耐也等我說完仔了哰。」王阿二便又爬在小村懷裡去聽，也不知咕咕唧唧說些甚麼，只見小村說著，又努嘴，王阿二即回頭把趙樸齋瞟了一眼，接著小村又說了幾句。王阿二道，「耐末那價呢？」小村道，「我是原照舊哉。」王阿二方才罷了；立起身來，剔亮了燈台；問樸齋尊姓；又自頭至足，細細打量。樸齋別轉臉去，裝做看單條。只見一個半老娘姨，一手提水銚子，一手托兩盒煙膏，……蹭上樓來，……把煙盒放在煙盤裡，點了煙燈，沖了茶碗，仍提銚子下樓自去。王阿二靠在小村身旁燒起煙來，見樸齋獨自坐著，便說，「榻床浪來躺躺哰。」樸齋巴不得一聲，隨向煙榻下手躺下，看著王阿二燒好一口煙，裝在槍上，授於小村，颼颼颼直吸到底。……至第三口，小村說，「覅吃哉。」王阿二調過槍來，授與樸齋。樸齋吸不慣，不到半口，斗門噎住。……王阿二將簽子打通煙眼，替他把火。樸齋趁勢捏他手腕，王阿二奪過手，把樸齋腿膀盡力摔了一把，摔得樸齋又酸又痛又爽快。樸齋吸完煙，卻偷眼去看小村，見小村閉著眼，朦朦朧朧，似睡非睡光景，樸齋低聲叫「小村哥」。連叫兩聲，小村只搖手，不答應。王阿二道，「煙迷呀，隨俚去罷。」樸齋便不叫了。……（第二回）

至光緒二十年，則第一至六十回俱出，進敘洪善卿於無意中見趙拉車，即寄書於姊，述其狀。

洪氏無計；惟其女曰二寶者頗能，乃與母赴上海來訪，得之，而又皆留連不遽返。洪善卿力勸令歸，不聽，乃絕去。三人資斧漸盡，馴至不能歸，二寶遂爲倡，名甚噪。已而遇史三公子，云是鉅富，極愛二寶，迎之至別墅消夏，謂將娶以爲妻，特須返南京略一屏當，始來迓，遂別。二寶由是謝絕他客，且貸金盛製衣飾，備作嫁資，而史三公子竟不至。使樸齋往南京詢得消息，則云公子新訂婚，方赴揚州親迎去矣。二寶聞信昏絕，救之始甦，而負債至三四千金，非重理舊業不能償，於是復攬客，見噩夢而書止。自跋謂將續作，然不成。後半於所謂海上名流之雅集，記敘特詳，但稍失實；至描寫他人之征逐，揮霍，及互相欺謾之狀，乃不稍遜於前三十回。有述賴公子賞女優一節，甚得當時世態：

……文君改裝登場，一個門客湊趣，先喊聲「好！」不料接接連連，你也喊好，我也喊好，一片聲嚷得天崩地塌，海攪江翻。……只有賴公子捧腹大笑，極其得意。唱過半齣，就令當差的放賞。那當差的將一卷洋錢散放在巴斗內，呈賴公子過目，望台上只一撒，但聞索郎一聲響，便見許多晶瑩焜耀的東西，滿台亂滾；台下這些幫閒門客又齊聲一號。文君揣知賴公子其欲逐逐，心上一急，倒急出個計較來，當場依然用心的唱，唱罷落場，……含笑入席。不提防賴公子一手將文君攔入懷中；文君慌的推開立起，佯作怒色，卻又爬在賴公子肩膀，悄悄的附耳說了幾句，賴公子連連點頭道，「曉得哉。」……（第四十四回）

書中人物，亦多實有，而悉隱其真姓名⑭，惟不爲趙樸齋諱。相傳趙本作者摯友，時濟以金，久而厭絕，韓遂撰此書以謗之，印賣至第二十八回，趙急致重賂，始輟筆，而書已風行；已而趙死，乃續作貿利，且放筆至寫其妹爲倡云。然二寶淪落，實作者預定之局，故當開篇趙樸齋初見洪善卿時，即敘洪問「耐有個令妹，……阿曾受茶？」答則曰，「勿曾。今年也十五歲哉。」已爲後文伏線也。光緒末至宣統初，上海此類小說之出尤多，往往數回輒中止，殆得賂矣；而無所營求，僅欲摘發伎家罪惡之書亦興起，惟大都巧爲羅織，故作已甚之辭，冀震聳世間耳目，終未有如《海上花列傳》之平淡而近自然者。

注釋

①**崔令欽**　唐博陵（**今河北定縣**）人。開元時官左金吾，天寶時遷著作佐郎，肅宗時改倉部郎中，後爲萬州刺史，終國子司業。所撰《教坊記》，一卷，記述唐開元天寶時期教坊的制度、軼聞和樂曲的起源、內容等。孫棨《北里志》，參看本書第十篇注⑨。

②**梅鼎祚**（1549–1615）　字禹金，明宣城（**今屬安徽**）人。撰有傳奇《玉合記》、雜劇《崑崙奴》等。所撰《青泥蓮花記》，分七門十三卷。

③**余懷**（1616–?）　字澹心，別號鬘持老人，清莆田（**今屬福建**）人。撰有《味外軒文稿》、《研山

堂集》等。所撰《板橋雜記》，分雅遊、麗品、軼事三卷。

④記述妓家故事之作，揚州有芬利它行者《竹西花事小錄》等；吳門（蘇州）有西溪山人《吳門畫舫錄》、個中生《吳門畫舫續錄》等；珠江（廣州）有支機生（繆艮）《珠江名花小傳》、周友良《珠江梅柳記》等；上海有淞北玉魫生（王韜）《海陬冶遊錄》、《淞濱瑣話》等。

⑤《品花寶鑑》　卷首有石函氏（陳森）自序。刻於咸豐二年（1852），原刊本扉頁題：「戊申年（1848）十月幻中了幻齋開雕，己酉年（道光二十九年，一八四九）六月峻工。」又據《夢華瑣簿》載：「《寶鑑》是年（丁酉，道光十七年，一八三七）僅成前三十回；及己酉，少逸遊廣西歸京，乃足成六十卷。余壬子（咸豐二年，一八五二）乃見其刊本。」

⑥符兆綸　字雪樵，清宜黃（今屬江西）人，曾官福建知縣。撰有《夢梨雲詩抄》等。下面的引文見《繪圖花月姻緣》卷首。

⑦謝章鋌　字枚如，清長樂（今屬福建）人，官至內閣中書。撰有《賭棋山莊全集》。《賭棋山莊詩集》，十四卷。《題魏子安所著書後》五言詩三首，見卷八。題《花月痕》一首云：「有淚無地灑，都付管城子。醇酒與婦人，末路乃如此。獨抱一片心，不生亦不死。」

⑧《賭棋山莊文集》卷五《魏子安墓志銘》：「秀仁，字子安，一字子敦，侯官人。……少不利童試，年二十八，始補弟子員，即連舉丙午鄉試。……既累應春官不第，乃遊晉，遊秦，遊蜀。故鄉先達，與一時能爲禍福之人，莫不愛君重君，而卒不能爲君大力。君見時事多可危，手無尺寸，言不見異，而亢勝抑鬱之氣，無所發抒，因遁爲稗官小說，托於兒女子之私，名其書曰《花月

痕》。」

⑨關於《花月痕》撰寫過程，《課餘續錄》卷一云：「是時子安旅居山西，就太原知府保眠琴太守館。……多暇日，欲讀書，又苦叢雜，無聊極，乃創爲小說，以自寫照。其書中所稱韋瑩字痴珠者，即子安也。方草一兩回，適太守入其室，見之，大歡喜。乃與子安約：十日成一回。一回成，則張盛席，招菊部，爲先生潤筆壽，於是浸淫數十回，成巨帙焉。」

⑩《劉栩鳳傳》　即《棲梧花史小傳》，內容記述河南滑縣歌妓劉栩鳳生平。

⑪《醉紅軒筆話》　此書及《花間棒》、《吳中考古錄》、《閒鷗集》，均見鄒弢《三借廬筆談》，未見刻本。

⑫韓子雲（1856–1894）　名邦慶，別號太仙，清松江（今屬上海）人。曾任申報館編輯。

⑬關於《海上花列傳》刊出情況，該書自光緒十八年（1892）二月初一日起，陸續刊印於韓邦慶所編文藝雜誌《海上奇書》。該刊開始時每逢初一、十五出刊一期，每期印《海上花列傳》二回；第九期起，改爲每月一期，出至十五期停刊，《海上花列傳》共刊出三十回。

⑭據《譚瀛室隨筆》載：《海上花列傳》「書中人名，大抵皆有所指，熟於同、光間上海名流事實者，類能言之。茲姑舉所知者，如：齊韻叟爲沈仲馥，史天然爲李木齋，賴頭黿爲勒元俠，方蓬壺爲袁翔父，一說爲王紫詮，李實夫爲盛樸人，李鶴汀爲盛杏蓀，黎篆鴻爲胡雪巖，王蓮生爲馬眉叔，小柳兒爲楊猴子，高亞白爲李芋仙。以外諸人，苟以類推之，當十得八九，是在讀者之留意也。」

第二十七篇 清之俠義小說及公案

明季以來，世曰《三國》《水滸》《西遊》《金瓶梅》爲「四大奇書」①，居說部上首，比清乾隆中，《紅樓夢》盛行，遂奪《三國》之席，而尤見稱於文人。惟細民所嗜，則仍在《三國》《水滸》。時勢屢吏，人情日異於昔，久亦稍厭，漸生別流，雖故發源於前數書，而精神或至正反，大旨在揄揚勇俠，讚美粗豪，然又必不背於忠義。其所以然者，即一緣文人或有憾於《紅樓》，其代表爲《兒女英雄傳》；一緣民心已不通於《水滸》，其代表爲《三俠五義》。

《兒女英雄傳評話》本五十三回，今殘存四十回，題「燕北閒人著」。馬從善序②云出文康手，蓋定稿於道光中。文康，費莫氏，字鐵仙，滿州鑲紅旗人，大學士勒保③次孫也，「以資爲理藩院郎中，出爲郡守，洊擢觀察，丁憂旋里，特起爲駐藏大臣，以疾不果行，卒於家。」家本貴盛，而諸子不肖，遂中落且至困憊。文康晚年塊處一室，筆墨僅存，因著此書以自遣。升降盛衰，俱所親歷，「故於世運之變遷，人情之反覆，三致意焉。」（並序語）榮華已落，愴然有懷，命筆留辭，其情況蓋與曹雪芹頗類。惟彼爲寫實，爲自敘，此爲理想，爲敘他，加以經歷復殊，而成就遂迥異矣。書首有雍正甲寅觀鑑我齋序，謂爲「格致之書」，反《西遊》等之「怪力亂神」而正之④；次乾隆甲寅東海吾了翁識，謂得於春明市上，不知作者何人，研讀數四，「更於沒字處求之」⑤，始知言皆有物，因補其闕失，并以數言云云：皆作者假託。開篇則謂「這部評話……初名《金玉緣》；因所傳的是首善京都一椿公案，又名《日下新書》。篇中立旨立言，雖然無當於文，卻還一洗穢語淫詞，不乖於正，因又名《正法眼藏五十三參》，初非釋家言也。後來東海吾了翁重訂，題曰《兒女英雄傳評話》。……」（首回）多立異名，搖曳見態，亦仍爲《紅樓夢》家數也。

所謂「京都一樁公案」者，爲有俠女曰何玉鳳，本出名門，而智慧驍勇絕世，其父先爲人所害，因奉母避居山林，欲伺間報仇。其怨家曰紀獻唐，有大勛勞於國，勢甚盛。何玉鳳急切不得當，變姓名曰十三妹，往來市井間，頗拓弛玩世；偶於旅次見孝子安驥困厄，救之，以是相識，後漸稔。已而紀獻唐爲朝廷所誅，何雖未手刃其仇而父仇則已報，欲出家，然卒爲勸沮者所動，嫁安驥。驥又有妻曰張金鳳，亦嘗爲玉鳳所拯，乃相睦如姊妹，後各有孕，故此書初名《金玉緣》。

書中人物亦常取同時人爲藍本；或取前人，如紀獻唐，蔣瑞藻（《小說考證》八）云，「吾之意，以爲紀者，年也；獻者，《曲禮》云，『犬名羹獻』；唐爲帝堯年號：合之則年羹堯也。……其事述與本傳所記悉合。」安驥殆以自寓，或者有慨於子而反寫之。十三妹未詳，當純出作者意造，緣欲使英雄兒女之概，備於一身，遂致性格失常，言動絕異，矯揉之態，觸目皆是矣。如敘安驥初遇何於旅舍，慮其入室，呼人抬石杜門，眾不能動，而何反爲之運以入，即其例也：

……那女子又說道，「弄這塊石頭，何至於鬧的這等馬仰人翻的呀？」張三手裡拿著鐝頭，看了一眼，接口說，「怎麼『馬仰人翻』呢？瞧這傢伙，不這麼弄，問得動他嗎？打諒頑兒呢。」那女子走到跟前，把那塊石頭端相了端相，……約莫也有個二百四五十斤重，原是一個碾糧食的碌碡；上面靠邊，卻有個鑿通了的關眼兒。……他先挽了挽袖子，……把那石頭撂倒在平地上，用右手推著一轉，找著那個關眼兒，伸進兩個指頭去勾住了，往上只一悠，就把那二百多斤的石頭碌碡，單撒手兒提了起來。向著張三李四說道，「你們兩個也別閒著，把這石頭上的土給我拂落淨了。」兩個屁滾尿流，答應了一聲，連忙用手拂落了一陣，說，「得了。」那女子才回過頭來，滿面含春的向安公子道，「尊客，這石頭放在那裡？」安公子羞得面紅過耳，眼觀鼻、鼻觀心的答應了一聲，說，「有勞，就放在屋裡罷。」那女子聽了，便一手提著石頭，款動一雙小腳兒！上了台階兒，那隻手撩起了布簾，跨進門去，輕輕的把那塊石頭放在屋裡南牆根兒底下；回轉頭來，氣不喘，面不紅，心不跳。眾人伸頭探腦的向屋裡看了，無不詫異。……（第四回）

結末言安驥以探花及第，復由國子監祭酒簡放烏里雅蘇台參贊大臣，未赴，又「改為學政，陛辭後即行赴任，辦了些疑難大案，政聲載道，位極人臣，不能盡述」。因此復有人作續書三十二回，文意並拙，且未完，云有二續，序題「不計年月無名氏」⑥，蓋光緒二十年頃北京書估之所造也。

《三俠五義》出於光緒五年（一八七九），原名《忠烈俠義傳》，百二十回，首署「石玉昆述」⑦，而序則云問竹主人原藏，入迷道人編訂，皆不詳為何如人。凡此流著作，雖意在敘勇俠之士，遊行村市，安良除暴，為國立功，而必以一名臣大吏為中樞，以總領一切豪俊，其在《三俠五義》者曰包拯。拯字希仁，以進士官至禮部侍郎，其間嘗除天章閣待制，又除龍圖閣學士，權知開封府，立朝剛毅，關節不到，世人比之閻羅，有傳在《宋史》（三百十六）。而民間所傳，則行事率怪異，元人雜劇中已有包公「斷立太后」及「審烏盆鬼」⑧諸異說；明人又作短書十卷曰《龍圖公案》⑨，亦名《包公案》，記拯藉私訪夢兆鬼語等以斷奇案六十三事，然文意甚拙，蓋僅識文字者所爲。後又演爲大部，仍稱《龍圖公案》，則組織加密，首尾通連，即爲《三俠五義》藍本矣。⑩

《三俠五義》開篇，即敘宋真宗未有子，而劉李二妃俱娠，約立舉子者爲正宮。劉乃與宮監郭槐密謀，俟李生子，即易以剝皮之狸貓，謂生怪物。太子則付宮人寇珠，命縊而棄諸水，寇珠不忍，竊授陳林，匿八大王所，云是第三子，始得長育。劉又讒李妃去之，忠宦多死。真宗無子，既崩，八王第三子乃入承大統，即仁宗也。書由是即進敘包拯降生，惟以前案爲下文伏線而已。復次，則述拯婚宦及斷案事跡，往往取他人故事，並附著之。比知開封，乃於民間遇李妃，發「狸貓換子」舊案，時仁宗始知李爲真母，迎以歸。拯又以忠誠之行，感化豪客，如三俠，即南俠展昭，北俠歐陽春，雙俠丁兆蘭，丁兆蕙，以及五鼠，爲鑽天鼠盧方，徹地鼠韓彰，穿山鼠徐慶，翻江鼠蔣平，錦毛鼠白玉堂等，率爲盜俠，縱橫江湖間，或則偶入京師，戲盜御物，人亦莫能制，顧皆先後傾心，投誠受職，協誅強暴，人民大安。後襄陽王趙珏謀反，匿其黨之盟書於沖霄樓，五鼠從巡按顏查散探訪，而白玉堂遽獨往盜之，遂墜銅網陣而死；書至此亦完。其中人物之見於史者，惟包拯八王等數人；故事亦多非實有，五鼠雖明人之《龍圖公案》及《西洋記》皆載及，而並云物怪，與此之爲義士者不同，宗藩謀反，仁宗時實未有，此殆因明宸濠事⑪而影響附會之矣。至於構設事端，頗傷稚弱，而獨於寫草野豪傑，輒奕奕有神，間或襯以世態，雜以詼諧，亦每令莽夫分外生色。值世間方飽於妖異之說，脂粉之談，而此遂以粗豪脫略見長，於說部中露頭角也。

……馬漢道，「喝酒是小事，但不知錦毛鼠是怎麼個人？」……展爺便將陷空島的眾人說出，又將綽號兒說與眾人聽了。公孫先生在旁，聽得明白，猛然省悟道，「此人來找大哥，卻是要與大哥合氣的。」展爺道，「他與我素無仇隙，與我合什麼氣呢？」公孫策道，「大哥，你自想想，他們五人號稱『五鼠』，你卻號稱『御貓』，焉有貓兒不捕鼠之理？這明是嗔大哥號稱御貓之故，所以知道他要與大哥合氣。」展爺道，「賢弟所說，似乎有理。但我這『御貓』，乃聖上所賜，非是劣兄有意稱『貓』，要欺壓朋友。他若真個為此事而來，劣兄甘拜下風，從此後不稱御貓，也未為不可。」眾人尚未答言，惟趙虎正在豪飲之間，……卻有些不服氣，拿著酒杯，立起身來道，「大哥，你老素昔膽量過人，今日何自餒如此？這『御貓』二字，乃聖上所賜，如何改得？儻若是那個什麼白糖咧，黑糖咧，他不來便罷，他若來時，我燒一壺開開的水，把他沖著喝了，也去去我的滯氣。」展爺連忙擺手說，「四弟悄言。豈不聞『窗外有耳』？」剛說至此，只聽得拍的一聲，從外面飛進一物，不偏不歪，正打在趙虎擎的那個酒杯之上，只聽噹啷一聲，將酒杯打了個粉碎。趙爺唬了一跳，眾人無不驚駭。只見展爺早已出席，將槅扇虛掩，回身復又將燈吹滅，便把外衣脫下，裡面卻是早已結束停當的。暗暗將寶劍拿在手中，卻把槅扇假做一開，只聽得拍的一聲，又是一物打在槅扇上。展爺這才把槅扇一開，隨著勁一伏身躥將出去。只覺得迎面一股寒風，嗖的就是一刀，展爺將劍扁著，往上一迎，隨招隨架，用目在星光之下仔細觀瞧，見來人穿著簇青的夜行衣靠，腳步伶俐；依稀是前在苗家集見的那人。二人也不言語，惟聽刀劍之聲，叮噹亂響。展爺不過招架，並不還手，見他刀刀逼緊，門路精奇，南俠暗暗喝采；又想道，「這朋友好不知進退。我讓著你，不肯傷你。又何必趕盡殺絕？難道我還怕你不成？」暗道，「也叫他知道知道。」便把寶劍一橫，等刀臨近，用個「鶴唳長空勢」，用力往上一削。只聽得噌的一聲，那人的刀已分為兩段，不敢進步，只見他將身一縱，已上了牆頭。展爺一躍身，也跟上去。……（第三十九回）

當俞樾寓吳下時，潘祖蔭⑫歸自北京，出示此本，初以爲尋常俗書耳，及閱畢，乃嘆其「事跡新奇，筆意酣恣，描寫既細入毫芒，點雜又曲中筋節，正如柳麻子說『武松打店』，初到店內無人，驀地一吼，店中空缸空甏，皆甕甕有聲：閒中著色，精神百倍」（俞序語）。而頗病開篇「狸貓換太子」之不經，乃別撰第一回，「援據史傳，訂正俗說。」又以書中南俠北俠雙俠，其數已四，非三能包，加小俠艾虎，則又成五，「而黑妖狐智化者，小俠之師也，小諸葛沈仲元者，第一百回中盛稱其從遊戲中生出俠義來，然則此兩人非俠而何？」因復改名《七俠五義》，於光緒己丑（一八八九）序而傳之，乃與初本並行，在江浙特盛。

其年五月，復有《小五義》出於北京，十月，又出《續小五義》，皆一百二十四回。序謂與《三俠五義》皆石玉昆原稿，得之其徒。「本三千多篇，分上中下三部，總名《忠烈俠義傳》，原無大小之說，因上部三俠五義爲創始之人，故謂之大五義，中下部五義即其後人出世，故謂之小五義。」《小五義》雖續上部，而又自白玉堂盜盟單起，略當上部之百一回；全書則以襄陽王謀反，義俠之士競謀探其隱事爲線索。是時白玉堂早被害，餘亦漸衰老，而後輩繼起，並有父風。盧方之子珍，韓彰之子天錦，徐慶之子良，白玉堂之侄芸生，皆意外湊聚於客舍，益以小俠艾虎，遂結爲兄弟。諸人奔走道路，頗誅豪強，終集武昌，擬共破銅網陣，未陷而書畢。《續小五義》即接敘前案，銅網先破，叛王遂逃，而諸俠仍在江湖間誅鋤盜賊。已而襄陽王成擒，天子論功，俠義之士皆受封賞，於是全書完。序雖云二書皆石玉昆舊本，而較之上部，則中部荒率殊甚，入下又稍細，因疑草創或出一人，潤色則由眾手，其伎倆有工拙，故正續遂差異也。

且說徐慶天然的性氣一沖的性情，永不思前想後，一時不順，他就變臉，把桌子一扳，嘩啦一聲，碗盞皆碎。鍾雄是泥人，還有個土性情，拿住了你們，好眼相看，擺酒款待，你倒如此，難怪他怒發。指著三爺道，「你這是怎樣了？」三爺說，「這是好的哪。」寨主說，「不好便當怎樣？」三爺說，「打你！」話言未了，就是一拳。鍾雄就用指尖往三爺肋下一點。「哎喲！」噗咚！三爺就躺於地下。焉知曉鍾寨主用的是「十二支講關法」，又叫「閉血法」，俗語就叫「點穴」。三爺心裡明白，不能轉動。鍾雄拿腳一踢，吩咐綁起來。三爺周身這才活動，又教人捆上了五花大綁。展南俠自己把二臂往後一背，說，「你們把我捆上！」眾人有些不肯，又不能不捆。鍾雄傳令，推在丹鳳橋梟首。

內中有人嚷道，「刀下留人！」……（《小五義》第十七回）

且說黑妖狐智化與小諸葛沈仲元二人暗地商議，獨出己見，要去上王府盜取盟單。……（智化）爬伏在懸龕之上，晃千里火照明：下面是一個方匣子，……上頭有一個長方的硬木匣子，兩邊有個如意金環。伸手揪住兩個金環，往懷中一帶，只聽上面嗑嘆一聲，下來了一口月牙式鍘刀。智化把眼睛一閉，也不敢往前躥，也不敢往後縮，正在腰脊骨中嗆啷的一聲。智化以為是腰斷兩截，慢慢睜開眼睛一看，卻不覺著疼痛，就是不能轉動。列公，這是什麼緣故？皆因他是月牙式樣；若要是鍘草的鍘刀，那可就把人鍘為兩段。此刀當中有一個過隴兒，也不至於甚大；又對著智爺的腰細；又對著解了百寶囊，底下沒有東西墊著；又有背後背著這一口刀，連皮鞘帶刀尖，正把腰脊骨護住。……總而言之：智化命不該絕。可把沈仲元嚇了個膽裂魂飛。……（《續小五義》第一回）

大小五義之書既盡出，乃即見《正續小五義全傳》刊行，凡十五卷六十回，前有光緒壬辰（一八九二）繡谷居士序。其本即取《小五義》及續書，合為一部，去其複重，又汰其鋪敘，省略成十三卷五十二回。末二卷八回則謂襄陽王將就擒，而又逸去，至紅羅山，舉兵復戰，乃始敗亡，是二書之所無，實為蛇足。行文敘事，亦雖簡明有加，而原有之游詞餘韻，勘落甚多，故神采則轉遜矣。

包拯、顏查散而外，以他人為全書樞軸者，在先亦已嘗有。道光十八年（一八三八），有《施公案》八卷九十七回，一名《百斷奇觀》，記康熙旹施仕綸（當作世綸）⑬爲泰州知州至漕運總督時行事，文意俱拙，略如明人之《包公案》，而稍加曲折，一案或亘數回；且斷案之外，又有遇險，已爲俠義小說先導。至光緒十七年（一八九一），則有《彭公案》二十四卷一百回，爲貪夢道人作，述彭朋（當作鵬）⑭於康熙中爲三河縣知縣，洊擢河南巡撫，回京出查大同要案等故事，亦不外賢臣微行，豪傑盜寶之類，而字句拙劣，幾不成文。

其他類似《三俠五義》之書尚甚夥，通行者有《永慶昇平》九十七回，爲潞河郭廣瑞錄哈輔源⑮演說，敘康熙帝變裝私訪，及除邪教，平逆匪諸案，尋有續一百回，亦貪夢道人作。又有《聖朝鼎盛萬年青》八集，共七十六回，無撰人名，則記康熙帝以大政付劉墉、陳宏謀⑯，自遊江南，歷遇奸徒歆法，英傑效忠之事。餘如《英雄大八義》《英雄小八義》《七劍十三俠》《七劍十八義》⑰等，其類尚多，大率出光緒二十年頃。後又有《劉公案》（劉墉），《李公案》（李丙寅當作秉衡）⑱，而《施公案》亦續至十集，《彭公案》續至十七集，《七俠五義》則續至二十四集，千篇一律，語多不通，甚至一人之性格，亦先後頓異，蓋歷經眾手，共成惡書，漫不加察，遂多矛盾矣。

《三俠五義》及其續書，繪聲狀物，甚有平話習氣，《兒女英雄傳》亦然。郭廣瑞序《永慶昇平》云，「余少遊四海，常聽評詞演《永慶昇平》一書，……國初以來，有此實事流傳，咸豐年間有姜振名先生，乃評談今古之人，嘗演說此書，未能有人刊刻，傳流於世。余長聽哈輔源先生演說，熟記在心，閒暇之時，錄成四卷。……」《小五義》序亦謂與《三俠五義》皆石玉昆原稿，得之其徒，則石玉昆殆亦咸豐時說話人，與姜振名各專一種故事。文康習聞說書，擬其口吻，於是《兒女英雄傳》遂亦特有「演說」流風。是俠義小說之在清，正接宋人話本正脈，固平民文學之歷七百餘年而再興者也。惟後來僅有擬作及續書，且多濫惡，而此道又衰落。

清初，流寇悉平，遺民未忘舊君，遂漸念草澤英雄之為明宣力者，故陳忱作《後水滸傳》，則使李俊去國而王於暹羅（見第十五篇）。歷康熙至乾隆百三十餘年，威力廣被，人民懾服，即士人亦無貳心，故道光時俞萬春作《結水滸傳》，則使一百八人無一倖免（亦見第十五篇），然此尚為僚佐之見也。《三俠五義》為市井細民寫心，乃似較有《水滸》餘韻，然亦僅其外貌，而非精神。時去明亡已久遠，說書之地又為北京，其先又屢平內亂，遊民輒以從軍得功名，歸耀其鄉里，亦甚動野人歆羨，故凡俠義小說中之英雄，在民間每極粗豪，大有綠林結習，而終必為一大僚隸卒，供使令奔走以為寵榮，此蓋非心悅誠服，樂為臣僕之時不辦也。然當時於此等書，則以為「善人必獲福報，惡人總有禍臨，邪者定遭凶殃，正者終逢吉庇，報應分明，昭彰不爽，使讀者有拍案稱快之樂，無廢書長嘆之時……」（《三俠五義》及《永慶昇平序》）云。

而其時歐人之力又侵入中國。

注釋

①「四大奇書」　清李漁《三國演義序》云：「昔弇州先生有宇宙四大奇書之目，曰：《史記》也，《南華》也，《水滸》與《西廂》也。馮猶龍亦有四大奇書之目，曰：《三國》也，

《水滸》也，《西遊》與《金瓶梅》也。兩人之論各異。愚謂書之奇，當從其類，《水滸》在小說家，與經史不類；《西廂》係詞曲，與小說又不類。今將從其類以配其奇，則馮說爲近是。」（見清兩衡堂刊本《三國志第一才子書》卷首）李漁序。

②**馬從善**　自號古遼閬圃，文康家門客，餘未詳。其序寫於光緒戊寅年（一八七八），稱「《兒女英雄傳》一書，文鐵仙先生康所作也。」

③**勒保**（1740–1819）　費莫氏，字宜軒，清滿洲鑲紅旗人，官陝甘總督、四川總督、武英殿大學士兼軍機大臣等。曾鎮壓川、鄂、陝等地白蓮教起義及雲、貴苗民起義。

④**觀鑑我齋**　《兒女英雄傳》序云：「其書以天道爲綱，以人道爲紀，以性情爲意旨，以兒女英雄爲文章，……吾不圖於無意中果得於誠正、修齊、治平而外，快睹此格致一書也。」又云：「《西遊記》其神也怪也，《水滸傳》其力也，《金瓶梅》其亂也。」

⑤東海吾了翁《兒女英雄傳序》云：「其事則日下舊聞，其文則忽莊忽諧，若明若昧，……研讀數四，更於沒字處求之，始知其所以忽莊忽諧，若明若昧者，言非無所爲而發也。噫，傷已！惜原稿半殘闕失次，爰不辭固陋，爲之點金以鐵，補綴成書，易其名曰《兒女英雄傳評話》。」

⑥《續兒女英雄傳》共三十二回，卷首有無名氏自序，不記年月。光緒二十四年（1898）北京宏文書局印行。

⑦**石玉昆**（約1810–約1871）　字振之，清天津人。道光咸豐年間說書藝人。

⑧**「斷立太后」**　見元雜劇《抱妝盒》，劇情敘宋真宗時李美人生子，遭劉皇后嫉害，陳琳抱妝盒救

出幼主，幼主後即位爲仁宗，密詢陳琳，尊生母李氏爲皇太后。「審烏盆鬼」，見元雜劇《盆兒鬼》劇情敘汴梁人楊國用經商遇害，屍首雖被燒成灰和土製成瓦盆，但「冤魂」不散，能作人聲，後經包公審理伸冤。

⑨**《龍圖公案》**　十卷，明無名氏撰，序署「江左陶烺元乃斌父題於虎丘之悟石軒」。有繁簡兩本，繁本故事一百則，簡本故事六十六則。敘寫包公審案故事。

⑩這裡的《龍圖公案》指傳鈔本《龍圖耳錄》，一二〇回，係石玉昆說唱《龍圖公案》的記錄本（刪去唱詞）。刊本《忠烈俠義傳》（亦名《三俠五義》）即從此本出。

⑪**明宸濠事**　明正德十四年（1519），宗室寧王朱宸濠僞稱奉太后密詔，於南昌起兵叛亂，後兵敗被殺。

⑫**俞樾**　參看本書第二十二篇注㉘。俞樾將《三俠五義》改名《七俠五義》，並作序。序中所說的柳麻子，即柳敬亭，明末著名說書藝人。俞序關於柳敬亭說《水滸》的記述，本自明張岱《陶庵夢憶》卷五《柳敬亭說書》。潘祖蔭（1830–1890），字伯寅，號鄭盦，清吳縣（今屬江蘇）人，官至工部尚書。撰有《鄭盦詩存、文存》各一卷，編有《滂喜齋叢書》。

⑬**施世綸**（?–1722）　字文賢，清漢軍鑲黃旗人。曾任泰州知州，後官戶部侍郎、漕運總督，撰有《南堂集》。《施公案》敘寫其有關事跡，多出附會臆造。

⑭**彭鵬**（1637–1704）　字奮斯，號古愚，清蒲田（今屬福建）人，由三河知縣官至廣東巡撫。撰有《古愚心言》。《彭公案》敘寫其有關事跡，多出附會臆造。

⑮**郭廣瑞**　字筱亭，別號燕南居士，清潞河（今北京通縣）人。哈輔源，滿洲旗人。說書藝人，以專說《永慶昇平》而聞名。

⑯**劉墉**（1719-1804）　字崇如，號石庵，清諸城（今屬山東）人，官至吏部尚書、體仁閣大學士。陳宏謀（1696-1771），字汝咨，號榕門，清臨桂（今屬廣西）人，官至湖廣總督、東閣大學士。此處正文「康熙」應爲「乾隆」。

⑰**《英雄大八義》**　四卷，五十六回。《英雄小八義》係其續集，四卷，四十四回。敘寫東京汴梁宋士公等人故事。《七劍十三俠》，又名《七子十三生》，三集，一八〇回，題「姑蘇桃花館主唐芸洲編次」。敘寫明王守仁平定朱宸濠叛亂故事。《七劍十八義》，未見，同類書有《七劍八俠十六義》、《五劍十八義》等多種。

⑱**《劉公案》**　僅見唱本《劉墉私訪大清傳》，四卷，敘寫乾隆時劉墉奉旨查辦國舅濟南巡撫國泰事。《李公案》，一名《李公案奇聞》，三十四回，題「惜紅居士編纂」。敘寫清李秉衡辦理訟案事。

第二十八篇　清末之譴責小說

光緒庚子（一九〇〇）後，譴責小說之出特盛。蓋嘉慶以來，雖屢平內亂（白蓮教，太平天國，捻，回），亦屢挫於外敵（英，法，日本），細民闇昧，尚啜茗聽平逆武功，有識者則已翻然思改革，憑敵愾之心，呼維新與愛國，而於「富強」尤致意焉。戊戌政變既不成，越二年即庚子歲而有義和團之變，群乃知政府不足與圖治，頓有掊擊之意矣。其在小說，則揭發伏藏，顯其弊惡，而於時政，嚴加糾彈，或更擴充，並及風俗。雖命意在於匡世，似與諷刺小說同倫，而辭氣浮露，筆無藏鋒，甚且過甚其辭，以合時人嗜好，則其度量技術之相去亦遠矣，故別謂之譴責小說。其作者，則南亭亭長與我佛山人名最著。

南亭亭長為李寶嘉，字伯元，江蘇武進人，少擅制藝及詩賦，以第一名入學，累舉不第，乃赴上海辦《指南報》，旋輟，別辦《遊戲報》，為俳諧嘲罵之文，後以「鋪底」售之商人，又別辦《海上繁華報》①，記注倡優起居，並載詩詞小說，殊盛行。所著有《庚子國變彈詞》若干卷，《海天鴻雪記》六本，《李蓮英》一本②，《繁華夢》《活地獄》③各若干本。又有專意斥責時弊者曰《文明小史》，分刊於《繡像小說》中④，尤有名。時正庚子，政令倒行，海內失望，多欲索禍患之由，責其罪人以自快，寶嘉亦應商人之託，撰《官場現形記》，擬為十編，編十二回，自光緒二十七至二十九年中成三編，後二年又成二編，三十二年三月以瘵卒，年四十（一八六七至一九〇六），書遂不完；亦無子，伶人孫菊仙⑤為理其喪，酬《繁華報》之揄揚也。嘗被荐應經濟特科，不赴，時以爲高；又工篆刻，有《芋香印譜》⑥行於世（見周桂笙《新庵筆記》三，李祖傑致胡適書及顧頡剛《讀書雜記》等）。

《官場現形記》已成者六十回，爲前半部，第三編印行時（一九〇三）有自序，略謂「亦嘗見夫官矣，送迎之外無治績，供張之外無材能，忍飢渴，冒寒暑，行香則天明而往，稟見則日昃而歸，卒不知其何所爲而來，亦卒不知其何所爲而去。」歲或有凶災，行賑恤，又「皆得授救助之例，邀獎勵之恩，而所謂官者，乃日出而未有窮期」。及朝廷議汰除，則「上下蒙蔽，一如故舊，尤其甚者，假手胥小，授意私人，因苞苴而通融，緣賄賂而解釋：是欲除弊而轉滋之弊也」。於是群官搜括，小民困窮，民不敢言，官乃愈肆，「南亭亭長有東方之諧謔，與淳于之滑稽，又熟知夫官之齷齪卑鄙之要凡，昏瞶糊塗之大旨」，爰「以含蓄醞釀存其忠厚，以酣暢淋漓闡其隱微，……窮年累月，殫精竭誠，成書一帙，名曰《官場現形記》，……凡神禹所不能鑄之於鼎，溫嶠所不能燭之以犀者，無不畢備也」。故凡所敘述，皆迎合，鑽營，朦混，羅掘，傾軋等故事，兼及士人之熱心於作吏，及官吏閨中之隱情。頭緒既繁，腳色復夥，其記事遂率與一人俱起，亦即與其人俱訖，若斷若續，與《儒林外史》略同。然臆說頗多，難云實錄，無自序所謂「含蓄醞釀」之實，殊不足望文木老人後塵。況所搜羅，又僅「話柄」，聯綴此等，以成類書；官場伎倆，本小異大同，彙爲長編，即千篇一律。特緣時勢要求，得此爲快，故《官場現形記》乃驟享大名；而襲用「現形」名目，描寫他事，如商界、學界、女界者亦接踵也。今錄南亭亭長之作八百餘言爲例，並以概餘子：

……卻說賈大少爺，……看看已到了引見之期，頭天赴部演禮，一切照例儀注，不庸細述。這天賈大少爺起了一個半夜，坐車進城，……一直等到八點鐘，才有帶領引見的司官老爺把他帶了進去，不知走到一個甚麼殿上，司官把袖一摔，他們一班幾個人在台階上一溜跪下，離著上頭約莫有二丈遠，曉得坐在上頭的就是「當今」了。……他是道班，又是明保的人員，當天就有旨，叫他第二天預備召見。……賈大少爺雖是世家子弟，然而今番乃是第一遭見皇上，雖然請教過多少人，究竟放心不下。當時引見了下來，先看見華中堂。華中堂是收過他一萬銀子古董的，見了面問長問短，甚是關切。後來賈大少爺請教他道，「明日朝見，門生的父親是現在臬司，門生見了上頭，要碰頭不要碰頭？」華中堂沒有聽見上文，只聽得「碰頭」二字，連連回答道，「多碰頭，少說話：是做官的秘訣。」賈大少爺忙分辯道，「門生說的是上頭問著門生的父親，自然要碰頭；倘不問，也要碰頭不要碰頭？」華中堂道，「上頭不問你，你千萬不要多說話；應該碰頭的地方，又萬萬不要忘記不碰，就是不該碰，你多磕頭，總沒有處分的。」一席話說得賈大少爺格外糊塗，意思還要問，中堂已起身送客了。賈大少爺只好出來，心想華中堂事情忙，不便煩他，不如去找黃大軍機，……或者肯賜教一二。誰知見了面，賈大少爺把話才說完，黃大人先問「你見過中堂沒有？他怎麼說的？」賈大少爺照述一遍，黃大人道，「華中堂閱歷深，他叫你多碰頭少說話，老成人之見，這是一點兒不錯的。」……賈大少爺無法，只得又去找徐大軍機。這位徐大人，上了年紀，兩耳重聽，就是有時候聽得兩句，也裝作不知。他平生最講究養心之學，有兩個訣竅：一個是「不動心」，一個是「不操心」。……後來他這個訣竅被同寅中都看穿了，大家就送他一個外號，叫他做「琉璃蛋」。……這日賈大少爺……去求教他，見面之後，寒暄了幾句，便提到此事。徐大人道，「本來多碰頭是頂好的事。就是不碰頭，也使得。你還是應得碰頭的時候，你碰頭；不必碰頭的時候，還是不必碰的為妙。」賈大少爺又把華、黃二位的話述了一遍，徐大人道，「他兩位說的話都不錯。你便照他二位的話，看事行事，最妥。」說了半天，仍舊說不出一毫道理，只得又退了下來。後來一直找到一位小軍機，也是他老人家的好友，才把儀注說清。第二天召見上去，居然沒有出岔子。……（第二十六回）

我佛山人爲吳沃堯，字繭人，後改趼人，廣東南海人也，居佛山鎮，故自稱「我佛山人」。年二十餘至上海，常爲日報撰文，皆小品；光緒二十八年新會梁啓超⑦印行《新小說》於日本之橫濱，月一冊，次年（一九〇三），沃堯乃始學爲長篇，即以寄之，先後凡數種，曰《電術奇談》，曰《九命奇冤》⑧，曰《二十年目睹之怪現狀》，名於是日盛，而末一種尤爲世間所稱。後客山東，遊日本，皆不得意，終復居上海；三十二年，爲《月月小說》⑨主筆，撰《劫餘灰》《發財秘訣》《上海遊驂錄》⑩；又爲《指南報》作《新石頭記》⑪。又一年，則主持廣志小學校，甚盡力於學務，所作遂不多。宣統紀元，始成《近十年之怪現狀》⑫二十回，二年九月遽卒，年四十五（一八六六至一九一〇）。別有《恨海》《胡寶玉》⑬二種，先皆單行；又嘗應商人之託，以三百金爲撰《還我靈魂記》頌其藥⑭，一時頗被訾議，而文亦不傳（見《新庵筆記》三，《近十年之怪現狀》自序，《我佛山人筆記》汪維甫序）。短文非所長，後因名重，亦有人綴集爲《趼廛筆記》《趼人十三種》⑮《我佛山人筆記四種》《我佛山人滑稽談》《我佛山人札記小說》⑯等。

《二十年目睹之怪現狀》本連載於《新小說》⑰中，後亦與《新小說》俱輟，光緒三十三年乃有單行本甲至丁四卷，宣統元年又出戊至辛四卷，共一百八回。全書以自號「九死一生」者爲線索，歷記二十年中所遇，所見，所聞天地間驚聽之事，綴爲一書，始自童年，末無結束，雜集「話柄」與《官場現形記》同。而作者經歷較多，故所敘之族類亦較夥，官師士商，皆著於錄，搜羅當時傳說而外，亦販舊作（如《鍾馗捉鬼傳》之類），以爲新聞。自云「只因我出來應世的二十年中，回頭想來，所遇見的只有三種東西：第一種是蛇蟲鼠蟻；第二種是豺狼虎豹；第三種是魑魅魍魎。」（第一回）則通本所述，不離此類人物之言行可知也。相傳吳沃堯性強毅，不欲下於人，遂坎坷沒世，故其言殊慨然。惜描寫失之張皇，時或傷於溢惡，言違真實，則感人之力頓微，終不過連篇「話柄」，僅足供閒散者談笑之資而已。其敘北京同寓人符彌軒之虐待其祖云：

……到了晚上，各人都已安歇，我在枕上隱隱聽得一陣喧嚷的聲音出在東院裡。……嚷了一陣，又靜了一陣，靜了一陣，又嚷一陣，雖是聽不出所說的話來，卻只覺得耳根不清靜，睡不安穩。……直等到自鳴鐘報了三點之後，方才朦朧睡去；等到一覺醒來，已是九點多鐘了。連忙起來，穿好衣服，走出客堂，只見吳亮臣李在茲和兩個學徒，一個廚子，兩個打雜，圍在一起竊竊私議。我忙問是甚麼事。……亮臣正要開言，在茲道，「叫王三說罷，省了我們費嘴。」打雜王三便道，「是東院符老爺家的事。昨天晚上半夜裡我起來解手，聽見東院裡有人吵嘴，……就摸到後院裡，……往裡面偷看：原來符老爺和符太太對坐在上面，那一個到我們家裡討飯的老頭兒坐在下面，兩口子正罵那老頭子呢。那老頭子低著頭哭，只不做聲。符太太罵得最出奇，說道，『一個人活到五六十歲，就應該死的了，從來沒見過八十多歲人還活著的。』符老爺道，『活著倒也罷了。無論是粥是飯，有得吃吃點，安分守己也罷了；今天嫌粥了，明天嫌飯了，你可知道要吃的好，喝的好，穿的好，是要自己本事掙來的呢。』那老頭子道，『可憐我並不求好吃好喝，只求一點兒鹹菜罷了。』符老爺聽了，便直跳起來，說道，『今日要鹹菜，明日便要鹹肉，後日便要雞鵝魚鴨，再過些時，便燕窩魚翅都要起來了。我是個沒補缺的窮官兒，供應不起！』說到那裡，拍桌子打板凳的大罵。……罵夠了一回，老媽子開上酒菜來，擺在當中一張獨腳圓桌上。符老爺兩口子對坐著喝酒，卻是有說有笑的。那老頭子坐在底下，只管抽抽咽咽的哭。符老爺喝兩杯，罵兩句；符太太只管拿骨頭來追叭兒狗玩。那老頭子哭喪著臉，不知說了一句甚麼話，符老爺登時大發雷霆起來，把那獨腳桌子一掀，訇訇一聲，桌上的東西翻了個滿地，大聲喝道，『你便吃去！』那老頭子也太不要臉，認真就爬在地下拾來吃。符老爺忽的站了起來，提起坐的凳子，對準了那老頭子摔去。幸虧站著的老媽子搶著過來接了一接，雖然接不住，卻擋去勢子不少。那凳子雖然還摔在那老頭子的頭上，卻只摔破了一點頭皮。倘不是那一擋，只怕腦子也磕出來了。」我聽了這一番話，不覺嚇了一身大汗，默默自己打主意。到了吃飯時，我便叫李在茲趕緊去找房子，我們要搬家了。……（第七十四回）

吳沃堯之所撰者，惟《恨海》《劫餘灰》，及演述譯本之《電術奇談》等三種，自云是寫情小說，其他悉此類，而譴責之度稍不同。至於本旨，則緣借筆墨爲生，故如周桂笙（《新庵筆記》三）言，亦「因人，因地，因時，各有變態」，但其大要，則在「主張恢復舊道德」（見《新庵譯屑》評語）云。

又有《老殘遊記》二十章，題「洪都百煉生」著，實劉鶚⑱之作也，有光緒丙午（一九〇六）之秋於海上所作序；或云本未完，末數回乃其子續作之。鶚字鐵雲，江蘇丹徒人，少精算學，能讀書，而放曠不守繩墨，後忽自悔，閉戶歲餘，乃行醫於上海，旋又棄而學賈，盡喪其資。光緒十四年河決鄭州，鶚以同知投效於吳大澂⑲，治河有功，聲譽大起，漸至以知府用。在北京二年，上書請敷鐵道；又主張開山西礦，既成，世俗交謫，稱爲「漢奸」。庚子之亂，鶚以賤値購太倉儲粟於歐人，或云實以賑飢困者，全活甚衆；後數年，政府即以私售倉粟罪之，流新疆死（約一八五〇至一九一〇，詳見羅振玉《五十日夢痕錄》）。其書即借鐵英號老殘者之遊行，而歷記其言論見聞，敘景狀物，時有可觀，作者信仰，並見於內，而攻擊官吏之處亦多。其記剛弼誤認魏氏父女爲謀斃一家十三命重犯，魏氏僕行賄求免，而剛弼即以此證實之，則摘發所謂清官者之可恨，或尤甚於贓官，言人所未嘗言，雖作者亦甚自憙，以爲「贓官可恨，人人知之，清官尤可恨，人多不知。蓋贓官自知有病，不敢公然爲非；清官則自以爲不要錢，何所不可？剛愎自用，小則殺人，大則誤國，吾人親自所目，不知凡幾矣。試觀徐桐、李秉衡⑳，其顯然者也。……歷來小說，皆揭贓官之惡。有揭清官之惡者，自《老殘遊記》始」也。

……那衙役們早將魏家父女帶到，卻都是死了一半的樣子。兩人跪到堂上，剛弼便從懷裡摸出那個一千兩銀票並那五千五百兩憑據，……叫差役送與他父女們看。他父女回說「不懂，這是甚麼緣故？」……剛弼哈哈大笑道，「你不知道，等我來告訴你，你就知道了。昨兒有個胡舉人來拜我，先送一千兩銀子，道，你們這案，叫我設法兒開脫；又說，如果開脫，銀子再要多些也肯。……我再詳細告訴你，倘若人命不是你謀害的，你家為甚麼肯拿幾千兩銀子出來打點呢？這是第一據。……倘人不是你害的，我告訴他，『照五百兩一條命計算，也應該六千五百兩。』你那管事的就應該說，『人命實不是我家害的，如蒙委員代為昭雪，七千八千俱可，六千五百兩的數目卻不敢答應。』怎麼他毫無疑義，就照五百兩一條命算帳呢？這是第二據。我勸你們，早遲總得招認，免得饒上許多刑具的苦楚。」那父女兩個連連叩頭說，「青天大老爺。實在是冤枉。」剛弼把桌子一拍，大怒道，「我這樣開導，你們還是不招？再替我夾搯起來！」底下差役炸雷似的答應了一聲「嘎！」……正要動刑。剛弼又道，「慢著。行刑的差役上來，我對你說。……你們伎倆，我全知道。你們看那案子是不要緊的呢，你們得了錢，用刑就輕，讓犯人不甚吃苦。你們看那案情重大，是翻不過來的了，你們得了錢，就猛一緊，把犯人當堂治死，成全他個整屍首，本官又有個嚴刑斃命的處分。我是全曉得的。今日替我先擱賈魏氏，只不許擱得他發昏，但看神色不好就鬆刑，等他回過氣來再擱。預備十天工夫，無論你甚麼好漢，也不怕你不招！」……（第十六章）

《孽海花》以光緒二十三年載於《小說林》㉑，稱「歷史小說」，署「愛自由者發起，東亞病夫編述」。相傳實常熟舉人曾樸㉒字孟樸者所爲。第一回猶楔子，有六十回全目，自金汮掄元起，即用爲線索，雜敘清季三十年間遺聞逸事；後似欲以豫想之革命收場，而忽中止，旋合輯爲書十卷，僅二十回。金汮謂吳縣洪鈞，嘗典試江西，丁憂歸，過上海，納名妓傅彩雲爲妾，後使英，攜以俱去，稱夫人，頗多話柄。比洪歿於北京，傅復赴上海爲妓，稱曹夢蘭，又至天津，稱賽金花，庚子之亂，爲聯軍統帥所暱，勢甚張。書於洪傅特多惡謔，並寫當時達官名士模樣，亦極淋漓，而時復張大其詞，如凡譴責小說通病；惟結構工巧，文采斐然，則其所長也。書中人物，幾無不有所影射；使撰人誠如所傳，則改稱李純客者實其師李慈銘㉓字蒓客（見曾之撰《越縵堂駢體文集序》），親炙者久，描寫當能近實，而形容時復過度，亦失自然，蓋尚增飾而賤白描，當日之作風固如此矣。即引爲例：

……卻說小燕便服輕車，叫車夫逕到城南保安寺街而來。那時秋高氣爽，塵軟蹄輕，不一會，已到了門口。把車停在門前兩棵大榆樹蔭下。家人方要通報，小燕搖手說「不必」，自己輕跳下車。正跨進門，瞥見門上新貼一副淡紅朱砂箋的門對，寫得英秀瘦削，俐落傾斜的兩行字，道：

保安寺街藏書十萬卷

戶部員外補闕一千年

小燕一笑。進門一個影壁；繞影壁而東，朝北三間倒廳；沿倒廳廊下一直進去，一個秋葉式的洞門，洞門裡面，方方一個小院落。庭前一架紫藤，綠葉森森，滿院種著木芙蓉，紅艷嬌酣，正是開花時候。三間靜室，垂著湘簾，悄無人聲。那當兒恰好一陣微風，小燕覺得在簾縫裡透出一股藥煙，清香沁鼻。掀簾進去，卻見一個椎結小童，正拿著把破蒲扇，在中堂東壁邊煮藥哩。見小燕進來，正要起立。只聽房裡高吟道，「淡墨羅巾燈畔字，小風鈴佩夢中人。」小燕一腳跨進去，笑道，「『夢中人』是誰呢？」一面說，一面看，只見蒓客穿著件半舊熟羅半截衫，踏著草鞋，本來好好兒，一手捋著短鬚，坐在一張舊竹榻上看書。看見小燕進來，連忙和身倒下，伏在一部破書上發喘，顫聲道，「呀，怎麼小翁來，老夫病體竟不能起迓，怎好怎好？」小燕道，「純老清恙，幾時起的？怎麼兄弟連影兒也不知？」蒓客道，「就是諸公定議替老夫做壽那天起的。可見老夫福薄，不克當諸公盛意。雲臥園一集，只怕今天去不成了。」小燕道，「風寒小疾，服藥後當可小痊。還望先生速駕，以慰諸君渴望。」小燕說話時，卻把眼偷瞧，只見榻上枕邊拖出一幅長箋，滿紙都是些抬頭。那抬頭卻奇怪，不是「閣下」「台端」，也非「長者」「左右」，一迭連三，全是「妄人」兩字。小燕覺得詫異，想要留心看他一兩行，忽聽秋葉門外有兩個人，一路談話，一路躡手躡腳的進來。那時蒓客正要開口，只聽竹簾子拍的一聲。正是：十丈紅塵埋俠骨，一簾秋色養詩魂。

不知來者何人，且聽下回分解。（第十九回）

《孽海花》亦有他人續書（《碧血幕》《續孽海花》㉔），皆不稱。

此外以抉摘社會弊惡自命，撰作此類小說者尚多，顧什九學步前數書，而甚不逮，徒作譙呵之文，轉無感人之力，旋生旋滅，亦多不完。其下者乃至醜詆私敵，等於謗書；又或有謾罵之志而無抒寫之才，則遂墮落而為「黑幕小說」㉕。

注釋

① 《指南報》 光緒二十二年（一八九六）創刊，不久停刊。《遊戲報》，光緒二十三年（一八九七）創刊，宣統二年（一九一〇）停刊。《海上繁華報》，未詳，不知是否即李伯元所辦《世界繁華報》。該報於光緒二十七年（一九〇一）創刊，宣統二年停刊。

②《庚子國變彈詞》 四十回，長篇彈詞，暴露八國聯軍侵略中國的罪行，但對義和團持敵視態度。《海天鴻雪記》，二十回，題「二春居士編」，每回後有南亭亭長評。敘寫上海妓女生活，對當時社會黑暗有所暴露。《李蓮英》，未見，周桂笙《新庵筆記》曾提及。

③《繁華夢》 全稱《海上繁華夢》，三集，一百回，題「古滬警夢痴仙戲墨」，實即孫家振撰。《活地獄》，四十三回。李寶嘉生前撰至三十九回，餘爲吳沃堯、歐陽巨源續成。此書由十五個長短不等的故事組成。

④《文明小史》 六十回，敘寫清廷官吏的昏庸腐敗，提倡改良。《繡像小說》，李寶嘉主編。小說期刊，光緒二十九年（1903）創刊於上海，光緒三十二年（1906）停刊。

⑤孫菊仙（1841-1931） 名濂，天津人。京劇藝人。

⑥《芋香印譜》 常州市博物館藏有《芋香室印存》，卷首之獨孤粲《李伯元傳略》中稱李「有芋香印譜行世」。據此，《芋香印譜》或即《芋香室印存》。

⑦梁啟超（1873-1929） 字卓如，號任公，廣東新會人。光緒戊戌年（1898）與康有爲、譚嗣同等發起維新變法，失敗後逃亡日本。他曾倡導「詩界革命」、「小說界革命」，著述甚多，主要有《飲冰室文集》等。

⑧《電術奇談》 一名《催眠術》，二十四回，日本菊池幽芳著，方慶周譯，吳趼人演述。內容敘寫印度一部族酋長的女兒與一英國青年相愛的故事。《九命奇冤》，三十六回，敘寫兩家地主因迷信風水釀成九條命案的故事。

⑨《月月小說》　吳趼人、周桂笙等主編。一九〇六年九月創刊於上海，一九〇八年十二月停刊，共出二十四期。所刊除小說外，尚有戲劇、論文、雜著等。

⑩《劫餘灰》　十六回，敘寫一對才子佳人悲歡離合的故事。《發財秘訣》，又名《黃奴外史》，十回，敘寫一窮漢在香港靠投機發家的故事。《上海遊驂錄》，十回，敘寫一個地主的兒子投靠革命黨的故事，其中對革命黨人多所攻擊。

⑪《新石頭記》　四十回，以庚子事變前後的北京爲背景，借賈寶玉之名，幻設事跡，與原《紅樓夢》故事無關。

⑫《近十年之怪現狀》　又名《最近社會齷齪史》，二十回，敘寫當時社會黑暗情況，可視作《二十年目睹之怪現狀》的續集。

⑬《恨海》　十回，以庚子事變爲背景，敘寫兩對青年男女的婚姻悲劇。《胡寶玉》，又名《三十年上海北里之怪歷史》，全書分八章，敘寫名妓胡寶玉等人的故事。

⑭《還我靈魂記》　原題《還我靈魂記》，是吳沃堯一九一〇年爲藥房寫的一篇廣告文字。其中的商人指中法大藥房老闆黃楚九，所頌的藥房爲艾羅補腦汁。（據一九一〇年七月二十二日《漢口中西報》）

⑮《趼廛筆記》　共七十二則，內容有記敘傳聞，亦有讀書禮記。《趼人十三種》，即《光緒萬年》、《無理取鬧西遊記》、《立憲萬歲》、《黑籍冤魂》、《義盜記》、《慶祝立憲》、《大改革》、《平步青雲》、《快升官》、《查功課》、《人鏡學社鬼哭傳》、《趼廛詩刪賸》。先後均

發表於《月月小說》。吳趼人死後，由他人匯集成冊印行。

⑯《我佛山人筆記四種》　即《我佛山人筆記》，汪維甫輯。收《趼廛隨筆》、《趼廛續筆》、《中國偵探三十四案》及《上海三十年豔跡》四種。前二種與《趼廛筆記》內容基本相同。《我佛山人滑稽談》，收笑話之類一百七十餘則。《我佛山人札記小說》，四卷，五十三篇，所記多屬奇聞軼事。

⑰《新小說》　光緒二十九年（1903）梁啓超創辦於東京，共刊行兩卷，以小說爲主，旁及詩歌、戲曲、筆記等。

⑱劉鶚（1857-1909）　曾官候補知府後棄官經商。除《老殘遊記》外，編有甲骨文《鐵雲藏龜》等。

⑲吳大澂（1835-1902）　字清卿，清吳縣（今屬江蘇）人，官湖南巡撫。撰有《愙齋詩文集》、《愙齋集古錄》等。

⑳徐桐（1819-1901）　字蔭軒，漢軍正藍旗人，歷任禮部、吏部尚書。頑固守舊，反對維新變法。李秉衡（1830-1900），字鑑堂，海城（今屬遼寧）人，官山東巡撫、巡閱長江水師大臣等。八國聯軍進攻北京時戰敗自盡。

㉑《小說林》　黃摩西主編。一九〇七年一月於上海創刊，一九〇八年九月停刊，共出十二期，多載翻譯小說。

㉒曾樸（1872-1935）　字孟樸，筆名東亞病夫，江蘇常熟人，辛亥革命後任江蘇財政廳長、政務廳長等職。曾創辦小說林書店。所撰小說除《孽海花》外，尚有《魯男子》等。《孽海花》前六回爲愛

自由者（金松岑）所作，經曾樸修改。

㉓李慈銘（1830-1894）　字炁伯，號蒓客，會稽（今浙江紹興）人，官至山西道監察御史。撰有《越縵堂日記》、《白華絳跗閣詩集》、《湖塘林館駢體文鈔》等。

㉔關於《孽海花》續書。《碧血幕》，包天笑撰。有光緒丁未年（1907）《小說林》本，未寫完。《續孽海花》，陸士諤傳。原題《孽海花續編》，書內題作《孽海花三編》。後又續寫四、五、六編，題名《新孽海花》時曾擬六十回回目，然初稿僅成二十回。此續書係據曾補擬定之回目，自二十一回始，至六十回止。

㉕「黑幕小說」　一九一六年十月《時事新報》闢「上海黑幕」專欄後逐漸風行的一種小說，代表作品有《繪圖中國黑幕大觀》等。

後記

右中國小說史略二十八篇其第一至第十五篇以去年十月中印訖已而於朱彝尊①明詩綜卷八十知雁宕山樵陳忱字遐心胡適爲後水滸傳序②考得其事尤眾於謝无量平民文學之兩大文豪③第一編知說唐傳舊本題廬陵羅本撰粉妝樓相傳亦羅貫中作惜得見在後不及增修其第十六篇以下草稿則久置案頭時有更定然識力儉隘觀覽又不周洽不特於明清小說闕略尚多即近時作者如魏子安韓子雲輩之名亦緣他事相牽未遑博訪況小說初刻多有序跋可藉知成書年代及其撰人而舊本希覯僅獲新書賈人草率於本文之外大率刊落用以編錄亦復依據寡薄時慮訛謬惟更歷歲月或能小小妥帖耳而時會交迫當復印行乃任其不備輒付排印顧疇昔所懷將以助聽者之聆察釋寫生之煩勞之志願則於是乎畢矣

一千九百二十四年三月三日校竟記④

注釋

①朱彝尊（1629-1709）　字錫鬯，號竹垞，清秀水（今浙江嘉興）人。所撰《明詩綜》，一百卷，卷八十輯錄陳忱詩一首，稱「忱字遐心，烏程人」。

②《後水滸傳序》　即《水滸續集兩種序》，見《胡適文存》二集卷四。

③謝无量（1884-1964）　名蒙，四川梓潼人，曾任上海中華書局編輯。撰有《中國大文學史》、《中

國婦女文學史》等。《平民文學之兩大文豪》，後改名《羅貫中與馬致遠》。

④本文原無標點，爲便於讀者，試加標點如下。

右《中國小說史略》二十八篇，其第一至第十五篇以去年十月中印訖。已而於朱彝尊《明詩綜》卷八十知雁宕山樵陳忱字遐心，胡適為《後水滸傳序》考得其事尤眾；於謝无量《平民文學之兩大文豪》第一編知《說唐傳》舊本題盧陵羅本撰，《粉妝樓》相傳亦羅貫中作，惜得見在後，不及增修。其第十六篇以下草稿，則久置案頭，時有更定，然識力儉隘，觀覽又不周洽，不特於明清小說闕略尚多，即近時作者如魏子安、韓子雲輩之名，亦緣他事相牽，未遑博訪。況小說初刻，多有序跋，可藉知成書年代及其撰人，而舊本希覯，僅獲新書，賈人草率，於本文之外，大率刊落；用以編錄，亦復依據寡薄，時慮訛謬，惟更歷歲月，或能小小妥帖耳。而時會交迫，當復印行，乃任其不備，輒付排印。顧疇昔所懷將以助聽者之聆察、釋寫生之煩勞之志願，則於是乎畢矣。一千九百二十四年三月三日校竟記。

附錄

附錄一

中國小說的歷史的變遷①

魯迅

我所講的是中國小說的歷史的變遷。許多歷史家說，人類的歷史是進化的，那麼，中國當然不會在例外。但看中國進化的情形，卻有兩種很特別的現象：一種是新的來了好久之後而舊的又回復過來，即是反覆；一種是新的來了好久之後而舊的並不廢去，即是羼雜。然而就並不進化麼？那也不然，只是比較的慢，使我們性急的人，有一日三秋之感罷了。文藝，文藝之一的小說，自然也如此。例如雖至今日，而許多作品裏面，唐宋的，甚而至於原始人民的思想手段的糟粕都還在。今天所講，就想不理會這些糟粕——雖然它還很受社會歡迎——而從倒行的雜亂的作品裏尋出一條進行的線索來，一共分為六講。

第一講　從神話到神仙傳

考小說之名，最古是見於莊子所說的「飾小說以干縣令」。「縣」是高，言高名；「令」是美，言美譽。但這是指他所謂瑣屑之言，不關道術的而說，和後來所謂的小說並不同。因為如孔子，楊子，墨子各家的學說，從莊子看來，都可以謂之小說；反之，別家對莊子，也可稱他的著作爲小說。至於《漢書》《藝文志》上說：「小說者，街談巷語之說也。」這才近似現在的所謂小說了，但也不過古時稗官採集一般小民所談的小話，藉以考察國之民情，風俗而已；並無現在所謂小說之價值。

小說是如何起源的呢？據《漢書》《藝文志》上說：「小說家者流，蓋出於稗官。」稗官採集小說的有無，是另一問題；即使真有，也不過是小說書之起源，不是小說之起源。至於現在一班研究文學史者，卻多認小說起源於神話。因爲原始民族，穴居野處，見天地萬物，變化不常——如風，雨，地震等——有非人力所可捉摸抵抗，很爲驚怪，以爲必有個主宰萬物者在，因之擬名爲神；並想像神的生活，動作，如中國有盤古氏開天闢地之說，這便成功了「神話」。從神話演進，故事漸近於人性，出現的大抵是「半神」，如說古來建大功的英雄，其才能在凡人以上，由於天授的就是。例如簡狄吞燕卵而生商，堯時「十日並出」，堯使羿射之的話，都是和凡人不同的。這些口傳，今人謂之「傳說」。由此再演進，則正事歸爲史；逸史即變爲小說了。

我想，在文藝作品發生的次序中，恐怕是詩歌在先，小說在後的。詩歌起於勞動和宗教。其一，因勞動時，一面工作，一面唱歌，可以忘卻勞苦，所以從單純的呼叫發展開去，直到發揮自己的心意和感情，並偕有自然的韻調；其二，是因爲原始民族對於神明，漸因畏懼而生敬仰，於是歌頌其威靈，讚嘆其功烈，也就成了詩歌的起源。至於小說，我以爲倒是起於休息的。人在勞動時，既用歌吟以自娛，借它忘卻勞苦了，則到休息時，亦必要尋一種事情以消遣閒暇。這種事情，就是彼此談論故事，而這談論故事，正就是小說的起源。——所以詩歌是韻文，從勞動時發生的；小說是散文，從休息時發生的。

但在古代，不問小說或詩歌，其要素總離不開神話。印度，埃及，希臘都如此，中國亦然。只是中國並無含有神話的大著作；其零星的神話，現在也還沒有集錄爲專書的。我們要尋求，只可從古書上得到一點，而這種古書最重要的，便推《山海經》。不過這書也是無系統的，其中最要的，和後來有關係的記述，有西王母的故事，現在舉一條出來：

「玉山，是西王母所居也。西王母其狀如人，豹尾虎齒而善嘯，蓬髮戴勝，是司天之厲及五殘。」

如此之類還不少。這個古典，一直流行到唐朝，才被驪山老母奪了位置去。此外還有一種《穆天子傳》，講的是周穆王駕八駿西征的故事，是汲郡古塚中雜書之一篇。——總之中國古代的神話材料很少，所有者，只是些斷片的，沒有長篇的，而且似乎也並非後來散亡，是本來的少有。我們在此要推求其原因，我以爲最要的有兩種：

一、**太勞苦** 因爲中華民族先居在黃河流域，自然界底情形並不佳，爲謀生起見，生活非常勤苦，因之重實際，輕玄想，故神話就不能發達以及流傳下來。勞動雖說是發生文藝的一個源頭，但也有條件：就是要不過度。勞逸均適，或者小覺勞苦，才能發生種種的詩歌，略有餘暇，就講小說。假使勞動太多，休息時少，沒有恢復疲勞的餘裕，則眠食尚且不暇，更不必提什麼文藝了。

二、**易於忘卻**　因爲中國古時天神，地祇，人，鬼，往往殽雜，則原始的信仰存於傳說者，日出不窮，於是舊者僵死，後人無從而知。如神荼，鬱壘，爲古之大神，傳說上是手執一種葦索，以縛虎，且禦凶魅的，所以古代將他們當作門神。但到後來又將門神改爲秦瓊，尉遲敬德，並引說種種事實，以爲佐證，於是後人單知道秦瓊和尉遲敬德爲門神，而不復知神荼，鬱壘，更不消說造作他們的故事了。此外這樣的還很不少。

中國的神話既沒有什麼長篇的，現在我們就再來看《漢書》《藝文志》上所載的小說：《漢書》《藝文志》上所載的許多小說目錄，現在一樣都沒有了，但只有些遺文，還可以看見。如《大戴禮》《保傅篇》中所引《青史子》說：

「古者年八歲而出就外舍，學小藝焉，履小節焉；束髮而就大學，學大藝焉，履大節焉。居則習禮文，行則鳴佩玉，升車則聞和鸞之聲，是以非僻之心無自入也。……」

《青史子》這種話，就是古代的小說；但就我們看去，同《禮記》所說是一樣的，不知何以當作小說？或者因其中還有許多思想和儒家的不同之故吧。至於現在所有的所謂漢代小說，卻有稱東方朔所做的兩種：一、《神異經》，二、《十洲記》。班固做的，也有兩種：一、《漢武故事》；二、《漢武帝內傳》。此外還有郭憲做的《洞冥記》，劉歆做的《西京雜記》。《神異經》的文章，是仿《山海經》的，其中所說的多怪誕之事。現在舉一條出來：

「西南荒山中出訛獸，其狀若菟，人面能言，常欺人，言東而西，言惡而善。其肉美，食之，言不真矣。」（《西南荒經》）

《十洲記》是記漢武帝聞十洲於西王母之事，也仿《山海經》的，不過比較《神異經》稍微莊重些。《漢武故事》和《漢武帝內傳》，都是記武帝初生以至崩葬的事情。《洞冥記》是說神仙道術及遠方怪異的事情。《西京雜記》則雜記人間瑣事。然而《神異經》，《十洲記》，爲《漢書》《藝文志》上所不載，可知不是東方朔做的，乃是後人假造的。《漢武故事》，《漢武帝內傳》則與班固別的文章，筆調不類，且中間夾雜佛家語，——彼時佛教尚不盛行，且漢人從來不喜說佛語——可知也是假的。至於《洞冥記》，《西京雜記》又已經爲人考出是六朝人做的。——所以上舉的六種小說，全是假的。惟此外有劉向的《列仙傳》是真的。晉的葛洪又作《神仙傳》，唐宋更多，於後來的思想及小說，很有影響。但劉向的《列仙傳》，在當時並非有意作小說，乃是當作真實事情做的，不過我們以現在的眼光看去，只可作小說觀而已。《列仙傳》，《神仙傳》中片斷的神話，到現在還多拿它做兒童讀物的材料。現在常有一問題發生：即此種神話，可否拿它做兒童的讀物？我們順便也說一說。在反對一方面的人說：以這種神話教兒童，只能養成迷信，是非常有害的；而贊成一方面的人說：以這種神話教兒童，正合兒堂的天性，很感趣味，沒有什麼害處的。在我以爲這要看社會上教育的狀況怎樣，如果兒童能繼續更受良好的教育，則將來一學科學，自然會明白，不至迷信，所以當然沒有害的；但如果兒童不能繼續受稍深的教育，學識不再進步，則在幼小時所教的神話，將永信以爲真，所以也許是有害的。

第二講　六朝時之志怪與志人

上次講過：一、神話是文藝的萌芽。二、中國的神話很少。三、所有的神話，沒有長篇的。四、《漢書》《藝文志》上載的小說都不存在了。五、現存漢人的小說，多是假的。現在我們再看六朝時的小說怎樣？中國本來信鬼神的，而鬼神與人乃是隔離的，因欲人與鬼神交通，於是乎就有巫出來。巫到後來分爲兩派：一爲方士；一仍爲巫。巫多說鬼，方士多談煉金及求仙，秦漢以來，其風日盛，到六朝並沒有息，所以志怪之書特多，像《博物志》上說：

「燕太子丹質于秦，……欲歸，請于秦王。王不聽，謬言曰，『令烏頭白，馬生角，乃可。』丹仰而嘆，烏即頭白，俯而嗟，馬生角。秦王不得已而遣之……」（卷八《史補》）

這全是怪誕之說，是受了方士思想的影響。再如劉敬叔的《異苑》上說：

「義熙中，東海徐氏婢蘭忽患羸黃，而拂拭異常，共伺察之，見掃帚從壁角來趨婢床，乃取而焚之，婢即平復。」（卷八）

這可見六朝人視一切東西，都可成妖怪，這正就是巫底思想，即所謂「萬有神教」。此種思想，到了現在，依然留存，像：常見在樹上掛著「有求必應」的匾，便足以證明社會上還將樹木當神，正如六朝人一樣的迷信。其實這種思想，本來是無論何國，古時候都有的，不過後來漸漸地沒有罷了。但中國還很盛。

六朝志怪的小說，除上舉《博物志》、《異苑》而外，還有干寶的《搜神記》，陶潛的《搜神後記》。但《搜神記》多已佚失，現在所存的，乃是明人輯各書引用的話，再加別的志怪書而成，是一部半真半假的書籍。至於《搜神後記》，亦記靈異變化之事，但陶潛曠達，未必作此，大約也是別人的託名。

此外還有一種助六朝人志怪思想發達的，便是印度思想之輸入。因爲晉，宋，齊，梁四朝，佛教大行，當時所譯的佛經很多，而同時鬼神奇異之談也雜出，所以當時合中、印兩國底鬼怪到小說裏，使它更加發達起來，如陽羨鵝籠的故事，就是：

「陽羨許彥于綏安山行，遇一書生，……臥路側，云腳痛，求寄鵝籠中。彥以為戲言，書生便入籠，……宛然與雙鵝並坐，鵝亦不驚。彥負籠而去，都不覺重。前行息樹下，書生乃出籠謂彥曰：『欲為君薄設。』彥曰：『善。』乃口中吐出一銅奩子，中具肴饌。……酒數行，謂彥曰：『向將一婦人自隨，今欲暫邀之。』……又於口中吐一女子，……共坐宴。俄而書生醉臥，此女謂彥曰：『……向亦竊得一男子同行，……暫喚之……』……女子於口中吐出一男子……」

此種思想，不是中國所故有的，乃完全受了印度思想的影響。就此也可知六朝的志怪小說，和印度怎樣相關的大概了。但須知六朝人之志怪，卻大抵一如今日之記新聞，在當時並非有意做小說。

六朝時志怪的小說，既如上述，現在我們再講志人的小說。六朝志人的小說，也非常簡單，同志怪的差不多，這有宋劉義慶做的《世說新語》，可以做代表。現在待我舉出一兩條來看：

「阮光祿在剡，曾有好車，借者無不皆給。有人葬母，意欲借而不敢言。阮後聞之，嘆曰：『吾有車而使人不敢借，何以車為？』遂焚之。」（卷上《德行篇》）

「劉伶恒縱酒放達，或脫衣裸形在屋中。人見譏之，伶曰：『我以天地為棟宇，屋室為褌衣，諸君何為入我褌中？』」（卷下《任誕篇》）

這就是所謂晉人底風度。以我們現在的眼光看去，阮光祿之燒車，劉伶之放達，是覺得有些奇怪的，但在晉人卻並不以爲奇怪，因爲那時所貴的是奇特的舉動和玄妙的清談。這種清談，本從漢之清議而來。漢末政治黑暗，一般名士議論政事，其初在社會上很有勢力，後來遭執政者之嫉視，漸漸被害，如孔融，禰衡等都被曹操設法害死，所以到了晉代底名士，就不敢再議論政事，而一變爲專談玄理；清議而不談政事，這就成了所謂清談了。但這種清談的名士，當時在社會上卻仍舊很有勢力，若不能玄談的，好似不夠名士底資格；而《世說》這部書，差不多就可以看做一部名士底教科書。

前乎《世說》尚有《語林》，《郭子》，不過現在都沒有了。而《世說》乃是纂輯自後漢至東晉底舊文而成的。後來有劉孝標給《世說》作注，注中所引的古書多至四百餘種，而今又不多存在了；所以後人對於《世說》看得更貴重，到現在還很通行。

此外還有一種魏邯鄲淳做的《笑林》，也比《世說》早。它的文章，較《世說》質樸些，現在也沒有了，不過在唐宋人的類書上所引的遺文，還可以看見一點，我現在把它也舉一條出來：

「甲父母在，出學三年而歸，舅氏問其學何所得，並序別父久。乃答曰：『渭陽之思，過于秦康。』（秦康父母已死）既而父數之，『爾學奚益。』答曰：『少失過庭之訓，故學無益。』」（《廣記》二百六十二）

就此可知《笑林》中所說，大概不外俳諧之談。

上舉《笑林》，《世說》兩種書，到後來都沒有什麼發達，因爲只有模仿，沒有發展。如社會上最通行的《笑林廣記》，當然是《笑林》的支派，但是《笑林》所說的多是知識上的滑稽；而到了《笑林廣記》，則落於形體上的滑稽，專以鄙言就形體上謔人，涉於輕薄，所以滑稽的趣味，就降低多了。至於《世說》，後來模仿的更多，從劉孝標的《續世說》——見《唐志》——一直到清之王晫所做的《今世說》，現在易宗夔所做的《新世說》等，都是仿《世說》的書。但是晉朝和現代社會底情狀，完全不同，到今日還模仿那時底小說，是很可笑的。因爲我們知道從漢末到六朝爲篡奪時代，四海騷然，人多抱厭世主義；加以佛道二教盛行一時，皆講超脫現世，晉人先受其影響，於是有一派人去修仙，想飛升，所以喜服藥；有一派人欲永遊醉鄉，不問世事，所以好飲酒。服藥者——晉人所服之藥，我們知道的有五石散，是用五種石料做的，其性燥烈——身上常發炎，適於穿舊衣——因新衣容易擦壞皮膚——又常不洗，蝨子生得極多，所以說：「捫虱而談。」飲酒者，放浪形骸之外，醉生夢死。——這就是晉時社會底情狀。而生在現代底人，生活情形完全不同了，卻要去模仿那時社會背景所產生的小說，豈非笑話？

我在上面說過：六朝人並非有意作小說，因爲他們看鬼事和人事，是一樣的，統當作事實；所以《舊唐書》《藝文志》，把那種志怪的書，並不放在小說裏，而歸入歷史的傳記一類，一直到了宋歐陽修才把它歸到小說裏。可是志人底一部，在六朝時看得比志怪底一部更重要，因爲這和成名很有關係；像當時鄉間學者想要成名，他們必須去找名士，這在晉朝，就得去拜訪王導，謝安一流人物，正所謂「一登龍門，則身價十倍」。但要和這流名士談話，必須要能夠合他們的脾胃，而要合他們的脾胃，則非看《世說》，《語林》這一類的書不可。例如：當時阮宣子見太尉王夷甫，夷甫問老莊之異同，宣子答說：「將毋同。」夷甫就非常佩服他，給他官做，即世所謂「三語掾」。但「將毋同」三字，究竟怎樣講？有人說是「殆不同」的意思；有人說是「豈不同」的意思——總之是一種兩可、飄渺恍惚之談罷了。要學這一種飄渺之談，就非看《世說》不可。

第三講　唐之傳奇文

小說到了唐時，卻起了一個大變遷。我前次說過：六朝時之志怪與志人底文章，都很簡短，而且當作記事實；及到唐時，則為有意識的作小說，這在小說史上可算是一大進步。而且文章很長，並能描寫得曲折，和前之簡古的文體，大不相同了，這在文體上也算是一大進步。但那時作古文底人，見了很不滿意，叫它做「傳奇體」。「傳奇」二字，當時實是訾貶的意思，並非現代人意中的所謂「傳奇」。可是這種傳奇小說，現在多沒有了，只有宋初底《太平廣記》——這書可算是小說的大類書，是搜集六朝以至宋初底小說而成的——我們於其中還可以看見唐時傳奇小說底大概：唐之初年，有王度做的《古鏡記》，是自述得一神鏡底異事，文章雖很長，但僅綴許多異事而成，還不脫六朝志怪底流風。此外又有無名氏做的《白猿傳》，說的是梁將歐陽紇至長樂，深入溪洞，其妻為白猿掠去，後來得救回去，生一子，「厥狀肖焉」。紇後為陳武帝所殺，他的兒子歐陽詢，在唐初很有名望，而貌像獼猴，忌者因作此傳；後來假小說以攻擊人的風氣，可見那時也就流行了。

到了武則天時，有張鷟做的《遊仙窟》，是自敘他從長安走河湟去，在路上天晚，投宿一家，這家有兩個女人，叫十娘，五嫂，和他飲酒作樂等情。事實不很繁複，而是用駢體文做的。

這種以駢體做小說，是從前所沒有的，所以也可以算一種特別的作品。到後來清之陳球所做的《燕山外史》，是駢體的，而作者自以為用駢體做小說是由他別開生面的，殊不知實已開端於張鷟了。但《遊仙窟》中國久已佚失；惟在日本，現尚留存，因為張鷟在當時很有文名，外國人到中國來，每以重金買他的文章，這或者還是那時帶去的一種。其實他的文章很是佻巧，也不見得好，不過筆調活潑些罷了。

唐至開元，天寶以後，作者蔚起，和以前大不同了。從前看不起小說的，此時也來做小說了，這是和當時底環境有關係的，因為唐時考試的時候，甚重所謂「行卷」；就是舉子初到京，先把自己得意的詩鈔成卷子，拿去拜謁當時的名人，若得稱讚，則「聲價十倍」，後來便有及第的希望，所以行卷在當時看得很重要。到開元，天寶以後，漸漸對於詩，有些厭氣了，於是就有人把小說也放在行卷裏去，而且竟也可以得名。所以從前不滿意小說的，到此時也多做起小說來，因之傳奇小說，就盛極一時了。大歷中，先有沈既濟做的《枕中記》——這書在社會上很普通，差不多沒有人不知道的——內容大略說：有個盧生，行邯鄲道中，自嘆失意，乃遇呂翁，給他一個枕頭，生睡去，就夢娶清河崔氏；——清河崔屬大姓；所以得娶清河崔氏，也是極榮耀的。——並由舉進士，一直升官到尚書兼御史大夫。後為時宰所忌，害他貶到端州。過數年，又追他為中書令，封燕國公。後來衰老有病，呻吟床次，至氣斷而死。夢中死去，他便醒來，卻尚不到煮熟一鍋飯的時候。——這是勸人不要躁進，把功名富貴，看淡些的意思。到後來明人湯顯祖做的《邯鄲記》，清人蒲松齡所做《聊齋》中的《續黃粱》，都是本這《枕中記》的。

此外還有一個名人叫陳鴻的，他和他的朋友白居易經過安史之亂以後，楊貴妃死了，美人已入黃土，憑吊古事，不勝傷情，於是白居易作了《長恨歌》；而他便做了《長恨歌傳》。此傳影響到後來，有清人洪昇所做的《長生殿》傳奇，是根據它的。當時還有一個著名的，是白居易之弟白行簡，做了一篇《李娃傳》，說的是：滎陽巨族之子，到長安來，溺於聲色，貧病困頓，竟流落為挽郎。——挽郎是人家出殯時，挽棺材者，並須唱挽歌。——後為李娃所救，並勉他讀書，遂得擢第，官至參軍。行簡的文章本好，敘李娃的情節，又很是纏綿可觀。此篇對於後來的小說，也很有影響，如元人的《曲江池》，明人薛近兗的《繡襦記》，都是以它為本的。

再唐人底小說，不甚講鬼怪，間或有之，也不過點綴點綴而已。但也有一部分短篇集，仍多講鬼怪的事情，這還是受了六朝人底影響，如牛僧孺的《玄怪錄》，段成式的《酉陽雜俎》，李復言的《續玄怪錄》，張讀的《宣室志》，蘇鶚的《杜陽雜編》，裴鉶的《傳奇》等，都是的。然而畢竟是唐人做的，所以較六朝人做的曲折美妙得多了。

唐之傳奇作者，除上述以外，於後來影響最大而特可注意者，又有二人：其一著作不多，而影響很大，又很著名者，便是元微之；其一著作多，影響也很大，而後來不甚著名者，便是李公佐。現在我把他兩人分開來說一說：

一、元微之的著作　元微之名稹，是詩人，與白居易齊名。他做的小說，只有一篇《鶯鶯傳》，是講張生與鶯鶯之事，這大概大家都是知道的，我可不必細說。微之的詩文，本是非常有名的，但這篇傳奇，卻並不怎樣傑出，況且其篇末敘張生之棄絕鶯鶯，又說什麼「……德不足以勝妖，是用忍情」。文過飾非，差不多是一篇辯解文字。可是後來許多曲子，卻都由此而出，如金人董解元的《弦索西廂》，——現在的《西廂》，是扮演；而此則彈唱——元人王實甫的《西廂記》，關漢卿的《續西廂記》，明人李日華的《南西廂記》，陸采的《南西廂記》，……等等，非常之多，全導源於這一篇《鶯鶯傳》。但和《鶯鶯傳》原本所敘的事情，又略有不同，就是：敘張生和鶯鶯到後來終於團圓了。這因為中國人底心理，是很喜歡團圓的，所以必至於如此，大概人生現實底缺陷，中國人也很知道，但不願意說出來；因為一說出來，就要發生「怎樣補救這缺點」的問題，或者免不了要煩悶，要改良，事情就麻煩了。而中國人不大喜歡麻煩和煩悶，現在倘在小說裏敘了人生底缺陷，便要使讀者感著不快。所以凡是歷史上不團圓的，在小說裏往往給他團圓；沒有報應的，給他報應，互相騙騙。——這實在是關於國民性底問題。

二、**李公佐的著作**　李公佐向來很少人知道，他做的小說很多，現在只存有四種：（一）《南柯太守傳》：此傳最有名，是敘東平淳于棼的宅南，有一棵大槐樹，有一天棼因醉臥東廡下，夢見兩個穿紫色衣服的人，來請他到了大槐安國，招了駙馬，出為南柯太守；因有政績，又累升大官。後領兵與檀蘿國戰爭，被打敗，而公主又死了，於是仍送他回來。及醒來則刹那之夢，如度一世；而去看大槐樹，則有一螞蟻洞，螞蟻正出入亂走著，所謂大槐安國，南柯郡，就在此地。這篇立意，和《枕中記》差不多，但其結穴，餘韻悠然，非《枕中記》所能及。後來明人湯顯祖作《南柯記》，也就是從這傳演出來的。（二）《謝小娥傳》：此篇敘謝小娥的父親，和她的丈夫，皆往來江湖間，做買賣，爲盜所殺。小娥夢父告以仇人爲「車中猴東門草」；又夢夫告以仇人爲「禾中走，一日夫」；人多不能解，後來李公佐乃爲之解說：「車中猴，東門草」是「申蘭」二字；「禾中走，一日夫」是「申春」二字。後果然因之得盜。這雖是解謎獲賊，無大理致，但其思想影響於後來之小說者甚大：如李復言演其文入《續玄怪錄》，題曰《妙寂尼》，明人則本之作平話。他若《包公案》中所敘，亦多有類此者。（三）《李湯》：此篇敘的是楚州刺史李湯，聞漁人見龜山下，水中有大鐵鎖，以人，牛之力拉出，則風濤大作；並有一像猿猴之怪獸，雪牙金爪，闖上岸來，觀者奔走，怪獸仍拉鐵鎖入水，不再出來。李公佐爲之解說：怪獸是淮渦水神無支祁。「力逾九象，搏擊騰踔疾奔，輕利倏忽。」大禹使庚辰制之，頸鎖大索，徙到淮陰的龜山下，使淮水得以安流。這篇影響也很大，我以爲《西遊記》中的孫悟空正類無支祁。但北大教授胡適之先生則以爲是由印度傳來的；俄國人鋼和泰教授也曾說印度也有這樣的故事。可是由我看去：1・作《西遊記》的人，並未看過佛經；2・中國所譯的印度經論中，沒有和這相類的話；3・作者——吳承恩——熟於唐人小說，《西遊記》中受唐人小說的影響的地方很不少。所以我還以爲孫悟空是襲取無支祁的。但胡適之先生彷彿並以爲李公佐就受了印度傳說的影響，這是我現在還不能說然否的話。

（四）《廬江馮媼》：此篇敘事很簡單，文章也不大好，我們現在可以不講它。

唐人小說中的事情，後來都移到曲子裏。如「紅綫」，「紅拂」，「虬髯」……等，皆出於唐之傳奇，因此間接傳遍了社會，現在的人還知道。至於傳奇本身，則到唐亡就隨之而絕了。

第四講　宋人之「說話」及其影響

上次講過：傳奇小說，到唐亡時就絕了。至宋朝，雖然也有作傳奇的，但就大不相同。因爲唐人大抵描寫時事；而宋人則極多講古事。唐人小說少教訓；而宋則多教訓。大概唐時講話自由些，雖寫時事，不至於得禍；而宋時則諱忌漸多，所以文人便設法回避，去講古事。加以宋時理學極盛一時，因之把小說也多理學化了，以爲小說非含有教訓，便不足道。但文藝之所以爲文藝，並不貴在教訓，若把小說變成修身教科書，還說什麼文藝。宋人雖然還作傳奇，而我說傳奇是絕了，也就是這意思。然宋之士大夫，對於小說之功勞，乃在編《太平廣記》一書。此書是搜集自漢至宋初的瑣語小說，共五百卷，亦可謂集小說之大成。不過這也並非他們自動的，乃是政府召集他們做的。因爲在宋初，天下統一，國內太平，因招海內名士，厚其廩餼，使他們修書，當時成就了《文苑英華》，《太平御覽》和《太平廣記》。此在政府的目的，不過利用這事業，收養名人，以圖減其對於政治上之反動而已，固未嘗有意於文藝；但在無意中，卻替我們留下了古小說的林藪來。至於創作一方面，則宋之士大夫實在並沒有什麼貢獻。但其時社會上卻另有一種平民底小說，代之而興了。這類作品，不但體裁不同，文章上也起了改革，用的是白話，所以實在是小說史上的一大變遷。因爲當時一般士大夫，雖然都講理學，鄙視小說，而一般人民，是仍要娛樂的；平民的小說之起來，正是無足怪訝的事。

宋建都於汴，民物康阜，遊樂之事，因之很多，市井間有種雜劇，這種雜劇中包有所謂「說話」。「說話」分四科：一、講史；二、說經諢經；三、小說；四、合生。「講史」是講歷史上底事情，及名人傳記等；就是後來歷史小說之起源。「說經諢經」，是以俗話演說佛經的。「小說」是簡短的說話。「合生」，是先念含混的兩句詩，隨後再念幾句，才能懂得意思，大概是諷刺時人的。這四科後來於小說有關係的，只是「講史」和「小說」。那時操這種職業的人，叫做「說話人」；而且他們也有組織的團體，叫做「雄辯社」。他們也編有一種書，以作說話時之憑依，發揮，這書名叫「話本」。南宋初年，這種話本還流行，到宋亡，而元人入中國時，則雜劇消歇，話本也不通行了。至明朝，雖也還有說話人，——如柳敬亭就是當時很有名的說話人——但已不是宋人底面目；而且他們已不屬於雜劇，也沒有什麼組織了。到現在，我們幾乎已經不能知道宋時的話本究竟怎樣。——幸而現在翻刻了幾種書，可以當作標本看。

一種是《五代史平話》，是可以作講史看的。講史的體例，大概是從開天闢地講起，一直到了要講的朝代。《五代史平話》也是如此；它的文章，是各以詩起，次入正文，又以詩結，總是一段一段的有詩為證。但其病在於虛事舖排多，而於史事發揮少。至於詩，我以為大約是受了唐人底影響：因為唐時很重詩，能詩者就是清品；而說話人想仰攀他們，所以話本中每多詩詞，而且一直到現在許多人所做的小說中也還沒有改。再若後來歷史小說中每回的結尾上，總有「不知後事如何？且聽下回分解」的話，我以為大概也起於說話人，因為說話必希望人們下次再來聽，所以必得用一個驚心動魄的未了事拉住他們。至於現在的章回小說還來模仿它，那可只是一個遺跡罷了，正如我們腹中的盲腸一樣，毫無用處。一種是《京本通俗小說》，已經不全了，還存十多篇。在「說話」中之所謂小說，並不像現在所謂的廣義的小說，乃是講的很短，而且多用時事的。起首先說一個冒頭，或用詩詞，或仍用故事，名叫「得勝頭回」——「頭回」是前回之意；「得勝」是吉利語。——以後才入本文，但也並不冗長，長短和冒頭差不多，在短時間內就完結。可見宋代說話中的所謂小說，即是「短篇小說」的意思，《京本通俗小說》雖不全，卻足夠可以看見那類小說底大概了。

除上述兩種之外，還有一種《大宋宣和遺事》，首尾皆有詩，中間雜些俚句，近於「講史」而非口談；好似「小說」而不簡潔；惟其中已敘及梁山泊的事情，就是《水滸》之先聲，是大可注意的事。還有現在新發現的一部書，叫《大唐三藏法師取經詩話》，——此書中國早沒有了，是從日本拿回來的——這所謂「詩話」，又不是現在人所說的詩話，乃是有詩，有話；換句話說：也是注重「有詩爲證」的一類小說的別名。這《大唐三藏法師取經詩話》，雖然是《西遊記》的先聲，但又頗不同：例如「盜人參果」一事，在《西遊記》上是孫悟空要盜，而唐僧不許；在《取經詩話》裏是仙桃，孫悟空不盜，而唐僧使命去盜。——這與其說時代，倒不如說是作者思想之不同處。因爲《西遊記》之作者是士大夫，而《取經詩話》之作者是市人。士大夫論人極嚴，以爲唐僧豈應盜人參果，所以必須將這事推到猴子身上去；而市人評論人則較爲寬恕，以爲唐僧盜幾個區區仙桃有何要緊，便不再經心作意地替他隱瞞，竟放筆寫上去了。

總之，宋人之「說話」的影響是非常之大，後來的小說，十分之九是本於話本的。如一、後之小說如《今古奇觀》等片段的敘述，即仿宋之「小說」。二、後之章回小說如《三國志演義》等長篇的敘述，皆本於「講史」。其中講史之影響更大，並且從明清到現在，「二十四史」都演完了。作家之中，又出了一個著名人物，就是羅貫中。

羅貫中名本，錢唐人，大約生活在元末明初。他做的小說很多，可惜現在只剩了四種。而此四種又多經後人亂改，已非本來面目了。——因爲中國人向來以小說爲無足輕重，不似經書，所以多喜歡隨便改動它——至於貫中生平之事跡，我們現在也無從而知；有的說他因爲做了水滸，他的子孫三代都是啞巴，那可也是一種謠言。貫中的四種小說，就是：一、《三國演義》；二、《水滸傳》；三、《隋唐志傳》；四、《北宋三遂平妖傳》。《北宋三遂平妖傳》，是記貝州王則借妖術作亂的事情，平他的有三個人，其名字皆有一「遂」字，所以稱「三遂平妖」。《隋唐志傳》，是敘自隋禪位，以至唐明皇的事情。——這兩種書的構造和文章都不甚好，在社會上也不盛行；最盛行，而且最有勢力的，是《三國演義》和《水滸傳》。

一、**《三國演義》**　講三國底事情的，也並不自羅貫中起始，宋時里巷中說古話者，有「說三分」，就講的是三國故事。蘇東坡也說：「王彭嘗云：『途巷中小兒，……坐聽說古話，至說三國事，聞劉玄德敗，頻蹙眉，有出涕者；聞曹操敗，即喜唱快。以是知君子小人之澤，百世不斬。』」可見在羅貫中以前，就有《三國演義》這一類的書了。因爲三國底事情，不像五代那樣紛亂；又不像楚漢那樣簡單；恰是不簡不繁，適於作小說。而且三國時底英雄，智術武勇，非常動人，所以人都喜歡取來做小說底材料。再有裴松之注《三國志》，甚爲詳細，也足以引起人之注意三國的事情。至羅貫中之《三國演義》是否出於創作，還是繼承，現在固不敢草草斷定；但明嘉靖時本題有「晉平陽侯陳壽史傳，明羅本編次」之說，則可見是直接以陳壽的《三國志》爲藍本的。但是現在的《三國演義》卻已多經後人改易，不是本來面目了。若論其書之優劣，則論者以爲其缺點有三：（一）容易招人誤會。因爲中間所敘的事情，有七分是實的，三分是虛的；惟其實多虛少，所以人們或不免並信虛者爲真。如王漁洋是有名的詩人，也是學者，而他有一個詩的題目叫「落鳳坡吊龐士元」，這「落鳳坡」只有《三國演義》上有，別無根據，王漁洋卻被它鬧昏了。（二）描寫過實。寫好的人，簡直一點壞處都沒有；而寫不好的人，又是一點好處都沒有。其實這在事實上是不對的，因爲一個人不能事事全好，也不能事事全壞。譬如曹操他在政治上也有他的好處；而劉備，關羽等，也不能說毫無可議，但是作者並不管它，只是任主觀方面寫去，往往成爲出乎情理之外的人。（三）文章和主意不能符合——這就是說作者所表現的和作者所想像的，不能一致。如他要寫曹操的奸，而結果倒好像是豪爽多智；要寫孔明之智，而結果倒像狡猾。——然而究竟它有很好的地方，像寫關雲長斬華雄一節，真是有聲有色；寫華容道上放曹操一節，則義勇之氣可掬，如見其人。後來做歷史小說的很多，如《開闢演義》，《東西漢演義》，《東西晉演義》，《前後唐演義》，《南北宋演義》，《清史演義》……都沒有一種跟得住《三國演義》。所以人都喜歡看它；將來也仍舊能保持其相當價值的。

二、**《水滸傳》** 《水滸傳》是敘宋江等的事情，也不自羅貫中起始；因爲宋江是實有其人的，爲盜亦是事實，關於他的事情，從南宋以來就成社會上的傳說。宋元間有高如，李嵩等，即以水滸故事作小說；宋遺民龔聖與又作《宋江三十六人贊》；又《宣和遺事》上也有講「宋江擒方臘有功，封節度使」等說話，可見這種故事，早已傳播人口，或早有種種簡略的書本，也未可知。到後來，羅貫中薈萃諸說或小本《水滸》故事，而取捨之，便成了大部的《水滸傳》。但原本之《水滸傳》，現在已不可得，所通行的《水滸傳》有兩類：一類是七十回的；一類是多於七十回的。多於七十回的一類是先敘洪太尉誤走妖魔，而次以百八人漸聚梁山泊，打家劫舍，後來受招安，用以破遼，平田虎，王慶，擒方臘，立了大功。最後朝廷疑忌，宋江服毒而死，終成神明。其中招安之說，乃是宋末到元初的思想，因為當時社會擾亂，官兵壓制平民，民之和平者忍受之，不和平者便分離而為盜。盜一面與官兵抗，官兵不勝，一面則擄掠人民，民間自然亦時受其騷擾；但一到外寇進來，官兵又不能抵抗的時候，人民因為仇視外族，便想用較勝於官兵的盜來抵抗他，所以盜又為當時所稱道了。至於宋江服毒的一層，乃明初加入的，明太祖統一天下之後，疑忌功臣，橫行殺戮，善終的很不多，人民為對於被害之功臣表同情起見，就加上宋江服毒成神之事去。——這也就是事實上缺陷者，小說使他團圓的老例。

《水滸傳》有許多人以為是施耐庵做的。因為多於七十回的《水滸傳》就有繁的和簡的兩類，其中一類繁本的作者，題著施耐庵。然而這施耐庵恐怕倒是後來演為繁本者的託名，其實生在羅貫中之後。後人看見繁本題耐庵作，以為簡本倒是節本，便將耐庵看作更古的人，排在貫中以前去了。到清初，金聖嘆又說《水滸傳》到「招安」為止是好的，以後便很壞；又自稱得著古本，定「招安」為止是耐庵作，以後是羅貫中所續，加以痛罵。於是他把「招安」以後都刪了去，只存下前七十回——這便是現在的通行本。他大概並沒有什麼古本，只是憑了自己的意見刪去的，古本云云，無非是一種「托古」的手段罷了。但文章之前後有些參差，卻確如聖嘆所說，然而我在前邊說過：《水滸傳》是集合許多口傳，或小本《水滸》故事而成的，所以當然有不能一律處。況且描寫事業成功以後的文章，要比描寫正做強盜時難些，一大部書，結末不振，是多有的事，也不能就此便斷定是羅貫中所續作。至於金聖嘆為什麼要刪「招安」以後的文章呢？這大概也就是受了當時社會環境底影響。胡適之先生說：「聖嘆生於流賊遍天下的時代，眼見張獻忠，李自成一般強盜流毒全國，故他覺強盜是不應該提倡的，是應該口誅筆伐的。」這話很是。就是聖嘆以為用強盜來平外寇，是靠不住的，所以他不願聽宋江立功的謠言。

但到明亡之後，外族勢力全盛了，幾個遺民抱亡國之痛，便把流寇之痛苦忘卻，又與強盜表起同情來。如明遺民陳忱，就託名雁宕山樵作了一部《後水滸傳》。他說：宋江死了以後，餘下的同志，尚為宋禦金，後無功，李俊率眾浮海到暹羅做了國王。——這就是因為國家為外族所據，轉而與強盜又表同情的意思。可是到後來事過情遷，連種族之感都又忘掉了，於是道光年間就有俞萬春作《結水滸傳》，說山寇宋江等，一個個皆為官兵所殺。他的文章，是漂亮的，描寫也不壞，但思想實在未免煞風景。

第五講　明小說之兩大主潮

上次已將宋之小說，講了個大概。元呢，它的詞曲很發達，而小說方面，卻沒有什麼可說。現在我們就講到明朝的小說去。明之中葉，即嘉靖前後，小說出現的很多，其中有兩大主潮：一、講神魔之爭的；二、講世情的。現在再將它分開來講：

一、講神魔之爭的　此思潮之起來，也受了當時宗教，方士之影響的。宋宣和時，即非常崇奉道流；元則佛道並奉，方士的勢力也不小；至明，本來是衰下去的了，但到成化時，又抬起頭來，其時有方士李孜，釋家繼曉，正德時又有色目人于永，都以方技雜流拜官，因之妖妄之說日盛，而影響及於文章。況且歷來三教之爭，都無解決，大抵是互相調和，互相容受，終於名爲「同源」而後已。凡有新派進來，雖然彼此目爲外道，生些紛爭，但一到認爲同源，即無歧視之意，須俟後來另有別派，它們三家才又自稱正道，再來攻擊這非同源的異端。當時的思想，是極模糊的，在小說中所寫的邪正，並非儒和佛，或道和佛，或儒道釋和白蓮教，單不過是含糊的彼此之爭，我就總括起來給他們一個名目，叫做神魔小說。此種主潮，可作代表者，有三部小說：（一）《西遊記》；（二）《封神傳》；（三）《三寶太監西洋記》。

（一）《西遊記》　《西遊記》世人多以爲是元朝的道士邱長春做的，其實不然。邱長春自己另有《西遊記》三卷，是紀行，今尚存《道藏》中；惟因書名一樣，人們遂誤以爲是一種。加以清初刻《西遊記》小說者，又取虞集所作的《長春真人西遊記序》冠其首，人更信這《西遊記》是邱長春所做的了。——實則做這《西遊記》者，乃是江蘇山陽人吳承恩。此見於明時所修的《淮安府志》；但到清代修志卻又把這記載刪去了。《西遊記》現在所見的，是一百回，先敘孫悟空成道，次敘唐僧取經的由來，後經八十一難，終於回到東土。這部小說，也不是吳承恩所創作，因爲《大唐三藏法師取經詩話》——在前邊已經提及過——已說過猴行者，深河神，及諸異境。元朝的雜劇也有用唐三藏西天取經做材料的著作。此外明時也別有一種簡短的《西遊記傳》——由此可知玄奘西天取經一事，自唐末以至宋元已漸漸演成神異故事，且多作成簡單的小說，而至明吳承恩，便將它們匯集起來，以成大部的《西遊記》。承恩本善於滑稽，他講妖怪的喜，怒，哀，樂，都近於人情，所以人都喜歡看！這是他的本領。而且叫人看了，無所容心，不像《三國演義》，見劉勝則喜，見曹勝則恨；因爲《西遊記》上所講的都是妖怪，我們看了，但覺好玩，所謂忘懷得失，獨存賞鑒了——這也是他的本領。至於說到這書的宗旨，則有人說是勸學；有人說是談禪；有人說是講道；議論很紛紛。但據我看來，實不過出於作者之遊戲，只因爲他受了三教同源的影響，所以釋迦，老君，觀音，真性，元神之類，無所不有，使無論什麼教徒，皆可隨宜附會而已。如果我們一定要問它的大旨，則我覺得明人謝肇淛所說的「《西遊記》……以猿爲心之神，以豬爲意之馳，其始之放縱，上天下地，莫能禁制，而歸於緊箍一咒，能使心猿馴伏，至死靡他，蓋亦求放心之喻。」這幾句話，已經很足以說盡了。後來有《後西遊記》及《續西遊記》等，都脫不了前書窠臼。至董說的《西遊補》，則成了諷刺小說，與這類沒有大關係了。

（二）**《封神傳》**　《封神傳》在社會上也很盛行，至爲何人所作，我們無從而知。有人說：作者是一窮人，他把這書做成賣了，給他女兒作嫁資，但這不過是沒有憑據的傳說。它的思想，也就是受了三教同源的模糊的影響；所敘的是受辛進香女媧宮，題詩黷神，神因命三妖惑紂以助周。上邊多說戰爭，神佛雜出，助周者爲闡教；助殷者爲截教。我以爲這「闡」是明的意思，「闡教」

就是正教；「截」是斷的意思，「截教」或者就是佛教中所謂斷見外道。——總之是受了三教同源的影響，以三教爲神，以別教爲魔罷了。

（三）**《三寶太監西洋記》**　《三寶太監西洋記》，是明萬曆間的書，現在少見；這書所敘的是永樂中太監鄭和服外夷三十九國，使之朝貢的事情。書中說鄭和到西洋去，是碧峰長老助他的，用法術降服外夷，收了全功。在這書中，雖然所說的是國與國之戰，但中國近於神，而外夷卻居於魔的地位，所以仍然是神魔小說之流。不過此書之作，則也與當時的環境有關係，因爲鄭和之在明代，名聲赫然，爲世人所樂道；而嘉靖以後，東南方面，倭寇猖獗，民間傷今之弱，於是便感昔之盛，做了這一部書。但不思將帥，而思太監，不恃兵力，而恃法術者，乃是一則爲傳統思想所囿；一則明朝的太監的確常做監軍，權力非常之大。這種用法術打外國的思想，流傳下來一直到清朝，信以爲真，就有義和團實驗了一次。

二、**講世情的**　當神魔小說盛行的時候，講世情的小說，也就起來了，其原因，當然也離不開那時的社會狀態，而且有一類，還與神魔小說一樣，和方士是有很大的關係的。這種小說，大概都敘述些風流放縱的事情，間於悲歡離合之中，寫炎涼的世態。其最著名的，是《金瓶梅》，書中所敘，是借《水滸傳》中之西門慶做主人，寫他一家的事跡。西門慶原有一妻三妾，後復愛潘金蓮，酖其夫武大，納她爲妾；又通金蓮婢春梅；復私了李瓶兒，也納爲妾了。後來李瓶兒，西門慶皆先死，潘金蓮又爲武松所殺，春梅也因淫縱暴亡。至金兵到清河時，慶妻攜其遺腹子孝哥，欲到濟南去，路上遇著普淨和尙，引至永福寺，以佛法感化孝哥，終於使他出了家，改名明悟。因爲這書中的潘金蓮，李瓶兒，春梅，都是重要人物，所以書名就叫《金瓶梅》。明人小說之講穢行者，人物每有所指，是借文字來報夙仇的，像這部《金瓶梅》中所說的西門慶，是一個紳士，大約也不外作者的仇家，但究屬何人，現在無可考了。至於作者是誰，我們現在也還未知道。有人說：這是王世貞爲父報仇而做的，因爲他的父親王舒爲嚴嵩所害，而嚴嵩之子世蕃又勢盛一時，凡有不利於嚴嵩的奏章，無不受其壓抑，不使上聞。王世貞探得世蕃愛看小說，便作了這部書，使他得沉湎其中，無暇他顧，而參嚴嵩的奏章，得以上去了。所以清初的翻刻本上，就有《苦孝說》冠其首。但這不過是一種推測之辭，不足信據。《金瓶梅》的文章做得尙好，而王世貞在當時最有文名，所以世人遂把作者之名嫁給他了。後人之主張此說，並且以《苦孝說》冠其首，也無非是想減輕社會上的攻擊的手段，並不是確有什麼王世貞所作的憑據。

此外敘放縱之事，更甚於《金瓶梅》者，爲《玉嬌李》。但此書到清朝已經佚失，偶有見者，也不是原本了。還有一種山東諸城人丁耀亢所做的《續金瓶梅》，和前書頗不同，乃是對於《金瓶梅》的因果報應之說，就是武大後世變成淫夫，潘金蓮也變爲河間婦，終受極刑；西門慶則變成一個騃憨男子，只坐視著妻妾外遇。——以見輪迴是不爽的。從此以後世情小說，就明明白白的，一變而爲說報應之書——成爲勸善的書了。這樣的講到後世的事情的小說，如果推演開去，三世四世，可以永遠做不完工，實在是一種奇怪而有趣的做法。但這在古代的印度卻是曾經有過的，如《鴦堀摩羅經》就是一例。

如上所講，世情小說在一方面既有這樣的大講因果的變遷，在他方面也起了別一種反動。那是講所謂「溫柔敦厚」的，可以用《平山冷燕》，《好逑傳》，《玉嬌梨》來做代表。不過這類的書名字，仍多襲用《金瓶梅》式，往往摘取書中人物的姓名來做書名；但內容卻不是淫夫蕩婦，而變了才子佳人了。所謂才子者，大抵能作些詩，才子和佳人之遇合，就每每以題詩為媒介。這似乎是很有悖於「父母之命，媒妁之言」的婚姻，對於舊習慣是有些反對的意思的，但到團圓的時節，又常是奉旨成婚，我們就知道作者是尋到了更大的帽子了。那些書的文章也沒有一部好，而在外國卻很有名。一則因為《玉嬌梨》，《平山冷燕》，有法文譯本；《好逑傳》有德，法文譯本，所以研究中國文學的人們都知道，給中國做文學史就大概提起它；二則因為若在一夫一妻制的國度裏，一個以上的佳人共愛一個才子便要發生極大的糾紛，而在這些小說裏卻毫無問題，一下子便都結了婚了，從他們看起來，實在有些新奇而且有趣。

第六講　清小說之四派及其末流

清代底小說之種類及其變化，比明朝比較的多，但因為時間關係，我現在只可分作四派來說一個大概。這四派便是：一、擬古派；二、諷刺派；三、人情派；四、俠義派。

一、**擬古派**　所謂擬古者，是指擬六朝之志怪，或擬唐朝之傳奇者而言。唐人底小說單本，到明時什九散亡了，偶有看見模仿的，世間就覺得新異。元末明初，先有錢唐瞿佑仿了唐人傳奇，作《剪燈新話》，文章雖沒有力，而用些艷語來描畫閨情，所以特為時流所喜，仿效者很多，直到被朝廷禁止，這風氣才漸漸的衰歇。但到了嘉靖間，唐人底傳奇小說盛行起來了，從此模仿者又在在皆是，文人大抵喜歡做幾篇傳奇體的文章；其專做小說，合爲一集的，則《聊齋志異》最有名。《聊齋志異》是山東淄川人蒲松齡做的。有人說他作書以前，天天在門口設備茗煙，請過路底人講說故事，作爲著作的材料；但是多由他的朋友那裏聽來的，有許多是從古書尤其是從唐人傳奇變化而來的——如《鳳陽士人》，《續黃粱》等就是——所以列他於擬古。書中所敘，多是神仙，狐鬼，精魅等故事，和當時所出同類的書差不多，但其優點在：（一）描寫詳細而委曲，用筆變幻而熟達。（二）說妖鬼多具人情，通世故，使人覺得可親，並不覺得很可怕。不過用古典太多，使一般人不容易看下去。

《聊齋志異》出來之後，風行約一百年，這其間模仿和讚頌它的非常之多。但到了乾隆末年，有直隸獻縣人紀昀出來和他反對了，紀昀說《聊齋志異》之缺點有二：（一）體例太雜。就是說一個人的一個作品中，不當有兩代的文章的體例，這是因爲《聊齋志異》中有長的文章是仿唐人傳奇的，而又有些短的文章卻像六朝的志怪。（二）描寫太詳。這是說他的作品是述他人的事跡的，而每每過於曲盡細微，非自己不能知道，其中有許多事，本人未必肯說，作者何從知之？紀昀爲避此兩缺點起見，所以他所做的《閱微草堂筆記》就完全模仿六朝，尙質黜華，敘述簡古，力避唐人的做法。其材料大抵自造，多借狐鬼的話，以攻擊社會。據我看來，他自己是不信狐鬼的，不過他以爲對於一般愚民，卻不得不以神道設教。但他很有可以佩服的地方：他生在乾隆間法紀最嚴的時代，竟敢借文章以攻擊社會上不通的禮法，荒謬的習俗，以當時的眼光看去，真算得很有魄力的一個人。可是到了末流，不能瞭解他攻擊社會的精神，而只是學他的以神道設教一面的意思，於是這派小說差不多又變成勸善書了。

擬古派的作品，自從以上二書出來以後，大家都學它們；一直到了現在，即如上海就還有一群所謂文人在那裏模仿它。可是並沒有什麼好成績，學到的大抵是糟粕，所以擬古派也已經被踏死在它的信徒的腳下了。

二、**諷刺派**　小說中寓譏諷者，晉唐已有，而在明之人情小說爲尤多。在清朝，諷刺小說反少有，有名而幾乎是唯一的作品，就是《儒林外史》。《儒林外史》是安徽全椒人吳敬梓做的。敬梓多所見聞，又工於表現，故凡所有敘述，皆能在紙上見其聲態；而寫儒者之奇形怪狀，爲獨多而獨詳。當時距明亡沒有百年，明季底遺風，尚留存於士流中，八股而外，一無所知，也一無所事。敬梓身爲士人，熟悉其中情形，故其暴露醜態，就能格外詳細。其書雖是斷片的敘述，沒有線索，但其變化多而趣味濃，在中國歷來作諷刺小說者，再沒有比他更好的了。一直到了清末，外交失敗，社會上的人們覺得自己的國勢不振了，極想知其所以然，小說家也想尋出原因的所在；於是就有李寶嘉歸罪於官場，用了南亭亭長的假名字，做了一部《官場現形記》。這部書在清末很盛行，但文章比《儒林外史》差得多了；而且作者對於官場的情形也並不很透徹，所以往往有失實的地方。嗣後又有廣東南海人吳沃堯歸罪於社會上舊道德的消滅，也用了我佛山人的假名字，做了一部《二十年目睹之怪現狀》。這部書也很盛行，但他描寫社會的黑暗面，常常張大其詞，又不能穿入隱微，但照例的慷慨激昂，正和南亭亭長有同樣的缺點。這兩種書都用斷片湊成，沒有什麼線索和主角，是同《儒林外史》差不多的，但藝術的手段，卻差得遠了；最容易看出來的就是《儒林外史》是諷刺，而那兩種都近於謾罵。諷刺小說是貴在旨微而語婉的，假如過甚其辭，就失了文藝上底價値，而它的末流都沒有顧到這一點，所以諷刺小說從《儒林外史》而後，就可以謂之絕響。

三、**人情派** 此派小說，即可以著名的《紅樓夢》做代表。《紅樓夢》其初名《石頭記》，共有八十回，在乾隆中年忽出現於北京。最初皆抄本，至乾隆五十七年，才有程偉元刻本，加多四十回，共一百二十回，改名叫《紅樓夢》。據偉元說：乃是從舊家及鼓擔上收集而成全部的。至其原本，則現在已少見，惟現有一石印本，也不知究是原本與否。《紅樓夢》所敘爲石頭城中——未必是今之南京——賈府的事情。其主要者爲榮國府的賈政生子寶玉，聰明過人，而絕愛異性；賈府中實亦多好女子，主從之外，親戚也多，如黛玉，寶釵等，皆來寄寓，史湘雲亦常來。而寶玉與黛玉愛最深；後來政爲寶玉娶婦，卻迎了寶釵，黛玉知道以後，吐血死了。寶玉亦鬱鬱不樂，悲嘆成病。其後寧國府的賈赦革職查抄，累及榮府，於是家庭衰落，寶玉竟發了瘋，後又忽而改行，中了舉人。但不多時，忽又不知所往了。後賈政因葬母路過毗陵，見一人光頭赤腳，向他下拜，細看就是寶玉；正欲問話，忽來一僧一道，拉之而去。追之無有，但見白茫茫一片荒野而已。

《紅樓夢》的作者，大家都知道是曹雪芹，因爲這是書上寫著的。至於曹雪芹是何等樣人，卻少有人提起過；現經胡適之先生的考證，我們可以知道大概了。雪芹名霑，一字芹圃，是漢軍旗人。他的祖父名寅，康熙中爲江寧織造。清世祖南巡時，即以織造局爲行宮。其父頫，亦爲江寧織造。我們由此就知道作者在幼時實在是一個大世家的公子。他生在南京。十歲時，隨父到了北京。

此後中間不知因何變故，家道忽落。雪芹中年，竟至窮居北京之西郊，有時還不得飽食。可是他還縱酒賦詩，而《紅樓夢》的創作，也就在這時候。可惜後來他因爲兒子夭殤，悲慟過度，也竟死掉了——年四十餘——《紅樓夢》也未得做完，只有八十回。後來程偉元所刻的，增至一百二十回，雖說是從各處搜集的，但實則其友高鶚所續成，並不是原本。

對於書中所敘的意思，推測之說也很多。舉其較爲重要者而言：（一）是說記納蘭性德的家事，所謂金釵十二，就是性德所奉爲上客的人們。這是因爲性德是詞人，是少年中舉，他家後來也被查抄，和寶玉的情形相彷彿，所以猜想出來的。但是查抄一事，寶玉在生前，而性德則在死後，其他不同之點也很多，所以其實並不很相像。（二）是說記順治與董鄂妃的故事；而又以鄂妃爲秦淮舊妓董小宛。清兵南下時，掠小宛到北京，因此有寵於清世祖，封爲貴妃；後來小宛夭逝，清世祖非常哀痛，就出家到五臺山做了和尚。《紅樓夢》中寶玉也做和尚，就是分明影射這一段故事。但是董鄂妃是滿洲人，並非就是董小宛，清兵下江南的時候，小宛已經二十八歲了；而順治方十四歲，決不會有把小宛做妃的道理。所以這一說也不通的。（三）是說敘康熙朝政治底狀態的；就是以爲石頭記是政治小說，書中本事，在吊明之亡，而揭清之失。如以「紅」影「朱」字，以「石頭」指「金陵」，以「賈」斥僞朝——即斥「清」，以金陵十二釵譏降清之名士。然此說未免近於穿鑿，況且現在既知道作者既是漢軍旗人，似乎不至於代漢人來抱亡國之痛的。（四）是說自敘；此說出來最早，而信者最少，現在可是多起來了。因爲我們已知道雪芹自己的境遇，很和書中所敘相合。雪芹的祖父，父親，都做過江寧織造，其家庭之豪華，實和賈府略同；雪芹幼時又是一個佳公子，有似於寶玉；而其後突然窮困，假定是被抄家或近於這一類事故所致，情理也可通——由此可知《紅樓夢》一書，說是大部分爲作者自敘，實是最爲可信的一說。

至於說到《紅樓夢》的價值，可是在中國底小說中實在是不可多得的。其要點在敢於如實描寫，並無諱飾，和從前的小說敘好人完全是好，壞人完全是壞的，大不相同，所以其中所敘的人物，都是真的人物。總之自有《紅樓夢》出來以後，傳統的思想和寫法都打破了。——它那文章的旖旎和纏綿，倒是還在其次的事。但是反對者卻很多，以爲將給青年以不好的影響。這就因爲中國人看小說，不能用賞鑒的態度去欣賞它，卻自己鑽入書中，硬去充一個其中的腳色。所以青年看《紅樓夢》，便以寶玉，黛玉自居；而年老人看去，又多佔據了賈政管束寶玉的身分，滿心是利害的打算，別的什麼也看不見了。

《紅樓夢》而後，續作極多：有《後紅樓夢》，《續紅樓夢》，《紅樓後夢》，《紅樓復夢》，《紅樓補夢》，《紅樓重夢》，《紅樓幻夢》，《紅樓圓夢》……大概是補其缺陷，結以團圓。直到道光年中，《紅樓夢》才談厭了。但要敘常人之家，則佳人又少，事故不多，於是便用了《紅樓夢》的筆調，去寫優伶和妓女之事情，場面又爲之一變。這有《品花寶鑑》，《青樓夢》可作代表。《品花寶鑑》是專敘乾隆以來北京底優伶的。其中人物雖與《紅樓夢》不同，而仍以纏綿爲主；所描寫的伶人與狎客，也和佳人與才子差不多。《青樓夢》全書都講妓女，但情形並非寫實的，而是作者的理想。他以爲只有妓女是才子的知己，經過若干周折，便即團圓，也仍脫不了明末的佳人才子這一派。到光緒中年，又有《海上花列傳》出現，雖然也寫妓女，但不像《青樓夢》那樣的理想，卻以爲妓女有好，有壞，較近於寫實了。一到光緒末年，《九尾龜》之類出，則所寫的妓女都是壞人，狎客也像了無賴，與《海上花列傳》又不同。這樣，作者對於妓家的寫法凡三變，先是溢美，中是近真，臨末又溢惡，並且故意誇張，謾罵起來；有幾種還是誣蔑，訛詐的器具。人情小說底末流至於如此，實在是很可以詫異的。

四、俠義派　俠義派底小說，可以用《三俠五義》做代表。這書的起源，本是茶館中的說書，後來能文的人，把它寫出來，就通行於社會了。當時底小說，有《紅樓夢》等專講柔情，《西遊記》一派，又專講妖怪，人們大概也很覺得厭氣了，而《三俠五義》則別開生面，很是新奇，所以流行也就特別快，特別盛。當潘祖蔭由北京回吳的時候，以此書示俞曲園，曲園很讚許，但嫌其太背於歷史，乃爲之改正第一回；又因書中的北俠，南俠，雙俠，實已四人，三不能包，遂加上艾虎和沈仲元；索性改名爲《七俠五義》。這一種改本，現在盛行於江浙方面。但《三俠五義》，也並非一時創作的書，宋包拯立朝剛正，《宋史》有傳；而民間傳說，則行事多怪異；元朝就傳爲故事，明代又漸演爲小說，就是《龍圖公案》。後來這書的組織再加密些，又成爲大部的《龍圖公案》，也就是《三俠五義》的藍本了。因爲社會上很歡迎，所以又有《小五義》，《續小五義》，《英雄大八義》，《英雄小八義》，《七劍十三俠》，《七劍十八義》等等都跟著出現。——這等小說，大概是敘俠義之士，除盜平叛的事情，而中間每以名臣大官，總領一切。其先又有《施公案》，同時則有《彭公案》一類的小說，也盛行一時。其中所敘的俠客，大半粗豪，很像《水滸》中底人物，故其事實雖然來自《龍圖公案》，而源流則仍出於《水滸》。不過《水滸》中人物在反抗政府；而這一類書中底人物，則幫助政府，這是作者思想的大不同處，大概也因爲社會背景不同之故罷。這些書大抵出於光緒初年，其先曾經有過幾回國內的戰爭，如平長毛，平捻匪，平教匪等，許多市井中人，粗人無賴之流，因爲從軍立功，多得頂戴，人民非常羨慕，願聽「爲王前驅」的故事，所以茶館中發生的小說，自然也受了影響了。現在《七俠五義》已出到二十四集，《施公案》出到十集，《彭公案》十七集，而大抵千篇一律，語多不通，我們對此，無多批評，只是很覺得作者和看者，都能夠如此之不憚煩，也算是一件奇蹟罷了。

上邊所講的四派小說，到現在還很通行。此外零碎小派的作品也還有，只好都略去了它們。至於民國以來所發生的新派的小說，還很年幼——正在發達創造之中，沒有很大的著作，所以也姑且不提起它們了。

我講的《中國小說的歷史的變遷》在今天此刻就算終結了。在此兩星期中，匆匆地只講了一個大概，掛一漏萬，固然在所不免，加以我的知識如此之少，講話如此之拙，而天氣又如此之熱，而諸位有許多還始終來聽完我的講，這是我所非常之抱歉而且感謝的。

注釋

①本篇係魯迅一九二四年七月在西安講學時的記錄稿，經本人修訂後，收入西北大學出版部一九二五年三月印行的《國立西北大學、陝西教育廳合辦暑期學校講演集》（二）。

附錄二

《中國小說史略》的誕生

李歐梵

在魯迅進行中國傳統文學和文化的各條道路中，首先要談的應是他的小說研究。他在這個領域裏所作的貢獻是有長遠意義的。

他的創始性著作《中國小說史略》出版於一九二三至一九二四年，對這個問題的研究卻至少始於十年以前。在寫作以前，已經做了許多工作；校訂各種版本，收集各種資料。其成果是三本書，也是《中國小說史略》的準備。一本是《古小說鉤沉》，一九一二年編成，一九三八年出版，內容是他從各種書籍上輯錄的唐以前的三十六種古小說佚文，也是《中國小說史略》前七篇的素材。二是《唐宋傳奇集》，出版於一九二七年，收集明、清刊印的唐、宋兩代傳奇小說四十八篇①。校正了錯誤，作了細緻的編輯，並寫了一篇很長的附錄，說明每篇小說的背景來源及各種版本情況。這就是《中國小說史略》中間部分（八至十一章）的基礎。三是《小說舊聞鈔》，是在二〇年代初爲北京大學講課編的教材，後於一九二六年出版，內容是有關三十七種小說的史料②，來源爲明清學者所寫的六十六個條目。書中有魯迅附的按語，內容涉及小說的出處，版本問題，以及他自己對小說的評論。

顯然，魯迅這些準備性的工作和中國十八世紀興起的考據學有關。前人在考證方面確已有許多成就，但魯迅在這方面仍有其獨創性，從主題的選擇和取得的成就看都是如此。著名文學史家鄭振鐸認爲：魯迅把考證這種嚴肅的治學方法用於從來被認爲是不重要的小說研究方面，確是一種創舉③。當然，魯迅的小說研究也是他兒時的興趣和當時思想潮流的產物。在此之前，嚴復已經強調小說的作用，認爲它比歷史著作的影響更大，梁啓超也曾提倡小說，視之爲改良社會和政治的手段。但他們都沒有研究小說。

魯迅對傳統小說研究的深度和廣度都超過前人。他概括了全部小說領域，從最初的神話、傳說直至晚清小說。他的《中國小說史略》是寫關於這一文學體裁的通史第一次嚴肅的嘗試。而在前人的研究中，這種體裁所佔的比重是極小的。和同時代另一位傳統小說史家胡適相比，魯迅在擴展這一研究的範圍方面也超過了他。魯迅的涉獵所及包羅了小說的多種形式，野史、傳記、傳奇、筆記、雜集、短篇及長篇，均包含在內。與此同時，他還收集和研究了歷代史家對小說的著錄和論述，作出自己的評價，對種種駁雜的觀點加以提高和改進。

在《中國小說史略》中，魯迅對傳統觀念的重新評價有兩個方面特別值得重視。首先是賦予神話與傳說極重要的地位，以爲它們是宗教、藝術、文學的源泉。他對神話的看法和榮格（Carl Jung）的「集體潛意識」概念非常接近，或許是間接由廚川白村那裏吸取來的。他大膽地論證作爲文明文化產物的書寫的作品（文章）總是要改變並沖淡這種集體「靈魂」的性質的。從這種激烈的觀點我們可以推測：魯迅著迷於小說是在於它的「虛構性」，也就是說，它的想像的，非模倣的方面，這是與後來俗話小說中日益增多的模倣傾向相反的。魯迅對民間迷信（如「社戲」及其他民間宗教傳說）藝術性質的探索，也表現出同樣的觀點，即文學藝術必須從那種不受文明習俗拘束的人的想像力的飛翔中產生。一旦在通俗小說中套上了習俗和規範的枷鎖，文學作品的創造性也就終止，除非那模倣的衝動是指向那種較爲偏離或反對習俗社會現實的。所以，在《中國小說史略》中，魯迅置於重要地位的是那些較少爲中國文化傳統的約束力所影響的、早期的人的想像力的表現。換句話說，他似乎更喜歡宋以前的東西，那時，儒家正統（不論是在其王朝的或思想的形式中）在中國人的生活中還沒有那麼大的影響。魯迅在六朝和唐代的那些「原始虛構」的作品中找到了一個鬼魂的或幻想的世界，這是中國想像力的真正來源。

魯迅對小說評價的第二個值得注意的方面更具歷史意義，即迥異於傳統考證研究的關於文學如何寫史的觀念，有幾位中國魯迅學者已經注意到《中國小說史略》至少已包含四方面相互有關的努力：一是弄清文字和版本；二是對一些名著（如《三國演義》）版本淵源的研究；三是確定每一作品的文學價值和缺點；最後是找出作品所反映的當時社會狀況和佔統治地位的價值觀④。前兩方面的工作，魯迅的前人和當代學者也都做過許多，後兩方面則尚屬首創。

可以把魯迅和胡適的研究作些比較。胡適也是注意判斷作品的文學價值的，主要是要想確定傳統文學的「活的」主流，因此特別關注和現代白話文學以及現代現實主義相比的古代白話作品。爲此，他把自己的研究範圍限於宋以後時期。在談到明清小說時，他們兩人有些相同的看法，例如都認爲《紅樓夢》本質上是作者自傳（魯迅在遍覽各種說法後，取中胡適的自傳說），兩人都高度評價《儒林外史》，認爲是第一流的社會諷刺小說。不過，胡適或許是按西方標準，把這部長篇小說的鬆散結構看做是缺點，魯迅卻認爲這種鬆散的形式是便於描寫一系列人物的合宜佈局。《中國小說史略》中是這樣說的：「全書無主幹，僅驅使各種人物，行列而來，事與其來俱起，亦與其去俱訖，雖云長篇，頗同短制；但如集諸碎錦，合爲帖子，雖非巨幅，但時見珍異，因亦娛心，使人刮目矣。」（卷九，第二二一頁）

魯迅對作品的評價似乎是以兩方面的關係爲基礎，一是形式與內容的關係，再是作品的文本和它前後脈絡的關係。魯迅的見解雖然說得簡短，卻往往異於常見。例如他把《金瓶梅》和《紅樓夢》都歸入人情小說一類，推崇《金瓶梅》爲「世情書」中最好的一部，不同意簡單地斥爲淫書。對《紅樓夢》則注意到它不同於以往言情小說的陳腐爛套，在人物刻畫和結構佈局方面的獨創性。魯迅也如托爾斯泰一樣，往往極力探求在作家的意圖與實踐之間，在作品的意義和技巧之間的內在平衡。例如，如果說他認爲《儒林外史》的意義和形式是結合得好的，那麼，晚清譴責小說就只有嚴肅的意圖而缺少技巧的完美。《紅樓夢》的某些倣作則在內容和形式上都不足道。但是其中的一部《海上花列傳》卻被認爲儘管內容不好，文字卻真實自然⑤。

《中國小說史略》比前此的文學史最具獨創性的地方，或許還在於力圖從更廣闊的背景中去研究所論的小說。即使在談版本問題時，也決不對一本書只作孤立的處理，而是試圖首先從作者全部作品的情況，再從當時的社會思想環境，最後將它作爲歷史過程中一個較廣的類型中的一部去看這部作品。魯迅似乎是想寫一部中國小說的文化史，不僅涉及小說的風格和體裁的發展，而且還有許多其他更重要的問題。例如：某些作品是怎樣，又爲什麼會出現並流行起來？小說是怎樣反映一個時代並貫穿各個時代的價值觀和道德觀的變化的？社會、政治、宗教等種種因素和潮流是怎樣制約並形成小說創作的？簡言之，這是一種揭示了魯迅的「文化—精神」觀念的文學史研究，他是把文學看做一個時代的情緒和一個民族的「靈魂」標誌的。

這顯然是一件極有意義的事。大有聖伯夫（Saint-Beuve）、泰納（Taine）、勃蘭兌斯（Brandes）之風，在當時的中國確是前所未有。但魯迅的這種雄心在《中國小說史略》這本書中並沒有完全實現。全書的文字框架妨礙了詳盡思想主題的開展。魯迅自己似乎也覺察到了這種局限，計畫再寫一部全面的中國文學史，可惜並沒有實現。從他擬定的綱要看，已經可以看到一部紛呈交織著獨創性表述的文化史的輪廓。各章的標題可能如下：從文字到文章、詩的非道德、哲人、《離騷》潮流和反《離騷》潮流、廊廟與山林。這六個標題中有五個是關於唐以前文學的。

魯迅關於小說的想像力和文學史廣闊的文化背景這兩方面的興趣，在其他作品中也有所表現。把小說看做正統學習範圍以外的想像性寫作這種觀念，在《故事新編》中已付諸實踐。他對文學的社會文化環境的興趣，也在許多文章，特別是關於魏晉時代反舊習的文人的那些短文中表現出來。通過用新的眼光看待傳統遺產，他在這兩個領域都開闢了新路。這些獨創性看法的結果，貫穿在他從二〇年代初直到去世時長時期的作品中。而這些想法，可以說都是他在沉浸於並思索著中國傳統文學的最初十年中產生的。

（錄自本社出版之李歐梵《鐵屋中的吶喊》）

注釋

①據《魯迅全集》注釋應爲四十五篇（卷十，第八五頁）。——譯者。

②據《全集》注釋應爲三十八種（卷十，第六六頁）。——譯者

③鄭振鐸：《中國小說史家的魯迅》（載《人民文學》一九四九年，第一期，第五六頁）。此外，還可參閱王靖獻：《作爲傳統中國文學學者的魯迅》（*Lu Xun as a Scholar of Traditional Chinese Literature*），載李歐梵編《魯迅及其遺產》（*Lu Xun and His Legacy*）第九十至一〇三頁；柳存仁：《魯迅和古典研究》，載《遠東歷史報》（*Papers on Far Eastern History*）一九八二年九月二六日，第一一九至一四四頁。

④參見王瑤：《魯迅與中國文學》（一九五二年上海出版，一九八二年陝西重印），這本書至今仍常被參考研究。其他參考資料，較早的如鄭振鐸：《中國小說史家的魯迅》、李長之：《文學史家的魯迅》（均見《人民文學》，一九五六年十一月，第一至九頁）。近期的如王靖獻的《傳統中國文學學者的魯迅》，馬幼垣的《論〈中國小說史略〉之不易注釋及其他》（《抖擻》，一九八一年九月號，第廿三至三十頁），兩篇文章可以對照起來讀。我自己的興趣不在如有的學者那樣比較《中國小說史略》和前面幾部作準備的本子的異同，也不在書中那些小錯誤及簡略和不平衡之處。我只想把他這方面的研究當做「思想認識的文本」來看，我以爲《中國小說史略》使我們瞭解了一個重要的方面，即魯迅關於整個中國文學遺產的一種獨特的認識。

⑤參閱西曼諾夫：《魯迅及其先行者》中的分析。

魯迅年表

一八八一年

九月二十五日（農曆八月初三日）出生於浙江省紹興府會稽縣東昌坊口周家。取名樟壽，字豫山，後改名樹人，字豫才，一九一八年發表小說《狂人日記》時始用筆名「魯迅」。

一八八七年　六歲

入家塾，從叔祖玉田讀書。

一八九二年　十一歲

入三味書屋私塾，從壽鏡吾先生讀書。

一八九三年　十二歲

秋，祖父周介孚因科場案入獄。魯迅被送往外婆家暫住，接觸了一些農民生活，與農民的孩子建立了純真的感情。

一八九四年　十三歲

春，回家，仍就讀於三味書屋。

冬，父周伯宜病重。爲求醫買藥，常出入於當鋪、藥店。

一八九六年　十五歲

十月，父周伯宜病故，終年三十七歲。

一八九八年　十七歲

五月，往南京考入江南水師學堂求學。

十月，因不滿水師學堂的腐敗、守舊，改考入江南礦路學堂（全稱為「江南陸師學堂附設礦務鐵路學堂」）。魯迅這時受了康梁維新的影響，又讀到了《天演論》等譯著，開始接受進化論與民主思想。

一九〇一年　二十歲

繼續在礦路學堂求學。十一月，到青龍山煤礦實習。

一九〇二年　二十一歲

一月，從礦路學堂畢業。

四月，由江南督練公所派往日本留學，入東京弘文書院學習日語。

十一月，與許壽裳、陶成章等百餘人在東京組成浙江同鄉會，決定出版《浙江潮》月刊。課餘積極參加當時愛國志士的反清革命活動。

一九〇三年　二十二歲

三月，剪去髮辮，攝「斷髮照」，並題七絕詩〈靈台無計逃神矢〉一首於照片背後贈許壽裳。

六月，在《浙江潮》第五期發表〈斯巴達之魂〉與譯文〈哀聖〉（法國雨果的隨筆）。

十月，在《浙江潮》第八期發表〈說鉬〉與〈中國地質論〉。所譯法國凡爾納的科學小說《月界旅行》由東京進化社出版。

十二月，所譯凡爾納科學小說《地底旅行》第一、二回在《浙江潮》第十期發表，該書的全譯本後於一九〇六年由南京城新書局出版。

一九〇四年　二十三歲

四月，在弘文書院結業。

九月，入仙台醫學專門學校求學。魯迅後來在講到自己學醫的動機時說：「我的夢很美滿，預備卒業回來，救治像我父親般被誤的病人的疾苦，戰爭時候便去當軍醫，一面又促進了國人對於維新的信仰。」（《吶喊．自序》）

一九〇六年　二十五歲

一月，在看一部反映日俄戰爭的幻燈片時深受刺激：一個體格健壯的中國人被日軍指為俄探，砍頭示眾，而被殺者與圍觀的中國人卻都神情麻木，魯迅由此而感到要拯救中國，「醫學並非一件緊要事」，更重要的是「改變他們的精神」，於是決定棄醫從文，用文藝來改變國民精神。

三月，從仙台醫學專門學校退學，到東京開始從事文藝活動。

夏秋間，奉母命回紹興與山陰縣朱安女士完婚。婚後即返東京。

一九〇七年　二十六歲

夏，與許壽裳等籌辦文藝雜誌《新生》，未實現。
冬，作《人之歷史》、《科學史教篇》、《文化偏至論》、《摩羅詩力說》，都發表在河南留學生主辦的《河南》月刊上。

一九〇八年　二十七歲

加入反清秘密革命團體光復會（一說一九〇四年）。
繼續爲《河南》月刊撰稿，著《破惡聲論》（未完），翻譯匈牙利籁息的《裴彖飛詩論》。
夏，與許壽裳、錢玄同、周作人等請章太炎在民報社講解《說文解字》。

一九〇九年　二十八歲

三月，與周作人合譯《域外小說集》第一冊出版；七月，出版第二冊。
八月，結束日本留學生活，回國，任杭州浙江兩級師範學堂生理學、化學教員。

一九一〇年　二十九歲

九月，改任紹興府中學堂生物學教員及監學。授課之餘，開始輯錄唐以前的小說佚文（後彙成《古小說鉤沉》）及有關會稽的史地佚文（後彙成《會稽郡故書雜集》）。

一九一一年　三十歲

十月，辛亥革命爆發；十一月，杭州光復。爲迎接紹興光復，魯迅曾率領學生武裝演說隊上街宣傳革命，散發傳單。紹興光復後，以王金發爲首的紹興軍公政府委任魯迅爲浙江山會初級師範學堂監督。

文言短篇小說《懷舊》作於本年。

一九一二年　三十一歲

一月三日，在《越鐸日報》創刊號上發表〈《越鐸》出世辭〉。

二月，辭去山會初級師範學堂監督職，應教育總長蔡元培邀請，到南京任教育部部員。

五月，隨臨時政府遷往北京，任教育部僉事與社會教育司第一科科長。

一九一三年　三十二歲

二月，發表《儗播布美術意見書》。

六月下旬，回紹興省母，八月上旬返京。

十月，校錄《稽康集》，並作〈稽康集・跋〉。

一九一四年　三十三歲

四月起，開始研究佛學。

十一月，輯《會稽故書雜集》成，並作序文。

一九一五年　三十四歲

九月一日，被教育部任命爲通俗教育研究會小說股主任。

本年開始在公餘搜集、研究金石拓本，尤側重漢代、六朝的繪畫藝術。

一九一六年　三十五歲

公餘繼續研究金石拓本。

十二月，母六十壽，回紹興。次年一月回北京。

一九一七年　三十六歲

七月三日，因張勳復辟，憤而離職；亂平後，十六日回教育部工作。

一九一八年　三十七歲

四月二日，《狂人日記》寫成，這是我國新文學中的第一篇白話小說，發表於五月號《新青年》，始用「魯迅」的筆名。

七月二十日，作論文《我之節烈觀》，抨擊封建禮教，發表於八月出版的《新青年》。

九月開始，在《新青年》「隨感錄」欄陸續發表雜感。

冬，作小說《孔乙己》。

一九一九年　三十八歲

四月二十五日，作小說《藥》。

六月末或七月初，作小說《明天》。

八月十二日，在北京《國民公報》「寸鐵」欄用筆名「黃棘」發表短評四則。

八月十九日至九月九日，在《國民公報》「新文藝」欄以「神飛」爲筆名，陸續發表總題爲〈自言自語〉的散文詩七篇。

十月，作論文《我們現在怎樣做父親》。

十二月一日至二十九日，返紹興遷家，接母親、朱安和三弟建人至北京。
十二月一日，發表小說《一件小事》。

一九二〇年　三十九歲

八月五日，作小說《風波》。
八月十日，譯尼采《察拉圖斯特拉的序言》畢，發表於九月出版的《新潮》第二卷第五期。
本年秋開始兼任北京大學、北京高等師範學校講師。

一九二一年　四十歲

一月，作小說《故鄉》。
二、三月，重校《嵇康集》。
十二月四日，所作小說《阿Q正傳》在北京《晨報副刊》開始連載，至次年二月二日載畢。

一九二二年　四十一歲

二月，發表雜文〈估《學衡》〉，再校《嵇康集》。
五月，譯成愛羅先珂的童話劇《桃色的雲》，次年由上海商務印書館出版；與周建人、周作人合譯的《現代小說譯叢》，由上海商務印書館出版。
六月，作小說《白光》、《端午節》。

十一月，作歷史小說《不周山》（後改名《補天》）。

十二月，編成小說集《吶喊》，並作〈自序〉，次年由北京新潮社出版。

一九二三年　四十二歲

六月，與周作人合譯的《現代日本小說集》由上海商務印書館出版。

七月，與周作人關係破裂；八月二日租屋另住。

九月十七日開始，在北京世界語專門學校講授中國小說史，至一九二五年三月結束。

十二月，《中國小說史略》上冊由北京新潮社出版。

十二月二十六日，在北京女子師範大學講演，題爲〈娜拉走後怎樣〉。

本年秋季起，除在北大、北師大兼任講師外，又兼任北京女子高等師範學校講師。

一九二四年　四十三歲

一月十七日，在北京師範大學作題爲〈未有天才之前〉的講演。

二月作小說《祝福》、《在酒樓上》、《幸福的家庭》。

三月，作小說《肥皂》。

六月，《中國小說史略》下冊由北京新潮社出版。該書次年九月合成一冊由北京北新書局出版。

七月，應西北大學與陝西教育廳之邀，赴西安講學，講題爲〈中國小說的歷史的變遷〉。

八月十二日返京。

九月開始寫〈秋夜〉等散文詩，後結集為散文詩集《野草》。

十月，譯畢日本廚川白村的《苦悶的象徵》。本年十二月由北京新潮社出版。

十一月十七日，《語絲》周刊創刊，魯迅為發起人與主要撰稿人之一。創刊號上刊出魯迅的雜文《論雷峰塔的倒掉》。

一九二五年　四十四歲

從一月十五日起，以〈忽然想到〉為總題，陸續作雜文十一篇，至六月十八日畢。

二月二十八日，作小說《長明燈》。

三月十八日，作小說《示眾》。

三月二十一日，作散文《戰士與蒼蠅》，對誣蔑孫中山先生的無恥之徒作了猛烈的抨擊。魯迅後來在《集外集拾遺・這是這麼一個意思》中談到這篇散文時說：「所謂戰士者，是指中山先生和民國元年前後殉國而反受奴才們譏笑糟蹋的先烈；蒼蠅則當然是指奴才們。」

五月一日，作小說《高老夫子》。

五月十二日，出席北京女子師範大學學生自治會召開的師生聯席會議，支持學生反對封建家長式統治的正義鬥爭。

八月十四日，被段祺瑞政府教育總長章士釗非法免除教育部僉事職。八月二十二日，魯迅向平政院投交控告章士釗的訴狀。次年一月十七日，魯迅勝訴，原免職之處分撤銷。

十月，作小說《孤獨者》、《傷逝》。

十一月，作小說《弟兄》、《離婚》。

十一月三日，編定一九二四年以前所作之雜文，書名《熱風》，本月由北京北新書局出版。

十二月，所譯日本廚川白村的文藝論集《出了象牙之塔》由北京未名社出版。

十二月二十九日，作論文《論「費厄潑賴」應該緩行》。

十二月三十一日，編定雜文集《華蓋集》，並作〈題記〉，次年六月由北京北新書局出版。

一九二六年　四十五歲

二月二十一日，開始寫作回憶散文《狗·貓·鼠》等，後結集爲回憶散文集《朝花夕拾》，一九二八年九月由北京未名社出版。

三月十日，作《孫中山先生逝世後一周年》，頌揚孫中山先生的革命精神。

三月十八日，段祺瑞政府槍殺愛國請願學生的「三一八慘案」發生。爲聲援愛國學生，揭露軍閥政府的暴行，魯迅陸續寫作了《無花的薔薇之二》、《死地》、《紀念劉和珍君》等雜文、散文多篇。因遭北洋軍閥政府通緝，曾被迫離寓至山本醫院、德國醫院等處避難十餘日。

八月一日，編《小說舊聞鈔》，作序言，當月由北京北新書局出版。
八月二十六日，應廈門大學邀請，赴任該校國文系教授兼國學研究院教授，啓程離北京。許廣平同車離京，赴廣州。
八月，小說集《徬徨》由北京北新書局出版。
九月四日，抵廈門大學。
十月十四日，編定雜文集《華蓋集續編》，並作〈小引〉，次年由北京北新書局出版。
十月三十日，編定論文與雜文合集《墳》，並作〈題記〉，次年三月由北京未名社出版。
十二月，因不滿於廈門大學的腐敗，決定接受中山大學的聘請，辭去廈門大學的職務。
十二月三十日，作歷史小說《奔月》。

一九二七年　四十六歲

一月十六日離廈門，十九日到廣州中山大學，出任該校文學系主任兼教務主任。
二月十八日，應邀赴香港講演，講題為〈無聲的中國〉和〈老調子已經唱完〉，二十日回廣州。
四月八日，在黃埔軍官學校講演，題為〈革命時代的文學〉。
四月十五日，為營救被捕的進步學生，參加中山大學系主任會議，無效，於二十九日提出辭職。

四月二十六日，編散文詩集《野草》成，作〈題辭〉。七月，該書由北京北新書局出版。

七月二十三日，應邀在廣州暑期學術講演會上發表題爲〈魏晉風度及文章與藥及酒之關係〉的講演。

八月二十二日至二十四日，編《唐宋傳奇集》成，由北京北新書局在本年十二月及次年二月分上下冊出版。

九月二十七日，偕許廣平乘輪船離廣州，十月三日抵達上海，十月八日開始同居生活。

十二月十七日，《語絲》周刊被奉系軍閥封閉，由北京移至上海繼續出版，魯迅任主編，次年十一月辭去主編職。

十二月二十一日，應邀在上海暨南大學演講，題爲〈文藝與政治的歧途〉。

一九二八年　四十七歲

二月十一日，譯日本板垣鷹穗的《近代美術思潮論》畢，次年由上海北新書局出版。

二月二十三日，作文藝評論《「醉眼」中的朦朧》。

四月三日，譯日本鶴見佑輔隨筆集《思想·山水·人物》畢，次年五月由上海北新書局出版。

六月二十日，與郁達夫合編的《奔流》月刊創刊。

十月，雜文集《而已集》由上海北新書局出版。

一九二九年　四十八歲

二月十四日，譯日本片上伸的論文《現代新興文學的諸問題》畢，並作〈小引〉，本年四月由上海大江書鋪出版。
四月二十二日，譯蘇聯盧那察爾斯基的論文集《藝術論》畢並作〈小引〉，本年六月由上海大江書鋪出版。
四月二十六日，作〈《近代世界短篇小說集》小引〉。該書由魯迅、柔石等編譯，分兩冊，先後於本年四月、九月由上海朝花社出版。
五月十三日，離上海北上探親，十五日抵北平。在北平期間，先後應燕京大學、北京大學第二院、北平大學第二師範學院等院校之邀講演。六月三日啓程南返，五日抵滬。
八月十六日，譯蘇聯盧那察爾斯基的論文集《文藝與批評》畢，本年十月由上海水沫書店出版。
九月二十七日，子海嬰出生。
十二月四日，應上海暨南大學之邀，前往講演，題爲〈離騷與反離騷〉。

一九三〇年　四十九歲

一月一日，《萌芽月刊》創刊，魯迅爲主編人之一。
二月八日，《文藝研究》創刊，魯迅主編，並作〈《文藝研究》例言〉。這個刊物僅出一期。
二月至三月間，先後在中華藝術大學、大夏大學、中國公學分院作演講，共四次，題目分別爲〈繪畫漫論〉、〈美術上的現實主義問題〉、〈象牙塔與蝸牛廬〉和〈美的認識〉。

三月二日，中國左翼作家聯盟（簡稱「左聯」）成立，在成立大會上發表〈對於左翼作家聯盟的意見〉的演講，並被選爲執行委員。

三月十九日，得知被政府通緝的消息，離寓暫避，至四月十九日。

五月八日，譯完蘇聯普列漢諾夫《藝術論》，並爲之作序，本年七月由上海光華書局出版。

八月三十日，譯蘇聯阿·雅各武萊夫小說《十月》成，並作後記，一九三三年二月由上海神州國光社出版。

九月二十五日爲魯迅五十壽辰（虛歲）。文藝界人士十七日舉行慶祝會，魯迅出席。

九月二十七日，編德國版畫家梅斐爾德的《士敏土之圖》畫集成，並爲之作序。次年二月以三閑書屋名義自費印行。

十一月二十五日，修訂《中國小說史略》畢，並作〈題記〉。修訂本次年七月由上海北新書局出版。

十二月二十六日，譯成蘇聯法捷耶夫的小說《毀滅》，次年九月由上海大江書鋪出版，十月以三閑書屋名義再版。

一九三一年　五十歲

一月二十日，因「左聯」五位青年作家被捕而離寓暫避，二十八日回寓。五位青年作家遇難後，魯迅在「左聯」內部刊物上撰文，並爲美國《新群眾》雜誌作〈黑暗中國的文藝界的現狀〉。

四月一日，校閱孫用譯匈牙利裴多菲的長詩〈勇敢的約翰〉畢，並爲之作〈校後記〉。

七月二十日，校閱李蘭譯美國馬克・吐溫的小說《夏娃日記》畢，並於九月二十七日爲之作〈小引〉。

九月二十一日，就「九一八」事變，發表《答文藝新聞社問》，揭露日本帝國主義的侵略野心。

十二月二十七日，作文藝評論《答北斗雜誌社問》。

一九三二年　五十一歲

一月三十日，因「一二八」戰事，寓所受戰火威脅而離寓暫避，三月十九日返寓。

二月三日，與茅盾、郁達夫等共同簽署《上海文化界告全世界書》，抗議日本帝國主義的侵華暴行。

四月二十四日，雜文集《三閑集》編成，並作序，本年九月由上海北新書局出版。

四月二十六日，雜文集《二心集》編成，並作序，本年十月由上海合眾書店出版。

九月，編集與曹靖華等合譯的蘇聯短篇小說兩冊，一冊名《豎琴》，另一冊名《一天的工作》，各作〈前記〉與〈後記〉，二書均於一九三三年由上海良友圖書公司出版。

一九三六年再版時合爲一冊，改名爲《蘇聯作家二十人集》。
十月十日，作文藝評論《論「第三種人」》。
十月二十五日，作文藝評論《爲「連環圖畫」辯護》。
十一月九日，因母病北上探親，十三日抵北平。在北平期間，先後應北京大學第二院、輔仁大學、女子文理學院、北京師範大學與中國大學之邀前往講演，講題分別爲〈幫忙文學與幫閑文學〉、〈今春的兩種感想〉、〈革命文學與遵命文學〉、〈再論「第三種人」〉和〈文力與武力〉。三十日返抵上海。
十二月十四日，作〈《自選集》自序〉。《魯迅自選集》於次年三月由上海天馬書店出版。
十二月十六日，編定《兩地書》（魯迅與許廣平的通信集）並作序，次年四月由上海北新書局以「青光書局」名義出版。
十二月，與柳亞子等聯名發表《中國著作家爲中蘇復交致蘇聯電》。

一九三三年　五十二歲

一月六日，出席中國民權保障同盟臨時執行委員會會議，被推舉爲上海分會執行委員。
二月七、八日，作散文《爲了忘卻的紀念》。
二月十七日，在宋慶齡寓所參加歡迎英國作家蕭伯納的午餐會。
三月二十二日，作〈英譯本《短篇小說選集》自序〉。

五月十三日，與宋慶齡、楊杏佛等赴上海德國領事館，遞交《為德國法西斯壓迫民權摧殘文化的抗議書》。
五月十六日，作雜文《天上地下》。
六月二十六日，作雜文《華德保粹優劣論》。
六月二十八日，作雜文《華德焚書異同論》。
七月十九日，雜文集《偽自由書》編定，作〈前記〉，三十日作〈後記〉，本年十月由上海北新書局以「青光書局」名義出版。
七月七日，與美國黑人詩人休斯會晤。
八月二十七日，作文藝評論《小品文的危機》。
九月三日，世界反對帝國主義戰爭委員會在上海召開遠東會議，魯迅被推選為主席團名譽主席，但未能出席會議。
十二月二十五日，為葛琴的小說集《總退卻》作序。
十二月三十一日，雜文集《南腔北調集》編定，並作〈題記〉，次年三月由上海聯華書局以「同文書局」名義出版。

一九三四年　五十三歲

一月二十日，為所編蘇聯版畫集《引玉集》作〈後記〉，本年三月以「三閑書屋」名義自費印行。

三月十日，編定雜文集《准風月談》作〈前記〉，十月二十七日作〈後記〉，本年十二月由上海聯華書局以「興中書局」名義出版。
三月二十三日，作《答國際文學社問》。
五月二日，作文藝評論《論「舊形式的採用」》。
六月四日，作雜文《拾來主義》。
七月十八日，編定中國木刻選集《木刻紀程》並作〈小引〉，本年八月由鐵木藝術社印行。
八月一日，作散文《憶劉半農君》。
八月九日，編《譯文》月刊創刊號，任第一至第三期主編，並作〈《譯文》創刊前記〉。
八月十七至二十日，作論文《門外文談》。
八月，作歷史小說《非攻》。
十一月二十一日，爲英文月刊作雜文《中國文壇上的鬼魅》。
十二月二十日，編定《集外集》，作序言。本書次年五月由群眾圖書公司出版。

一九三五年　五十四歲

一月一日至十二日，譯成蘇聯班台萊夫的兒童小說《錶》，本年七月由上海生活書店出版。

二月十五日，著手翻譯俄國果戈里的小說《死魂靈》第一部，十月六日譯畢，本年十一月由上海文化生活出版社出版。

二月二十日，《中國新文學大系・小說二集》編選畢，並爲之作序。本年七月由上海良友圖書印刷公司出版。

三月二十八日，作〈田軍作《八月的鄉村》序〉。

四月二十九日，爲日本改造社用日文寫《在現代中國的孔夫子》。

六月十日起陸續作以〈題未定草〉爲總題的雜文，至十二月十九日止，共八篇。

八月八日，爲所譯高爾基《俄羅斯的童話》作〈小引〉，該書十月由上海文化出版社出版。

十一月十四日，作〈蕭紅作《生死場》序〉。

十一月二十九日，作歷史小說《理水》畢。

十二月二日，作文藝評論《雜談小品文》。

十二月，作歷史小說《采薇》、《出關》、《起死》；與前作《補天》、《奔月》、《鑄劍》、《理水》、《非攻》一起彙編成《故事新編》，本月二十六日作序，次年一月由上海文化生活出版社出版。

十二月三十日，作《且介亭雜文》序及附記，十二月三十一日，作《且介亭雜文二集》序及後記；本月還曾著手編《集外集拾遺》，因病中止。

一九三六年　五十五歲

一月二十八日，《凱綏·珂勒惠支版畫選集》編定，並作〈序目〉，本年五月自費以三閑書屋名義印行。
二月二十三日，為日本改造社用日文寫《我要騙人》。
三月二日，肺病轉重，量體重，僅三十七公斤。
三月下旬，扶病作〈《海上述林》上卷序言〉，四月底，作〈《海上迷林》下卷序言〉。
該書署「諸夏懷霜社教印」，上卷於本年五月出版，下卷於本年十月出版。
四月十六日，作雜文《三月的租界》。
六月九日，作《答托洛斯基派的信》。
八月三日至五日，作《答徐懋庸並關於抗日統一戰線問題》。
九月五日，作散文《死》。
十月八日，往青年會參觀第二次全國木刻流動展覽會，並與青年木刻藝術家座談。
十月九日，作散文《關於太炎先生二三事》。
十月十七日，執筆寫作一生中最後的一篇作品《因太炎先生而想起的二三事》，未完篇輟筆。
十月十九日晨三時半，病勢劇變，延至五時二十五分病逝於上海。

魯迅作品精選：6

中國小說史略【經典新版】

作者：魯迅
發行人：陳曉林
出版所：風雲時代出版股份有限公司
地址：10576台北市民生東路五段178號7樓之3
電話：(02) 2756-0949
傳真：(02) 2765-3799
執行主編：朱墨菲
美術設計：吳宗潔
業務總監：張瑋鳳

初版三刷：2024年1月
ISBN：978-986-352-553-0

風雲書網：http://www.eastbooks.com.tw
官方部落格：http://eastbooks.pixnet.net/blog
Facebook：http://www.facebook.com/h7560949
E-mail：h7560949@ms15.hinet.net
劃撥帳號：12043291
戶名：風雲時代出版股份有限公司

風雲發行所：33373桃園市龜山區公西村2鄰復興街304巷96號
電話：(03) 318-1378
傳真：(03) 318-1378
法律顧問：永然法律事務所 李永然律師
北辰著作權事務所 蕭雄淋律師

行政院新聞局局版台業字第3595號 營利事業統一編號22759935

定價：240元

國家圖書館出版品預行編目資料

魯迅作品精選：6 中國小說史略 經典新版 / 魯迅著. -- 初版. -- 臺北市：風雲時代, 2018.04 面； 公分

ISBN 978-986-352-553-0（平裝）

1.中國小說 2.中國文學史

820.97 107003051